CHWALFA

Chwalfa

T. Rowland Hughes

Gomer

Cyhoeddwyd *Chwalfa* gyntaf yn 1946
Argraffiad newydd 2016

Cyhoeddwyd yn 2016 gan
Wasg Gomer, Llandysul, Ceredigion SA44 4JL
www.gomer.co.uk

ISBN 978 086383 878 1

Cyhoeddir gyda chymorth ariannol
Cyngor Llyfrau Cymru.

Argraffwyd a rhwymwyd yng Nghymru gan
Wasg Gomer, Llandysul, Ceredigion.

I
chwarelwyr heddiw
er cof am ymdrechion
chwarelwyr ddoe

Seiliwyd rhai o brif ddigwyddiadau'r stori hon ar adrodd-iadau cyhoeddedig y cyfnod, ond llwyr ddychmygol yw pentref Llechfaen a'r cymeriadau oll.

Diolchaf y tro hwn eto i'r Parch. D. Llewelyn Jones am ofalu bod y MS a'r proflenni'n ddi-fefl: hon yw'r bedwaredd nofel o'm heiddo iddo ymdrafferthu'n amyneddgar â hi, a mawr yw fy nyled iddo.

T.R.H.

RHAGYMADRODD

Wrth ddarlunio Joseff o Arimathea yn ei drydedd nofel, *Yr Ogof*, yr oedd T. Rowland Hughes wedi mentro ymhell o'i gynefin a'i gyfnod, ond ar gyfer ei bedwaredd nofel, *Chwalfa*, dychwelodd i Gymru. Eto nid nofel atgofus oedd hon chwaith, oherwydd fe'i seiliodd ar Streic Fawr Bethesda a ddigwyddodd yn 1900-1903, y blynyddoedd yn union cyn ei eni ef. Er bod y cymeriadau'n ddychmygol, yr oedd y cefndir hanesyddol yn gofyn am ymchwil fanwl a thrylwyr, a bu T. Rowland Hughes yn pori'n ddyfal yng nghyfnodolion Cymraeg y cyfnod, ac yn ceisio cyngor pobl a oedd yn hyddysg yn yr hanes, neu'n gyfarwydd ag arferion a geirfa'r chwarel. Yr oedd hon, felly, yn nofel uchelgeisiol, yn cynnig mynd i'r afael â thrasiedi gymdeithasol un o ardaloedd diwydiannol gogledd Cymru ar ddechrau'r ganrif.

Haerwyd dro ar ôl tro mai petrus fu llenorion Cymraeg i ymateb i'r byd diwydiannol, ac er bod llawer o wir yn y feirniadaeth os meddyliwn am Forgannwg neu Went, rhaid cofio bod rhai o drefi neu bentrefi diwydiannol y gogledd wedi creu llenorion sy'n ymdrin i wahanol raddau ag effaith diwydiant—nofelwyr megis Daniel Owen, Kate Roberts, Caradog Prichard a T. Rowland Hughes. Y gwir amdani yw fod y diwydiant llechi yn ddiwydiant Cymreig iawn o safbwynt y gweithiwr, a rhoes fod i undeb llafur Cymraeg ei iaith, sef Undeb Chwarelwyr Gogledd Cymru. Ac eto estron o Sais uniaith oedd perchennog Chwarel y Penrhyn ym Methesda—yr Arglwydd Penrhyn a breswyliai yn ei gastell enfawr ar gyrion Bangor. Sais arall—E. A. Young—oedd prif oruch-wyliwr y chwarel.

Yr oedd Streic Fawr Chwarel y Penrhyn wedi'i rhag-flaenu gan streic fyrrach a barhaodd o Hydref 1896 hyd Fedi 1897, ac mae'n debyg mai darllen am honno a daniodd ddychymyg T. Rowland Hughes yn y lle cyntaf. Gwraidd y cythrwfl oedd i'r Arglwydd Penrhyn wrthod ymdrin ag achos dau weithiwr trwy gyfrwng pwyllgor y chwarelwyr, ac iddo'u hatal o'u gwaith. Cythruddodd hyn ddicter y chwarelwyr, ac aethant ar streic a barhaodd am bron i flwyddyn. Pan ddychwelsant at eu gwaith, cawsant nad oedd yr amodau fawr amgenach na chynt, ac nad oedd yr Arglwydd Penrhyn wedi llareiddio dim. Ymhen rhyw dair blynedd arall aethant ar streic unwaith eto, a chyndyn oeddynt i ildio y tro hwn. Gwreiddyn y drwg oedd fod contractwyr wedi'u dwyn i mewn a bod y rheini'n cyflogi dynion i weithio ponciau ar gyflog pitw. Gwaeth na dim oedd fod un contractwr wedi cael yr hawl i fynd â'i weithwyr i fargeinion nifer o ddynion a oedd wedi'u diswyddo'n annheg. Bu cryn erlid ar y contractwyr hyn, a chododd aml i ffrwgwd. Bu gorymdeithio ac areithio tanbaid, arwriaeth ac aberth, chwalu teuluoedd, tlodi a dioddefaint—ac yn gymysg â'r cyfan, chwerwedd rhwng aelodau o'r un teulu, llwfrdra ac edliw, plygu dan y baich. Nid yn ddamweiniol y dewiswyd *Chwalfa* yn deitl, oherwydd dyna oedd gair ardalwyr Bethesda am effaith y streic. Fel hyn y disgrifia Emyr Hywel Owen hi:

Streic oedd a ddangosodd dair blynedd o rym penderfyniad —enghraifft dda iawn o Gadernid Gwynedd; streic a achosodd lawer iawn rhagor o chwalfa nag un 1896-97— chwalfa na welyd mo'i thebyg mewn unrhyw fro yng Nghymru mewn cyn lleied o amser; streic a achosodd dair blynedd o dlodi echrydus, ac o fyw ar y nesaf peth i ddim i'r sawl a arhosodd ym Methesda. ('Peth o gefndir "Chwalfa" ', *Lleufer*, cyf. XIII, rhif 4, 162.)

Ar yr arwriaeth y rhoddir y pwyslais fel arfer wrth sôn am y streic, ond yr oedd yna ochr arall. Bu cryn berswâd —o du swyddogion y chwarel, a hefyd drwy gymorth personiaid Eglwys Loegr—ar y chwarelwyr i ddychwelyd at eu gwaith, ac erbyn Mehefin 1901 yr oedd yn agos i bum cant a hanner o 'fradwrs' (fel y'u gelwid) wedi ildio. Roedd yr Arglwydd Penrhyn yn cynnig sofren aur yn gil-dwrn i bob un ohonynt, a lasenwid gan ffyddloniaid y Streic yn 'Bunt y Gynffon'. Mae'n ffaith mai eglwyswyr oedd y bradwyr gan mwyaf. Yn y capeli anghydffurfïol, ar y llaw arall, gwrthodai'r gweinidogion roi'r cymun i ddynion a oedd wedi torri'r streic. (Diddorol yw sylwi bod Caradog Prichard yn cydnabod yn ei hunangofiant, *Afal Drwg Adda*, fod ei dad yn fradwr, ac eglwyswr oedd yntau. Sylwodd mwy nag un beirniad mor wrthgyfer-byniol yw'r darluniau o ardal Bethesda a geir yn *Un Nos Ola Leuad* a *Chwalfa*.)

Penderfynodd T. Rowland Hughes grynhoi chwalfa'r streic yn hanes un teulu, sef teulu Gwynfa—Edward a Martha Ifans a'u pum plentyn. Mae'r streic yn gyrru Idris i'r de, Dan at y ddiod, Megan dros y drws oherwydd fod ei llipryn o ŵr (Ifor) yn fradwr, Llew i'r môr a Gwyn i'w fedd. Rhydd hyn gyfle iddo ddilyn sawl trywydd storïol, gan greu amrywiaeth amheuthun, ac eto ceir tuedd ar adegau i fod yn anecdotaidd ac episodig. Fe'i temtir i ysgafnhau'r nofel trwy ailadrodd straeon-celwydd-golau'r morwr Simon Roberts, a chyflwyno digriflun o'r newydd-iadurwr Ap Menai. Fel y dywedodd Hugh Bevan:

9

Nid El Greco neu Robert ap Gwilym Ddu, yn canolbwyntio ar boen ac yn ei amlygu, mo'r nofelydd hwn; eithr un a deimlai gyda William Blake y gweir llawenydd a gwae yn glòs, yn ddilledyn i'r enaid dwyfol. ('Nofelau T. Rowland Hughes', *Y Llenor*, cyf. XXIX, rhif 1, Gwanwyn 1950, 15. Atgynhyrchwyd yr erthygl yn B. F. Roberts (gol.), *Beirniadaeth Lenyddol*, Caernarfon, 1982.)

Mae yma ymdrech sicr (er nad cwbl lwyddiannus) i wynebu cymhlethdod y sefyllfa. Osgoir unrhyw demtasiwn i 'achub' Dan, er enghraifft. Mae'r drwg a'r da wedi'u cordeddu ynghyd yn nheulu Gwynfa. Yr eironi mawr yw fod ffyddlondeb cadarn fel y graig y teulu hwn o bob teulu yn dechrau cracio. Mae gŵr Megan yn troi'n fradwr, ond yn fwy annisgwyl fyth mae John, brawd Edward Ifans, yn cael ei 'orfodi' i ddychwelyd i'r chwarel er mwyn cael digon o arian i gynnal ei ferch wael, Ceridwen. Ac y mae Edward yn galw i'w weld ac yn cyfiawnhau'r weithred:

'Galw yr on i i ddweud . . . i ddweud dy fod di'n . . . gwneud y peth iawn, John . . . Nid troi'n Fradwr ydi hyn, John, ond aberthu . . . '

Nofel yw hon am arwriaeth yr ymdrech, serch i'r ymdrech honno fethu yn y pen draw. Ar yr arwriaeth yn hytrach na'r methiant y mae'r pwyslais. Defnyddir termyddiaeth Feiblaidd i gyflwyno'r frwydr—yn arbennig bererindod yr Iddewon o'r Aifft i Ganaan, ac oherwydd hynny ensynir mai cysgod yn unig o ryw realiti trosgynnol yw byd amser. Ildir i ryw dynghediaeth ddofn sy'n brigo i wyneb y nofel bob hyn a hyn. Hyd yn oed ar y dechrau cyntaf un defnyddir delweddau sy'n awgrymu bod bywyd y cymeriadau'n cael ei reoli gan ryw dynged ddiwrthdro. Mae'r creigiau 'fel olion o ryw ysgarmes aruthr a fu unwaith rhwng y mynyddoedd a'i gilydd'; ymnydda'r llwybr 'fel sarff anesmwyth'; ymddengys yr hafn 'fel rhyw grochan enfawr ysgeler, a mwg rhyw ddewiniaeth hyll yn hofran ynddi'; ac y mae'r cloddiau 'fel caerau a godwyd rywdro i amddiffyn y mymryn tir rhag lluoedd o gewri arfog'.

Y ddelwedd bwysicaf oll—ac un a bwysleisir fwy nag unwaith yn y nofel—yw'r un o'r graig fel wyneb hen ŵr:

. . . ac arno awgrym o wên ddirgelaidd, anchwiliadwy, a'i lygaid yn hanner-gau am ryw gyfrinach hen . . .

Diwedda'r nofel gydag Edward Ifans yn edrych yn hir ar yr wyneb hwn:

Yr oedd y wên mor anchwiliadwy ag erioed.

Hynny yw, dirgelwch yw popeth. Ni wna mwstwr dyn na'i holl frwydro dros gyfiawnder iot o wahaniaeth i hynny. Beth bynnag, yn ôl yr emyn a genir yn angladd Robert Williams, dim ond y tu hwnt i'r llen y deuir o hyd i wir arwyddocâd trafferthion y byd hwn: 'O fryniau Caersalem ceir gweled . . .' Er bod y nofel hon yn ymdrin â phwnc heriol, mae'n gorffen ar nodyn ildiol, cyfaddawdus.

John Rowlands

Trafodir cefndir hanesyddol y nofel hon mewn tair erthygl o eiddo Emyr Hywel Owen:

'Peth o gefndir "Chwalfa"', *Lleufer*, cyf. XIII, rhif 4, 159-66.

'Rhagor o gefndir "Chwalfa"', *Lleufer*, cyf. XIV, rhif 3, 119-24.

'Cyn y "Chwalfa"—ac wedyn', *Lleufer*, cyf. XIX, rhif 2, 55-60.

Y Flwyddyn Gyntaf

PENNOD 1

Eisteddodd y ddau fachgen ar fin y ffordd fawr: yr oeddynt wedi cyrraedd y fan lle'r ymdroellai llwybr draw i ddieithrwch y mynyddoedd.

'Wyt ti wedi blino, Gwyn?' gofynnodd Llew, yr hynaf o'r ddau.

'Pwy sy wedi blino?' Edrychodd Gwyn yn herfeiddiol ar ei frawd, fel petai'r cwestiwn yn sen arno. Onid oedd yn ddeg oed ac yn ddyn i gyd?

O'u hamgylch yr oedd diffeithwch o greigiau, fel olion rhyw ysgarmes aruthr a fu unwaith rhwng y mynyddoedd a'i gilydd. Nid oedd neb na dim byw i'w ganfod yn unman, a'r unig sŵn oedd murmur nant fechan gerllaw.

'Faint ydan ni wedi'i gerddad, Llew?' gofynnodd Gwyn ymhen ennyd.

'Milltiroedd ar filltiroedd, wsti. Wyt ti'n siŵr nad wyt ti ddim wedi blino?'

'Chwe milltir?'

'Do, a mwy. Wyt ti isio bwyd?'

'Nac ydw, yr ydw i'n iawn. Faint o ffordd sy eto?'

'Dim ond rhyw ddwy filltir, ond bod y llwybyr yn un go arw. Dyna oedd Wil Sam yn ddeud, beth bynnag. Mi fuo fo yno yn edrach am 'i ewyrth.'

Daeth sŵn ceffyl a chert i'w clyw a chyn hir gwelent hwy'n nesáu ar hyd y ffordd fawr. Yr oedd golwg garedig ar yr hen ŵr barfog a wyrai ymlaen yn freuddwydiol ar ei sedd yn y gert.

'Gwyn?'

'Ia, Llew?'

'Mae'r hen ffarmwr 'na yn edrach yn ddyn reit ffeind. Mae o'n mynd i Nant Fawr, hannar y ffordd adra. Fasat ti . . . fasat ti'n licio troi'n ôl hefo fo?'

Unwaith eto edrychodd Gwyn fel un wedi'i sarhau.

'Na faswn,' meddai'n swta. 'Yr ydw i'n mynd i'r gwaith copar. Ond os lici di droi'n ôl . . . '

Chwarddodd Llew: gwyddai mor benderfynol y gallai'i frawd fod. Pan ddaeth y ffermwr heibio yn ei gert, taflodd olwg chwilfrydig ar y ddau hogyn, gan synnu eu gweld mewn lle mor unig ac anghysbell. Ond nodiodd y ddau'n hynod ddifraw arno, fel petaent yn hollol gartrefol yno ar fin y ffordd. Nodiodd yntau.

'Fasach chi'n licio cael pàs, hogia?'

'Dim diolch.'

'Dim diolch.'

Gwyliodd y ddau y gert yn pellhau, ac yna cododd Llew.

'Mi gawn ni ddiod yn y ffrwd 'na, Gwyn,' meddai, 'ac wedyn mi gychwynnwn. Hynny ydi, os wyt ti'n benderfynol o ddŵad. Dydi hi ddim yn rhy hwyr iti redag ar ôl y gert 'na, cofia.'

Ateb Gwyn oedd brysio at y nant a'i daflu'i hun ar ei wyneb i yfed yn swnllyd ohoni.

'Dew, dŵr da, yntê, Llew?' meddai wrth godi'i ben cyn yfed eilwaith.

'Ia, ond paid di ag yfad gormod ohono fo, rŵan. Mae o'n oer, cofia, a'th du fewn di wedi poethi. Tyd, mi awn ni.'

14

Ymaith â hwy i'r dde ar hyd y llwybr caregog. Sylwodd Llew fod ei frawd yn dechrau cloffi.

'Be' sy ar dy droed di, Gwyn?'

'Dim byd.' A cheisiodd gerdded yn rhwydd a thalog, gan sgwario'i ysgwyddau. Ond ni allai guddio'r cloffni.

'Oes. Gad imi weld y droed dde 'na.'

'O, o'r gora.'

Eisteddodd ar ddarn o graig a thynnu'i esgid. Yr oedd twll crwn drwy'r gwadn a thrwy'r hosan, a chwysigen fawr ar ei droed. Cymerodd Llew ddraenen oddi ar lwyn eithin gerllaw ac yna cydiodd yn nhroed ei frawd.

'Be' wyt ti am wneud, Llew?'

'Torri'r swigan 'na, debyg iawn. Wna' i mo dy frifo di.'

Gwthiodd y ddraenen i'r chwysigen a gwasgodd y dŵr ohoni. 'Dyna ti,' meddai. 'A rŵan rhaid inni roi rhwbath i mewn yn yr esgid 'na. Be' gawn ni, dywad?'

Chwiliodd yn ei bocedi, ond ni chafodd yno ddim a wnâi'r tro.

'Oes gin *ti* rwbath yn dy bocad, Gwyn?'

'Nac oes, dim byd.' Ond yr oedd rhyw olwg ochelgar yn ei lygaid.

'Wyt ti'n siŵr?'

'Dim ond . . . dim ond y nôt-bwc ges i gan Tada.'

'I'r dim. Rho fo i mi.'

'Ond . . .'

'Rho fo i mi.'

Tynnodd Gwyn y nodlyfr bychan o'i boced yn bur anfoddog. Rhwygodd Llew ef yn ddau a gwthiodd un hanner i mewn i'r esgid.

'Mi fasa'n well gin i neidio ar un droed bob cam na cholli fy nôt-bwc,' meddai Gwyn, a dagrau'n cronni yn ei lygaid.

15

'Mi aet ti'n bell wrth neidio ar un droed, on'd aet ti?' sylwodd Llew, gan roi hanner arall y nodlyfr yn ei boced. 'Tyd, ne' fyddwn ni ddim adra cyn nos. Mi ddeudis i ddigon wrthat ti am beidio â dŵad.'

Dringai'r llwybr drwy chwalfa o greigiau tywyll, a chwibanodd Llew i geisio ymddangos yn ddidaro. I fyny ar noethni'r llethrau, is llenni o niwl anesmwyth, yr oedd ffrydiau arian fel pe'n tarddu o'r mynydd ac yna'n diflannu'n sydyn yn ôl iddo drachefn. Er ei bod hi'n Fehefin, chwythai awel finiog yn yr unigrwydd uchel hwnnw, gan frathu drwy ddillad tenau a chlytiog y ddau fachgen.

Cerddodd Gwyn yn wrol am ryw hanner milltir, ond yr oedd yn dda ganddo pan awgrymodd Llew 'bum munud bach eto'. Eisteddodd y ddau yng nghysgod craig a thynnodd Gwyn ei esgid eto.

'Yr ydw i am newid fy sana,' meddai, 'a rhoi'r un chwith am yr hen droed dde 'ma.'

Safodd Llew ar y llwybr a dechreuodd daflu cerrig dros y dibyn ar y chwith. Credai y gallai hyrddio carreg i waelod y cwm cul islaw, ond buan y sylweddolodd fod angen braich cawr i hynny. Clywodd sŵn traed yn nesáu ar y llwybr, a gwelai ddyn ac wrth ei sodlau gi defaid du a gwyn. Dychwelodd at Gwyn, a oedd wrthi'n cau carrai ei esgid.

'Hylô,' meddai'r dyn pan ddaeth atynt. 'I ble'r ydach chi'n mynd?'

'I'r gwaith copar,' atebodd Llew.

'O? Ydi'ch tad yn gweithio yno?'

'Nac ydi, ond . . .'

'Nac ydi,' meddai Gwyn yn swta. Yr oedd arno ofn i Llew ddweud y gwir ac i'r dyn chwerthin am eu pennau.

16

'Eich brawd, efalla'?' gofynnodd y bugail.

'Nac ydi,' meddai Gwyn eto.

'O. Eich ewyrth, mae'n debyg?'

'Nac ydi.' Nid oedd Gwyn am ddatguddio dim.

Gwenodd y bugail. Dyn cymharol ifanc ydoedd, tenau a salw, ond gwydn fel ffawydden fynydd.

'Ydi'r ffordd yn bell eto?' gofynnodd Llew iddo.

'Hannar milltir i'r fforch wrth y Graig Lwyd, wedyn rhyw filltir oddi yno. Cedwch i'r chwith bob cam.'

Taflodd olwg bryderus i fyny i gyfeiriad y niwl.

'Ble'r ydach chi'n byw?' gofynnodd.

'Llechfaen,' atebodd Llew.

'Yr argian fawr! Sut y daethoch chi yma?'

'Cerddad,' meddai Gwyn, gan swnio'n ddifater, fel pe na bai'r orchest yn ddim wrth gannoedd eraill a gyflawnodd o dro i dro.

Tynnodd y dyn gwd papur o logell ei gôt.

'Gawsoch chi fwyd?'

Yr oedd Llew ar fin dweud eu bod bron â llwgu, ond, yn arwr llond ei groen, yn annibynnol ar bawb a phopeth, 'Do,' meddai Gwyn.

'O.' Dechreuodd y bugail fwyta'r bara-'menyn a chaws, gan gymryd arno na sylwai ar yr awch yn eu llygaid ac yn eu safnau agored.

'Cymwch un bob un gin i—am gwmpeini.'

Brysiodd Llew i gymryd y ddwy frechdan gaws ac i estyn un ohonynt i'w frawd. Derbyniodd Gwyn hi fel petai'n gwneud cymwynas ag ef, ond unwaith y dechreuodd ei bwyta ni allai guddio'r ffaith ei fod ar ei gythlwng. Aeth y ci ato gan obeithio y byddai ganddo grystyn i'w sbario, ond diflannodd pob briwsionyn yn gyflym iawn yng ngenau'r bachgen. Yna cododd Gwyn.

'Tyd, Llew, mae 'na ffordd bell eto.'

'Ydach chi'n siŵr na fasach chi ddim yn licio dŵad yn ôl hefo mi?' gofynnodd y bugail. 'Fydd fawr neb yn y gwaith copar ar bnawn Sadwrn fel hyn. Mae'r dynion bron i gyd yn mynd adra tan fora Llun.'

'Fe fydd y Manijar yno,' atebodd Gwyn, gan ddechrau symud ymaith.

'Efalla'. Efalla' na fydd o ddim.'

'Yr ydan ni'n mynd i weld, beth bynnag. Tyd, Llew.'

'O wel, os ydach chi'n benderfynol o fynd . . . Rhyw hannar milltir i'r Graig Lwyd, a chofiwch gadw i'r chwith yn y fan honno. Craig fawr ydi'r Graig Lwyd, yr un siâp â phen dyn, ac odani hi mae 'na le cynnas, braf. Os daw'r niwl acw i lawr—ac mae arna' i 'i ofn o hiddiw—arhoswch o dan y Graig Lwyd nes bydd o'n clirio. Ac os deil y niwl chi ar y ffordd i'r gwaith copar, trowch yn ôl ac anelu'n syth am y Graig Lwyd. Ydach chi'n clywad?'

'Ydan,' atebodd Llew.

'Cofiwch chi, rŵan. Mae'r hen lwybyr acw'n lle peryglus mewn niwl.'

Gwyliodd y bugail y ddau'n brysio ymaith. 'Bob cam o Lechfaen, Tos,' meddai'n dawel wrth y ci, a gwên edmygol ar ei wyneb. 'Yr ydw i'n 'nabod yr hyna' 'na, wsti. Os nad oedd hwn'na'n gweithio yn y chwaral, ym Mhonc Victoria, mi fyta' i fy nghap. Hogyn pwy ydi o, tybad? Rolant Bach? Neu Dafydd Pritch? Neu Edward Ifans? Diawch, hogyn Edward Ifans, efalla'. Synnwn i ddim. Ac mae'r ienga' 'na, Gwyn, yr un ffunud â'i dad. Ia, hogia Edward Ifans, yn siŵr iti. Tyd, mi awn ni'n ôl at y Graig Lwyd, rhag ofn i'r niwl 'na 'u dal nhw.'

Brysiodd y ddau fachgen i gyrraedd y graig enfawr wrth y ffordd, ac yna troesant i'r chwith.

'Twt, trio'n dychryn ni yr oedd o,' meddai Gwyn. 'Dydi'r niwl 'na ddim yn symud, ydi o, Llew?'

'Wn i ddim. Mae'n anodd deud, fachgan . . . Wyddost ti pwy oedd hwn'na?'

'Y dyn 'na?'

'Ia. Ron i'n 'i 'nabod o, ond wnes i ddim cymryd arna' rhag iddo fo wneud hwyl am ein penna ni. "Dic Bugail"—dyna mae pawb yn 'i alw fo yn y chwaral. Dyna iti gwffiwr, was!'

'O?'

'Ia.' Ysgydwodd Llew ei ben yn ddoeth, ac yna poerodd rhwng ei ddannedd. 'Roedd o yn yr helynt cyn i'r streic dorri allan. Mi'i gwelis i o'n cydio yng ngwar Huws Contractor ac yn 'i daflu o dros wal yr offis.'

'Be' mae o'n wneud i fyny yma?'

'Wn i ddim. Ond yn y chwaral yr oedd o'n gweithio.'

Rhedai'r llwybr uwch dyfnder rhyw hafn greigiog ac ar ei gwaelod yr oedd llyn bychan, yn dywyll fel cysgod ac yn llonydd fel rhywbeth marw. Edrychodd y ddau yn syth o'u blaenau, heb dddywedyd gair.

'Lle unig ofnadwy,' meddai Llew ymhen ysbaid, gan geisio cadw ofn o'i lais.

'Y lle mwya' unig yn y byd,' sylwodd Gwyn yn herfeidd-iol. 'Mwy unig o lawar na'r Alps hynny yr oedd rhyw ddyn yn yr ysgol yn 'u dringo.'

'Pa ddyn?'

'Dydw i ddim yn cofio'i enw fo . . . Efalla' y rhôn nhw ni mewn llyfr ryw ddwrnod, Llew.'

Chwarddodd Llew, ond nid oedd ei chwerthin yn llon. Gwelai fod ei frawd yn cloffi eto: gwyddai hefyd fod y niwl yn llithro'n is bob munud.

'Rhaid iti dynnu d'esgid eto,' meddai, 'er mwyn imi gael rhoi hannar arall y nôt-bwc ynddi hi.'

Eisteddodd Gwyn ar ddarn o graig ac ufuddhau. Yr oedd y dalennau a dynnodd o'r esgid yn wlyb a budr erbyn hyn, gan chwys ei droed a lleithder y llwybr. Taflodd Llew hwy ymaith a gwthiodd y rhai glân i'w lle.

'Tyd, mae'n rhaid inni frysio,' gorchmynnodd wedi i Gwyn gau ei esgid.

Âi'r llwybr yn awr hyd ochr y dibyn, gan gilio weithiau fel pe mewn ofn a mentro'n ôl wedyn at fin y graig. Ymhell bell islaw gorweddai'r llyn bychan di-grych yn nhawelwch ei wyll ei hun.

Prysurodd y ddau fachgen eu camau, a chyn hir gwelent res o gytiau bychain mewn cilfach yn y mynydd uwchlaw iddynt. Yno yr oedd dynion y gwaith copr yn byw a chysgu o fore Llun tan brynhawn Sadwrn.

'Gobeithio y bydd rhywun yno, yntê?' meddai Llew.

'Bydd, debyg iawn,' atebodd Gwyn yn ffyddiog.

Pan ddringent y llethr islaw'r cytiau, 'Dacw fo'r Manijar,' sylwodd Gwyn yn sydyn.

Deuai gŵr tal a chydnerth allan o'r cwt yr oedd y gair *Office* ar ei ddrws. Safodd ac edrych yn syn arnynt.

'*What do you boys want up here?*' gofynnodd pan ddaethant ato.

'*Work, syr,*' meddai'r ddau ar unwaith.

'*Oh? And what can you do?*'

'*Anything you like, syr,*' atebodd Gwyn, a'i lygaid mawr yn llawn eiddgarwch.

'*Hm.*' Cuddiodd y dyn y wên a ddeuai i'w wyneb. '*What's your name?*' gofynnodd i'r hynaf o'r ddau.

'*Llew, syr. Llew Ifans.*'

'*And how old are you?*'

'Thirteen, syr, going fourteen. I started in the slate-quarry last August, but only three months' work I had. Then the strike came, and it's been on ever since, drawing on eight months now.'

'Hm. Are you his brother?'

'Essyr,' atebodd Gwyn.

'In school, I suppose?'

'Essyr. But the school will be broken in about a month . . .'

'Broken?'

'Essyr, for the holides, syr. A whole month, syr, and I could come here to work for you then, syr.'

Syllodd y goruchwyliwr ar y ddau, gan sylwi ar eu gwisgoedd tlodaidd ac ar y difrifwch eiddgar yn eu hwynebau tenau, llwyd. Yr oedd yn ddrwg ganddo trostynt.

'Pity, too, a great pity,' meddai. 'I could have done with a couple of strong fellows like you a few weeks ago.'

Gwthiodd Gwyn ei ên a'i frest allan, gan daflu golwg orchfygol ar ei frawd; cyn cychwyn buasai Llew'n ceisio'i gymell yn daer i aros gartref, gan haeru nad edrychai un cyflogwr ddwywaith arno.

'But I'm sacking men every week now,' ychwanegodd y dyn, 'and we may have to close the mine before long. Yes, indeed, a great pity,' meddai eilwaith. Tynnodd ei bwrs o'i boced.

'Where d'you come from?' gofynnodd.

'From Llechfaen, syr,' atebodd Llew.

'And we've walked all the way, syr,' meddai Gwyn.

'Here you are, here's a shilling each for you.'

'Thank you, syr, very much,' meddai Llew.

'Thank you, syr, very much,' meddai Gwyn ar ei ôl.

'*And now you must hurry back to the main road. That mist is moving down and it will be thick today. But you've got plenty of time if you don't dawdle on the way. Come along.*'

Aeth gyda hwy i lawr y llethr, ac ar y gwaelod ysgydwodd law â'r ddau. Gwthiodd Gwyn ei ên a'i frest allan eto, a phan droes ymaith ceisiodd frasgamu, gan wneud ymdrech ddewr i guddio'i gloffni. Chwifiodd y goruchwyliwr ei law arnynt cyn iddynt fynd o'r golwg, a nodiodd Gwyn yn gymrodol wrth chwifio'n ôl.

Ond wedi iddo gyrraedd y tro, rhoes Gwyn ei wrhydri heibio ac eisteddodd yn llipa ar fîn y llwybr. Tynnodd ei esgid, a chymerodd ei frawd hi oddi arno. Yr oedd dalennau uchaf y gwadn papur wedi crebachu'n anghysurus a thaflodd Llew hwy ymaith.

'Dyna ti, mi fyddi'n iawn, rŵan, Gwyn.'

Gwisgodd Gwyn yr esgid ac ailgychwynnodd y ddau. Yr oedd poen yn ysgriwio wyneb y brawd ieuangaf fel y ceisiai gyflymu'i gamau, ond daliai'i wyneb ymaith oddi wrth Llew rhag iddo feddwl ei fod yn llwfr. O'u blaenau ymnyddai'r llwybr fel sarff anesmwyth dan lonyddwch llwyd y creigiau, ond uwchlaw iddynt hwy yn awr nid oedd ond mwg y niwl. Crynai Gwyn yn yr oerni.

'Wyt ti'n oer, Gwyn?'

'Pwy sy'n oer?' oedd yr ateb, a her yn y llais.

'Mi ddeudis i ddigon wrthat ti am beidio â dŵad, on'd do? Fi fydd yn 'i chael hi gan Mam pan awn ni adra. Sbel fach rŵan.'

Gorffwysodd Gwyn ar garreg, gan fagu'i esgid yn ei ddwylo. Yna, pan gychwynasant, neidiodd ar un droed am ysbaid. Yr oeddynt tua hanner y ffordd yn ôl i'r Graig Lwyd.

22

'Mae'r niwl wedi cau tu ôl inni,' sylwodd Llew. 'Dim coblyn o ddim i'w weld, fachgan. Rhaid inni frysio. Tyd ar fy nghefn i, Gwyn.'

Dringodd Gwyn ar gefn ei frawd a chludodd Llew ef mor gyflym ag y gallai. Cadwodd ei lygaid ar y llwybr wrth ei draed, gan wybod bod y dibyn creigiog ar ei law dde. Pan roes ei faich i lawr ac ymsythu, rhythodd o'i flaen mewn dychryn. Ychydig lathenni—a diflannai'r llwybr drwy fur o niwl.

Gwyrodd a chymryd ei frawd ar ei gefn eto'n frysiog. Yna ceisiodd redeg, ond llithrodd ei droed ar garreg a syrthiodd ar ei wyneb. Gorweddodd y ddau ar fin mwsoglyd y llwybr, yn ofni symud: gerllaw iddynt, o fewn tri cham, yr oedd yr hafn, a'r niwl yn ymdreiglo trosti. Ymddangosai fel rhyw grochan enfawr, ysgeler, a mwg rhyw ddewiniaeth hyll yn hofran ynddi.

Cododd y ddau'n araf, a chwarddodd Llew i ymlid ymaith y braw o lygaid ei frawd.

'Rho dy fraich am f'ysgwydd i, Gwyn,' meddai, 'a thria roi'r pwysa ar sawdl dy droed ddrwg.'

Felly yr aethant am ryw ganllath, gan chwilio am y graig fawr wrth y fforch. Ond erbyn hyn yr oedd pob craig yn fawr yn y niwl, a chofiodd Llew fod tyfiant o fanwellt a mwsogl tros y fforch. Beth pe crwydrent trosti i'r rhostir noeth a baglu'n ddall tua rhyw ddibyn ysgithrog? Yr oedd yn well iddynt aros lle'r oeddynt.

'Tyd, Gwyn, mi awn ni i lechu o dan y graig 'ma a gweiddi am help.'

Aethant i gysgod un o'r creigiau, a rhoes Llew ei ddwy law wrth ei enau i weiddi.

'Help! Help!' Crwydrodd y llais ymhell drwy'r niwl, ac o ochr arall yr hafn islaw daeth gwatwar carreg ateb.

Ymunodd Gwyn yn y cri, a safodd y ddau'n gwrando'n astud.

'Clyw, Llew!'

'Ia, fachgan, mae 'na rywun wedi'n clywad ni.'

O rywle'n weddol agos deuai 'Ohoi!' mewn llais dyn, a daliodd y ddau fachgen i alw i arwain eu hachubydd atynt. Cyn hir ysgydwai'r ci Tos ei gynffon arnynt, gan droi ymaith wedyn i gyfarth am ei feistr. Ymhen ennyd camodd y bugail fel cawr allan o'r niwl.

'Lwc imi'ch dilyn chi,' meddai. 'Yr oeddwn i'n aros wrth y Graig Lwyd, rhag ofn.'

'Gwyn yn methu cerddad,' eglurodd Llew. 'Rhwbath ar 'i droed o.'

Cymerodd y dyn Gwyn ar ei gefn ac i ffwrdd â hwy. Yr oeddynt allan o'r niwl yn fuan, ond nid arhosodd y bugail nes cyrraedd y ffordd fawr.

'Pum munud bach rŵan, hogia,' meddai yno, a chymerodd y tri ohonynt gegaid o ddŵr o'r nant cyn eistedd am orig ar fin y ffordd.

'Wel, oedd 'na rywun yn y gwaith?'

'Oedd, y Manijar,' atebodd Llew.

'Fo oeddach chi isio'i weld?'

'Ia.'

Nodiodd y dyn, ond ni ddywedodd ddim. Yna cododd a chymryd Gwyn ar ei gefn eto.

'Rhaid i chi ddŵad adra hefo mi i nôl y merlyn,' meddai.

Wedi dilyn y ffordd fawr am ryw hanner milltir, troesant i'r chwith am dipyn, a gorffwysodd y bugail eto cyn dringo'r llethr tua thyddyn bychan gwyn yng nghesail y mynydd. Edrychai'n unig a digymorth iawn yno dan guwch craig enfawr, ac ymddangosai cloddiau ei gaeau bychain fel caerau a godwyd rywdro i amddiffyn y mymryn tir rhag lluoedd o gewri arfog. Safai gwraig ifanc wrth ddrws y tyddyn, a chwifiodd y bugail ei law arni. Chwifiodd hithau'n ôl, ond yn bur ddigyffro, a phan ddaethant at y tŷ sylwodd Llew ar ei hwyneb llym, pryderus, ac ar y caledwch yn ei llygaid. Yr oedd hi, meddyliodd, fel y tyddyn—yn dlawd ac unig ond her-feiddiol dan wg y graig.

'Dŵad ar draws y ddau yma ar y mynydd,' meddai'i gŵr wrthi. 'Ar y ffordd i'r gwaith copar, a'r niwl fel gwlân o'u cwmpas nhw.'

''Neno'r dyn, be' oeddan nhw isio yn fan'no ar bnawn Sadwrn fel hyn?'

'O, mae hynny'n gyfrinach fawr, Siân. Trio prynu'r lle, efalla'! Fe fydd siawns i mi gael job yno rŵan!'

Cariodd Gwyn i mewn i'r tŷ a'i roi i eistedd ar hen setl dderw ar y chwith i'r aelwyd. Eisteddodd Llew wrth ochr ei frawd, a daeth tri o blant llwyd a charpiog o rywle i syllu'n gegagored arnynt.

'Gad imi weld dy droed di,' meddai'r bugail wrth Gwyn, gan dynnu'i esgid a'i hosan. 'Hm, dim o bwys, ond 'i bod hi'n boenus, yntê, 'ngwas i?' Aeth i ddrôr y dresal a thynnu cadach gwyn oddi yno. 'Mi lapia' i hwn amdani hi, rhag ofn.' Yna troes at ei wraig. 'Rho damaid o fwyd iddyn nhw, Siân. Maen nhw bron â llwgu.'

Ni symudodd hi, dim ond taflu golwg hyll arno.

'Tamaid o fwyd, Siân,' meddai'i gŵr eilwaith. 'Maen nhw bron â llwgu.'

'Nid nhw ydi'r unig rai,' meddai hithau'n dawel, a'i llygaid yn galed.

'Twt, tyd yn dy flaen.'

'O ble'r wyt ti'n meddwl y daw'r bwyd, mi liciwn i wbod? O'r awyr? Manna o'r nef, fel yn y Beibil!'

Ond er hynny, troes ymaith i'r gegin fach, a rhoes y dyn winc ar Llew. Dychwelodd y wraig ymhen ennyd, gan ddwyn i mewn dorth a chaws a jygaid o lefrith. Ymunodd ei gŵr a'i thri o blant yn y wledd, a buan y diflannodd pob briwsionyn a phob mymryn o'r caws. Rhoes hithau ochenaid hir wrth syllu ar y platiau gweigion.

'Ddoist ti o hyd i'r ddafad 'na?' gofynnodd yn gas, fel petai hi'n chwilio am asgwrn cynnen.

'Dim golwg ohoni hi, Siân. Mi fûm i cyn belled â'r Graig Lwyd. Wn i'n y byd i ble'r aeth hi.'

Yr oedd geiriau brathog ar flaen ei thafod hi, ond cododd ei gŵr yn frysiog.

'Rydach chi am gael reid adra ar gefn merlyn mynydd, hogia,' meddai wrth Gwyn a Llew. 'Bob cam i Lechfaen. Mi a' i i roi cyfrwy arno fo rŵan.' Ac i ffwrdd ag ef.

Wedi iddo fynd, bu tawelwch annifyr. Aethai dau o'r plant allan gyda'u tad, a chrwydrodd y trydydd, yr ieuangaf, at y ffenestr fechan. Croesodd ei fam ato, gan roi'i braich am ei ysgwydd. Safodd yno'n llonydd a thawel fel delw, a'i hysgwyddau, er nad oedd hi ond ifanc, yn dechrau crymu ac arian yn ymsaethu drwy dduwch ei gwallt. Buasai gynt yn ferch dlos a'i llygaid a'i gwallt yn loywddu, ond diffoddwyd pob gloywder ynddi bellach ac ymddangosai'n awr fel un wedi'i threchu gan dlodi ei byd, yn bod ac nid yn byw mwyach. O'i blaen, drwy'r ffenestr, ymwthiai esgyrn y graig drwy groen y caeau bychain, llwm, a'r llethrau oddi tanynt; yna, yr ochr arall i'r cwm, nid oedd ond noethni caregog y mynydd. Rhyw fyd anial, llwyd. Ochneidiodd.

'Y Goits Fawr, Mam!' gwaeddodd y bachgen, gan bwyntio'n gyffrous tua'r ffordd fawr islaw. Daliai'r Goits

Fawr i redeg, fel rhyw grair o oes a fu, drwy'r cwm anghysbell hwn.

'Ia, y Goits Fawr, Huw bach,' meddai hithau, gan wenu arno. Ond ni ddôi gwên i'w llais. 'Ia, y Goits Fawr,' meddai drachefn, y tro hwn yn dawel a hiraethus, 'yn mynd i lawr i'r dre, lle mae pobol a siopa a hwyl a chwerthin, Huw bach.'

'Lot o bobol, Mam?'

'Ia, lot o bobol, cannoedd o bobol.' Dywedai'r geiriau'n araf, gan syllu'n ddig ar yr unigrwydd creigiog oddi tani. Yna troes at y ddau fachgen ar y setl.

'Be' oeddach chi isio yn y gwaith copar?'

'Gweld ein cefndar,' atebodd Llew yn gyflym. 'Ond doedd o ddim yno.'

'Mae o wedi cael y sac, yn fwy na thebyg,' meddai hi, gan chwerthin yn sur. 'Fel fy ngŵr i ac ugain o rai eraill. Dim ond rhyw hanner dwsin sy ar ôl yno, ac fe fydd y rheini'n gorfod hel 'u traed cyn hir. Hy, gwaith copar, wir!' Chwarddodd yn chwerw eilwaith.

'Roedd y Manijar yn ddyn neis iawn,' sylwodd Llew.

'Oedd, 'nen' Tad,' ategodd Gwyn yn ei ffordd hen-ffasiwn, gan nodio'n ddwys. Yna tynnodd y swllt o'i boced a'i daro ar y bwrdd. 'I dalu am ein bwyd,' meddai.

'Na wna', wir, chymera' i mono fo,' meddai hi, gan ei gipio o'r bwrdd. Ond cadwodd ef yn ei llaw er hynny.

'Chwarelwr ydi'ch tad?' gofynnodd ymhen ennyd.

'Ia, a finna,' atebodd Llew. 'Ond ein bod ni ar streic ers misoedd bellach, wrth gwrs.'

'Faint ydi'ch oed chi?'

'Bron yn bedair ar ddeg. Rhyw dri mis o waith ges i, ac wedyn fe ddaeth y streic.'

'Oeddach chi'n 'nabod fy ngŵr i yn y chwaral?'

'Roeddwn i wedi'i weld o yno. Ond doedd o ddim yn gweithio yn f'ymyl i. Sut yr oedd o'n mynd i Lechfaen? Beic?'

'Ia, bob bora Llun a dŵad yn 'i ôl bob pnawn Sadwrn. Fe gafodd le wedyn yn y gwaith copar 'na. Ond rŵan . . .' Ochneidiodd, a throi i syllu'n ddiysbryd eto drwy'r ffenestr.

'Ydi pethau'n ddrwg yn Llechfaen acw?' gofynnodd, ond heb droi'i phen.

'O, yr ydan ni'n cael arian o Gronfa'r Streic ac o'r Undab. Does neb yn llwgu acw.'

'Nid dyna on i'n feddwl.'

'Ynglŷn â'r Bradwyr?'

'Ia. Mae 'na gwarfod mawr acw heno, on'd oes?'

'Oes. Fe fydd 'na le acw! Fe ddechreuodd yn agos i dri chant o Fradwyr yn y chwaral ddydd Mawrth dwytha'.'

'Felly y clywis i. Roedd fy ngŵr i wedi meddwl mynd i Lechfaen heno i'r cwarfod. Ond mi fedris i 'i berswadio fo i beidio.'

'Pam?' gofynnodd Llew.

'Am 'i fod o'n un mor wyllt. Yn y jêl y basa fo cyn diwadd y nos, yr ydw i'n siŵr. Welsoch chi'r helynt yn y chwaral cyn i'r streic ddechra?'

'Do, yr oeddwn i yno.'

'Welsoch chi Dic 'ma'n cydio yn y contractor hwnnw ac yn 'i daflu o dros wal yr offis?'

Ni wyddai Llew beth i'w ddweud. Awgrymai'r ffordd y gofynnai hi'r cwestiwn nad edmygai hi wrhydri ei gŵr y diwrnod hwnnw.

'Fe gostiodd bedair punt iddo fo o flaen yr ynadon,' chwanegodd hi yn chwerw. 'Ac fe gollodd 'i waith cyn i'r streic ddechra o ddifri'. Roedd o wedi colli'i ben yn lân, on'd oedd?'

'Sylwis i ddim arno fo,' meddai Llew. 'Roedd 'na dyrfa fawr o gwmpas y contractor, a fedrech chi ddim sylwi ar neb yn neilltuol.'

Ond celwydd a ddywedai Llew. Ar y bore Mercher bythgofiadwy hwnnw yn niwedd Hydref, pan ffrwydrodd yr helynt gyntaf yn y chwarel, dilynasai ef y dorf o ddynion at ymyl y swyddfa. Yr oedd y contractor, dyn o'r enw John Huws, wedi medru dianc o afael y gweithwyr a'i hebryngai o'r chwarel, i'r swyddfa a chloi'r drws ar ei ôl. Torrodd dyrnaid o chwarelwyr cryfion y drws i lawr a llusgwyd Huws, yn crefu'n ddychrynedig am drugaredd, allan. Ar waliau a chytiau a chreigiau a thomennydd safai cannoedd o wŷr yn gwylio ac yn bloeddio 'Hwrê!': ymunai hyd yn oed wŷr tawel a phwyllog yn y gweiddi a'r ysgwyd dyrnau, oherwydd yr oedd y contractor hwn—a phob contractor yn y chwarel, o ran hynny—yn ffiaidd gan bawb. Cychwynnodd y gosgorddlu eilwaith, ond llwyddodd Huws i ddianc eto, i mewn i swyddfa arall y tro hwn. Buan y maluriwyd y drws hwnnw hefyd, a phan lusgwyd y contractor allan gwelai Llew, a ddringasai i ben mur uchel, ddau ddyn yn cydio yn Huws a'i hyrddio'n bendramwnwgl tua'r wal o flaen y swyddfa. Yna gafaelodd un ohonynt yn ei war ac yn ei lodrau a'i godi ar un hwb dros y wal, cyn neidio'r mur ar un llam ar ei ôl. Dic Bugail oedd y gŵr cryf ac ystwyth hwnnw.

'Yr oeddwn i am iddo fo aros yma heno,' meddai'r wraig. 'Ond rŵan mae o wedi cael esgus da i fynd i Lechfaen ar y merlyn. Mae'i waed o'n berwi wrth feddwl am y Bradwyr, ac mae o'n siŵr o ymladd hefo rhai ohonyn nhw os gwêl o rai ar y stryd.'

'Rhaid i chi ddim poeni am hynny,' sylwodd Llew, i'w chysuro. 'Fe fydd y Bradwyr i gyd yn 'u tai heno, gellwch fentro. Ddaw yr un ohonyn nhw yn agos i'r orymdaith nac i'r cwarfod. Mi fyddan fel llygod yn 'u tylla.'

'Mae'n amlwg nad ydach chi ddim yn hoff o'r Bradwyr,' meddai hi, â gwên.

'Mi fasa'n well gin i lwgu na throi'n Fradwr a sleifio'n ôl i'r chwaral heb i'r dynion i gyd fynd yn ôl hefo'i gilydd.' Siaradai Llew rhwng ei ddannedd.

'Oes 'na lawar yn dal i adael Llechfaen?' gofynnodd y wraig.

'Oes, bob wythnos.'

'I ble?'

'I bob man. I'r gwaith dŵr yn Rhaeadr, i ddocia Lerpwl, i Heysham, rhai i 'Mericia, y rhan fwyaf i'r Sowth.'

Tynnodd hi anadl cyflym. Safai â'i chefn at Llew, gan syllu drwy'r ffenestr, ond gwelodd ef ei chorff fel pe'n tynhau, a daeth rhyw gyffro i'w llais.

'I ble yn y Sowth?'

'I Gwm Rhondda y mae'r rhan fwyaf yn mynd.'

'Faint mae'r trên yn gostio?'

'Wn i ddim. Rhyw ddwybunt, yr ydw i'n meddwl. Mae 'na ddigon o waith yno, meddan nhw. A chyflog da.'

Daeth y bugail i mewn.

'Cyflog da ymhle?' gofynnodd, gan wenu ar Llew.

Troes ei wraig yn gyflym o'r ffenestr.

'Yn y Sowth,' atebodd, a'i llais yn galed. 'I'r rhai sy â rhyw fentar yn 'u gwaed nhw.'

Taflodd ef olwg ddig arni, ond ni ddywedodd ddim.

'Wel, ydach chi'n barod, hogia?' gofynnodd i'r ddau fachgen. 'Mae'r merlyn tu allan.'

'Ydan,' meddai'r ddau, gan godi oddi ar y setl.

'Maen nhw isio talu am 'u bwyd,' meddai'i wraig wrtho, gan ddangos y swllt a ddaliai o hyd yn ei llaw.

'Ydyn nhw wir!' Cymerodd y swllt oddi arni a'i wthio i law Gwyn.

Dilynodd y ddau ef tua'r drws. O gongl ei lygad gwelodd Llew ei frawd yn rhoi'r swllt yn frysiog yn nwylo'r plentyn ieuangaf.

'Cymar di ofal heno, Dic,' galwodd ei wraig ar ôl y bugail.

'Gofal?'

'Ia. Dim cwffio, cofia. Mae 'na lond Llechfaen o blismyn, ac yn y Rhinws y byddi di os codi di dwrw. Cofia di, rŵan.'

Ceisiodd y ddau fachgen edrych yn ddidaro wedi i Dic Bugail eu rhoi ar gefn y merlyn, ond mewn gwirionedd teimlent fel dau arwr ar gychwyn i ennill y byd. Aethai Llew yn ddyn yn ystod ei drimis yn y chwarel, yn glamp o chwarelwr a fedrai sgwario'i ysgwyddau a phoeri rhwng ei ddannedd a gwneud i'w drowsus melfaréd wichian yn uchel pan gerddai; ond er hynny, hogyn ydoedd yn ei galon, a disgleiriai'i lygaid yn awr.

'Dal d'afael yn 'i fwng o, Gwyn,' meddai, gan swnio'n ddoeth, yn 'hen law' ar farchogaeth, ond gan fethu cuddio'r cyffro a ddôi i'w lais. 'Mae o mor ddiniwad ag oen, wsti.'

'Ydi, 'nen' Tad,' cytunodd Gwyn, fel un a farchogasai filoedd o feirch anhydrin yn ei ddydd.

Arweiniodd Dic y merlyn yn araf a gofalus i lawr y llwybr tua'r ffordd fawr, ac yno neidiodd yntau i fyny tu ôl i'r ddau farchog eofn ac urddasol a âi allan yn gorchfygu ac i orchfygu. Daliai Gwyn ei ben i fyny ac edrychai'n herfeiddiol o'i flaen, ond weithiau taflai olwg ffroenuchel ar graig neu lidiart ar fin y ffordd. Cyn hir, er hynny, fe gollodd yr antur ei newydd-deb, a theimlai'r marchog dewr yn bur flinedig: gwyrai'i ben, fel petai bron â chysgu, a hiraethai Llew yntau am gyrraedd adref. Tawedog oedd y bugail hefyd, ond yn sydyn gofynnodd:

'Be' ddeudodd y wraig wrthach chi pan ddaru chi sôn am y Sowth?'

'Dim ond gofyn faint oedd hi'n gostio i fynd yno,' atebodd Llew.

'Oes 'na lawar yn dal i fynd?'

''Rargian, oes. Mae 'na drên sbesial yn gadal ddydd Mawrth nesa'. Am chwech y bora.'

'Felly clywis i. Faint fydd arno fo?'

'Ugeinia, meddan nhw. Yr on i isio mynd, ond chawn i ddim gan 'Nhad.'

'Pwy ydi dy dad?'

'Edward Ifans.'

'Tan-y-bryn?'

'Ia.'

'Rwyt ti'n frawd i Idris, felly?'

'Ydw. Mae Idris yn mynd i'r Sowth fora Mawrth.'

'Ydi o? Taw fachgan!'

Bu tawelwch rhyngddynt am ysbaid, ac yna gofynnodd y bugail yn sydyn:

'Oes 'na le o hyd ar y trên 'na?'

'Oes, digon, am wn i . . . Pam?'

'Hidiwn i ddim â mynd hefo Idris, wsti.'

'Wn i ddim sut ydach chi'n medru byw mewn lle mor unig,' sylwodd Llew.

Chwarddodd Dic yn dawel. 'Mae'r hen fynydd 'na yn mynd i waed rhywun,' meddai. 'Yn y tyddyn bach 'na y magwyd fi, wel'di, a 'Nhad o'm blaen i, a rhywfodd . . .

Mi fûm i'n drofun symud i Lechfaen droeon, ar ôl imi roi'r gora i'r defaid a dechra yn y chwaral . . .'

'Ers faint ydach chi'n gweithio yn y chwaral, 'ta?'

'Wyth mlynadd. Bugeilio a chadw tipyn o dyddyn yr on i cyn hynny. Ond fedrwn i ddim cael bywoliaeth, wsti, ac mi werthis fy nefaid a'r ddwy fuwch i Ned, brawd y wraig. Fo bia'r merlyn 'ma. Do, mi fûm i'n drofun chwilio am dŷ yn Llechfaen, ond pan ddown i adra ar ddiwedd wythnos, hyd yn oed yn y gaea' a'r eira dros bob man, fedrwn i ddim meddwl am adael yr hen le.'

'Ond beth am eich gwraig?'

'Yn rhyfadd iawn, yr oedd hitha yr un fath. Y tyddyn nesa'—Ned 'i brawd hi sy yno rŵan—oedd 'i hen gartra hi. Ond rŵan, ers rhyw ddeufis, er pan orffennis i yn y gwaith copar, y Sowth ydi popath ganddi hi . . . Oeddat ti'n 'nabod Wil Llwyn Bedw yn Llechfaen acw?'

'Oeddwn yn iawn. Roedd o'n gweithio yn ymyl 'Nhad a finna. Fo oedd un o'r rhai cynta' i adael am y Sowth, yn fuan ar ôl i'r streic ddechra. Piti amdano fo, yntê? Fe gafodd 'i ladd y dwrnod cynta' yr aeth o i lawr y pwll glo.'

'Yr ail ddwrnod.'

'O?'

'Mi sgwennodd ata' i ar ddiwadd y dwrnod cynta', yn gofyn imi ddŵad i lawr ato fo.'

'Roeddach chi'n ffrindia mawr hefo fo, felly?'

'Roedd Wil yn frawd imi. F'unig frawd.'

'O, mae'n . . . mae'n ddrwg gin i.'

Ymdroellai'r ffordd i lawr drwy unigrwydd y cwm, rhwng waliau moelion, dan serthni creigiog, is llethrau addfwynach lle porai defaid, ymlaen heibio i rengau o binwydd tal, yna rhwng gwrychoedd deiliog tua thir mwy gwastad le tyfai ambell dderwen ac ambell fedwen arian.

Yn is i lawr yr oedd amryw o bobl yn brysur hefo'r gwair mewn cae bychan. Sylweddolai Llew mor bell y cerddasai ef a Gwyn y diwrnod hwnnw, ac arswydai wrth feddwl am ei frawd, pe baent heb gyfarfod y bugail, yn ceisio llusgo'i draed bob cam yn ôl adref.

Daeth Llechfaen a'i chwarel fawr i'r golwg o'r diwedd. Ymguddiai'r rhan fwyaf o'r chwarel tu ôl i fryncyn coediog ar y chwith, ond gwelid rhai o'i chreigiau llwydlas bob ochr iddo ac un domen hir yn ymgreinio tua'r pentref. Yr oedd yr hwyr yn dawel iawn, ond oddi draw, o strydoedd Llechfaen, deuai sŵn tyrfa o bobl a phlant, rhai yn canu, rhai yn gweiddi 'Hwrê!'

'Yr orymdaith cyn y cwarfod,' meddai Llew.

'Ia, fachgan. Diawch, fe fydd 'na le yn Llechfaen heno!'

Cyn hir aethant heibio i geg y ffordd a arweiniai i'r chwarel.

'Y tro dwytha' y bûm i y ffordd yma, ryw dair wythnos yn ôl,' sylwodd y bugail, 'yr oedd gwellt a mwsog' yn dechra tyfu dros yr hen lôn. Doedd 'na fawr neb wedi cerddad hyd-ddi ers misoedd lawar. Ond rŵan . . . Y diawliaid! "Fe fydd y lôn yn fwsog' ac yn wellt i gyd cyn yr aiff neb yn ôl ond ar delera'r gweithwyr," meddwn i wrthyf fy hun y tro hwnnw.'

'Oeddach chi ddim wedi clywad bod y swyddfa'n gwahodd enwau rhai i ailddechra?' gofynnodd Llew.

'Oeddwn. Ond wnes i ddim meddwl y basa neb yn ddigon o lwfrgi i gymryd yr un sylw o'r gwahoddiad. Y nefoedd fawr, a rŵan mae 'na dri chant o'r tacla!'

'Aiff neb o'n tŷ ni yn ôl nes bydd y dynion i gyd yn mynd, yr ydw i'n siŵr o hynny,' sylwodd Llew. 'Mi fasa'n well gan 'Nhad weld Idris ne' fi yn ein bedda na chael ein bod ni wedi troi'n Fradwyr.'

'Basa, mi wn. Petai pob gweithiwr yn Llechfaen wedi mynd yn ôl i'r chwaral ar y telera yna, fe fasai dy dad mor benderfynol ag erioed, wel' di. Un o'r dynion gora yn yr hen chwaral 'na, 'ngwas i.'

'Ia,' cytunodd Llew yn dawel.

'A'th frawd Idris, o ran hynny,' chwanegodd y bugail. 'Mi fûm i'n gweithio yn ymyl y ddau, ym Mhonc Victoria, am dipyn. Cerrig reit dda, ond mi ges fy symud oddi yno i glirio rwbal yn y Twll Dwfn, a hynny heb reswm o gwbwl . . . Lle buo Idris y misoedd dwytha' 'ma?'

'I ffwrdd yn chwaral Llan-y-graig am ryw fis, wedyn yn Llanarfon, wedyn yng Nghwm-y-groes. Ond pan ddaru nhw ddallt 'i fod o'n un o streicwyr Llechfaen, fe gafodd y sac bob tro. Wedyn fe aeth i Aberheli fel nafi, yn dyfnhau'r afon ar gyfer y stemars. Dim ond rhyw dair wythnos fuo fo yno.'

'Be' ddigwyddodd? Yr un peth?'

'Ia.'

'Hm. Maen nhw'n dallt 'i gilydd, wsti.'

'Y Meistri?'

'Ia, dyna ydw i'n ddeud, beth bynnag . . . Oes gan Idris holiad am le yn y Sowth 'na?'

'Oes. Mae'i hen bartnar o, Bob Tom, yn deud y caiff o waith ar unwaith yno.'

Buont yn dawel am dipyn, ac yna gofynnodd y bugail:

'Faint o blant ydach chi?'

'Pump i gyd. Gwyn a finna a Dan . . .'

'Be' mae Dan yn wneud?'

'Mae o yn y Coleg, yn mynd yn *deacher*. Wedyn mae fy chwaer Megan a'i gŵr yn byw hefo ni.'

'Rydach chi'n llond tŷ, felly.'

35

'Ydan, 'nen' Tad. Ac mae Idris a'i wraig a'i ddau o blant y drws nesa' a F'ewyrth John, brawd fy nhad, yn union dros y ffordd.'

Deuent i mewn i brif stryd y pentref yn awr, a deffroesai Gwyn o'i hanner-cwsg, gan ymsythu ar gefn y merlyn: yr oedd am fwynhau'r eiddigedd yn llygaid rhai o'i gyfeillion ysgol a ddigwyddai fod ar yr heol. Ond fel y marchogent i mewn i Lechfaen, gwelent fod y lle'n ferw drwyddo. Llifai pobl tua'r Neuadd Fawr yng nghanol y pentref, a cherddai llawer o blismyn yn dalog ar hyd y palmant. Daethai'r plismyn o bob rhan o'r sir, i amddiffyn y Bradwyr ar eu ffordd i'r chwarel ac oddi yno bob bore a hwyr, ond galwyd hwy oll allan yn awr i wylio'r orymdaith a'r cyfarfod.

'Pentra o blismyn, myn coblyn i!' sylwodd Dic.

Cyflymodd gamau'r merlyn, gan feddwl brysio drwy'r pentref cyn i'r orymdaith gyrraedd i lawr o'r strydoedd uchaf i'r brif heol. Ond cryfhâi'r canu a'r gweiddi bob ennyd, ac fel y nesaent at y tro i Dan-y-bryn, y stryd serth lle trigai'r ddau fachgen, gwelent bobl a phlismyn yn ymgasglu ar ei gwaelod.

'Gwell inni aros nes bydd y prosesiwn wedi mynd heibio,' meddai'r bugail, 'rhag ofn i'r merlyn 'ma ddychryn a thrio gwneud tricia.'

Tywalltodd yr orymdaith i lawr drwy geg Tan-y-bryn, ugeiniau o blant i ddechrau, pob un yn canu nerth ei ben:

> 'Mae'r ffordd yn rhydd i bawb,
> Mae'r ffordd yn rhydd i bawb.
> Hidiwch befo'r plismyn,
> Mae'r ffordd yn rhydd i bawb.'

Yna cerddai gwŷr ifainc yn dwyn baneri:—

BYDDWCH FFYDDLON I'CH CYDWEITHWYR
NID OES BRADWYR YN Y DORF HON
GWELL ANGAU NA CHYWILYDD—

a thu ôl iddynt hwy, yn rhesi o chwech, gannoedd o chwarelwyr penderfynol. Tramp, tramp, tramp—a beidiai sŵn y traed byth ar gerrig yr heol? A ddeuai diwedd yr orymdaith enfawr? Neidiodd Dic Bugail oddi ar y merlyn ac arweiniodd yr anifail yn frysiog a chyffrous at waelod Tan-y-bryn.

'Hwrê, 'r hen hogia!' gwaeddodd dro ar ôl tro, gan gyfarch rhai a adwaenai. Yna, gan ddangos ei ddyrnau, 'Lle maen nhw? Lle maen nhw?'

Wedi i gynffon yr orymdaith droi i'r brif stryd, neidiodd Llew hefyd oddi ar gefn y merlyn, a thynnwyd Gwyn yn ôl dipyn i eistedd mewn unigrwydd urddasol yn y cyfrwy. Ond nid oedd fawr neb i edmygu'r marchog, gan fod llif yr orymdaith wedi ysgubo pawb gydag ef. Pan oeddynt hanner y ffordd i fyny Tan-y-bryn, rhedodd Llew o'u blaenau a throi i mewn i dŷ â'r gair 'Gwynfa' uwch ei ddrws. Aeth yn syth i'r gegin.

'Hylô, Mam! Lle mae pawb?'

'Lle mae pawb, wir! Yn chwilio amdanoch chi, debyg iawn. Ydi Gwyn hefo ti?'

'Ydi, tu allan.'

'Lle buoch chi, y cnafon bach? Rydan ni ar biga'r drain ers oria yma. Lle buost ti, hogyn? Ydi Gwyn yn iawn? Gawsoch chi fwyd? Lle mae o gin ti?'

Gwraig fawr ganol oed oedd Martha Ifans, â llais uchel, treiddgar. Fflachiai dicter yn ei llygaid yn awr, ac edrychai fel petai am hanner-ladd ei mab. Ond gwyddai Llew nad oedd ei fam yn un i'w hofni: ei phryder a'i gwnâi mor gas.

'Mae popeth yn iawn, Mam. Colli'n ffordd yn y niwl ddaru ni, a . . .'

'Niwl? Niwl? Pa niwl?'

'I fyny yn Nant-y-foel.'

'Nant-y-foel? Yr argian fawr, be' oeddach chi isio mewn lle felly?'

'Chwilio am job yn y gwaith copar, a mi fu'n rhaid i Gwyn gael dŵad hefo fi. Mi wnes i fy ngora glas i'w berswadio fo i beidio, ond . . .'

'Ddaru o gerddad bob cam i fan'no, a'r hen fflachod o 'sgidia 'na am 'i draed o?'

'Do, ond . . .'

'Be' oedd ar dy ben di, hogyn, yn gadal iddo fo drampio mor bell? Lle'r oedd dy synnwyr di?'

Daeth Gwyn i mewn, yn bur gloff, a'r bugail tu ôl iddo.

'Fe ddaeth y dyn 'ma â ni'n ôl ar gefn 'i ferlyn,' eglurodd Llew.

'O, sut ydach chi?' meddai'r fam. 'Dowch i ista i'r fan yma wrth y bwrdd i chi gael panad hefo ni.'

'Na, dim diolch yn fawr. Rydw i am fynd i'r cwarfod.'

'Mi gewch fynd i'r cwarfod ar ôl llyncu tamaid. Mae gynnoch chi ddigon o amsar. Fydda' i ddim dau funud . . . Tyd ditha at y bwrdd, y gwalch bach,' chwanegodd wrth Gwyn. 'A thyn y 'sgidia 'na, imi gael gweld dy droed di. Gwaith copar, wir! Roeddat titha'n meddwl y cait ti waith yno, mae'n debyg!'

'Mi ddeudodd y dyn,' dechreuodd Gwyn, ond gwthiodd ei fam ef i gadair wrth ben y bwrdd. 'Tyn y 'sgidia 'na,' meddai'n swta, 'imi gael rhoi dy draed di mewn dŵr a halan.'

Yr oedd pentwr o fara-'menyn wedi'i dorri'n barod, a dug Martha Ifans gaws a thorth frith i'r bwrdd.

'Te go sâl gewch chi, mae arna' i ofn,' ymddiheurodd i'r dieithryn, 'a chitha wedi dŵad mor bell. Ond does gin i ddim wy na thamaid o gig yn y tŷ. Rydach chi'n gwbod sut y mae petha arnon ni rŵan.'

'Mae hwn yn gampus, wir,' meddai Dic, gan dorri tamaid o gaws iddo'i hun. 'Rydw i'n ddiolchgar iawn i chi.'

'Dowch, 'stynnwch.'

Tywalltodd de iddynt, ac yna dug ddysgl a dŵr ynddi o'r gegin fach. Wedi tywallt dŵr cynnes a thaflu pinsiad o halen iddi, tynnodd hosanau Gwyn, ac â'i draed yn y ddysgl y bu raid iddo ef fwyta'i de. Fel yr âi'r halen i'r chwysigen dan ei droed, caeodd ei lygaid a'i ddannedd mewn poen, ond ni chafodd ddim cydymdeimlad gan ei fam.

'Lle mae 'Nhad?' gofynnodd Llew.

'Ym mhle'r wyt ti'n meddwl? Yn y dre yn chwilio amdanoch chi, y fo ac Idris. Ac mae'r ddau'n mynd i golli'r cwarfod o'ch achos chi, mae arna' i ofn. Ac roedd dy dad i fod i siarad yno. Pam na fasat ti'n deud dy fod di'n mynd, hogyn?'

'A Megan?'

'Mi aeth hi a Dan i fyny i'r Hafod yn syth ar ôl te, rhag ofn eich bod chi yn fan'no yn helpu hefo'r gwair. Mae'n debyg 'u bod nhw wedi crwydro i bob ffarm ar yr hen fynydd 'na erbyn hyn.'

'Ac Ifor?' Ei frawd yng nghyfraith, gŵr ei chwaer Megan, oedd Ifor.

39

'I'r cwarfod y deudodd o 'i fod o'n mynd.'

Cofiodd Llew ei bod hi'n nos Sadwrn a, cyfarfod neu beidio, mai parlwr y Snowdon Arms oedd y lle tebycaf i ddod o hyd i Ifor. Ni sylwasai arno yn yr orymdaith, meddai wrtho'i hun.

Daeth Edward Ifans ac Idris i mewn. Yr oedd golwg luddedig arnynt, wedi cerdded y chwe milltir o'r dref.

'O, a dyma nhw, ai e?' meddai'r tad.

'Hylô, Dic, 'ngwas i!' cyfarchodd Idris y bugail.

'Ia, dyma nhw,' ebe'r fam. 'Wedi cerddad i'r gwaith copar yn Nant-y-foel. I chwilio am waith, os gwelwch chi'n dda! Ac fe fu raid i'r gŵr bonheddig 'ma ddŵad â nhw adra ar gefn 'i geffyl.'

'Merlyn, Mam, merlyn mynydd,' cywirodd Idris. 'Ac nid gŵr bonheddig ydi hwn ond Dic Jones—Dic Bugail i bawb yn y chwaral. Yntê, Dic?'

'Mae o wedi bod yn ffeind iawn, beth bynnag,' ebe Martha Ifans. Yna troes at ei gŵr. 'Deudwch y drefn wrthyn nhw, Edward, yn lle sefyll fel delw yn fan'na.'

Dyn tal, tenau, myfyrgar yr olwg, oedd Edward Ifans, a'i wallt tonnog yn britho'n gyflym, yn arbennig uwch ei dalcen uchel, hardd.

'Gyrrwch nhw i'r gwely, Martha,' meddai'n dawel. 'Mi siarada' i hefo nhw 'fory. Rhaid imi fynd i'r cwarfod rŵan.'

'Dim heb yfad panad a llyncu tamaid. Hwdiwch. A thyd ditha at y bwrdd, Idris.'

'Rydach chi'n anghofio mai yn y drws nesa' yr ydw i'n byw, Mam,' sylwodd Idris, gan wenu.

'Mae Kate wrthi'n rhoi'r plant yn 'u gwlâu,' oedd ateb ei fam. 'Mi gei redeg i mewn yno cyn iti fynd i'r cwarfod.'

Eisteddodd Idris ac Edward Ifans wrth y bwrdd i fwyta'n frysiog.

'Wyt ti am ddŵad i'r cwarfod, Dic?' gofynnodd Idris i'r bugail.

'Ydw. Ac mae arna' i isio gweld ysgrifennydd y gronfa.'

'Roeddan nhw'n talu allan neithiwr,' meddai Edward Ifans. 'Punt i wŷr priod a chweugian i rai erill.'

'Mi fedra' i wneud hefo'r bunt 'na,' sylwodd Dic Bugail yn dawel.

'Ac hefo'r hannar coron 'ma,' meddai Edward Ifans, gan dynnu un o'i boced a'i wthio i'w law. 'Yr ydan ni'n ddiolchgar iawn i chi, Dic.'

'Dim peryg', Edward Ifans, dim coblyn o beryg'! Rydw i'n dlawd, ond nid yn rhy dlawd i wneud cymwynas. Ac, i ddeud y gwir, ron i'n falch o gael esgus i ddŵad i Lechfaen 'ma heno.'

'Y wraig ofn iti gwffio yma, Dic?' gofynnodd Idris, â gwên.

'Ia, fe fu hi'n ddadl fawr acw bora, fachgan. A finna'r cradur bach mwya' diniwad fu mewn trowsus erioed! Ond fe fydd Siân yn iawn heno, ar ôl imi gael punt o'r Gronfa 'na.'

'Tyd di i ista hefo mi yn y cwarfod, 'ngwas i,' meddai Idris. 'Mi ofala' i na fydd dy ddwylo di ddim yn troi'n ddyrna.'

Sylwasai Dic ar ei ffordd i fyny Tan-y-bryn fod cerdyn yn ffenestr pob parlwr bron ac arno'r geiriau 'nid oes bradwr yn y tŷ hwn'. Gwelai fod un ar y silff-ben-tân, yn union gyferbyn â'r lle yr eisteddai ef wrth y bwrdd. Nodiodd tuag ato.

'Syniad pwy oedd hwn'na?' gofynnodd.

'J.H.,' atebodd Idris. J.H. oedd Ysgrifennydd pwyllgor answyddogol y dynion. 'Un da ydi o hefyd.'

'Ia. Rhaid i minna gael un i fynd adra.' Syllodd Dic yn hir ar y cerdyn cyn chwanegu, 'Ron i'n sylwi nad oedd 'na'r un yn ffenest Twm Parri—Twm Cwcw, chwedl ninna—ar waelod Tan-y-bryn 'ma. Mae o'n un o'r Bradwyr, felly?'

'Ydi,' meddai Edward Ifans yn dawel. 'Oeddach chi'n ffrindia hefo fo, Dic?'

'Mi fûm i'n gweithio hefo fo, yn clirio rwbal yn y Twll Dwfn. Ond fuo fo ddim yno'n hir. Fe fedrodd lyfu llaw Price-Humphreys yn ddigon da i gael 'i symud i fargan ym mhen arall y Twll. Fe droes yn Eglwyswr wedyn . . . O, fe fydd Twm Parri'n stiward yn reit fuan, gewch chi weld.' Cododd Dic oddi wrth y bwrdd. 'Yr ydw i'n meddwl y galwa' i i weld yr hen Dwm ar fy ffordd i'r cwarfod,' meddai.

'Wnei di ddim o'r fath beth, 'ngwas i,' ebe Idris. 'Yr wyt ti yn fy ngofal i heno, Dic Bugail, ac rwyt ti'n mynd i roi llonydd i Twm Parri, a phob Twm arall.' Cododd Idris. 'Mi reda' i i'r drws nesa' am funud i weld sut mae Kate a'r plant. Fydda' i ddim chwinciad.'

Brysiodd ymaith, a chododd Edward Ifans yntau oddi wrth y bwrdd.

'Ydi, mae'n hen bryd inni gychwyn,' meddai.

Safodd Llew hefyd, a rhyw olwg benderfynol ar ei wyneb.

''Nhad?'

'Ia, Llew?'

'Yr ydw inna'n dŵad i'r cwarfod.'

'Mi glywist be' ddeudodd dy dad,' meddai'i fam yn ddig. 'Yr ydach chi'ch dau'n mynd yn syth i'r gwely 'na.'

42

"Nhad?'

'Ia, Llew?'

'Yr ydw inna'n chwarelwr, on'd ydw?'

'Wyt, yn anffodus, 'ngwas i, wyt.'

'Os felly, mae gin i lais yn y cwarfod, on'd oes?'

Llithrai gwên er ei waethaf i wefusau'r tad.

'On'd oes?'

'Wel . . . oes, fachgan. Wnes i ddim meddwl am hynny, wel' di.'

Taflodd Martha Ifans ei phen i fyny mewn anobaith wrth droi ati i glirio'r bwrdd. Cafodd Gwyn druan flas ei thafod ar ei ffordd i'w wely.

PENNOD 2

Yr oedd tyrfa fawr, yn wŷr a gwragedd a phlant, tu allan i'r neuadd, a chadwai rhyw ddwsin o blismyn olwg warcheidiol arnynt. Gan na ddaliai'r Neuadd ond rhyw bum cant ar y gorau, dim ond chwarelwyr a gâi fynd i mewn i'r cyfarfod.

Ymwthiodd Edward Ifans ac Idris a Dic Bugail ymlaen cyn belled ag y gallent, ond bodlonodd Llew ar sefyll wrth y drws. Yr oedd y lle'n orlawn, ac eisteddai dynion ifainc ar fin y ffenestri ac ar ochrau'r llwyfan ac ar y llwybr a redai drwy ganol y neuadd. Safai plisman bob rhyw deirllath wrth y mur, y ddwy ochr i'r adeilad.

'Rhwbath wedi digwydd?' sibrydodd Llew yng nghlust yr hen ŵr a eisteddai ar ymyl y sedd olaf.

43

Ond ni chymerodd hwnnw yr un sylw, dim ond dal i syllu tua'r llwyfan, lle'r oedd y llywydd wrthi'n annerch y dorf.

'Rhwbath wedi digwydd?' sibrydodd drachefn, dipyn yn uwch.

Troes yr hen Ishmael Jones ei ben y tro hwn a nodiodd yn garedig.

'Na, dim o bwys eto,' sibrydodd dyn gerllaw. 'Newydd ddechra maen nhw . . . Mae'r hen Ishmael mor fyddar â phost,' chwanegodd, gan wenu.

'Yr ydan ni yn yr anialwch bellach ers wyth mis,' meddai'r cadeirydd, chwarelwr dwys a phwyllog a swniai fel petai'n dweud gair o brofiad yn y Seiat yn hytrach nag yn annerch tyrfa o streicwyr. Ond yr oedd Robert Williams yn fawr ei barch ymhlith y gweithwyr, ac yn un o'u harweinwyr mewn streic o'r blaen. Gwrandawai pawb yn astud arno.

'Y mae'r Aifft ymhell tu ôl inni,' aeth ymlaen, 'ac yr ydan ni'n benderfynol o gerddad yn ffyddiog tua Chanaan. Os bydd angen, mi fyddwn yn yr anialwch am wyth mis arall.'

'Am wyth mlynadd,' gwaeddodd llais gwyllt yng nghanol y neuadd.

'Wel,' meddai Robert Williams, wedi i'r gymeradwyaeth dawelu, 'fe fu'r hen genedl yno am ddeugian mlynadd, on'd do?'

Ymledodd chwerthin drwy'r lle, a nodiodd amryw yn edmygus ar ei gilydd, gan gofio mor ffraeth y gallai Robert Williams fod ar adegau.

'Yr ydw i wedi bod yn yr anialwch deirgwaith o'r blaen, ond yr oedd pawb y tri thro hynny yn cerddad hefo'i gilydd, yn unol a dewr a phenderfynol. Ond y tro yma mae 'na lo aur wedi'i godi, ac mae rhyw dri chant o'n cyfeillion ni . . . '

'Cyfeillion?' llefodd amryw. 'Gelynion! Bradwyr! Gwehilion! Sgym!'

'Mi wela' nad ydach chi ddim yn hoff ohonyn nhw,' sylwodd y cadeirydd. 'Wel, wir, mae hi'n o anodd caru'n gelynion weithia. Yr ydw i bron â chyrraedd oedran yr addewid, ond mi liciwn i fod wedi mynd o'r hen fyd 'ma cyn dydd Mawrth dwytha'. Dyna'r dwrnod mwya' trist yn fy hanas i—ac yn hanas Llechfaen. Ac un o'r dyddia trista' yn hanas Cymru, am wn i. Wnes i ddim credu bod y peth yn bosib', nes imi 'i weld o â'm llygaid fy hunan. Mi fûm i bron â thorri fy nghalon.'

Rhedodd murmur o gydymdeimlad drwy'r lle. Cofiai pawb mor ddoeth a phenderfynol y buasai Robert Williams fel llywydd eu pwyllgor: cofient hefyd iddo golli'i waith am fisoedd ar ôl y streic olaf ac i'r holl weithwyr fygwth rhoi'u harfau i lawr oni châi ddychwelyd i'w hen le.

'Pan glywis i, rai misoedd yn ôl, fod y swyddfa'n gwahodd enwa dynion i ailddechra yn y chwaral,' meddai, 'wnes i ddim ond chwerthin. Yr oedd hynny wedi digwydd o'r blaen, a dim ond ambell walch diegwyddor wedi cymryd sylw o'r peth. Wedyn mi glywis si fod 'na gannoedd o ddynion felly yn Llechfaen. Dal i chwerthin ynof fy hun yr oeddwn i. Roedd y si yn debyg iawn i'r stori honno am hogyn yn rhedag i'r tŷ at 'i fam. "Mam!" gwaeddodd, "Mae 'na gannoedd o gathod yn y cefn." "Cannoedd?" medda hitha. "Paid â stwnsian, hogyn." "Wel," medda'r hogyn, yn edrach allan drwy'r ffenast, "mae 'na gath rhywun heblaw ein cath ni." '

Chwarddodd pawb, ond safai Robert Williams ar y llwyfan heb wên ar ei wyneb, fel petai'n synnu iddo ddweud rhywbeth digrif.

'Ond dydd Mawrth dwytha',' aeth ymlaen, 'pan agorwyd y chwaral i'r rhai oedd yn barod i fradychu'u cydweithwyr, yr oedd dagra yn fy llygaid i wrth imi wrando, ben bora, ar sŵn 'sgidia hoelion mawr ar y ffordd. "Breuddwyd ydi'r peth," meddwn wrthyf fy hun, "rhyw hunlla y bydda' i'n deffro ohono fo mewn munud." Mi godis at y ffenast, ac mi welwn—yr on i'n mynd i ddeud "mi welwn ddynion", ond fe fasa'r gair yn colli'i ystyr am byth pe bawn i'n 'i ddefnyddio fo amdanyn nhw—mi welwn rai ar ffurf dynion yn brysio tua'r chwaral. Roedd sŵn 'u traed nhw ar y ffordd fel morthwylion y Fall yn curo hoelion i arch pob egwyddor, pob onestrwydd, pob tegwch, pob anrhydedd. Mi es i'n hen hen ddyn mewn ychydig eiliada, yno wrth y ffenast a'r bora'n llwyd ac oer tu allan.' Yr oedd Robert Williams ar fin dagrau, ond fe ymsythodd yn sydyn, gan edrych o amgylch y gynulleidfa. 'Chi ddynion ifanc,' meddai, 'peidiwch â gadael i hyn wneud i chi golli ffydd yn eich cyd-ddynion. Mae 'na ryw dri chant o Fradwyr, rhai sy wedi pardduo'u cartrefi a'u hardal ac enw da chwarelwyr Cymru, rhai y mae'u hanwyliaid yn yr hen fynwant acw yn trio codi o'u bedda i'w ffieiddio nhw. Ond y mae 'na saith waith hynny o wŷr sy'n sefyll yn gadarn ac eofn a diwyro, yn barod i aberthu a dioddef i'r eithaf er mwyn . . . Er mwyn beth, hogia? Er mwyn cyfiawnder a chwarae teg. Er mwyn yr hen a'r gwan yn eu plith. Er mwyn lladd annhegwch a thrais a gormes. Ac er mwyn y dyfodol. Ydach chi'n benderfynol o sefyll hefo nhw?'

'Ydan!' gwaeddodd lleisiau chwyrn o bob rhan o'r neuadd.

'Nes dwyn barn i fuddugoliaeth?'

'Ydan! I'r diwadd un!'

'Costied a gostio?'

'Costied a gostio!'

'Mi soniais i am gathod yn y cefn,' sylwodd Robert Williams. 'Mae i gath dair o nodweddion, wchi. Yn y lle cynta', y mae hi'n ffals. Yn yr ail le, y mae hi'n wan—fel cath! Yn y trydydd lle, y mae ganddi hi gynffon . . .'

Derbyniwyd y sylwadau â chymeradwyaeth a chwerthin uchel, a gwelai Llew fod yr hen Ishmael Jones wrth ei ochr yn mwynhau'r digrifwch cystal â neb, er na chlywsai ef air o'r ffraethineb.

Gorffennodd y cadeirydd ei araith ar nodyn dwys.

'Yr ydw i'n caru'r hen ardal 'ma,' meddai, ''i phobol, 'i phentrefi, 'i llechwedda, 'i mynyddoedd, 'i holl hanas hi. Mae hi wedi magu dynion o gymeriad ac egwyddor, gwŷr cadarn fel y graig. Fel y soniodd ein Haelod Seneddol yn y Tŷ Cyffredin rai misoedd yn ôl, mae cryfder a sobrwydd yr hen fynyddoedd wedi mynd yn rhan o'n natur ni. Mae yma ddwsin o gapeli yn dystion i'n diddordeb ni mewn crefydd; mae'n plant ni'n cael cyfla i ddringo drwy'r Ysgol Sir i'r Coleg. Dwy fil o bunna, o'u henillion prin, a roes chwarelwyr Llechfaen at godi'r Coleg ar lan Menai. Y mae gennym ni orffennol i fod yn falch ohono— stori ymdrech ac aberth ac onestrwydd a charedigrwydd. Ddynion! Mae'r dyfodol yn eich dwylo chi. Fe gododd gwarth ei ben yn ein hardal, anfri nad anghofir mono am flynyddoedd meithion, ond os sefwch chi i gyd yn gadarn—er eich mwyn eich hunain, er mwyn eich plant, er mwyn y cannoedd sydd wedi mynd ymaith i weithio

47

dros dro—yna fe gilia'r cwmwl hwn a chlywir sŵn traed sionc a hapus yn fiwsig ar hen lôn y chwaral unwaith eto.'

Cafodd yr araith gymeradwyaeth frwd, ac eisteddodd Robert Williams ennyd nes i'r curo dwylo ddistewi. Yna cododd drachefn i gyflwyno J.H., ysgrifennydd y pwyllgor.

'Does dim angen imi ofyn i chi roi derbyniad gwresog iddo,' meddai.

Na, nid oedd angen: yr oedd sŵn y curo dwylo a stamp y traed yn ysgwyd y lle. Ni chawsai hyd yn oed William Jones, eu Haelod Seneddol huawdl a hoffus, well derbyniad. Hwn—J.H. i bawb—oedd eu harwr, eu hareithiwr tanbaid, eu hymresymwr medrus, eu harweinydd penderfynol. Aethai sôn am hwn drwy'r holl wlad, yn y streic o'r blaen ac yn yr helynt hon. Safai yn awr wrth ochr y bwrdd ar y llwyfan, a dalennau o bapur yn ei law, a chudyn o'i wallt brith yn llithro i lawr tros ei dalcen. Taflodd y cudyn yn ôl â'i law, fel y gwnâi bob amser cyn dechrau llefaru, a chododd ei lygaid oddi ar y dalennau i wenu'n dawel arnynt. Ffrydiai llif o heulwen olaf yr hwyr o'r ffenestr ar draws y llwyfan, ac edrychai'i wyneb tenau, llwyd, uwchlaw iddo yn welw iawn, ond ni wnâi hynny ond rhoi disgleirdeb mwy i'w lygaid byw, eiddgar.

'Mr Cadeirydd a chyd-weithwyr oll.' Yr oedd ei lais er yn dawel yn cyrraedd pob cwr o'r neuadd. 'Mi glywais i rywun yn galw dydd Mawrth dwytha' yn "Ddydd Barn Llechfaen". Fel y cadeirydd, rhyw chwerthin ynof fy hun yr oeddwn inna, ond fel y nesâi'r dydd, doeddwn i ddim mor sicr. Roedd 'na ddynion—yr ydw i'n rhoi'r enw hwnnw iddyn nhw am y tro—yn methu ag edrych yn fy llygaid i ac yn f'osgoi i ar y stryd. A phan glywis i fod rhai ohonyn nhw'n cludo'u harfau'n llechwraidd, yn y nos, yn ôl i'r chwarel, yr oeddwn i'n ofni'r gwaetha'. Wel, yn y nos y mae pob Jwdas yn gwneud 'i waith, onid e?'

'Ia, 'nen' Tad, J.H.,' meddai hen frawd dwys yn un o'r seddau blaen, a thorrodd ystorm o gymeradwyaeth drwy'r neuadd.

'Fe dderbyniodd y gweithwyr hyn'—arhosodd J.H. ennyd o flaen y gair 'gweithwyr' a llefarodd ef â gwên fingam—'bunt y pen am ddychwelyd i'r chwarel . . .'

' "Punt-y-gynffon", J.H.!' llefodd amryw, a nodiodd yntau.

'Ia, "punt-y-gynffon". Mae'r enw yn un go hen, on'd ydi? Mewn ambell chwarel fe roed "punt-y-gynffon" hefo'u cyflog i'r rhai oedd wedi fotio i'r Tori. Bradychu'u hegwyddorion yr oedd y rheini. Bradychu'u hegwyddorion a'u cyd-weithwyr hefyd ydi braint y rhain . . . Wyddoch chi faint ydi punt? Ugain darn o arian. Mae pris yr hen Jwdas wedi mynd i lawr dipyn, on'd ydi?'

'Diar annwl, ydi,' meddai'r un hen frawd, gan swnio fel petai'n porthi yn y Seiat. Ac unwaith eto yr oedd y gymeradwyaeth yn uchel.

'Erbyn hyn fe aeth Dydd y Farn heibio, ac fe benderfynodd tua thri chant o gynffonwyr ddewis y ffordd sy'n arwain i ddistryw. A heno cyn imi ddŵad i'r cwarfod 'ma mi ddarllenais Gywydd y Farn gan yr hen Oronwy. Dyma, yn ôl y bardd, fel y mae'r Gwaredwr yn siarad â'r "euog, bradog eu bron"—

"Hwt! gwydlawn felltigeidlu
I uffern ddofn a'i ffwrn ddu,
Lle Ddiawl a llu o'i ddeiliaid,
Lle dihoen a phoen na phaid.
Ni chewch ddiben o'ch penyd:
Diffaith a fu'ch gwaith i gyd."

A diffaith fu gwaith y Bradwyr hyn, bob un ohonyn nhw, beth bynnag yw'r esgusion y mae rhai ohonyn nhw'n ceisio'u gwneud. Does dim geiria a fedar esgusodi brad.'

Brathai J.H. y frawddeg olaf, a gwyddai pob un yn y neuadd nad oedd dim yn fwy atgas i'w enaid na dichell. Ymresymwr oedd ef, a'i feddwl clir a chyflym heb gysgod o ffuantwch ynddo. Gwelai egwyddor fel y gwelai rhywun arall ffordd neu lwybr, a gwyddai'n union i ble'r arweiniai. Byddai'n amhosibl iddo ef gerdded y ffordd a throi'n llechwraidd ohoni i gyfeiriad arall: iddo ef, nid *oedd* llwybr a droai ymaith i ddeau nac aswy, dim ond y frwydr â'r peryglon a'r rhwystrau o'i flaen. A chymerai'i natur onest a ffyddiog yn ganiataol fod pob meddwl arall yr un fath. Syfrdanwyd ef gan ymddygiad y Bradwyr.

'Yr ydw i'n gweld bod rhai o gyfeillion y Wasg yma heno,' sylwodd, wedi i'r curo dwylo dawelu, 'ac mae'n dda gennym ni'u gweld nhw. Fe ymddangosodd ambell adroddiad pur anghywir mewn rhai papurau'n ddiweddar, ac felly yr ydan ni'n dal ar y cyfla hwn i roi'n hachos yn glir a syml o flaen y cyhoedd unwaith eto.'

Astudiodd ei nodiadau'n ofalus cyn mynd ymlaen, ac yna siaradodd yn dawel a phwyllog, fel cyfreithiwr yn mesur a phwyso pob gair, heb gyffro yn ei lais.

'I ddeall yr anghydfod presennol, y mae'n rhaid i chi fynd yn ôl i'r ysgarmes a fu bedair blynedd yn ôl. Yn y streic honno, a barhaodd am flwyddyn bron, y mae gwreiddia'r helynt yma. Fe gasglodd y pwyllgor, fel y cofiwch chi, fanylion am y cwynion ymhlith y gweithwyr, a chyflwynwyd y manylion hynny i sylw'r awdurdoda. Yr oedd paratoi'r ysgrifa wedi costio wythnosa o waith llwyr ac araf i'r is-bwyllgora, a cheisiodd y Pwyllgor Mawr ofalu bod pob ffaith a ffigur a dyddiad yn gywir, fod seilia cadarn i bob cwyn. Cyflwynwyd y papura i'r oruchwyl-iaeth yn nechra Hydref, gan ofyn iddyn nhw gymryd chwe mis i edrych i mewn i'r cwynion ac i wella petha yn y chwarel. Os na wneid hynny, bwriadai'r dynion fynd ar streic yn nechra Mawrth. Gwyddoch be' fu'r ateb i'r cais hwnnw. Ateb cyflym, cynnil, cwta. Derbyniodd pob aelod o'r pwyllgor, ac eraill a fu'n cynorthwyo i gasglu'r ffeithia, nodyn i'w hysbysu na fyddai mo'u hangen mwyach yn y chwarel. A bu ateb y gweithwyr, yn agos i dair mil ohonyn nhw, yn un llawn mor benderfynol. Cludodd pob un 'i arfa' o'r chwarel . . .'

'Pob un?'

'Beth am y bradwyr?'

'Y cynffonwyr?'

'Y cathod?'

Torrodd hwtiadau yn gymysg â'r lleisiau chwerwon, a chododd J.H. ei law, gan nodio'n ddeallgar.

'Pob un ac asgwrn cefn ganddo,' cywirodd yn dawel. 'Bu rhai, ond ychydig iawn, yn gweithio am rai wythnosa . . .'

'Gweithio? Cynffonna!'

'Llyfu llaw!'

'Llyfu 'sgidia!'

'Ychydig oedd 'u nifer nhw,' aeth y siaradwr ymlaen. 'Fe safodd pawb arall yn unol a chadarn tu ôl i'r pwyllgor, a buan y torrodd y bradwyr 'u calon. Dywedai'r awdur-doda nad oedd gennym ni hawl i bwyllgor, ei fod yn ymyrryd â rheolaeth y chwarel, ac nad oedd yn ein cynrychioli ni fel chwarelwyr. Anodd gwybod ym mhle y ceir pwyllgor yn cynrychioli corff o weithwyr yn well. Yr oedd pob rhan o'r gwaith a phob dosbarth o'r gweith-wyr wedi ethol aeloda arno. Ac ynglŷn ag ymyrryd â

51

rheolaeth y chwarel, sut yn y byd yr oedd cyflwyno achosion gweithwyr diwyd ac onest, a fethai'n lân â chadw'u plant rhag angen, yn ein gwneud ni'n euog o hynny? Nid oedd angen pwyllgor arnom, meddai'r awdurdoda, gan fod gan bob gweithiwr hawl a ffordd i fynd â'i gŵyn yn syth at y swyddogion. Dywedem ninna fod achos gweithiwr unigol a oedd yn dioddef cam yn achos i'r lliaws, i bob un ohonom.'

Pwysleisiodd y pedwar gair olaf, gan godi'i lais yn herfeiddiol, a tharan o gymeradwyaeth oedd ateb y gynulleidfa.

'Wnaiff o ddim drwg imi ddarllen y penderfyniad a dynnwyd allan gennym yr amser hwnnw, ar ddechra'r streic honno. Dyma fo: "Gofynnwn hawl llafurwyr i gyduno â'i gilydd i weithredu drwy bwyllgor a dirprwyaeth er sicrhau ein hawliau teg a rhesymol, a hyderwn y bydd i holl feibion llafur drwy'r wlad sefyll y tu cefn inni yn ein brwydr dros yr egwyddor hon." Dadl yr awdurdoda oedd bod gan bob gweithiwr ryddid i ddwyn cwynion o flaen ei stiward . . .'

Torrodd chwerthin ysgornllyd a hwtiadau drwy'r neuadd.

'Ac yna, os byddai angen, at y stiward gosod . . .'

Aeth yr ysgorn yn floddest o chwerthin a bloeddio, ac fel y tawelai'r cynnwrf, clywai Llew a phawb arall lais Dic Bugail yn dynwared acenion main, defosiynol Mr Price-Humphreys, y stiward gosod.

'Wel . . . y . . . wel, wir . . . wel, yn wir yn wir i chi, frawd annwyl . . . y . . . yr ydw i'n un hawdd i . . . y . . . ddŵad ato fo i . . . y . . . ddweud eich cwyn, on'd ydw i, frawd annwyl?'

Yr oedd y dynwarediad yn un perffaith, a gallai pawb yn

y lle ddychmygu clywed gwefusau tenau, creulon y swyddog hwnnw'n llefaru'r geiriau.

'A phan fethai hynny â bodloni'r gweithiwr,' aeth J.H. ymlaen, 'yr oedd ganddo hawl i fynd â'i gŵyn ymhellach, at y prif awdurdoda. Yr oedd y ffordd yn agored o'i flaen heb rwystr na thramgwydd o fath yn y byd.'

'A'r ffordd ar 'i ben o'r chwaral wedyn!' gwaeddodd rhywun.

'Yr ydw i wedi manylu ar y pwnc hwn,' sylwodd y siaradwr, 'am 'i fod o wrth wraidd yr helynt presennol. Wedi un mis ar ddeg o streic, fe aethom yn ôl i'r chwarel yn hapus bedair blynedd yn ôl. Ac un o'r telera newydd oedd bod gan y gweithwyr hawl i ethol dirprwyaeth "yn y modd y barna'r dynion yn briodol". I ni, wrth gwrs, drwy bwyllgor oedd hynny, a theimlem wrth droi'n ôl i'n gwaith inni ennill rhywbeth a fu'n werth ymladd trosto cyhyd. Pwnc arall llosg oedd cwestiwn y contractors . . .'

Torrwyd ar ei draws yn awr gan chwerthin chwerw a hwtiadau uchel: caseid pob contractor yn y chwarel â chas perffaith.

'Ein dymuniad ni oedd i'r drefn honno gael ei difodi'n llwyr, oherwydd yr annhegwch a'r gorthrwm a achosid drwyddi. Odani hi rhoddid darnau o'r chwarel, yn aml ponc gyfan, i gontractor i'w gweithio yn y ffordd a dybiai ef orau. Pwy oedd y dynion a gâi'r ffafr hon a'r anrhydedd hwn? . . .'

'Cynffonwyr! Tacla diegwyddor! Slêf-dreifars!'

'Wel, nid chwarelwyr medrus a phrofiadol, y mae hynny'n sicir! O na, yr oedd chwarelwyr medrus a phrof-iadol, dynion galluoca'r gwaith, gwŷr wedi rhoi'u blynyddoedd gora yn llwyr a chydwybodol i naddu'r graig yn ddoeth a diwyd, yn gorfod chwysu o dan ryw labrwr o gontractor. A "chwysu" oedd y gair, fel y gwn i o brofiad!'

Aeth murmur dig drwy'r lle, a chaeai ugeiniau eu dannedd yn chwyrn. Brysiodd J.H. ymlaen â'i araith gan iddo weled rhai o'r plismyn yn anesmwytho.

'Wel, cawsom addewid y byddai pob contract o hynny ymlaen yn cael ei gyfartaledd teg o gyflog. O, yr oeddan ni'n dyrfa hapus yn dychwelyd i'r gwaith ar ddiwedd y streic ddwytha'. Credem inni ennill Siarter rhyddid i chwarelwyr Cymru. Nid oedd rhestr ddu i fod, dim dial, dim cosb, dim un merthyr, ond pawb i fynd yn ôl i'w hen fargen neu wal, lle'r oedd hynny'n bosibl. Wedi un mis ar ddeg o ymladd ac aberthu, yr oeddan ni'n cychwyn ar gyfnod newydd . . .'

Chwarddodd rhywun yn sarrug yng nghefn y neuadd ac ymledodd y chwerthin hwnnw drwy'r dorf, ambell un, o fwriad, yn swnio'n orffwyll. Cododd J.H. ei law am osteg.

'A gadwyd at y cytundeb?'

'Cadw? Naddo!' bloeddiodd amryw.

'Fe fu raid i rai o arweinwyr y streic honno adael y chwarel cyn hir, heb reswm, heb eglurhad o gwbl. Yr oeddwn i'n siarad ag un o'r merthyron hynny cyn imi ddŵad i'r cyfarfod 'ma heno. Roedd o'n un o'r ddirprwyaeth a fu'n llunio'r telera newydd mewn ymgynghoriad â'r awdurdoda, hen chwarelwr wedi rhoi oes o lafur caled a chydwybodol i'r gwaith. Fe ddaeth swyddog ato fo un bora ymhen misoedd ar ôl yr helynt a dweud nad oedd angen ei wasanaeth mwyach. Dim angen ei wasanaeth? Edrychodd yr hen was yn ffwndrus ar y stiward. "Yr ydych i gludo'ch arfa' o'r chwarel," meddai hwnnw. "Ond pam? Pam?" gofynnodd y chwarelwr. "Does gen i ddim amser i ddadla," oedd yr ateb. "Dyna'r gorchymyn gefais i i'w roi i chi." Yr oeddwn i'n gweithio yn ymyl y gorthrymedig ar y pryd ac yn digwydd bod yn gyfaill mawr iddo. Gwyddwn hefyd fod ei wraig yn wael iawn a bod y teulu, wedi aberthu i roi addysg i'w plant, yn bur dlawd. Mi es yn syth i'r swyddfa i holi beth oedd ystyr yr anfadwaith hwn. Fe rewodd pawb yno, a chefais fy nghynghori i feindio fy musnes fy hun. Mi aethom â'r peth ymhellach, at y prif oruchwyliwr ei hun, a'r ateb ymhen hir a hwyr oedd nodyn swta yn cadarnhau'r dyfarniad, heb affliw o eglurhad . . .'

'Cywilydd! Gormes! Gorthrwm!'

'Ia, cywilydd, gormes, gorthrwm. *Un* enghraifft oedd honno. Os oes rhai ohonoch chi, hogia'r Wasg, yn amheus eich meddwl, mynnwch air hefo'r chwarelwr hwnnw. Fe'i cewch yn ennill 'i damaid drwy dorri metlin ar fin y ffordd wrth Bont-y-graig. A hyd heddiw ŵyr o ddim pam y bu raid iddo adael y chwarel . . .'

'Fe wyddom ni!'

'O, gwyddom!'

'Pam na fasan nhw'n rhoi'r peth ar bapur?'

Cododd J.H. ei law eto: gwelai rai o'r plismyn yn ymsythu'n wyliadwrus.

'Aeth tair blynedd anniddig heibio. Yr oedd y telera newydd ar bapur, ond rhaid oedd wrth lygaid go graff i'w canfod nhw mewn gweithrediad yn y chwarel . . .'

'Chwyddwydr, J.H.!'

'Roeddan nhw fel cath ddu yn y nos!'

'A honno ddim yno!'

'Ni roddwyd inni hawl i ymuno—ni châi aelodau o'r pwyllgor gyfarfod mewn wal na chaban hyd yn oed ar awr ginio—nid oedd gennym ffordd i gyflwyno'n cwynion, ni chafodd y gweithwyr oll ddychwelyd at eu gwaith, ni roddwyd inni sicrwydd cyflog, ac am system y contracts, fe adnewyddodd y felltith honno ei nerth drwy'r chwarel. Y syndod ydi na ffrwydrodd petha ddim ymhell cyn mis Hydref dwytha'. Wna' i ddim adrodd y stori honno yma heno. Mae hi'n hen stori erbyn hyn ac wedi'i defnyddio ddwsina o weithia i'n pardduo ni fel chwarelwyr. Dydan ni ddim yn cyfiawnhau'r hyn a ddigwyddodd, ac fe wnaeth rhai ohonom ni'n gora i atal y llif. Ond yr oedd y teimlada chwerwon wedi cronni cyhyd nes bod yn rhaid iddyn nhw dorri allan yn hwyr neu'n hwyrach. Fe gododd y gwaith bron fel un dyn yn erbyn cyfaill o gontractor . . .'

'Cyfaill! Y nefoedd fawr!'

'Ac fe'i harweiniwyd o'n dawel ac urddasol o'r gwaith . . .'

Chwarddodd pawb. Yr oedd lle gwyllt yn y chwarel y diwrnod hwnnw, ac yn garpiog ac archolledig yr hebryngwyd y contractor o'r gwaith tua'i gartref.

'Diwedd yr wythnos honno fe aeth un ohonoch chi, wŷr y wasg, am sgwrs â chontractor arall, ac fe roes o'r bai i gyd ar rai o *loafers* y chwarel . . .'

'Fe gafodd o loafer!'

'Do, lôffio yn 'i wely am fis!'

'A'r un diwrnod,' aeth J.H. ymlaen, wedi i'r dorf dawelu, 'fe roed yr un driniaeth i swyddog arall nad oedd neb yn hoff iawn ohono.'

'Diar annwl,' gwaeddodd rhywun, 'roeddan ni'n ffrindia calon, J.H.!'

'Roedd o'n dŵad acw i de bob Sul!' llefodd un arall.

'Fe ddihangodd o i'r mynydd i guddio,' meddai'r siaradwr pan ddarfu'r chwerthin, 'ond buan . . .'

'Yr euog a red!'

'Fuo fo ddim yno'n hir!'

'Ond buan y daethpwyd o hyd iddo ac y cafodd o'r fraint o gerdded mewn gorymdaith fawr o'r chwarel i'r pentref. Wedyn fe aed i chwilio am ddau swyddog arall, ond yr oeddan nhw . . .'

'I fyny'r simdda!'

'Roeddan nhw yn—anweledig, ac fe fuon nhw'n ddigon doeth i adael yr ardal yn nhwllwch y nos. A'r diwrnod wedyn fe adawodd y contractors eraill y chwarel, wedi'u rhybuddio mai hynny oedd ora iddyn nhw. Fe dawelodd petha ar unwaith, ond er hynny fe ddgwyd rhyw dri chant o filwyr i lawr i'r dre . . .'

'Cywilydd!'

'Gwarth!'

'Ia. Doedd mo'u hangen. Fe gaewyd y chwarel am bythefnos, ac er 'u bod nhw'n segur a bod rhai o'u brodyr yn aros 'u praw o flaen yr ynadon, bu ymddygiad y dynion yn dawel a sobr, yn esiampl o bwyll ac amynedd. Ni fu un terfysg, er i'r milwyr erbyn hynny ddod i fyny i Lechfaen i gadw trefn lle nad oedd anhrefn o fath yn y byd. Wedyn fe ailagorwyd y chwarel. Dim ond rhanna ohoni a agorwyd, ac yr oedd rhai cannoedd o ddynion yn loetran o gwmpas y gwaith yn aros . . . I beth? I'r rhanna eraill gael 'u gosod *dan gontract*. Yr oedd oes aur y contractors a oedd wedi'u gyrru o'r chwarel ar dorri! Ac yna fe ddaeth y rhybudd celwyddog . . .'

Torrodd cynnwrf drwy'r neuadd. Chwifiai ugeiniau o ddyrnau dig.

'Anwiradd noeth!'

'Cythral o gelwydd!'

'Yr oedd pawb i gludo'u harfa o'r chwarel oherwydd y terfysg a'r bygythion a fu yno'r diwrnod hwnnw! Ia, anwiredd noeth oedd y cyhuddiad hwn. Nid oedd

57

rhithyn o sail iddo. Er gwaethaf y cynllun i osod rhan fawr o'r gwaith dan gontracts, ni chodwyd llais, ni fu bygythiad, ni thaflwyd amarch at y swyddogion.'

Edrychai J.H. i gyfeiriad gwŷr y wasg, â her yn ei lygaid ac yn ei lais: cyhoeddasai un neu ddau o bapurau newydd adroddiadau go wahanol ar y pwnc hwn.

'Wel, fe aeth yn agos i wyth mis heibio er yr amser hwnnw ac y mae cannoedd o'n cyd-weithwyr ni wedi'u gwasgaru drwy Loegr a Chymru ... Yn nechrau Chwefror y clywsom ni si fod rhai wedi ysgrifennu at y prif oruchwyliwr i gynnig mynd yn ôl i'r chwarel ...'

'Y bradwyr!'

'Y coesa duon!'

'Y twyllwyr!'

'Y diawliaid!'

'Yr oedd rhai ohonyn nhw,' meddai'r siaradwr, 'yn mynd o gwmpas i gasglu enwa. Ugeinia, yna cannoedd, yna miloedd o gathod yn y cefn—dyna a glywem ni fel yr âi'r wythnosa heibio, a buom ninna'n ddigon ffôl i daflu'n penna'n ôl a chwerthin ynom ein hunain. Ond dydd Mawrth dwytha', pan agorwyd y chwarel, gwelem fod y si am yr ugeinia a'r cannoedd yn wir, yn ffaith warawyddus, yn ystaen nad anghofir moni am y rhawg, yma yn ardal Llechfaen.'

Llefarai J.H. y frawddeg olaf rhwng ei ddannedd, gan edrych yn llym o amgylch y neuadd. Aeth murmur chwyrn, rhyfelgar, drwy'r lle, ac ohono, fel tonnau o ferw môr, cododd bloeddiadau ffyrnig, penderfynol. Petai un Bradwr yn agos, byddai'r dorf honno wedi'i larpio.

'"Ardal Llechfaen" a ddywedais i. Y mae rhyw dri chant o Fradwyr, ond o bentref Llechfaen, y mwyaf poblog yn y cylch, dim ond rhyw hanner cant. Efallai fod hynny'n arwyddocaol, gyfeillion. Efallai ei bod hi'n haws dylanwadu ar ddynion mewn pentrefi llai, a gwyddom mor ddygn a chyfrwys yw'r dylanwadau sy'n gweithio mewn rhai lleoedd. Nid hawdd fydd gwrthwynebu a gwrthweithio'r dylanwadau hynny. Yr oedd y frwydr yn galed o'r blaen. Fe fydd yn galetach rŵan.'

Dywedai'r geiriau olaf yn dawel iawn, â gwên galed ar ei wyneb. Safodd yn fud am ennyd, gan syllu i gefn y neuadd fel pe i herio'r dyfodol a'i beryglon.

'Hwn,' aeth ymlaen yn ddwys, 'ydi'r argyfwng pwysica' a fu yn ein hanes ni fel chwarelwyr. O hyn ymlaen rhaid inni sefyll yn fwy unol a chadarn ac eofn nag erioed. Ymhen ennyd fe fydd y cadeirydd yn cyflwyno penderfyniad i'r cyfarfod hwn. Os oes rhai ohonoch chi'n cloffi rhwng dau feddwl, da chi, peidiwch â phleidleisio trosto fo. Yr ydan ni wedi cynnal llawer cyfarfod yn ystod y misoedd dwytha' 'ma ac wedi gweld rhai sy'n Fradwyr erbyn hyn yn codi'u dwylo mor frwdfrydig â neb. Na fydded i un ohonoch chi fod yn rhagrithiwr yn ogystal â bradwr ... A rŵan, Mr Cadeirydd, darllenwch y telegrams iddyn nhw yn gyntaf, cyn mynd ymlaen at y penderfyniad. Clywch be' ydi barn yr hogia sy ar wasgar.'

Eisteddodd J.H. i lawr heb wneud ymgais at berorasiwn, ond, er hynny, prin y gallai'r gymeradwyaeth a roed iddo fod yn fwy gwresog. Medrai ef areithio'n danbaid a chynhyrfu unrhyw dorf; ond heno, a'i lygaid ar ŵyr y wasg, bodlonodd ar draethu'r ffeithiau, heb ymfflamychu. Tynnodd law flinedig dros ei dalcen, ac edrychai'n welw a phryderus yno wrth y bwrdd ar y llwyfan. Yr oedd ei wyneb yn awr, wedi iddo eistedd, yn y llafn o heulwen, a thynnai'r golau y llinellau ynddo i'r amlwg. Petai ef yn gerflunydd, meddai Llew wrtho'i hun, ac yn chwilio am rywbeth i gyfleu cyfrifoldeb eiddgar, dwys, yna naddai mewn maen neu farmor wyneb llwyd, tenau, diffuant J.H.

Daliai'r cadeirydd nifer o delegramau yn ei law.

'Y mae'r cynta' 'ma,' meddai, 'o Firkenhead. Dyma neges yr hogia yno—"Gwell marw'n filwr na byw yn fradwr. Safwn mor gadarn â'r graig!"'

Derbyniwyd y geiriau â tharan o gymeradwyaeth, a chwifiai llu eu dyrnau'n chwyrn. Wrth ymyl Llew safai amryw ar y seddau i floeddio'u 'Hwrê!'—yn ddigon uchel i hyd yn oed yr hen Ishmael Jones glywed y gair a chydio ynddo. Clywid ei lais main, crynedig, ymhell wedi i bawb arall dawelu, a rhoes rhywun bwniad iddo i'w hysbysu bod y gweiddi wedi peidio am ennyd. Croesawyd pob telegram—o Lerpwl, o Heysham, o Fanceinion, o Faesteg, o Bontycymer, o Donypandy, o Faerdy, o Aberdâr, o Ferthyr, o Dredegar—yn yr un modd, a phan ddaeth gosteg—

'Mi fasa'n well gen i lwgu na bradychu'r hogia yna,' meddai Robert Williams yn dawel â chrygni yn ei lais. Yna galwodd ar Edward Ifans, tad Llew, i gynnig y penderfyniad. Cododd yntau a cherdded ymlaen at y grisiau ar y chwith i'r llwyfan. Sylwodd Llew unwaith eto ar y tebygrwydd rhwng ei dad a J.H. a theimlai'n hynod falch o hynny.

'Mi ddarllena' i'r penderfyniad ar unwaith, Mr Cadeirydd,' meddai Edward Ifans. 'Dyma fo—"Fod y cyfarfod hwn o chwarelwyr Llechfaen, wedi sefyll allan dros eu hiawnderau am yn agos i wyth mis, yn parhau i gredu yng nghyfiawnder eu hachos ac yn condemnio yn y geiriau cryfaf ymddygiad nifer o'u cyd-weithwyr a werthodd eu hegwyddorion drwy ddechrau gweithio yn groes i ymrwymiadau cyhoeddus a roddwyd ganddynt hwy a chorff y gweithwyr; drwy hynny yn anurddo ein henw da ac yn ein bradychu. Ymhellach, ein bod ni fel corff mawr o weithwyr yn penderfynu sefyll yn ffyddlon y naill wrth y llall nes sicrhau ein hiawnderau a'n hawliau teg" . . .'

Darllenodd yn glir ac uchel, ond crynai'r papur yn ei law, a chrynai'i lais hefyd gan deimlad ar lawer gair. Wedi i'r gymeradwyaeth hir ac uchel dawelu, 'Gwelwch fod yma mewn gwirionedd ddau benderfyniad,' meddai, 'un yn condemnio ymddygiad y Bradwyr a'r llall yn galw am undeb dewr, di-ildio, nes inni, chwedl y cadeirydd, ddwyn barn i fuddugoliaeth. Neu efalla' mai dwy ochr i'r un penderfyniad sydd yma, oherwydd does gan yr un ohonom ni hawl i gondemnio'r Bradwyr os na fwriadwn ni ymladd i'r eithaf, beth bynnag fydd y dioddef a'r aberth a olyga hynny. Ystyriwch yn ddwys. Efalla' y pery'r helynt hwn am wyth mis arall ac y byddwn ni'n gorfod wynebu gaeaf o gyfyngder mawr heb ddillad cynnes, heb fwyd, heb dân. Efalla' y bydd rhai o'n cyfeillion gora ni, rhai o'n brodyr, rhai o'n meibion, yn gwanhau ac yn troi'n Fradwyr. A fyddwn ni'n ddigon cryf a gwrol i ddal at y penderfyniad hwn wedyn? Os na chredwn hynny, peidiwn â phleidleisio trosto fo heno: byddwn yn onest hefo'n hunain a hefo'n gilydd. Ac os gwêl rhai ohonoch chi rywun neu rywrai heb godi llaw o blaid y penderfyniad, peidiwch â chyffroi i'w dirmygu a'u herlid. Y mae onestrwydd felly'n fwy anrhydeddus ganwaith na phleidleisio ac yna gario'u harfa i'r chwaral yn slei bach yn y nos, a dibynnu wedyn ar amddiffyniad plismyn bob bora a hwyr ar y ffordd i'r gwaith ac oddi yno. Nid fy mod i'n credu am funud y bydd rhai felly yn ein plith ni yma heno, ond y mae'n deg pwysleisio difrifwch y penderfyniad

61

hwn. Meddylied pob un drosto'i hun, yn dawel a sobr; nid cael ei gario ymaith gan y brwdfrydedd o'i gwmpas. Triwch, bob un ohonoch chi, fod yn unigolyn mewn torf, gan lawn sylweddoli ystyr y penderfyniad nid yn unig i chi'n bersonol ond i'ch gwragedd a'ch plant, i gartrefi ac ysgolion ac eglwysi ardal sy'n dibynnu bron yn llwyr ar y chwaral.'

Arhosodd Edward Ifans am ennyd, gan wrando ar y murmur dwys a âi drwy'r lle. Gwaith hawdd, fe wyddai, fuasai cyffroi'r dyrfa hon i felltithio'r Bradwyr; rhwydd fyddai cael cyfarfod o frwdfrydedd heb ei ail ac yna orymdaith o wŷr bygythiol o'r neuadd drwy'r pentref cyn gwasgaru am y nos. Ond yr oedd angen unoliaeth ddyfnach, sicrach, arnynt yn awr.

'Rhyw ddeufis yn ôl, Llun y Pasg, yr oedd rhyw ddwy fil ohonom ni yn y cyfarfod mawr ar y cae wrth yr afon. Mi gefais i'r fraint o gynnig penderfyniad y tro hwnnw—ein bod ni'n cario'r frwydr ymlaen yn unol ac eofn nes ennill ein hawlia fel gweithwyr. Yr oedd yno goedwig o ddwylo o blaid hynny, a dim un yn erbyn. Y mae dwsina a oedd yn y cyfarfod hwnnw wedi derbyn "punt-y-gynffon" ddydd Mawrth dwytha' . . .'

'Cywilydd! Gwarth! Rhagrith!'

'Ia, ond gofalwn na ddigwydd yr un peth y tro hwn eto. Cofiwn mai'r rhai uchaf 'u cloch ar ddechra'r helynt 'ma ac mewn llawer cyfarfod sydd yn rhengau blaen y Bradwyr heddiw. Os pleidleisiwn yma heno, gwnawn hynny gan benderfynu na thry dim ni oddi ar y llwybyr, mai gwell angau na chywilydd. Fe fydd y demtasiwn yn fawr i rai ohonoch chi, oherwydd mae 'na ddylanwada cyfrwys, llechwraidd, ystrywgar, ar waith yn yr ardal 'ma a sibrydir geiria mwyn ac addewidion teg yn eich clust chi. Dywedir wrthych y gellwch chi droi'r cerrig yn fara, a bydd eisiau nerth i fedru ateb nad ar fara'n unig y bydd byw dyn. Gweddïwn am y nerth hwnnw, gyfeillion, yn yr wythnosa a'r misoedd caled sy'n ein hwynebu ni . . .'

'Ia, wir, Edwart,' meddai'r hen frawd dwys yn un o'r seddau blaen. Ond ni chwarddodd neb: gafaelai rhyw ddifrifwch mawr yn y dorf i gyd.

'Cofiwn,' aeth Edward Ifans ymlaen, 'nad brwydyr Llechfaen yn unig ydi hon, ond brwydyr y gweithiwr ym mhob man, brwydyr egwyddorion, brwydyr anrhydedd. Y mae Undeb y Chwarelwyr o'n plaid ni, rhai o'r arweinwyr gwleidyddol galluoca'—gwŷr fel Keir Hardie, William Jones, Lloyd George—yn dadla trosom ni, a gweithwyr y wlad i gyd tu cefn inni. Fel y dengys yr arian a lifodd i mewn i Gronfa'r Streic ac fel y profa'r derbyniad a gafodd ein cora a'n casglwyr drwy Gymru a Lloegr, aeth achos chwarelwyr Llechfaen bellach yn fater o ddiddordeb byw—ia, o gydwybod—i'r holl wlad. Y mae llygaid gweith-wyr y deyrnas i gyd yn troi tua Llechfaen, yn ein gwylio'n esgud a hyderus. Brwydrwn dros ryddid, rhyddid i ymuno â'n gilydd ac i ethol ein pwyllgor ein hunain, rhyddid rhag gormes a cham a rhegfeydd wrth ein gwaith, rhyddid rhag angen wedi llafurio'n ddiwyd a chydwybodol. Yn ddwys a difrifol, Mr Cadeirydd, nid ag ysbryd her a bocsach, yr ydw i'n cynnig y penderfyniad hwn sy'n condemnio'r Bradwyr ac yn galw ar gorff mawr y gweithwyr i ymladd ymlaen nes sicrhau eu hiawnderau a'u hawliau teg.'

Cerddodd Edward Ifans yn ôl i'w sedd yng nghanol cymeradwyaeth fawr, a phan ddychwelodd i'w le, gwelai Llew ei frawd Idris yn gwasgu braich ei dad i'w longyfarch ar ei araith. Yna galwodd y cadeirydd ar hen chwarelwr o'r enw William Parri i eilio'r penderfyniad. Distawodd pawb: gwyddent oll fod ei fab, Twm Parri, yn un o'r Bradwyr.

'Pam oeddan nhw'n gofyn i'r hen William?'

'Fo oedd yn crefu am gael gwneud,' atebodd rhywun.

'Golygfa drist,' meddai William Parri, 'oedd honno welsom ni fis Tachwedd dwytha', yntê?—hen weithwyr fel fi a Robat Wilias yn cario'u harfa o'r chwaral. Ond mi welis i olygfa fwy torcalonnus o lawar yr wsnos yma. Fel Robat acw, mi godis inna'n gynnar bora Mawrth, ac mi es allan ac i lawr i'r lôn bost am dro. Cyn hir dyma ryw bymthag o'r Bradwyr a dau blisman yn dŵad heibio, y gweithwyr yn cludo'u harfa'n ôl i'r gwaith. Pam yr oeddan nhw'n cerddad mor gyflym, tybad, fel 'tai rhywrai'n 'u herlid nhw? O, trio dianc rhag 'u cydwybod yr oeddan nhw, wchi. Pam yr oeddan nhw mor dawal, heb ddeud fawr air wrth 'i gilydd? Am 'u bod nhw'n rhy euog i fedru diodda gwrando ar 'u lleisia'u hunain. Pam yr oeddan nhw'n 'i sgwario hi mor dalog heibio i mi, fel rejiment o filwyr? O, trio perswadio'u hunain 'u bod nhw'n ddynion, fel rhywun meddw'n cymryd arno'i fod o'n sobor. Ond er i mi, fel Robat Wilias, fyw i gyrraedd trothwy oedran yr addewid, welis i 'rioed o'r blaen ddynion yn magu cynffonna mor llaes â'r rhain. Ron i'n gwbod bod gan y rhan fwya' ohonyn nhw bâr o goesa reit dda—i redag adra cyn caniad, a thafod pur gyflym—i gario straeon i'r stiward, ond fel yr edrychwn i arnyn nhw y bora hwnnw, 'u cynffonna nhw welwn i, yn llusgo fel rhaffa mawr yr Inclên Isa' tu ôl iddyn nhw.'

Chwarddodd llawer, ond yr oedd Robert Williams yn dechrau anesmwytho. Gwyddai, o hir brofiad yn y Seiat yn Siloh, y gallai William Parri fynd ymlaen fel hyn am hanner awr arall. Yn wir, adroddid stori hyd yr ardal i William Parri freuddwydio un noson iddo siarad am awr gyfan yn y Seiat, a phan ddeffroes, ar ei draed yn y Seiat yr oedd! Taflodd Robert Williams olwg awgrymog tuag ato'n awr, a gwelodd yntau hi.

'Mae Robat 'cw am imi fod yn fyr,' meddai. 'Ac yn fyr y bydda i. Yr on i'n darllan yn y papur ddoe ddwytha' fod rhyw Farnwr enwog tua Lloegr 'na, wedi clywad am yr helynt 'ma yn Llechfaen, yn dal bod gan bob gweithiwr hawl a rhyddid i werthu'i lafur lle ac fel y mynno. Dyna'r gyfraith ar y pwnc, medda fo. Mae'n rhaid fod y dyn wedi pasio'n uchal, i fod yn Farnwr, ond yng nghlàs y bebis y dyla fo fod. Edrach ar weithiwr fel unigolyn ac nid fel aelod o gymdeithas y mae o. Fe dorrodd helynt yn y chwaral 'ma. Fe ddaeth yr holl weithwyr allan i ymladd dros 'u hiawndera, i sefyll hefo'i gilydd, ac mewn cwarfod ar ôl cwarfod fe gytunodd pawb i frwydro i'r pen. Yr ydw i'n deud wrth y Barnwr 'na fod y Bradwyr wedi torri amod. Mae'r gyfraith yn edrach ar dorri amod fel trosedd, on'd ydi?' Troes yr hen William Parri at y plisman nesaf ato. 'Be' ydach chi'n wneud yn Llechfaen 'ma?' gofynnodd. Ysgydwodd y dyn ei ben, gan na ddeallai Gymraeg. 'Wyddoch chi ddim? Wel, mi ddeuda' i wrthach chi. Amddiffyn troseddwyr, rhai sy wedi torri amod, wedi bradychu'u cyd-weithwyr. A wyddoch chi be' ddylech chi wneud?' Ysgydwodd yr heddgeidwad ei ben eto. 'Na wyddoch? Wel, mi ddeuda' i wrthach chi. Fel swyddog y gyfraith, eich lle chi ydi nid amddiffyn ond cosbi troseddwyr, yntê? Wel, cosbwch y tacla, rhowch nhw yn y jêl, crogwch nhw, bob un wan jac ohonyn nhw.'

Enillodd y geiriau gymeradwyaeth a bloeddio a churo traed byddarol, a phenderfynodd yr hen William Parri ddiweddu'i araith yn y fan honno ac eistedd yn fuddugol-iaethus. Rhoes rhywun bwniad yn ei ochr i'w atgoffa fod ganddo benderfyniad i'w eilio, a neidiodd yntau ar ei draed.

'Yr ydw i'n eilio'r cynigiad â'm holl galon,' gwaeddodd fel y darfyddai'r sŵn, 'ac yn . . .' Ond boddwyd y gweddill gan hwrdd arall o gymeradwyaeth, a bu'n ddigon call i eistedd yn derfynol y tro hwn.

'Mae'r penderfyniad,' meddai'r cadeirydd pan ddaeth gosteg, 'wedi'i gynnig a'i eilio. Oes 'na rywun a hoffai siarad yn 'i erbyn o?'

'Nac oes!'

Ac nid oedd neb. Ond gwyddai Robert Williams fod amryw yn dyheu am siarad trosto, yn eu plith yr hen Ifan Tomos, cawr o ddyn a fu'n ymladdwr ffyrnig yn ei ddydd ac a âi o gwmpas yr ardal i honni y gallai ef, ond iddo gael ei gefn at y wal, lorio unrhyw ddwsin o'r Bradwyr.

'Y mae'r amser yn rhedag ymlaen,' meddai'r cadeirydd, 'a chan rai ohonoch chi ffordd bell adra. Cyn imi roi'r penderfyniad i'r cyfarfod, mi hoffwn i'ch atgoffa chi o'r rhybudd a roddodd Edward Ifans inni. Os oes rhai ohonoch chi'n gwanhau, yn ansicir eich meddwl, peidiwch â phleidleisio dros y penderfyniad hwn. Ystyriwch be' mae o'n olygu, y brwydro a'r cyni a'r aberthu sy'n debyg o fod o'n blaen ni. Ystyriwch yn dawal a dwys.' Arhosodd ennyd, gan roi cyfle iddynt feddwl mewn tawelwch. 'A rŵan, pawb sy dros y penderfyniad . . .'

Ni welai Llew un na chodai'i law ar unwaith.

'Pawb sydd yn erbyn . . .'

Nid oedd un, a thorrodd taran o gymeradwyaeth drwy'r lle.

'Mi orffennwn y cyfarfod . . .' Ond torrodd llais ar draws y cadeirydd.

'Yr ydw i'n cynnig ein bod ni'n cal gorymdaith a chwarfod nos Sadwrn nesa' eto,' gwaeddodd rhywun, a chytunodd y dorf drwy guro dwylo'n frwd.

'O'r gora,' meddai Robert Williams. 'Yr un lle a'r un amsar. A fydda fo ddim yn syniad drwg 'taem ni'n cynnal cyfarfod fel hwn bob nos Sadwrn i gadw'n hysbryd i fyny ac i roi'r newyddion i'n gilydd ac i wrando ar areithia. Mi liciwn i wahodd Keir Hardie i lawr yma, yn un. Yr ydw i'n siŵr y dôi o.' Derbyniwyd yr awgrym â chymeradwyaeth eiddgar. 'A rŵan gadewch inni ddiweddu'r cyfarfod 'ma yn ein ffordd arferol, drwy ganu emyn. Heno, pennill o emyn Ann Griffìths, "O Arglwydd Dduw rhagluniaeth", ac wrth i chi ganu meddyliwch yn ddwys am ystyr y geiria anfarwol.

"O Arglwydd Dduw rhagluniaeth
  Ac iachawdwriaeth dyn,
Tydi sy'n llywodraethu
  Y byd a'r nef dy hun.
Yn wyneb pob caledi
  Y sydd neu eto ddaw,
Dod gadarn gymorth imi
  I lechu yn dy law." '

Cododd pawb, a thrawodd llais tenor peraidd Robert Williams y dôn: ef oedd yr arweinydd canu yn Siloh, y capel yr âi Llew iddo. Ymdoddai'r cannoedd o leisiau i'w gilydd mewn cynghanedd swynol, gan dawelu ac ymchwyddo mor naturiol â llanw'r môr. Pan ailgydiwyd yn hanner olaf y pennill, peidiodd Llew â chanu a chaeodd ei lygaid i wrando ar y sicrwydd hyderus tu ôl i ddyhead melodaidd y dôn. Nid tyrfa o streicwyr a oedd o'i flaen mwyach, ond gwŷr dwys wedi ymgolli ym melystra cerdd a'r dagrau yn llygaid amryw ohonynt. Yr oedd un peth yn sicr, meddai wrtho'i hun—ni fedrai'r Bradwyr ganu fel hyn.

Ac o dan ddylanwad yr emyn, cerddodd y dynion yn dawel a sobr o'r neuadd. Teimlai'r plismyn, wrth ymsythu i gadw trefn, yn ffôl o ddianghenraid.

Tu allan, safodd Llew o'r neilltu ar y palmant i aros am ei dad ac Idris a Dic Bugail. Clywodd lais braidd yn feddw yn gweiddi,

'Gorymdaith, hogia! Mi fydd hi'n dechra twllu'n reit fuan!'

Adnabu'r llais—eiddo Ifor, ei frawd yng nghyfraith, gŵr Megan. Ni fu ef yn y cyfarfod, ond cyrhaeddodd y neuadd yn ddigon buan i gymryd arno ei fod yn un o'r dorf ac i alw, yn groes i ewyllys arweinwyr y dynion, am orymdaith swnllyd a dinistriol yn y gwyll a'r nos. Gwelodd Llew, a daeth ato.

'Hei, tyd, Llew. Rŵan mae'r hwyl yn dechra, wsti.'

'Yr ydw i'n aros am 'Nhad, Ifor.'

Ond cydiodd Ifor yn ei fraich a'i dynnu at y bagad o wŷr ansad—ffyddloniaid y Snowdon Arms, gan mwyaf—a ymffurfiai'n rhengoedd ar y ffordd.

'Llew?' Llais ei dad a'i galwai.

'Ia, 'Nhad?'

'Rwyt ti wedi crwydro digon am hiddiw, 'ngwas i. Tyd di adra hefo ni rŵan.'

'O'r gora, 'Nhad.' Yr oedd yn falch o gael dianc.

'Da, 'machgan i . . . Ac Ifor?'

'Ia, Edward Ifans?'

'Gwell i titha droi adra. Nid rŵan ydi'r amser i gael gorymdaith. Wnewch chi ddim ond tynnu'r plismyn i'ch penna.'

Chwarddodd llais meddw gerllaw. 'Ia, rhowch o yn 'i wely'n daclus, Edward Ifans,' gwaeddodd dyn o'r enw Sam Tomos. 'Mae'n hen bryd i blant bach fod yn bei-bei wchi.'

Gwylltiodd Ifor a brysiodd yn herfeiddiol at fin y palmant.

'Faint ydach chi'n feddwl ydi f'oed i?' gofynnodd, rhwng ei ddannedd.

'Mi ddangosa' i iti mewn munud, Ifor Davies,' meddai Dic Bugail, gan gamu'n gyflym rhwng Edward Ifans ac ef. Ond gwyddai Ifor nad oedd Dic Bugail yn un i chwarae ag ef a chyda 'Hylô, yr hen Ddic, sut mae petha i fyny yn y weilds acw?' dychwelod at ei rengau, gan chwerthin braidd yn ffôl. Yr oedd mwy o dwrw nac o daro yn Ifor Davies.

Cerddodd y pedwar ohonynt ymaith, a chydiodd Edward Ifans yn sydyn ym mraich y bugail.

'Dacw fo Henry Owen yn mynd o'n blaen ni,' meddai. 'Henry! Henry!'

Safodd dyn bychan tenau, cyflym, i aros amdanynt.

'Oes gynnoch chi arian i Dic 'ma?' gofynnodd Edward Ifans iddo.

'Oes, oes, oes. Punt, punt yr un fath ag i bob gŵr priod arall. Oes, oes. Dowch hefo mi, Dic, dowch hefo mi.'

'O'r gora, Henry Owan,' meddai Dic. 'Mi fydda' i wrth waelod Tan-y-bryn,' chwanegodd wrth y lleill cyn brysio ymaith hefo ysgrifennydd y gronfa.

A phan gyrhaeddodd y tri ohonynt y tro tua'u cartrefi, yr oedd Dic yno, a'r bunt yn ei boced.

'Rhaid imi fynd i siopa heno cyn troi adra,' meddai. 'Mi a' i i ddrws cefn Liverpool Stores: mae'r hen Jones yn siŵr o roi'r negas imi. Ac os bydd Eban o gwmpas y stabal, mi ga' i ffîd i'r merlyn yr un pryd.'

Dringodd y pedwar allt serth Tan-y-bryn, a daliasant yr hen Ishmael Jones a'i basio ar y ffordd.

'Cwarfod da, Ishmael Jones,' gwaeddodd Llew yn ei glust cyn brysio ymlaen. Yr oedd arno eisiau dangos ei fod yn ddyn, yn chwarelwr ar streic.

'Da-da?' meddai'r hen ŵr, gan deimlo ym mhoced ei wasgod. 'Nac oes, wir fachgan, ddim un.'

'Hylô, i ble mae o'n mynd?' sibrydodd Idris wrth ei dad ymhen ennyd.

Tuag atynt, a'i glog fawr tros ei ysgwyddau a'i het uchel, lydan yn rhoi iddo'i lawn urddas, deuai Price-Humphreys, y stiward gosod, gŵr na hoffid gan neb ond cynffonwyr yn y chwarel. Trigai ef mewn clamp o dŷ yn y coed uwchlaw'r pentref, tŷ unig, mawreddog, tywyll, fel ef ei hun. Pan chwaraeai plant yn y coed, cadwent ymaith o gyffiniau Annedd Uchel, a chilient yn yr un modd, yn reddfol, oddi wrth y perchennog a'i glog dywyll a'i het enfawr pan welent ef ar y stryd. Yr oedd hynny'n beth rhyfedd, oherwydd gwyrai weithiau i siarad yn ddwys a charedig â hwy, a chafodd ambell un ddimai ganddo o dro i dro. Ni ddeallai ef y peth o gwbl.

'O, methu byw yn 'i groen nes cael gwybod be' ddigwyddodd yn y cwarfod,' atebodd Edward Ifans dan ei anadl.

Safodd Price-Humphreys pan ddaeth atynt.

'Noswaith dda, Edward Ifans,' meddai'i lais main, defosiynol, gan swnio fel petai ar fin ledio emyn. 'Yr ydw

i'n gobeithio na ddaru'r . . . y . . . cyfarfod heno ddim
. . . y . . . dewis llwybr . . . y . . . annoeth.'

'Mi ddaru ni benderfynu condemnio ymddygiad y rhai
. . .'

'Y Bradwyr,' torrodd Dic Bugail ar ei draws, â brath yn
ei lais.

'Y rhai sydd wedi dechra gweithio,' meddai Edward
Ifans, 'a mynegi unwaith eto ein ffydd yn ein hachos.'

'Hm . . . y . . . piti, piti. Roeddwn i'n . . . y . . .
gobeithio y basach chi'n . . . y . . . ailystyried ac yn . . .'

'Oeddach chi, wir?' Saethodd Dic Bugail y geiriau ato.

'Wel,' meddai Edward Ifans, gan frysio i ddwaud
rhywbeth, rhag ofn i Dic bechu'n anfaddeuol, 'roedd y
dynion i gyd yn unfarn ar y pwnc.'

'Hm . . . y . . . piti, piti, yn wir yn wir. A'r hen chwaral
yn mynd mor dda cyn i'r . . . y . . . helynt 'ma ddigwydd,
yntê?'

'Yn dda i bwy, Mr Price-Humphreys?' gofynnodd Dic
rhwng ei ddannedd.

'Y mae hi'n noson braf iawn heno eto, Mr Price-
Humphreys,' sylwodd Edward Ifans yn frysiog, gan droi
i gychwyn ymaith. 'Ydi, wir, braf iawn.'

Ond yr oedd hi'n rhy hwyr. Gwyrodd y stiward gosod
tuag at Dic a gofynnodd yn hynod gwrtais:

'A beth oeddach chi'n feddwl wrth y . . . y sylw yna,
Richard Jones?'

Gwyddai pawb yn y chwarel am y cwrteisi llyfn hwnnw,
am dynerwch melfedaidd y llais, am y wên or-gyfeillgar ar
yr wyneb tenau, dwys. Nid ofnai neb y pen stiward pan
ymddangosai'n llym a ffroenuchel, ac ni faliai chwarelwr
ryw lawer pan daflai Price-Humphreys eiriau cas tuag
ato. Ond tu ôl i'r wên hon yr oedd colyn gwenwynig,

creulondeb oer. Hi a yrrodd lawer gweithiwr medrus o'i 'fargen' rywiog ar wyneb y graig i slafio ar ddarn o wenithfaen: hi a'i herlidiodd ef wedyn o'r chwarel i anobaith segurdod a thlodi. Gwelsai Dic y wên, a gwyddai nad oedd fawr wahaniaeth beth a ddywedai bellach. Caledodd ei wyneb a theimlai Llew, a safai wrth ei ochr, bob nerf yng nghorff y bugail yn tynhau.

'Mae gin i wraig a thri o blant,' meddai, 'nid hannar dwsin o gathod fel sy gynnoch chi. Ond yr ydw i'n o siŵr fod cathod Annedd Uchal yn cael gwell bwyd na phlant rhai fel fi. Yr ydw i'n dallt 'u bod nhw'n mynd yn dew,' chwanegodd yn chwerw, 'yn gathod digon o ryfeddod . . .'

'Rŵan, Dic, 'machgen i, wnaiff siarad fel'na les i neb,' torrodd Edward Ifans ar ei draws. 'Mae arna' i ofn bod y cyfarfod 'na wedi'i gynhyrfu o, Mr Price-Humphreys,' eglurodd wrth y pen stiward.

'Wel . . . y . . . mi wyddom ni fod teimladau'n mynd yn . . . y . . . chwyrn ar . . . y . . . adega fel hyn, Edward Ifans. Ydyn ydyn, yn wir yn wir. Ac y mae hynny'n . . . y . . . bur naturiol, efalla'.' Daliai i wenu'n or-faddeuol.

'Naturiol? Ydi, debyg iawn.' Yr oedd Dic fel ceffyl penrhydd bellach. 'A wyddoch chi pam? Am fod y teimlada wedi cronni tu fewn inni ers blynyddoedd. Yr ydw i'n ddyn deunaw ar hugain, ond fedrwn i ddim cadw fy nheulu rhag angen pa mor galed bynnag y gweithiwn i. A phan ofynnwn i am well "poundage" ar y rwbal, be' gawn i? Dim ond fy rhegi gan ryw stiward o Sais na ŵyr o ddim mwy am drin llechfaen na thwrch daear am . . .'

'Wel, y mae . . . y . . . gweithwyr a . . . y . . . gweithwyr, on'd oes, Edward Ifans?'

'Mae 'na weithwyr a chynffonwyr,' atebodd Dic yn

wyllt. 'Does 'na'r un gweithiwr fedar slafio'n galetach nag y gwnes i. Yr on i yn y gwaith bob dydd ymhell cyn caniad ac ymhell ar ôl i bawb fynd adra gyda'r nos.'

'Wel . . . y . . . nid canol y stryd ydi'r . . . y . . . lle i drin materion fel hyn,' meddai'r stiward gosod, gan ddechrau symud ymaith. Teimlai'n anghysurus iawn, gan fod rhai o'r dynion a âi heibio yn arafu'u camau i fwynhau huodledd Dic. 'Ac yr on i ar fy ffordd i . . . y . . . i'r Ficerdy.'

Ond cydiodd Dic yn ei glog a'i ddal yno.

'Ches i ddim cyfle fel hyn o'r blaen, Mr Price-Humphreys,' meddai. 'Ydach chi'n cofio'r chwe mis hynny dreuliais i yn clirio'r rwb ddaeth i lawr yn Nhwll Brain?'

'Rŵan, Dic,' meddai Edward Ifans, gan afael yn ei fraich i'w dynnu ymaith. Ond gwthiodd y bugail ef o'r neilltu, ac aeth ymlaen yn chwyrn:

'Ydach chi? Roedd 'na glogwyn da lle disgynnodd y rwb, ac mi ges i a Wil fy mrawd a dau arall addewid bendant y caem ni "fargen" yno ar ôl clirio'r lle. On'd do? . . . On'd do? . . . Chwe mis y buom ni'n bustachu i symud y cerrig a'r rwbal i fynd at y clogwyn. Weithiodd pedwar dyn 'rioed fel y gweithiodd Wil a finna a'r ddau arall yn ystod y misoedd hynny. Ond o'r diwadd . . . o'r diwadd'—gostyngodd Dic ei lais yn beryglus a thynhaodd ei afael yn y glog—'o'r diwadd, un pnawn Sadwrn, yr oeddan ni wedi cyrraedd y graig. Clogwyn da o gerrig gleision, rhywiog: cyfla i ennill cyflog. Ond be' fu bora Llun? Ydach chi'n cofio? Neu ydi'ch cof chi braidd yn fyr? . . .'

Cydiodd Edward Ifans ym mraich Dic unwaith eto: gwelai ei ddwrn yn cau'n fygythiol ac ofnai y byddai'n taro'r stiward. Yr oedd Llew yn syfrdan gan fraw, oherwydd edrychasai ef bob amser ar Mr Price-Humphreys â pharchedig ofn, fel petai perchen Annedd Uchel yn rhyw gawr o fyd arall a ddeuai weithiau ar hynt urddasol i blith dynionach Tan-y-bryn. Ond ciliasai holl urddas y dyn yn awr. Ceisiai ymddangos yn ffroenuchel, ond crynai'i wefusau tenau gan ofn a disgleiriai dafnau o chwys ar ei dalcen. Tra-arglwyddiaethu fu ei dynged ef: yr oedd hwn yn brofiad newydd iddo.

'Wedi chwe mis o lafur calad i agor ffordd at y graig, dyma'r stiward gosod, Mr Price-Humphreys'—llefarai Dic yr enw fel un yn poeri gwenwyn o'i enau—'yn dŵad heibio ac yn rhoi'r lle i rai o'i gynffonwyr, yntê? . . . Ydach chi'n cofio? . . . Ac yn ein gyrru ni i ben pella'r Twll i slafio ar glogwyn o wenithfaen. Roedd y peth yn ddigri' o greulon, on'd oedd?'

Chwarddodd Dic yn dawel a gollyngodd ei afael ar y glog.

'Rydw i'n dallt bod eich cathod chi'n mynd yn rhy dew, Mr Price-Humphreys,' meddai. 'Dydi fy mhlant i ddim.' A throes ymaith yn sydyn i ddringo'r allt.

Gwnaeth y stiward ymdrech deg i adennill ei urddas drwy ymsythu a cheisio gwenu.

'Hm . . . y . . . anffodus . . . y . . . anffodus,' meddai, fel un yn ymbalfalu'n ffwndrus am eiriau. 'Wel . . . y . . . nos dawch, Edward Ifans.'

'Y . . . nos dawch, Mr Price-Humphreys. Mae'n . . . mae'n ddrwg gin i fod hyn wedi digwydd.' Ond yr oedd gŵr y glog yn brasgamu i lawr y stryd a'i ben yn yr awyr i geisio ymddangos yn ddihitio.

Brysiodd y lleill ar ôl Dic a cherddodd y pedwar heb ddweud gair am dipyn.

'Wel, dyna hi wedi canu arnat ti yn y chwaral 'na, Dic Bugail, 'y ngwas gwyn i,' sylwodd Idris o'r diwedd.

'Mi wn i hynny, Id. Rydw i'n dŵad i'r Sowth hefo chdi ddydd Mawrth. Mi ga' i fenthyg yr arian gan hen ewyrth i'r wraig acw.'

Safai'r merlyn yn dawel a breuddwydiol o flaen Gwynfa, wedi'i glymu wrth y mur. Yr oedd ar ben ei ddigon ar ôl i blant y gymdogaeth gludo pob math o ddanteithion iddo. Hen blant bach iawn, meddai wrtho'i hun, gan ail-fyw mewn dychymyg y gloddesta a fu. Cofiai yn arbennig am un hogyn, a alwai'r plant eraill yn 'Gwyn', yn rhoi iddo ddarn mawr o fara brith ac yna'n rhuthro'n ôl i'r tŷ cyn iddo gael cyfle i nodio'i ben mewn diolch. Pam yr oedd y bachgen wedi'i wisgo mewn coban wen, tybed? A pham yr oedd mor llechwraidd ac ar gymaint brys? Ni wyddai'r merlyn; ond yn wir, yr oedd y bara brith yn un da iawn, y gorau a gafodd erioed.

'Dydach chi ddim yn meddwl y cewch chi fynd adra heb banad, ydach chi, Dic?' gofynnodd Edward Ifans wrth weld y bugail yn cydio yn awenau'r merlyn. 'Dowch i mewn. Fyddwch chi ddim dau funud.'

Bu raid i Dic ufuddhau. Yr oedd y swper—bara saim a letys ac yna frechdanau o fara brith—ar y bwrdd, a Martha Ifans, cyn gynted ag y clywodd sŵn eu traed, wedi tywallt dŵr yn y tebot.

'Dyma iti Megan fy chwaer, Dic,' meddai Idris. 'Gwraig Ifor, wsti.'

Ysgydwodd Dic law â'r ferch a gynorthwyai'i mam wrth y bwrdd. Geneth lon, iachus, lawn chwerthin, a'i gwallt a'i llygaid duon yn ei atgoffa am ei wraig ei hun.

75

'Chi bia'r poni, yntê?' chwarddodd hi. 'Prin y medar o'ch cario chi adra heno ar ôl yr holl fwyd mae plant y stryd 'ma wedi'i roi iddo fo.'

'A dyma ti'r sgolar,' meddai Idris. 'Fy mrawd Dan, sy yn y Coleg.'

Hoffodd Dic y llanc glân deunawmlwydd ar unwaith. Yr oedd Dan yn debyg iawn i'w dad, yn dal a thenau a'i lais yn dawel a dwys. Tyfasai'n rhy gyflym, meddyliodd y bugail wrth ysgwyd llaw ag ef, ac ni chawsai ddigon o fwyd pan oedd ei wir angen arno. Er hynny, yr oedd nerth annisgwyl, eiddgar, yng ngwasgiad ei law.

'A rŵan rhaid imi 'i throi hi i'r drws nesa',' ebe Idris, 'ne' fe fydd Kate yn hannar fy lladd i. Gwaedda cyn iti fynd, Dic.'

'O'r gora, Idris.'

Parablai Dic Bugail bymtheg y dwsin yn ystod swper, a gwyliodd Llew ef yn syn, gan gofio am y gŵr tawedog a'i dygasai ef a Gwyn adref rai oriau ynghynt. Nodiai a gwenai Edward Ifans yn ddeallgar: gwyddai ef fod y ffrae â'r stiward gosod a'r penderfyniad sydyn i fynd i'r Sowth yn gynnwrf ystyfnig o hyd ym meddwl Dic, ac y siaradai fel melin i geisio'u hanghofio.

'Wel, rhaid imi 'i gafael hi,' meddai wedi iddo fwyta a theimlo, fel y merlyn, fod y bara brith y gorau a brofasai erioed. 'Mae arna' i isio galw yn Liverpool Stores cyn troi adra. Diawch, mi ga' i groeso gan Siân 'cw heno!'

Cofiodd Llew am wyneb gorchfygedig y wraig ifanc yn y tyddyn llwm ac am ei chwerwder hi pan soniodd ef am y rhai a âi ymaith i weithio. Câi, fe gâi Dic Bugail groeso heno.

Aethant gydag ef i'r heol, a daeth Idris allan o'r drws nesaf. Yr oedd y stryd yn wag a thawel erbyn hyn ac yn wen dan olau lleuad. Curai carnau'r merlyn yn galed ar gerrig y ffordd fel yr arweinid ef i lawr yr allt.

'Tan fora Mawrth, Id,' gwaeddodd Dic cyn mynd o glyw ac o olwg yng ngwaelod y rhiw. Yna neidiodd ar gefn y merlyn a chwifiodd ei law arnynt. Safodd y teulu yno'n gwrando ar sŵn y carnau'n cyflymu ac yn marw ar lyfnder y ffordd fawr. Fel y troent ymaith i'r tŷ, gwelent chwellath sinistr y stiward gosod yn dechrau dringo Tan-y-bryn. Byddai Dic ymhell o'i gyrraedd erbyn nos Fawrth, meddai Edward Ifans wrtho'i hun gyda boddhad.

PENNOD 3

Deffroes Llew yn fore iawn. Yr oedd yr ystafell yn bur dywyll, ond y tu allan ar y stryd clywai sŵn traed a lleisiau lawer. Yna cofiodd: yr oedd hi'n fore Mawrth a phobl yn tyrru tua'r orsaf a'r trên i'r Sowth. Clywai sibrwd wrth wely Dan, a oedd wrth droed yr un lle cysgai ef a Gwyn, ac o graffu drwy'r gwyll gwelai fod rhywun yn sefyll yno. Ei dad yn deffro Dan. Wedi i Dan ymbalfalu'n frysiog am ei ddillad, sleifiodd y ddau allan, gan gau'r drws yn dawel o'u hôl.

Dyheai Llew yntau am godi a mynd i lawr i'r orsaf i weld Idris a Dic Bugail a llu o rai eraill yn cychwyn i'r De, ond cawsai siars gan ei fam y noson gynt i gofio peidio â deffro Gwyn. Ni fuasai ef yn dda ar ôl y daith i'r mynydd-oedd: gafaelai rhyw gryndod weithiau ynddo, a chwysai lawer yn y nos. Penderfynodd Llew fynd yn ôl i gysgu.

'Llew!'

Ni chymerodd yr un sylw, ond anadlu'n drwm.

'Llew!' Rhoes Gwyn bwniad â'i benelin yng nghesail ei frawd.

'B . . . be' sy? Ydi hi'n amsar codi?'

'Nac ydi. Clyw!'

'Be'?'

'Sŵn pobol yn mynd i'r stesion. Ac mae Tada newydd fod yn deffro Dan.'

'Sut y gwyddost ti?'

'Mi glywis i'r ddau'n mynd . . . Ddoi di, Llew?'

'Y? I ble?'

'I'r stesion, debyg iawn.'

'Dos yn d'ôl i gysgu. Mi wyddost be' ddeudodd Mam neithiwr.'

'Fydd hi ddim yn gwbod. Mi sleifiwn ni i lawr yn ddistaw bach, wsti.' Yr oedd Gwyn ar ei eistedd erbyn hyn.

'Fe fydd 'Nhad a Dan yn y stesion.'

'Welan nhw mono ni yn y twllwch ac yng nghanol y crowd.'

'Twllwch!' Estynnodd Llew ei law i symud tipyn ar y bleind, a ffrydiodd golau i'r ystafell.

'Dim ots, os cadwn ni tu ôl i'r bobol. Wyt ti am ddŵad?'

'Nac ydw.'

'Paid 'ta.'

Ymwingodd Gwyn tros gorff ei frawd ac o'r gwely, a dechreuodd wisgo amdano. Cododd Llew hefyd, ond gan gymryd arno mai'n anfoddog iawn y gwnâi hynny.

'Cofia na roi di mo'r bai arna' i, rŵan,' meddai wrth ymestyn am ei ddillad.

'Pryd y rhois i fai arnat ti?'

'Sh, y ffŵl!'

78

'Pryd y rhois i fai arnat ti?'

'Wyt ti am i Mam dy glywad di? Cau dy geg a gwisga'n dawal, wnei di?'

Sleifiodd y ddau i lawr y grisiau ac i'r gegin yn nhraed eu sanau, ac wedi gwisgo'u hesgidiau aethant o'r tŷ yn dawel a thua'r orsaf. Yno yr oedd tyrfa fawr yn canu'n iach i berthnasau a chyfeillion, a safodd y ddau fachgen yn wyliadwrus tu ôl i rai ohonynt ond o fewn ychydig lathenni i'r cerbyd yr oedd Idris a Dic Bugail ynddo.

'Dydi Kate Idris ddim yma,' meddai Gwyn.

'A hitha'n mynd i gal babi yn reit fuan? Nac ydi, debyg iawn.'

Gwrandawsant ar lawer siars i 'gofio sgwennu' a 'mynd i'r capal' a 'newid dy sana os gwlychi di', ac yna daeth Wil Portar heibio i gau'r drysau ac i weiddi ei gynghorion ysmala—'Gad di lonydd i'r genod tua'r Sowth 'na, Robin.' 'Paid â rhoi dy ben allan yn y twnnal, Jac.' 'Ydi dy wasgod gin ti, Wil?'

Y ffraethineb olaf a ddeffroai'r chwerthin mwyaf. Chwiliai Wil Sarah am ei wasgod un prynhawn Sadwrn cyn cychwyn ar frys gwyllt i ddal y trên i'r dref. Aeth ei wraig i'r llofft i weld beth oedd ystyr y rhegfeydd a glywai, a phan ddeallodd, 'Ond yr argian fawr, mae'r wasgod amdanat ti, ddyn!' gwaeddodd. 'Wel, ydi, 'tawn i'n llwgu!' meddai Wil. 'Diawch, lwc iti 'i ffeindio hi, yntê Sarah, ne' mi faswn wedi mynd hebddi, wel'di!'

Daliai Gwyn yn ei law garreg fach lefn o'r afon, wedi'i naddu ar ffurf calon. Yn ei chanol tynasai'r deunydd llwyd-wyrdd lun calon arall.

'Mae arna' i isio rhoi hon i Idris,' meddai. 'I gofio amdana' i.'

'Ron i'n meddwl y basa'n rhaid i ti gael gwneud rhyw giamocs,' ebe Llew yn ddig. 'Pam na fasat ti'n 'i rhoi hi iddo fo neithiwr? Mae'n rhy hwyr rŵan.'

'Ydi hi?'

Brysiodd Gwyn ymlaen at Wil Portar i sibrwd yn ei glust ac i roi'r garreg yn ei law. Yna dychwelodd at Llew a gwyliodd y ddau y dyn bychan yn gwthio rhywbeth i law Idris ac yn rhoi winc fawr arno: winciai Wil Portar hefo'i geg a hanner ei wyneb yn ogystal â'i lygad. Gwelsant Idris yn craffu amdanynt, ac ni allai Gwyn beidio â'i ddangos ei hun am ennyd a chwifio'i law. Troes Edward Ifans a Dan eu pennau yr un pryd, a diflannodd Gwyn yn ôl i'w guddfan.

'Dyna 'Nhad wedi dy weld di, was.'

'Naddo.'

'Do. Tyd, inni gael mynd yn ôl i'r gwely 'na cyn i Mam godi. 'Falla' na ddeudith 'Nhad ddim wrthi hi. Tyd.'

Ac yn ôl i'r tŷ yr aethant, gan sleifio i fyny'r grisiau ac i'w gwely. Pan alwodd eu chwaer Megan hwy ymhen rhyw ddwyawr, yr oedd y ddau'n cysgu'n braf.

I lawr yn y gegin, pan gyrhaeddodd y ddau yno, eisteddai Ifor, gŵr Megan, wrth y bwrdd yn bwyta'i frecwast, ac Edward Ifans a Dan yn sgwrsio wrth y lle tân. Dyn ifanc llon, byrbwyll, uchel iawn ei lais, oedd Ifor. Trwyn nobl, Rhufeinig; llygaid o las golau; gwallt melyn, cyrliog—yr oedd yn fachgen hardd ar yr olwg gyntaf. Ond dywedai'r wefus isaf drwchus, blentynnaidd, greulon, na faliai Ifor Davies ryw lawer am neb na dim ond ef ei hun. Buasai'n briod â Megan ers rhyw dri mis—bu raid iddynt briodi—ac er na hoffai Edward na Martha Ifans mohono, gwnaent eu gorau glas i guddio hynny er mwyn Megan. Llanc wedi'i ddifetha'n llwyr oedd Ifor. Cawsai dros ddwy flynedd yn yr Ysgol Ganolraddol newydd yn Llechfaen, yn bla bywyd i bob athro ac athrawes, ac o'r diwedd awgrymodd y prifathro i'w rieni y gwnâi les i Ifor—ac i'r ysgol—pe câi'r bachgen—a'r ysgol—eu rhyddid. Swyddfa gyfreithiwr yn y dref a gafodd ei hanhrefnu ganddo yn nesaf, ond wedi i sylltau lawer ddiflannu'n ddirgelaidd bob wythnos am ddeufis, penderfynodd y cyfreithiwr na allai fforddio talu am gwrw'i glerc. Aeth ei dad ag ef wedyn at Robert Roberts y Teiliwr, hen frawd hynod ddoeth a gwybodus, Gamaliel yr ardal. Adroddodd Gruffydd Davies hanes gyrfa ddisglair ei fab yn yr Ysgol Ganolraddol ac yn swyddfa'r cyfreithiwr, gan egluro bod yn y bachgen ragoriaethau a rhinweddau a doniau lu, heb eu hamlygu eu hunain eto.

'Be' wnawn ni hefo fo, deudwch, Robert Roberts?' gofynnodd yn eiddgar ar ddiwedd ei araith.

'Cwestiwn reit hawdd, Gruffydd Davies,' atebodd yr hen deiliwr, gan gydio yn y tâp mesur a oedd yn hongian am ei wddf.

'O?'

'Ia, 'nen' Tad. Mi fesura' i'r hogyn am drowsus y munud 'ma.'

'Trowsus?'

'Ia. Melfaréd.'

Ochneidiodd ei fam, Letitia Davies fawreddog, lawer wrth weld ei hunig fab yn cychwyn i'r chwarel un bore yn ei drowsus melfaréd a'i esgidiau hoelion mawr. Ond yr oedd Ifor wrth ei fodd. A chyn hir enillai gyflog pur dda yno—nid fel crefftwr medrus a diwyd ond fel cyfaill i ambell gontractor. Cyfarfyddai â hwy'n rheolaidd yn y Snowdon Arms a gofalai Ifor dalu am ddiod iddynt. Er hynny, pan dorrodd y streic allan, Ifor Davies oedd un o'r rhai gwylltaf ac uchaf ei lais, a chafodd amser bendigedig am rai nosweithiau yn malu ffenestri contractor a stiward, gan anghofio'n llwyr y ffafrau a gawsai ef ganddynt. Ymunodd wedyn ag un o'r corau a grwydrai'r wlad i gasglu arian, a chan fod ganddo lais bas gwych, ef a ganai unawdau fel 'Y Teithiwr a'i Gi' a 'Merch y Cadben' a'r unawd 'Ymgrymwn . . .' yn 'Y Pererinion'. Rhybuddiwyd ef droeon y byddai'n rhaid iddo droi adref os daliai i yfed ar y teithiau hyn: yr oedd sobrwydd yn un o reolau'r côr. Galwodd Ifor y tri Rechabiad yn y cwmni at ei gilydd a gofynnodd iddynt benderfynu a oedd seidr yn ddiod feddwol ai peidio. Ymneilltuodd y tri i gynnal pwyllgor dwys ar y pwnc, ac wedi araith huawdl ar rinweddau'r afal gan un ohonynt—a gâi byliau hiraethus am y dyddiau disyched gynt—pasiwyd, gyda chymorth pleidlais y cadeirydd, fod gwin afalau yn iechyd i gorff a meddwl. Yfodd Ifor ei gwrw'n rheolaidd wedyn—gan ofalu mai *Cider* a oedd ar y botel.

Ac yn awr yr oedd Ifor Davies yn briod â Megan ac yn byw yn Gwynfa. Siom fawr i Letitia Davies fu priodas frysiog ei mab penfelyn â merch o stryd dlodaidd Tan-y-bryn, ond ni phoenai Ifor am hynny. Âi i weld ei rieni weithiau—i 'fenthyg' hanner sofren—a threuliai nosweithiau difyr wedyn yn y Snowdon Arms yn yfed eu hiechyd.

Ond yr oedd Megan yn ddall i ffaeleddau'i gŵr anystyriol, a rhôi dafod i Gwyn neu Llew os beiddiai un ohonynt yngan gair beirniadol am Ifor. Yr oedd wrthi yn awr yn gweini arno, a sylwodd y ddau fachgen fod eu brawd yng nghyfraith yn cael tamaid o gig moch i frecwast, a hwythau'n gorfod bodloni ar fara saim.

'Fuoch chi lawr at y trên, Ifor?' gofynnodd Gwyn, gan

deimlo'i fod yn gyfrwys iawn wrth ofyn y cwestiwn. Ni welodd y winc a daflodd Edward Ifans ar Dan.

'Wel, naddo, wir, fachgan. Mi rois i fy nhraed allan o'r gwely tua'r pump 'ma, gan feddwl mynd i'r stesion, ac mi aeth y ddwy fel clai. Roeddan nhw mor oer nes oedd fy mhen i'n troi fel simdda Price-Humphreys. Mi'u tynnis nhw'n ôl am funud i gnesu, a'r peth nesa' glywis i oedd Megan 'ma'n fy ngalw i gynna. Coblyn o dro, yntê, 'r hen ddyn?'

Taflodd Megan ei phen i fyny, gan gymryd arni fwynhau'r digrifwch, ond gwyddai'r ddau fachgen na chyraeddasai Ifor y tŷ'n gynnar nac yn sobr y noson gynt. Gwenu i guddio'i phryder yr oedd eu chwaer. A heddiw, ymddangosai'n nerfus a ffwndrus, fel petai rhyw ofîd yng nghanol ei meddwl.

'Lle mae Mam?' gofynnodd Llew.

'Yn y drws nesa' yn helpu Kate,' atebodd ei dad. 'Mi gewch chitha'ch dau redag yno ar ôl i chi fwyta, i fynd â Gruff ac Ann fach allan am dro. Ond nid at yr afon, cofiwch chi rŵan.'

Bwytaodd y tri'n dawel am dipyn, ac yna cododd Gwyn ei ben yn sydyn i ofyn: 'Sut le sy yn y jêl, Ifor?'

At y nos Sadwrn gynt y cyfeiriai. Daethai Ifor a'i orymdaith swnllyd i wrthdrawiad â rhai o'r plismyn, a phenderfynodd y rheini roi cyfle i'r arweinydd cegog sobri yn y rheinws.

'Lle crand gynddeiriog, 'r hen ddyn. Ryg dew o groen teigar ar y llawr, cadair esmwyth ar yr aelwyd, piano fawr wrth y wal, powlaid o ffrwytha ar y seld, rhes o lyfra difyr ar fwrdd bach wrth y gwely . . .'

'Lle iawn i aros am ryw fis, fuaswn i'n meddwl,' sylwodd Llew braidd yn sur. Bu amser y chwarddai ef a

83

Gwyn am ben popeth a ddywedai'u brawd yng nghyfraith, ond erbyn hyn, ac yn arbennig ym meddwl Llew, tyfodd rhyw gnewyllyn o elyniaeth. Hyd yn oed pan ganai Ifor yn y tŷ ambell gyda'r nos—ac yr oedd yn ganwr heb ei ail—yr oedd chwerwder tu ôl i'r edmygedd yn llygaid Llew.

'Am fis?' atebodd Ifor. 'Ia, i rai sy wedi arfar hefo steil, wsti. Ond wyddwn i ddim yn fy myw sut i drin y cyllyll a'r ffyrc amsar swpar nos Sadwrn. Na, bwyd plaen i'r boi yma, heb ddim lol o'i gwmpas o. Yntê, Dan?'

Nodiodd Dan, gan wenu'n dawel. Yr oedd apelio'n uchel fel hyn at Dan yn arferiad gan Ifor, efallai am fod 'Y Sgolar' mor bell a breuddwydiol ei ffordd. A phob tro y digwyddai hynny, teimlai Llew'r elyniaeth o'i fewn yn galed, fel cainc mewn pren. Oherwydd, iddo ef, nid oedd neb yn y byd fel Dan, a thybiai fod rhyw awgrym o ddirmyg weithiau yn llais Ifor wrth iddo droi at 'Y Sgolar'. Pan waeddai 'Yntê, Megan?' a phan chwarddai hi mewn ateb iddo, popeth yn iawn; ond yr oedd i Ifor geisio hudo'i dad neu'i frawd Dan i'w glebran yn gwneud Llew yn annifyr drwyddo. Teimlai eu bod yn cael eu tynnu o fyd eu meddyliau tawel, difrif, i un swnllyd a di-chwaeth, fel pe o gynteddau capel Siloh i awyrgylch y Snowdon Arms. Ac weithiau llithrai i dafod Ifor eiriau a oedd yn ddieithr iawn ar aelwyd Gwynfa. Soniai am 'hen gythral o ddyn' neu 'bitsh o ddynas' heb flewyn ar ei dafod, gan gymryd arno na welai'r rhybudd yn edrychiad Megan. Ond ni châi Gwyn a Llew weld na chlywed Ifor ar ei waethaf: gofalai Edward a Martha Ifans fod y ddau yn eu gwelyau ymhell cyn iddo ddychwelyd o'r Snowdon Arms bob nos pan wyddent fod arian ganddo.

'Y postman!' gwaeddodd Gwyn, gan redeg allan i ateb cnoc awdurdodol ar y drws. Dychwelodd hefo dau lythyr, un i Ifor ac un i Dan. Trawodd Ifor y llythyr yn frysiog yn ei boced a chododd.

'Wel, mi a' i i lawr i weld rhai o'r hogia,' meddai.

Ym mharlwr y Snowdon Arms, yn chwarae cardiau a disiau a *draughts* y treuliai ef ei foreau gan amlaf. Crwydrodd Gwyn a Llew hefyd i'r drws nesaf, a gadawyd Edward Ifans a Dan eu hunain yn y gegin. Estynnodd Dan ei lythyr i'w dad.

'Oddi wrth ffrind imi yn y Coleg,' sylwodd. 'Emrys, hogyn o Gaerfenai.'

A darllenodd yntau:

F'annwyl Dan de Lion,

Roeddwn i wedi meddwl ysgrifennu atat ti rai dyddiau'n ôl, ond methais yn lân â dod o hyd i'm hewythr, yr enwog ac anfarwol Ap Menai, tan fore heddiw. Credaf imi sôn wrthyt ei fod o'n diflannu'n llwyr am ddyddiau weithiau, ac ym mha dafarn o fewn deng milltir y mae ei gael y prydiau hynny dim ond y Nefoedd a'r Ap ei hun a ŵyr.

Beth bynnag, yr oedd wrth ei fodd yn swyddfa'r *Gwyliwr* bore heddiw, yn sobr ac yn ei lawn bwyll—os ydi hynny'n bosibl—a dywedodd yn bendant fod arno eisiau cynorthwywr hefo'r papur. Rhoddais dy hanes iddo, a mawr oedd ei ddiddordeb. Hoffai dy weld ddydd Gwener wedi iddo roi'r papur yn ei 'wely' nos Iau. Tyrd i lawr yn y prynhawn—bydd yr Ap hefyd yn ei wely bob bore Gwener—a chofia ddod yma wedyn i gael "panaid am gwmpeini".

Eglurais iddo mai am fisoedd yr haf yn unig, yn fwy na thebyg, y caret weithio, a'th fod, os daw diwedd

85

gweddol fuan ar y streic, am ailddechrau yn y Coleg ym mis Hydref. Diawch, gobeithio i'r Nefoedd mai felly y bydd hi, Dan, neu mi fydda' i fel pelican yn y dosbarth *Philosophy* hebot ti! Ond yr wyf yn deall yr amgylchiadau—ac yn gwybod mor styfnig y gelli di fod, y tebot.

Dyma hynny o fanylion a gefais ganddo—

Cyflog—15s. i fachgen gwir dda (hynny ydi, ti!).

Gwaith—cynorthwyo yn y swyddfa, cywiro prof-lenni'r papur, casglu rhai newyddion lleol (angladdau a phriodasau ac achosion yn y Llys)—a chadw f'ewyrth o ddrygioni.

Oriau—o 9 tan 5 fel rheol, er na chlywodd yr Ap erioed mo'r gair "rheol", wrth gwrs.

Wel, caf dy weld ddydd Gwener, was, a rhown y byd yn ei le y pryd hwnnw.

Cofion fflamgoch
Emrys ap Rhisiart.
Ambrosius Segontii.

'Ewyrth Emrys ydi Golygydd *Y Gwyliwr*, 'Nhad,' eglurodd Dan.

Darllenodd Edward Ifans y llythyr eilwaith, ac yna edrychodd yn hir drwy'r ffenestr, fel petai'n gadael i'w gynnwys dreulio'n araf yn ei feddwl.

'Be' ydi hyn am fod yn styfnig? Wyt ti'n bwriadu aros yno os pery'r streic?'

'Rydach chi wedi aberthu digon er fy mwyn i, 'Nhad.'

'Rydan ni'n falch o gael gwneud hynny, 'machgan i. A streic neu beidio, yr wyt ti'n mynd yn ôl i'r Coleg ym mis Hydref.'

'Dim os bydd y streic yn para, 'Nhad. Yr ydw i'n anniddig ers misoedd. Ac yn euog.'

'Euog?'

'Wrth feddwl fy mod i'n faich arnoch chi ar amsar fel hyn. Os pery'r helynt lawar yn hwy, fe fydd angen pob dima arnoch chi i gael bwyd a dillad.'

Ochneidiodd y tad. Gwyddai mai'r gwir a ddywedai Dan. Onid oedd gruddiau llwydion Gwyn a Llew—a Dan ei hun—yn profi hynny?

'Ond . . .'

'Ia, 'Nhad?'

'Ond pam yr wyt ti'n dewis rhyw waith fel hwn? Riportar papur newydd—fel Ben Lloyd!'

Gwenodd Dan. Tipyn o fardd lleol oedd Ben Lloyd, a gâi hwyl hefyd ar groniclo hanes eisteddfodau a phriodasau ac angladdau'r pentref. A phan fethai â dod o hyd i eisteddfod neu briodas neu angladd, pentyrrai eiriau am ben rhyw hen ŵr newydd gyrraedd ei bedwar ugain neu ryfeddod o frithyll a ddaliasai Huw 'Sgotwr yn yr afon. A chyrhaeddai'r hen ŵr ei bedwar ugain weithiau ryw flwyddyn cyn ei amser, a'r brithyll faintioli na feiddiai hyd yn oed ddychymyg Huw ei freintio ag ef.

'Yr ydw i'n hoff o sgwennu, fel y gwyddoch chi, 'Nhad,' atebodd Dan. 'A'r unig ffordd i sgwennu ydi—sgwennu.'

'Ymarfar wyt ti'n feddwl? Ia, mi wn. Ond nid ar fân newyddion i ryw bapur fel *Y Gwyliwr*.'

'Pam lai? Pan aethoch chi i'r chwaral, ddaru chi ddim mynd ati i hollti a naddu ar unwaith. Mae'n rhaid i bob un ddysgu'i grefft, on'd oes?'

'Oes, mae'n debyg, ond . . .' Ysgydwodd Edward Ifans ei ben: ni hoffai feddwl am Dan yn dilyn angladdau a phriodasau yng Nghaerfenai nac unman arall. Ben Lloyd oedd Ben Lloyd, onid e?

'Roedd dy fam a finna wedi meddwl iti gymryd dy radd, ac ar ôl hynny, drwy'r *Queen's Scholarship*, cait dy baratoi i fod yn athro. Ond fe ddaw diwedd yr helynt 'ma cyn hir, gobeithio.'

'Does dim llawar o arwyddion o hynny, oes 'na, 'Nhad?'

Nid atebodd Edward Ifans, dim ond syllu ar y llythyr yn ei law.

'Dim ar hyn o bryd, fachgan. Ond . . .'

Daeth sŵn Ifor yn rhoi clep ar ddrws y cefn, ar ei ffordd allan. Chwarddai'n uchel a sarrug wrth fynd. Culhaodd llygaid Edward Ifans wrth ei wylio'n brysio ymaith yn dalog ar hyd llwybr yr ardd. Yr oedd bywyd yn annheg iawn, meddyliodd, yn rhoi arian diod i rywun fel Ifor ac yn nacáu cyfleusterau addysg i lanc dwys, ymdrechgar, fel Dan. Ymddangosai Ifor yn fwy talog nag arfer heddiw, fel petai'n ceisio dangos i'r byd na hidiai ef ffeuen yn neb. Ym mhle y bu cyhyd cyn mynd allan, tybed? Yn y gegin fach hefo Megan, a chofiodd Edward Ifans iddo glywed y lleisiau isel yno'n codi'n ffyrnig weithiau, fel pe mewn ffrae.

'Wyt ti . . . wyt ti'n benderfynol o aros yno os pery'r streic?'

'Ydw, 'Nhad. Ond yr argian fawr, peidiwch â sôn am y peth fel petawn i'n mynd i garchar! Mi fydda' i'n hapus iawn yn y gwaith—hynny ydi, os bydd Mr Richards, y golygydd, yn barod i gynnig lle imi.'

Nid ychwanegodd Dan nad oedd bywyd yn y Coleg yn un hapus i fyfyriwr tlawd. Yr oedd yn byw mor gynnil fyth ag y medrai—yn wir, hanner-lwgai ambell wythnos er mwyn prynu llyfrau—ac nid edrychai ymlaen at dair neu bedair blynedd o gyni ymdrechgar felly. Yn anfoddog y dychwelasai i'r Coleg ar ôl gwyliau'r Nadolig ac wedyn ar ôl seibiant y Pasg, ond gobeithiai y ddau dro na pharhâi'r streic yn hir. Digon i gadw'r teulu rhag angen oedd yr arian a ddôi o'r gronfa gynorthwyol, a dywedai'r wynebau llwyd, ac un Gwyn yn arbennig, na welid braster ar fwrdd Gwynfa. Oedd, yr oedd yn hen bryd iddo fynd i ennill ei damaid. Os câi bymtheg swllt ar *Y Gwyliwr*, gallai yrru hanner coron adref bob wythnos. Dygai hynny beth o'r gwrid yn ôl i ruddiau Gwyn.

'Pe gwyddwn i y byddai'r helynt 'ma drosodd yn fuan,' meddai Edward Ifans, 'buaswn yn dadlau a dadlau hefo ti, Dan. Ond go ddu y mae petha'n edrych, wir.' Ysgydwodd ei ben yn llwm. Yna caledodd ei lygaid fel y syllai ar y cerdyn a oedd ar y silff-ben-tân. 'Mae petha fel hyn yn digwydd bron ym mhob tŷ yn Llechfaen y dyddia yma. Rhywun yn sâl, rhywun yn drwm mewn dylad, rhywun yn gorfod tynnu'i fachgen neu'i ferch o'r ysgol neu'r Coleg. Ond ildiwn ni ddim, ildiwn ni ddim. Mi frwydrwn i'r pen y tro yma. Gwnawn, i'r pen, costied a gostio.'

Daeth Megan i mewn, wedi gorffen golchi llestri'r brecwast, i daro'r lliain yn nrôr y dresal. Yr oedd ei hamrannau'n goch, fel petai hi newydd fod yn crio.

'Be' sy, Megan?' gofynnodd ei thad.

'Be'? Dim byd.'

Cododd Dan. 'Mi a' i atyn nhw i'r drws nesa',' meddai, gan frysio tua'r drws.

'Megan?'

'Ia, Tada?'

'Tyd i ista i lawr am funud, 'ngeneth i.'

Ufuddhaodd hithau, gan gymryd y gadair lle'r eisteddai Dan.

'Wel, Megan fach?'

Ateb Megan oedd torri allan i feichio wylo. Gadawodd ei thad iddi ddod ati'i hun cyn dweud: 'Efalla' y medrwn ni dy helpu di, wel' di. Be' sy'n bod?'

'Y llythyr 'na,' meddai hi, heb edrych arno.

'Llythyr?'

'Gafodd Ifor bora 'ma.'

A oedd y llanc mewn helbul? Mewn dyled? Neu'n talu sylw i ryw ferch arall?

'Wyddwn i ddim 'i fod o wedi gyrru'i enw i mewn,' ebe hi.

Nid oedd ond un ystyr i'r geiriau, a chododd Edward Ifans ei olwg yn reddfol tua'r cerdyn ar y silff-ben-tân. 'Nid oes bradwr yn y tŷ hwn,' meddai'n chwerw wrtho'i hun.

'Be' . . . be' ddigwyddodd bora 'ma, 'merch i?'

'Roedd Jane, gwraig Twm Parri, wedi deud wrtha' i fod 'na griw o'r Snowdon Arms wedi gyrru'u henwa i'r chwaral a bod Ifor yn 'u plith nhw. Chwerthin wnes i: doeddwn i ddim yn 'i chredu hi. Ond pan welis i amlen y llythyr 'na bora, mi wyddwn 'i bod hi'n deud y gwir. "Be' oedd y llythyr 'na, Ifor?" mi ofynnis i iddo fo yn y gegin fach ar ôl brecwast. "O, dim o bwys," meddai ynta. "Waeth iti heb â'i gelu o," meddwn inna. "Fe fydd yr ardal 'ma i gyd yn gwbod ymhen diwrnod ne' ddau. Mae'n rhaid i bob Bradwr ddŵad i'r amlwg wsti." Fe wylltiodd yn gacwn, ac wedyn fe ddechreuodd ddadla nad oedd o am weld 'i wraig yn llwgu. "Ydyn nhw'n bygwth peidio â rhoi chwanag o ddiod iti yn y Snowdon Arms?" oedd f'atab inna. Fe gydiodd yn f'arddwrn i a gwasgu nes . . . O, Tada, mae arna' i ofn.'

'Nes beth?'

90

'Dim byd, dim byd, Tada. Arna' i roedd y bai. Ddylwn i ddim bod wedi deud peth fel'na wrtho fo.'

'Nes beth?'

'Nes . . . nes oeddwn i ar fy nglinia.' Syllodd ar ei harddwrn: yr oedd y cochni'n troi'n ddüwch arno. 'Welis i mono fo felly o'r blaen.' Yr oedd yr atgof yn ddychryn yn ei llygaid. 'Ond arna' i roedd y bai, am siarad fel'na hefo fo.'

Gadawodd ei thad i bwl arall o wylo dawelu cyn gofyn: 'Pryd mae o'n dechra gweithio?'

'Dydd Llun nesa'.'

'Pryd y gyrrodd o 'i enw i mewn?'

'Wn i ddim. Yr wsnos ddwytha' rywdro, mae'n rhaid.'

'Ia. Ond . . .' Tawodd Edward Ifans, gan benderfynu cadw'i feddyliau iddo'i hunan. Derbyniasai Ifor bunt o gronfa'r sreic nos Wener, a nos Sadwrn, ceisiodd drefnu gorymdaith tu allan i'r neuadd. Yr oedd rhyw dro rhyfedd yng nghynffon Ifor Davies.

'Gad di hyn i mi, Megan fach,' meddai. 'Mi ga' i air hefo Ifor amsar cinio.' Yr oedd ei hwyneb hi'n llawn ofn. 'Na, paid â dychryn. Sonia' i ddim gair amdanat ti, dim ond imi sylwi ar yr amlen 'na . . .'

Ond wrth ffenestr y gegin, wedi troi'n ei ôl yn annisgwyl, oedai Ifor am ennyd. Dim ond am eiliad, ond yn ddigon hir i'w lygaid craff fedru darllen a deall yr olygfa. Gwyrodd Megan yn gyflym i gymryd arni dwtio'r lle tân.

'Mae gin i go' fel gogor,' meddai Ifor wrth ddod i mewn atynt. 'Digwydd taro ar Wil Ned i lawr y pentra 'na. Wedi addo rhoi benthyg fy nghopi o'r "Pererinion" iddo fo.'

Croesodd y gegin ac agor y drws i'r grisiau.

'Ifor?'

'Ia, Edward Ifans?'

91

'Mae arna' i isio gair hefo ti, 'machgan i.' Yr oedd y llais yn dawel a charedig, ond crynai difrifwch rhybuddiol drwyddo. Brysiodd Megan i'r gegin fach.

'Dim ond rhedag i'r llofft i nôl fy nghopi o'r "Pererinion"', meddai Ifor. 'Fydda' i ddim chwinciad. Ac mae arna' inna isio gair hefo chitha, Edward Ifans.'

Rhedodd i fyny'r grisiau, a thra oedd yn y llofft, trefnodd Edward Ifans frawddegau gofalus yn ei feddwl. Efallai y medrai ddarbwyllo'r llanc: efallai mai mewn hwyl uwch ei ddiod yn y Snowdon Arms y gadawodd i Twm Parri neu rywun tebyg yrru'i enw i swyddfa'r chwarel.

'Wn i ddim sut y medrwch chi fadda imi, Edward Ifans,' meddai Ifor, â chrygni mawr yn ei lais, pan ddaeth i mewn i'r gegin. Gogwyddodd ac ysgydwodd ei ben yn ddwys, gan syllu ar y llawr wrth ei draed, yn ddarlun o edifeirwch.

'Be' sy, 'machgan i?'

'Mi yrris f'enw i'r chwaral ddydd Iau dwytha', ac mi ges lythyr bora 'ma. Yr ydw i'n . . . Fradwr, Edward Ifans. Ond fedrwn i ddim meddwl am Megan yn hannar-llwgu, a hitha yn y . . . yn y stad y mae hi ynddi. Yr oedd y peth fel hunlla yn fy meddwl i. Ydach chi . . . ydach chi'n credu y medrwch chi . . . fadda imi?'

Cododd Ifor lygaid truenus i wyneb ei dad yng nghyfraith. Gwibiodd amheuon fel cysgodion chwim dros feddwl Edward Ifans, ond, wrth edrych ar yr wyneb ymbilgar, teimlai'n euog o ddrwgdybio a chamfarnu'r dyn ifanc o'i flaen.

'Mae'r demtasiwn yn fawr i lawar ohonom ni, 'machgan i,' meddai. 'Yr ydw i'n falch dy fod di'n dyfaru fel hyn. Mi ofalwn ni na fydd Megan ddim yn diodda. Mi gei yrru nodyn iddyn nhw yn tynnu d'enw'n ôl, yntê? Ac wedyn mi anghofiwn ni am y peth.'

'Fedra' i ddim tynnu f'enw'n ôl rŵan. Torri 'ngair y baswn i felly.'

'Rwyt ti *wedi* torri d'air, Ifor. D'air droeon i'th gydweithwyr, 'machgan i. A chadw hwnnw y basat ti wrth beidio â mynd i'r chwaral. Mae d'addewid i'r dynion yn bwysicach ganmil na'r nodyn byrbwyll yrraist ti i'r swyddfa.'

'Ond fedra' i ddim gadal i Megan ddiodda, Edward Ifans, na'ch gweld chi'n gorfod rhoi help llaw inni, a chymaint o alwada arnoch chi—Dan yn y Coleg, Llew yn tyfu mor gyflym, Gwyn yn . . .'

Tawodd yn sydyn. Dôi llais uchel, treiddgar, o'r gegin fach.

'Wel, Meg, mi ddeudis i'r gwir, on'd do?' A chwarddodd Jane, gwraig Twm Parri, dros bob man. 'Gafodd o lythyr bora 'ma? Mae Sam Tomos, un arall o griw'r Snowdon Arms, wedi cael un. Roeddan nhw wedi seinio hefo'i gilydd, hannar dwsin ohonyn nhw—Sam a Jac Dal a Huw'r Drwm a Wil Phebe a Now Leghorn ac Ifor. Ar Twm 'cw yr oedd y bai, wsti.' Cododd y chwerthin cwrs eto. 'Fo ddaru berswadio Ffoulkes y Snowdon Arms i beidio â rhoi diferyn arall iddyn nhw heb arian parod ne' seinio i fynd yn ôl i'r chwaral. O, un da ydi Twm!' Chwarddodd Jane Parri eto, ond tawodd y chwerthin yn ddisyfyd fel y dywedai Megan rywbeth wrthi.

Yr oedd gwên denau, ddirmygus ar wyneb Edward Ifans.

'Wel, Ifor?' meddai'n dawel.

Nid atebodd Ifor, dim ond rhythu'n ddig tua'r drws i'r gegin fach. Cymerodd Edward Ifans y cerdyn oddi ar y silff-ben-tân yn ei ddwylo, gan syllu arno heb ddweud gair. Gwelsant Jane Parri'n hwylio ymaith fel llong ar hyd llwybr yr ardd: dywedasai Megan rywbeth i'w digio, yr oedd yn amlwg.

'Mae hwn yn mynd i aros yma, Ifor,' meddai Edward Ifans, gan nodio tua'r cerdyn yn ei ddwylo. 'Mae 'na ddau lwybyr yn agored iti, on'd oes? Mi fedri dynnu d'enw'n ôl neu adael y tŷ 'ma. Dewisa di. Chaiff yr un Bradwr wneud 'i gartra o dan fy nho i.'

Siaradai'n dawel, ond nid oedd modd i neb gamsynied y penderfyniad yn y llais. Troes yn araf i daro'r cerdyn yn ôl ar y silff-ben-tân.

Gwylltiodd Ifor, a thaflodd ei ddicter bob rhagrith o'r neilltu. Nid actor oedd ef mwyach, ond—Ifor Davies, llanc hunanol, dideimlad, diegwyddor.

'Roedd gynnoch chi fargan reit dda yn Nhwll Twrch on'd oedd, Edward Ifans? Cerrig rhywiog, yntê, yn hollti fel menyn? Ac mae 'na gerrig am flynyddoedd yno, meddan nhw i mi. Champion! Mi ga' i amsar bendigedig, on' ca'?'

Mingamodd yn greulon cyn ymsythu a throi ymaith. Cydiodd Edward Ifans yn ei ysgwydd.

'Be' wyt ti'n drio'i ddeud?'

'Dim ond fy mod i am anelu am y fargan honno. Wedi imi'ch clywad chi'n sôn cymaint amdani hi, mae'n biti gadal iddi fod yn segur, on'd ydi?'

'Dos! Dos cyn imi . . .'

Nid oedd y geiriau'n fawr mwy na sibrwd bloesg, a chrynai gwefusau Edward Ifans. Daliai ei ddwylo anesmwyth wrth ei ochr, a chododd ei lygaid tua'r nenfwd fel petai'n deisyf am nerth i ymatal rhag taro'r dyn. Yr oedd Ifor yn ffodus nad oedd Dic Bugail yn agos.

94

Clywodd Megan sŵn traed herfeiddiol Ifor yn dringo i'r llofft, a daeth i mewn i'r gegin at ei thad.

'Be' sy wedi digwydd, Tada?'

'Roeddat ti'n iawn, on'd oeddat—ynglŷn â'r ddiod yn y Snowdon Arms?'

'Lle mae Ifor?'

'Yn y llofft, yn hel 'i betha at 'i gilydd.'

'Ond . . . O, Tada!' Yr oedd ei llygaid yn llawn dagrau.

'Mae'n ddrwg calon gin i am hyn, Megan fach. Ond does 'na'r un Bradwr i aros yn y tŷ yma.'

Yn ffwndrus a pheiriannol, fel un mewn breuddwyd, tynnodd Megan ei barclod a'i roi yn nrôr y dresal. Gwyliodd ei thad hi heb ddweud gair, ond â'i galon yn curo'n wyllt o'i fewn a'r pryder fel niwl tros ei ymennydd. Llithrodd y gair 'gwrthodedig' i'w feddwl, ac ni allai yn ei fyw ei ymlid ymaith. Nid gair ydoedd ond llysnafedd yn ymnyddu ac ymwingo tu ôl i'w lygaid, yn llusgo'n wyrdd ac aflan tros y ferch a'r dresal a phopeth yr edrychai arno.

'Megan?'

Yr oedd hi ar ei ffordd tua'r drws i'r grisiau.

'Megan fach?'

Ond nid arhosodd, ac ymhen ennyd clywai ef ei feddwl niwlog yn cyfrif ei chamau araf ar y grisiau. O'r llofft uwchben deuai llais uchel ac ymffrostgar Ifor yn canu 'Merch y Cadben'.

Daeth Martha Ifans a Dan i mewn o'r drws nesaf.

'Fe fu raid iddi hi gael codi hefo Idris wedi'r cwbwl,' meddai hi.

'Kate?' gofynnodd ei gŵr.

'Ia. Mi aeth yn ôl i'w gwely wedyn, ond chysgodd hi ddim. Roedd hi'n meddwl amdano fo yn yr hen waith glo 'na, meddai hi. Beth petai o'n landio mewn lodjins sâl a budur? Neu'n mynd yn wael yno a neb yn barod i ofalu amdano fo? Twt, hen lol wirion! Dydi pawb ddim yn byw rwsut-rwsut, ar draws 'i gilydd, hyd yn oed yn y Sowth 'na. Mae 'na dda a drwg ym mhob man, on'd oes?'

Gwenodd Edward Ifans. 'Mi wn i am rywun fasa'n hollol yr un fath petawn i ar y trên 'na,' meddai'n dawel.

'Faswn i, wir!' Taflodd ei phen yn chwareus, gan edrych yn ffroenuchel arno. Yna saethodd pryder i'w llygaid. 'Be' sy Edward?' gofynnodd. 'Dan 'ma? Mae Kate a finna wedi trio'n gora glas i'w berswadio fo, ond mae o mor benderfynol â . . . â'i dad, mae arna'i ofn.'

'Na, nid Dan . . . Megan.'

Adroddodd yr hanes wrthi.

'Idris,' meddai hi, pan orffennodd. 'A rŵan, Megan. A Dan.' Crynai'i gwefusau, a chrafangai'i barclod â bysedd aflonydd. Edrychodd ei gŵr yn syn arni, ac yna nodiodd yn araf a gwasgodd ei braich yn dosturiol. Hwn oedd y tro cyntaf i Martha blygu o dan y baich. Drwy'r misoedd llwm a aethai heibio, safasai hi'n eofn a llon wrth ei ochr, heb air o rwgnach, heb gysgod ar ei hwyneb. Pan etholwyd ef, ar ddechrau'r streic, yn is-lywydd pwyllgor y dynion, yr oedd hi'n falch ohono, er gwybod ohoni mai gwgu a wnâi awdurdodau'r chwarel ar y pwyllgor hwnnw. Ond heddiw . . .

'Idris . . . a rŵan Megan . . . a Dan.'

Megan yn arbennig. Yr oedd y fam a'r ferch yn gyfeill-ion mawr, a thynasai helbul yr eneth hwy'n nes at ei gilydd. Pan glywodd Martha Ifans gyntaf oll fod Megan yn canlyn Ifor Davies, ceisiodd dro ar ôl tro roi cynghorion i'w merch, gan obeithio y dewisai gariad arall sobrach a chywirach. Ond ni wrandawai Megan: nid oedd neb tebyg i Ifor, â'i lais cerddorol a'i chwerthin llon, ysgubol.

Cymryd arno'i fod yn ddall ac yn fyddar a wnâi Edward Ifans, gan ymddwyn fel un na freuddwydiai fod ei ferch yn caru. Yr oedd y dallineb a'r byddarwch hwn yn draddodiad sanctaidd yn Llechfaen ac mewn ugeiniau o ardaloedd tebyg—y rhieni'n hurt o anwybodol, yn ddigrif o ddi-weld, a'r mab neu'r ferch mor rhyfeddol o ddiniwed ag un o'r angylion hynny a wenai mewn llesmair pur o'r lluniau ar wal festri'r capel. Chwaraeid y ffars weithiau am flwyddyn neu ddwy, nes bod Jane yn mwynhau sgwrs am Wil hefo bron bawb yn yr ardal ond ei rhieni, a Wil, er ei fod yn dechrau meddwl am briodi, yn 'picio i lawr i weld yr hogia' bob gyda'r nos.

Er dyheu ohono yn ei galon am ddarbwyllo'i ferch, gwisgodd Edward Ifans fwgwd y ffug ystyfnig hwnnw am rai misoedd, ond bu raid iddo'i daflu ymaith yn sydyn un bore. Wrth ei mam y torrodd Megan y newydd am ei helbul, ac yn lle rhewi drwyddi a phregethu, bu Martha Ifans yn ddigon doeth i fod yn garedig. Ni hoffai fab Letitia Davies, ond yr hyn a wnaed a wnaed, a'i lle hi oedd ceisio ysgafnhau'r baich llethol ar ysgwyddau'i merch. Caent briodi'n dawel yn y dref ac yna dôi'r llanc i fyw atynt i Gwynfa am gyfnod. Diar annwyl, oni fu Modryb Elin mewn helynt tebyg ac onid oedd Trefor ei mab erbyn hyn yn hogyn y gallai unrhyw fam fod yn falch ohono? Lleihaodd yr ing yn llygaid Megan, ond . . . ond beth am Tada? A churai'r un cwestiwn ym meddwl Martha Ifans, oherwydd gwyddai mor anhyblyg y medrai'i gŵr fod. Clywodd y ddwy sŵn ei draed pwyllog ar lwybr yr ardd, a gyrrodd y fam ei merch i'r drws nesaf at Kate, gwraig Idris.

'Be' sy, Martha?' gofynnodd ef pan welodd y pryder yn ei hwyneb.

'Peidiwch â bod yn gas wrthi, Edward, peidiwch â bod yn gas wrthi. Mae hi wedi pechu, mi wn, ond mae hi bron â thorri'i chalon. Peidiwch â bod yn llym arni, yr ydw i'n crefu arnoch chi.'

'Llym? Pechu? Pwy?'

'Megan. Mae hi mewn . . . trwbwl.'

'Pryd y clywsoch chi hyn?'

'Bora 'ma. Gynna'. O, Edward, peidiwch â . . .'

'Lle mae hi?' Yr oedd ei wyneb fel y galchen a'i wefusau'n dynn.

'Gwrandewch, Edward, yr ydw i'n erfyn arnoch chi . . .'

'Lle mae hi?'

'Yn . . . yn y drws nesa' hefo Kate.'

Troes ef ymaith, gan fwriadu brysio yn ei ddicter i'r tŷ nesaf. Ond daeth Kate, gwraig Idris, i mewn atynt. Merch fechan eiddil yr olwg ond prydferth fel dol oedd hi, a'i llygaid glas breuddwydiol, a'i chroen glân a chlir a'i gwallt melynwyn yn gwneud i rywun feddwl am un o'r Tylwyth Teg. Yr oedd Edward Ifans yn hoff iawn ohoni.

'Yr on i ar gychwyn acw—i gael gair hefo Megan,' meddai ef.

'Wnewch chi un peth bach imi, Dad?' gofynnodd Kate. 'Dad' y galwai hi ef bob amser.

'Be'?'

'Cymryd amsar i feddwl cyn gweld Megan. Mae hi am gael tamaid o ginio hefo ni ac wedyn yr ydw i a hitha a'r plant am fynd am dro i'r Hafod. Mi gawn banad o de yno hefo Esther. Ewch chitha am dro i fyny'r afon pnawn 'ma. Wnewch chi?'

Gwyddai fod y cyngor yn un doeth: dôi tawelwch meddwl wrth furmur yr afon os yn unman.

'O'r . . . o'r gora, Kate.'

Ond ni wyddai y câi gwmni'i frawd John y prynhawn hwnnw. Kate a redodd dros y ffordd i adrodd hanes yr helynt wrth John Ifans ac i ofyn iddo daro'n ddamweiniol ar ei frawd i lawr wrth yr afon.

Y gwarth, y lleisiau maleisus, yr enwi o'r Sêt Fawr— llanwai'r pethau hyn feddwl terfysglyd Edward Ifans fel y cerddai'n dawel wrth ochr ei frawd hyd y llwybr ger yr afon. O'r diwedd penderfynodd dorri'r newydd i'w gydymaith, ac wedi i John fynegi'i syndod, eisteddodd y ddau am ysbaid ar foncyff coeden.

'Hen hogan iawn ydi Megan, wsti, Edwart,' sylwodd John ymhen ennyd. 'Mae hi wedi bod yn wan ac yn ffôl, wedi mwydro'i phen hefo'r hogyn 'na, go daria'i ben o, ond hen hogan iawn ydi hi, er hynny. Ia, 'nen' Tad.'

'Mae hi wedi dwyn gwarth arnon ni fel teulu. Ac mi fydd y gwarth hwnnw fel bloedd yn ein clustia ni cyn hir.'

'Bydd, i'r rhai sy'n barod i wrando, Edwart. Diar annwl, mae hi wedi gorfod diodda yn ystod y dyddia dwytha' 'ma, on'd ydi?'

'Diodda'?'

'Er pan ddaru hi wbod.'

'Mi ddylai fod wedi ystyried hynny ymhell cyn hyn.'

'Dylai, efalla', ond . . . Mi fûm i'n meddwl llawer am Lizzie Jane, hogan Eban bach, fachgan. Mi daflodd hi'i hun i'r afon 'ma, on'd do? Ond ar Eban yr oedd y bai. Roedd o fel dyn gorffwyll ar ôl hynny, yn torri'i galon yn lân ac yn cerddad milltiroedd hyd lan yr afon 'ma yn y nos, ond . . . ond mi ddylai fod wedi ystyriad cyn hynny, on' ddylai? Mi fu o'n greulon o gas wrth yr hogan druan pan glywodd o 'i bod hi mewn trwbwl. Do, 'nen' Tad, go daria'i ben o, a fynta newydd gal 'i godi'n flaenor.'

'Yr hyn wyt ti'n drio'i ddeud, John . . .'

'Ydi bod yn rhaid iti fadda i'r hogan, Edwart. Sut y deudodd Iesu Grist, pan oedd y bobol hynny am daflu cerrig at y ddynas honno? "Yr hwn sy'n ddibechod ohonoch chi," medda fo, yntê? . . .'

'Ia, ond . . .'

'Ac mae geiria calad yn fwy miniog na cherrig, Edwart. Ydyn, 'nen' Tad . . . Wel, be' wyt ti am wneud, Ed?'

Ni chlywsai Edward Ifans neb yn ei gyfarch fel 'Ed' ers blynyddoedd lawer: diflanasai'r enw gyda'i fachgendod, ac fel y tyfai'n llanc difrif, dwys, 'Edward' neu 'Edwart' y'i gelwid yn ddieithriad.

'Chdi sy'n iawn, Johnnie,' meddai'n floesg.

'Ia. Ia, 'nen' Tad. Gad iddyn nhw briodi'n ddistaw bach yn y dre, ac wedyn rho le i'r hogyn yn Gwynfa. Fe fydd hi'n goblyn o anodd iti fod yn naturiol, Edwart, ond mae'n rhaid iti wneud dy ora glas.'

'Naturiol?'

'Ia. Peidio â dangos i Megan fod y peth yn gysgod ar dy feddwl di, yn lwmp yn dy galon di o hyd o hyd. Dwyt ti ddim llawar o actor, Edwart, mwy na finna, a hyd yn oed pan fyddi di'n gwenu, mi fydd dy lygaid di yn boen i gyd. Ond gwna dy ora, Ed, gwna dy ora. Fel yr ydw i'n trio'i wneud o ddydd i ddydd hefo Ceridwen 'cw.' Ei ferch a oedd yn wael oedd Ceridwen.

A gwnaeth Edward Ifans ei orau. Teimlai'n aml, yn arbennig ar y nosweithiau pan ddôi Ifor adref yn bur ansad a swnllyd o'r Snowdon Arms, yr hoffai ddangos y drws iddo unwaith ac am byth. Ond gwyddai yr âi Megan ymaith gydag ef. I dŷ Letitia Davies yr aent, a throai'r wraig fawreddog honno'n eiddigus, yn ymweled ag anwiredd ei mab ar ei wraig. Felly, o wythnos i wythnos, am dri mis cyfan, cafodd amynedd y tad 'ei pherffaith waith'.

Tan heddiw. Clywai'n awr sŵn y pacio yn y llofft, a gwelai ddwylo'i wraig yn tylino'i barclod.

'Gadwch iddyn nhw aros, Edward. Mi dorrith Megan druan 'i chalon yno.'

'Chaiff yr un Bradwr fod yn y tŷ yma, Martha.'

'Ond mae hyn yn wahanol. Nid un ohono' ni, o'n teulu ni, ydi o, fel Idris neu Llew neu John eich brawd, ond . . .'

'Mae o'n fab yng nghyfraith imi—gwaetha'r modd.'

'Rhaid i chi feddwl am eich merch, Edward, ac am y plentyn mae hi'n mynd i'w gael. Mi ofala' i na welwch chi fawr ddim o Ifor. Mi gaiff o a Megan 'u bwyd yn y rŵm ffrynt a . . . ac fe fydd o yn y chwaral drwy'r dydd o hyn ymlaen.'

'Bydd, yn gwneud stremp o'm hen fargan i.'

'Y?' Ni ddywedasai ef y rhan honno o'r stori wrth ei wraig.

'Mi fedrwn i dagu'r hogyn gynna', ond mi ges ras i gadw fy nwylo'n llonydd. Mae o â'i lygaid ar fy margan i yn Nhwll Twrch, medda fo, ac mi wn i sut siâp fydd arni'n fuan iawn os caiff o hi, ar ôl i John fy mrawd a minna 'i gweithio hi mor ddoeth a gofalus ag y medrem ni.'

Gwyrodd Martha Ifans ei phen: gwyddai mor gysegredig oedd ei grefftwaith i'w gŵr o chwarelwr. 'Pam . . . pam mae o'n isio'ch . . . lle chi, Edward?'

'Wedi fy nghlywad i a John yn sôn droeon am gerrig y fargan. Rydan ni wedi rhoi lloches i sarff wenwynig.'

'Ydan. Ond . . . ond Megan fydd yn diodda rŵan.'

'Dydw i ddim yn gyrru Megan o 'ma. Os ydi hi'n mynd . . .' Edrychodd ar ddwylo aflonydd ei wraig ac yna ar y pared gyferbyn a thrwyddo i ganol anobaith ei feddyliau'i hun. Uwchben yn y llofft, daethai'r llais herfeiddiol i ddiwedd 'Merch y Cadben' a dechrau ar *'Lead Kindly Light'*.

'Mae hapusrwydd Megan yn bwysicach na dim, Edward. Ac mi wn i y bydd 'i bywyd hi'n fwrn arni os aiff hi i fyny i Albert Terrace . . .'

'Dydw i ddim yn gyrru Megan o 'ma, Martha,' meddai'i gŵr yn dawel drachefn. 'Ond mae'n rhaid i Ifor fynd.'

Daeth Megan ac Ifor i lawr y grisiau cyn hir, hi mewn dagrau ac yntau â'r swagrwr ym mhob osgo ac ystum. Yr oedd bag gan Ifor a basged wellt gan Megan.

'Wel yr ydan ni'n mynd,' meddai ef. 'A gwynt teg ar ein hola ni, yntê?'

'Mi . . . mi gymeris i fenthyg y fasged wellt 'ma o'r llofft gefn, Mam. Mi ddo' i â hi'n ôl 'fory.' Swniai Megan fel petai hi'n falch o'r esgus i alw drannoeth.

'Oreit, 'ngenath i. Mi . . . mi fydda' i'n dy ddisgwyl di.'

Chwibanai Ifor fel yr âi allan, ond dilynai Megan ef fel un â baich trwm ar ei hysgwyddau. Gwyliodd Martha Ifans a Dan hwy'n cerdded ymaith hyd lwybr yr ardd, ond safodd Edward Ifans â'i gefn at y ffenestr, a'i wefusau'n dynn. Yna, fel y clywai ddôr y cefn yn cau, syllodd ar y cerdyn ar y silff-ben-tân. Nid edrychodd i lygaid ei wraig.

PENNOD 4

I

Bu'r daith yn un bleserus i Idris a Dic Bugail a'u cym-
deithion. Ac yn awr gadawsent swydd Henffordd a
chyfoeth ei pherllannau a rhuthrent heibio i fryniau
cromennog a dolydd ac afonydd Mynwy.

'Yr argian fawr, dydi Llŷn ne' Sir Fôn ddim ynddi hi,
hogia!' meddai Dic mewn syndod.

'Synnwn i ddim nad oes 'na frithyll reit dda yn yr afon
'cw hiddiw ar ôl y glaw 'na ddoe,' oedd barn Huw
'Sgotwr, a'i law, heb yn wybod iddo bron, yn cau am
enwair ddychmygol. 'Ac i fyny'r afon mae'r awel yn
chwythu hefyd, Wil,' meddai wrth Wil Sarah, a eisteddai
gyferbyn ag ef. 'Ceiliog hwyaden ar y blaen, was,
blacspeidar yn y canol, a choch fonddu fel dropar—
diawch, mi faswn i'n 'u dal nhw fel pys o gysgod y goedan
'cw.'

'Aros di nes doi di at y pylla glo, 'r hen ddyn,' sylwodd
Wil yn ddoeth. 'Mae 'na afon fawr yn fan'no, yn rhedag
i lawr y Cwm, ond fyddi di ddim isio 'sgota ynddi hi.'

'Pam?' gofynnodd Huw, a'i bwt o sigarét yn hongian i
lawr ar ei wefus isaf drwchus. Yr oedd, yn ôl pob hanes
ac yn enwedig ar ei dystiolaeth ef ei hun, yn bysgotwr
medrus, ond ym mhopeth arall un pur anneallus oedd
Huw. Ateb Wil oedd anwybyddu'r cwestiwn a phoeri'n
ddirmygus ond yn gywir rhwng coesau'r holwr.

Casnewydd, Caerdydd, newid trên, wedyn milltir ar
filltir o lesni caeau a choed a pherthi. Newid trên eto,

gwylio'r cwm yn culhau, syllu'n ofnus ar dai fel pe'n sefyll yn betrus ennyd cyn rhoi naid tros ddibyn, ar dramiau meddwon ar y ffordd uwchben, ar y tipiau glo'n ceisio newid ffurf yn ogystal â lliw y bryniau a'r llethrau, ar olwynion cyflym y peiriannau codi glo, ac ar yr afon dywyll, araf, seimlyd, islaw.

'Yr ydw i'n gweld rŵan, Wil,' meddai Huw, a'i feddwl ryw ddeng milltir ar hugain yn ôl.

'Gweld be'?'

'Pam na fedra' i ddim 'sgota yma.'

'Na, fydd dim angan siop filinar arnat ti yn dy gap i lawr yn fan'ma,' atebodd Wil yn sych, gan gofio'n ddirmygus am yr amrywiol blu a wisgai Huw fel rheol ar ei gap.

'Y nefoedd fawr,' ebe Dic, 'beth petai'r doman fawr ddu acw yn dechra llithro i lawr, hogia! Mi fasa'n claddu'r pentra 'na i gyd.'

Âi dynion allan ym mhob gorsaf, a dilynid hwy gan gynghorion a rhybuddion uchel o ddrysau a ffenestri'r trên. Daeth tro Idris a Dic Bugail a Huw 'Sgotwr a Wil Sarah ac eraill cyn hir, yng ngorsaf Pentref Gwaith. Yr oedd cefnder i Huw yn ei gyfarfod ef a Wil, ond safodd Idris a Dic yn siomedig ar y platfform ymhell ar ôl i'r trên wingo i fyny'r cwm: nid oedd golwg o Bob Tom.

'Tyd, mi awn ni i'w lodjin o, Dic. 'Falla' fod fy llythyr i wedi mynd ar goll yn y Post, wsti.'

Wedi cyrraedd ffordd fawr y pentref, holodd Idris ryw ddyn ymhle yr oedd Howel Street.

'Fe ddoa' i i'ch 'ebrwng chi,' meddai yntau, gan droi ar ei sawdl a chydio'n ddioed yn y mwyaf o amrywiol barseli Dic Bugail. Dyn bychan ysgwâr, cyflym ei gam, ydoedd, a marciau gleision y glöwr yn amlwg ar ei drwyn. Chwaraeai'r awel â'i fwstás gwlanog, cochlyd.

'Dydan ni ddim isio'ch tynnu chi allan o'ch ffordd, cofiwch,' meddai Idris.

'Wy'n byw ar bwys 'Owel Street, a 's dim neilltuol 'da fi i'w wneud. Wy ar y Clwb ers wythnos.' A nodiodd tua'r rhwymyn am ei law chwith. 'O ble yn y North ych chi'n dod?'

'O Lechfaen,' atebodd Idris.

'Bachan! Odi'r jawlad y blaclegs 'na'n dal i fynd 'nôl i'r gwaith?'

'Ydyn, mae arna' i ofn.'

''San ni'r coliars yn lico cael cwpwl ohonyn nhw dan ddaear am sbel. Fe gelan nhw blaclegs!'

Troesant i'r dde, yna i'r chwith, ac i'r dde wedyn.

''Ma 'i 'Owel Street. Pwy dŷ ych chi'n moyn?'

'B . . . be'?' gofynnodd Dic.

'Ble ma' fa'n byw?'

'O. Nymbar nain.'

Stryd hir, dlawd, oedd Howel Street, a llwch glo a llwch y ffordd dyllog, amrwd, yn cyflym dduo cerrig llwyd y tai. Edrychai pob tŷ, a'i lestraid o redyn yn ffenestr y parlwr ac â charreg ei ddrws a darn o'r palmant o'i blaen wedi'u sgwrio'n wyn, yr un ffunud â'i gilydd. Gadawodd y glöwr hwy wrth y nawfed tŷ a churodd Idris ar y drws. Agorwyd ef gan glamp o ddyn du, ond â'i ddwylo'n wyn a'i wefusau'n goch iawn.

'Is Mr Robert Thomas Roberts from Llechfaen lodging here?' gofynnodd Idris iddo.

Rhwygwyd düwch yr wyneb gan wên fawr.

'Dowch i mewn, hogia,' meddai Bob Tom. 'Y munud 'ma yr on i'n darllan dy lythyr di, Id. Mi gyrhaeddodd bora, ond yr on i yn y gwaith. Dim ots, mae 'na ddigon o fwyd i chi.'

Mawr fu eu croeso yn nhŷ William Jenkins, a phrys-urodd Myfanwy, ei wraig, i osod lle iddynt wrth y bwrdd.

'Dowch i'r cefn i chi gael 'molchi, hogia,' meddai Bob Tom. 'Rwyt ti'n edrach fel coliar yn barod, Dic.'

'Wedi rhoi fy mhen allan drwy ffenast y trên 'na am filltiroedd, fachgan, imi gael gweld y cwm 'ma.'

Yr oedd 'cinio dydd Sul', yn iaith Llechfaen—tatws a chig a bresych ac yna bwdin a chwpanaid o de—yn eu haros ar y bwrdd, ac wedi'r daith hir o'r Gogledd, yr oeddynt yn falch ohono. Gŵr tawedog a breuddwydiol oedd William Jenkins, a'i lygaid llwydlas, caredig, yn gwenu'n wastadol. 'Cofia beidio â rhegi, Dic,' oedd y cyngor a sibrydodd Bob Tom yng nghlust Dic Bugail yn y cefn. 'Mae dyn y tŷ 'ma'n flaenor, wsti.' Yr oedd dau lanc wrth y bwrdd hefyd—Ieuan, tuag un ar bymtheg oed, a Gwilym, tua deunaw. Tynnu ar ôl eu mam yr oeddynt hwy, yn dal a chringoch, a siaradus fel hithau. Newydd ddychwelyd o'r lofa yr oeddynt hwythau, a theimlai Idris a Dic Bugail hi'n o ryfedd i eistedd wrth fwrdd hefo pedwar dyn du: er eu gwaethaf, rhythent ar wynder eithriadol eu dannedd a'u llygaid.

Yr oedd y gegin yn hynod o lân, a'r darnau pres ar y silff-ben-tân a heyrn y grât a hyd yn oed goesau'r bwrdd a'r cadeiriau'n pefrio'n yr heulwen a lifai drwy'r ffenestr. Cofiodd Idris mai digon tlawd a salw oedd gwedd y cartref tu allan, ond yr oedd y gegin hon fel pe'n her i holl lwch a rhuthr y cwm.

Byrlymai cwestiynau tros wefusau Bob Tom yn ystod y pryd bwyd. Pwy a oedd yn ei hen fargen ef ac Idris yn y chwarel? A oedd hwn-a-hwn, y snisyn bach iddo fo, yn Fradwr? Ai gwir fod gwraig hwn-a-hwn, ac yntau yma ym Mhentref Gwaith, wedi gyrru'i enw fo ac eraill i swyddfa'r chwarel? A'r stori fod hwn-a-hwn, ar ôl derbyn 'punt-y-gynffon' un bore, wedi'i gwadnu hi i'r Sowth y diwrnod wedyn?

Pan oedd y pryd drosodd, rhoes Mrs Jenkins sach i lawr ar yr aelwyd, a chludodd gŵr y tŷ a Bob Tom y twbyn pren i mewn o'r cefn. Arllwysodd Mrs Jenkins ddŵr poeth iddo o bair a fu'n berwi ar dân y gegin fach, a Gwilym ddŵr oer o bwced. Yna tynnodd William Jenkins ei grys oddi amdano a phenliniodd wrth y twbyn i ymolchi hanner uchaf ei gorff. Rhwbiodd Mrs Jenkins ei gefn, a thra oedd ef yn sychu aeth Bob Tom drwy'r un oruchwyliaeth. Wedi diosg ei lodrau, camodd William Jenkins i'r twbyn i olchi ei hanner isaf, ac wedi i Bob Tom wneud yr un modd, cariodd y ddau fab y twbyn allan i'w wacáu. Erbyn eu bod hwy'n barod i ymolchi, yr oedd y dŵr yn y pair yn ferwedig eto, a gwyliodd y ddau ddieithryn y ddefod mewn braw. Oherwydd âi Mrs Jenkins ymlaen â'i gwaith yn y gegin yn ystod yr holl berfformiad, a phan oedd Gwilym wrthi'n ymolchi o'i wasg i lawr, rhedodd gwraig y drws nesaf i mewn i ofyn am fenthyg tipyn o fwstard. Teimlai Idris a Dic Bugail yn bur anghysurus. A fyddai raid iddynt hwythau, yn noeth lymun, heb unman i ddianc iddo, wrando ar ryw wraig-drws-nesaf yn magu huodledd wrth sôn am y poen cefn a oedd ar 'Ianto 'co' neu am y frech wen a boenai 'Wili ni'? Daeth ysfa tros Dic Bugail i gydio yn ei barseli a'i gwadnu hi am ei fywyd yn ôl i'r Gogledd.

Edrychai William Jenkins a Bob Tom yn barchus iawn yn eu dillad glas tywyll pan ddaethant i lawr y grisiau. Safodd y ddau o flaen y drych a hongiai uwch y silff-ben-tân yn rhwbio'r llwch glo ymaith oddi ar ymylon eu llygaid. Daeth Mrs Jenkins i mewn o'r gegin fach.

'Roedd Bob a fi'n siarad lan llofft, Myfanwy,' meddai'i gŵr wrthi, 'obeutu ffindo lodjins i'r ddou yma. Odych chi'n 'nabod rhywun all 'u cymryd nhw?'

'Wel, nagw', wir, William. Mae pob tŷ mor llawn, a dynion diarth yn cyrraedd bob dydd. Allwn ni shiffto i gymryd un yma os cysgith e gyda Bob. A fe reda' i lan i dŷ'n whâr i weld os oes 'da hi le i'r un arall. Setlwch chi p'run sy i aros yma.'

'Mi a' i i'r tŷ arall os oes 'na le yno,' meddai Dic ar unwaith, gan wybod yr hoffai'r ddau hen bartner fod gyda'i gilydd.

'Wel, tra bydd y wraig yn mynd lan i dŷ'i whar,' meddai William Jenkins, 'fe awn ni i weld yr *Under-Manager*. Wy'n 'i 'nabod e'n dda. Mae e'n ddiacon 'da ni.'

Gan fod galw mawr am lo a digon ohono, yr oedd y swyddog yn falch o'u gweld ac o addo gwaith iddynt. Caent ddechrau y bore wedyn, meddai, a rhoes bapur iddynt i hawlio lamp ac yna i'w gyflwyno i'r *fireman* dan ddaear.

'Wel, 'na hwn'na wedi'i setlo,' meddai William Jenkins ar y ffordd yn ôl i'r pentref. 'A 'nawr gwell inni alw yn siop Hopkins yr *iremonger* i gael jac a bocs a rhaw i chi.'

' "Jac" ydi'r botel dun i gario te i'r gwaith,' eglurodd Bob Tom. 'Does 'na ddim caban na berwi teciall i lawr dan ddaear, hogia. A chyda llaw, Dic, chei di ddim smôc am naw awr a hannar.'

'Tad annwl!' meddai Dic, mewn tôn a awgrymai fod y Farn gerllaw.

Cawsant lawer o hwyl ar ôl dychwelyd i'r tŷ, yn casglu a gwisgo dillad ar gyfer y gwaith. Haerai Mrs Jenkins fod y cotiau a fwriadai'r ddau eu dwyn i'r pwll yn llawer rhy dda i'w gwisgo dan ddaear. 'Dillad diwetydd' y galwai hi hwy, a rhaid oedd chwilota am rai llai parchus. Daethpwyd o hyd i ddwy hen gôt, un ar ôl William Jenkins a'r llall ar ôl Gwilym, ac er nad oeddynt yn ffitio'n berffaith, caent fendith frwd pawb ond y gwisgwyr. Dygasent eu llodrau melfaréd a'u hesgidiau hoelion mawr gyda hwy o'r Gogledd.

'Iorcs am dy goesa, belt am dy ganol, a chap am dy ben, a mi wnei rêl coliar, Id.,' oedd barn Bob Tom. 'Oes gin ti gap?'

'Daria, nac oes, wir, fachgan, dim ond het galad.'

'Hm, dipyn bach yn rhy steilish fydd honno, mae arna' i ofn. Beth amdanat ti, Dic? Het silc?'

'Na, mi drewis i hen gap i Ned, fy mrawd yng nghyfraith, yn fy mhac. Lwc, yntê?'

Torrodd Mrs Jenkins ar yr hwyl. 'Mae'n bryd i chi'ch dou 'i shapo hi i'r gwely,' meddai. 'Rhaid i chi gwnnu am hanner awr wedi pump 'fory. Ieuan, cer di lan i dŷ Bopa Jane gyda Mr Jones. A chofiwch chi, peidiwch â chadw'n ddiarth,' chwanegodd wrth Dic, 'ne' fyddwn ni'n siŵr o ddigio.'

Edrychai Dic braidd yn ddigalon wrth ddechrau casglu'i bethau.

'Peidiwch chi â becso 'nawr,' meddai William Jenkins wrtho. 'Mae Jane cystal â'm Misis i am edrych ar ôl dynion.'

'Wel, does gin i ond diolch o galon i chi gyd am . . .'

'Am beth, bachan?'

Ar ben y pwll fore drannoeth 'na ofelwch pa beth a wisgoch' oedd yr adnod a ddeuai i feddwl Idris wrth weld rhai a'u gwisgoedd yn hongian arnynt ac eraill yn torri trwy'u dillad.

'Arhoswch amdana' i yn y fan yma wrth y lamp-rŵm pan ddowch chi i fyny am hannar awr wedi pedwar,' meddai Bob Tom wrthynt pan oeddynt ar eu ffordd i'r caets. 'Mi fydda' i yn o hwyr, gan fy mod i'n gweithio mor bell i mewn. Cofia di, Dic.' Am ryw reswm, edrychai Bob Tom ar Dic fel petai'n hogyn anghyfrifol.

I'r caets â hwy a chydio'n dynn yn y bar haearn ar ei ochr. Ysgydwad i fyny, ac yna i lawr, i lawr, i lawr, mewn rhuthr merwinol o sŵn ac awyr. Neu, ai i fyny yr aent? Ni wyddai Idris na Dic, a chrynai'r ddau rhag y trychineb ofnadwy ar ben y daith pan chwilfriwid y cerbyd haearn fel blwch matsys. Ond landiodd y caets yn esmwyth, a chamodd y dynion allan i'r gwaelod llydan, a oedd yn olau gan drydan ond yn culhau ac yn tywyllu cyn hir. Fflachiadau lampau, clewt a chlonc y dramiau ar yr heyrn, bloeddiadau cwrtais 'haliars' yn dymuno 'Bore da' i'w ceffylau, dynion yn brysio ymaith tua thywyllwch y ffâs—prin y gellid dychmygu, meddyliodd Idris, am le mwy annhebyg i uchder agored, iachus, ponc y chwarel. Rhoes *fireman* ef yng ngofal hen weithiwr ac arweiniodd hwnnw ef drwy ddirgel ffyrdd i'r ffâs cul lle gweithiai, yn ei gwrcwd, glamp o Wyddel o'r enw Jerry O'Driscoll. Gwingodd Idris pan wasgwyd ei law gan y cawr, ac yn wylaidd ddigon yr ufuddhaodd i'w orchmynion i daro'i gôt a'i focs a'i jac ar ochr y talcen a'i lamp ar bostyn yn y ffâs ac i ddechrau llenwi'r ddram â'r glo a ryddhâi ef o'r wythïen. Yr oedd gan Jerry wyneb a chlustiau enfawr ond llygaid bychain, culion, yn ciledrych fel petai angen cymorth gwydrau arnynt, a thrwyn fflat, gwasgaredig, a wastatawyd mewn llawer ysgarmes. Yn llanc, treuliasai ef flwyddyn neu ddwy fel bocsiwr hyd ffeiriau'r cwm, yn llorio pwy bynnag a oedd yn ddigon byrbwyll i fentro o fewn cyrraedd i'w ddyrnau. Ond ni pharhaodd ei ogoniant fel ymladdwr yn hir: yn lle ymarfer, a rhedeg, a cherdded y mynyddoedd, yn pwyso yn erbyn bar rhyw dafarn y ceid Jerry, a phan gollodd ei gefnogwr bum punt ddwywaith yn yr un wythnos, gorfu i'r 'anorchfygol' gorchfygedig ddychwelyd i'r pwll.

Cydiodd yn awr yn ei lamp, a oedd ar y llawr gerllaw, a rhuthrodd allan i'r hedin i weld yr haliar, gan adael Idris wrtho'i hun. Gwrandawodd y chwarelwr yn bryderus ar y tryblith o gynyrfiadau a wasgai pwysau'r mynydd o'r tywyllwch, ac i'w glustiau gorastud ef, ymddangosai mân ffrwydriadau'r nwy yn y glo fel taranau, a sŵn ambell bostyn yn gwichian fel sŵn coeden fawr yn cael ei hysigo mewn storm. Gwibiodd clamp o lygoden heibio i'w draed ac ymsythodd yntau'n sydyn nes taro'i ben yn erbyn y to isel. Yr oedd yn falch o weld Jerry a'i lamp yn dychwelyd.

'*Come on, my boyo,*' meddai'r Gwyddel braidd yn sur. ''*Tis not pickin' daisies we are. If it's after takin' a rest ye are, ye've picked the wrong job.*'

Troes Idris ati i lwytho'r ddram, a gwyliai Jerry ef o gornel ei lygad. Buan y sylweddolodd y Gwyddel nad seguryn oedd ei *butty* newydd, a phan oedd y ddram yn llawn swniai'i lais yn dynerach. '*Ay, 'tis only one rest we black diggers ever get, and that's a long one in a hole in the ground. Sure, and it's a mad life we live, by the holy Mary, workin' in one hole in the ground and then sleepin' in another!*'

Llanwodd y ddau dair dram y bore hwnnw, a Jerry'n clebran neu'n canu drwy'r amser. '*The Minstrel Boy*' oedd y gân gan amlaf, ond bodlonai'r cawr ar ruo'r un pedair

111

llinell drosodd a throsodd heb falio am gywirdeb geiriau nac alaw.

> *'The minstrel bhoy to the warr has gone,*
> *In the ranks of de-h-heath ye'll foind him,*
> *His faather's sw-hord he has girded on,*
> *And his woild harp sl-h-hung behoind him.'*

A'i goesau a'i freichiau a'i gefn plygedig yn wayw i gyd, a'r llwch yn tagu'i wddf ac yn dyfrio'i lygaid, yr oedd y diwn gron yn mynd yn fwrn ar Idris. Arafach o hyd ei hynt â'r 'bocs cwrlo' o'r ffâs i'r ddram, a phan daflai ysbwriel i'r 'gob', pwysai'n amlach ar ei raw. Edrychai ar ei oriawr hefyd bron bob pum munud, ac âi allan i'r talcen weithiau i ymsythu wedi bod yn ei gwrcwd cyhyd.

'*Is it feelin' stiff ye are?*' gofynnodd y Gwyddel yn garedig: nid oedd Jerry O'Driscoll mor erwin â'i sŵn.

'*Yes, indeed. My back feels as if it's going to snap in two.*'

'*Don't you be worryin'. I know all about that, Idris, my boy. I remember my first day underground. 'Faith, I'll never forget it, and I only eleven years old and in a crouch all day. It was double I thought I'd be walkin' all the days of my life. The man I was workin' with—one of these holy-mouthed Protestants he was, with a face like iron but with a heart of gold—he told me to take a rest and to lie down flat. And not a stroke of work would he let me do for the rest of the shift. Ay, to be with Ianto Rees when I first went underground was the only piece of luck I've had in this God-forsaken place, and that's the truth itself.*'

Gyda mawr ryddhad y clywodd Idris Jerry'n cyhoeddi ei bod yn bryd iddynt gael tamaid. ''*Tis time to have a*

snap,' meddai, *'and I warrant 'tis no sauce ye'll be wantin'
to give ye an appetite this day.'* Ond wedi iddynt droi
ymaith i'r talcen, y gorffwys yn hytrach na'r bwyd a
oedd yn fendith i Idris: teimlai'n rhy flinedig i fod yn
newynog.

Hwnnw oedd y diwrnod hwyaf a gofiai Idris, a phan
gyrhaeddodd y caets ar ddiwedd y prynhawn, yr oedd ei
holl gorff yn un blinder poenus ac ni faliai pa un ai i fyny
ynteu i lawr yr âi'r cerbyd haearn. Ond ar yr wyneb,
sgwariodd ei ysgwyddau ac yfodd yr awyr iach mewn
llawenydd dwfn cyn troi tua ffenestr ystafell y lampau i
roi ei lamp i mewn ac i aros am Bob Tom. Â'i flocyn dan
ei fraich, rhuthrai pob glöwr tuag adref, a chyn hir nid
oedd ond ef ac un dyn arall yn oedi yno.

'Ffag?' meddai hwnnw, gan gynnig un iddo.

'No, thanks, I don't smoke.'

Pwysodd y ddau yn erbyn y mur, ac ymhen tipyn teimlai
Idris y dylai ddweud rhywbeth wrth y dyn.

'Been working here long?' gofynnodd.

'No, started today.'

'Me too.'

Bu orig o ddistawrwydd rhyngddynt, a gwyliai Idris y
mwynhad rhyfeddol a dynnai'r llall o'r sigarét.

'A goblin of a long time without a smoke it's been,'
sylwodd y dyn. *'In the quarry, see . . .'*

'Y nefoedd fawr, Dic Bugail, chdi sy 'ma?'

Daeth Bob Tom a William Jenkins atynt ymhen ennyd,
a phrysurodd y pedwar tua'r 'cinio dydd Sul' a'u harhosai.
Ac wedi bwyta ac ymolchi a newid, ysgrifennodd Idris
lythyr hir at ei wraig Kate i roi'r holl hanes iddi. Er ei
ludded, swniai'n llon a hapus, wrth ei fodd yn y Sowth;

113

ond fel y gwthiai'r llythyr i flwch y llythyrdy, troes at Dic Bugail a ddaethai gydag ef am dro.

'Mae Kate wrthi'n rhoi'r plant yn 'u gwlâu rŵan, fachgan,' meddai'n hiraethus. 'A Gruff yn strancio fel arfar, yr ydw i'n siŵr . . . Ys gwn i faint bery'r hen streic 'na eto, Dic?'

II

Dydd Gwener a ddaeth. Wedi tamaid o ginio cynnar, daliodd Dan y trên i Gaerfenai, ac ymhell cyn dau o'r gloch curai wrth ddrws swyddfa'r *Gwyliwr*.

'Ydi Mr Richards i mewn?' gofynnodd i'r argraffydd bychan â chrwb ar ei gefn a ffedog wen o'i flaen a atebodd y drws.

'Heb ddŵad yn 'i ôl o'i ginio.'

'O. Fydd o'n hir?'

'Does dim dal,' meddai'r dyn, â gwên awgrymog. 'Gwell i chi roi hannar awr arall iddo fo. Ewch i lawr at y môr am dro i ladd amsar. Does dim dal o gwbwl ar ddydd Gwenar, wchi.'

Aeth Dan i'r farchnad i ymdroi ymhlith y llyfrau ail-law yno. Cofiannau a phregethau oeddynt gan mwyaf, a bychan oedd ei ddiddordeb ynddynt.

'O ble ydach chi'n dŵad, 'machgan i?' gofynnodd yr hen ŵr llychlyd a eisteddai'n bur ddiobaith wrth y stondin. Yr oedd ganddo geg fach gron fel botwm, ond uwchlaw iddi daliai clamp o drwyn hen sbectol rydlyd ac yr oedd ei aeliau y rhai mwyaf trwchus a welsai Dan erioed.

'O Lechfaen.'

'Tewch, da chi!' Chwifiodd ei aeliau mewn syndod, ac

114

Llyfrgell Canolog
Central Library Hub

Enw Cwsmer:
 BROOKES, Jonathan (Mr)
ID Cwsmer: ****2212

**Eitemau adnewyddwyd
gennych**

Teitl: Chwalfa
ID: 02420470
Dyledus: 06 Mai 2019

Cyfanswm eitemau: 1
Balans y cyfrif: £0.00
15/04/2019 13:16
Allgofnodwyd: 1
Hwyr: 0
Ceisiadau i roi ar gadw: 1
Yn barod i'w gasglu: 0

Diolch i chi am ddefnyddio'r
3M™ SelfCheck System.

yna ymbalfalodd ymhlith ei lyfrau nes dod o hyd i'r un a geisiai. 'Welsoch chi hwn? *Pregethau W. Sulgwyn Jones, Llechfaen.* Dyma i chi lyfr! Dyma i chi lyfr! Chwarelwr ydach chi?'

'Naci, yn y Coleg.'

'O, stiwdant, ai e? 'Tasach chi'n glarc ar y relwe ne' mewn banc, mi faswn i'n codi deunaw arnoch chi. Ond swllt fydd o i chi.'

'Ond . . .'

Nid amheuai Dan nad oedd doethineb W. Sulgwyn Jones yn werth swllt, ond yr oedd ar fin egluro mai deunaw a oedd ganddo ar ei elw ac na allai fforddio rhoi ceiniog at un achos dyngarol.

'O Lechfaen!' Gafaelodd rhyw haelioni sydyn yn yr hen frawd a gwyrodd ymlaen i sibrwd: 'Dim gair wrth neb, cofiwch. Fe'i cewch o am naw ceiniog.'

'Ond . . .'

'Dim siw na miw wrth neb.' A gwthiodd y llyfr i ddwylo Dan.

Talodd Dan amdano gyda diolch ffwndrus, ac aeth allan o'r farchnad gan ddyfalu beth a ddywedai'i ffrind Emrys wrtho pan âi i'w gartref amser te. Yr oedd y gyfrol yn un drom, drwchus, a gwisg o ledr diwinyddol amdani, a theimlai Dan yn euog, fel petai newydd ei dwyn ac yn ceisio'i chuddio oddi wrth bawb ar y stryd. Byddai'n well iddo fynd am dro i lan y môr wedi'r cwbl cyn amser te, os câi gyfle, a rhoi i'r trai lanw huodledd W. Sulgwyn Jones.

Brysiodd yn awr yn ôl i swyddfa'r *Gwyliwr*.

'Ewch yn syth i fyny, 'machgan i,' meddai'r dyn bach â chrwb ar ei gefn. 'Y rŵm gynta' ar ben y grisia. Mi welwch y gair "Golygydd" ar y drws.'

Aeth i fyny'r grisiau simsan, noeth, yn bryderus a churodd yn wylaidd ar y drws. Nid oedd ateb, a churodd eto, dipyn yn uwch. Gwrandawodd. Dôi sŵn chwyrnu uchel o rywle, a sylweddolodd mai yn yr ystafell y safai ef wrthi y canai'r utgorn. Curodd drachefn, gan fentro defnyddio'r *Pregethau* y tro hwn i geisio ennill sylw. Rhoes y chwyrnwr roch sydyn o brotest, ac yna bu tawelwch mawr. Llyncodd Dan ei boer a gofalodd fod ei dei yn syth cyn cael ei alw i mewn i'r ystafell. Ond nis gwahoddwyd i'r cysegr, a safodd yno'n hir ac ansicr gan syllu'n ofnus ar y gair 'Golygydd' o'i flaen. Pechasai'n enbyd: oni churasai'n haerllug ar y drws a hynny â *Phregethau W. Sulgwyn Jones*?

Cyfododd rhu y chwyrnwr yn uwch, ac agorodd Dan y drws, yn ddistaw bach. Ystafell fechan, bur dlawd ac anhrefnus yr olwg, oedd hi, â silffoedd llyfrau wrth un mur, ac yn y gongl ddesg uchel, lydan i daro papur newydd arni, ac yn y canol fwrdd a rhai cadeiriau wrtho. Yr oedd y bwrdd a rhannau o'r llawr yn un llanastr o bapurau a llythyrau, ond yr hyn a dynnodd sylw Dan ar unwaith oedd y pâr o wadnau enfawr a'i hwynebai o ganol y bwrdd. Tu draw iddynt yr oedd coesau hir mewn trowsus du, rhesog, hynod barchus, a thu draw i'r rheini wedyn, mewn hanner cylch o galedwch cadair swyddfa, weddill corff yr anfarwol Ap Menai. O dan ei wasgod ddu, agored, ymchwyddai ac ymostyngai crymder cawraidd, ac yr oedd uwch ei wddf digoler lawer gên. Gorweddai ei ben ar ei ysgwydd chwith, a gwaeddai ei dryblith o wallt claerwyn am grib. Gwnâi ei safn fawr agored iddo ymddangos fel un mewn dirfawr boen, ac edrychodd Dan yn dosturiol arno.

Beth a wnâi? Ai ei ysgwyd i'w ddeffro? Neu ai mynd

ymaith ar flaenau'i draed a dychwelyd yn nes ymlaen? Neu ai aros yn amyneddgar, yng nghwmni W. Sulgwyn Jones? Eisteddodd wrth y bwrdd ac agorodd y llyfr.

Pregeth yn hyrddio'r meddwyn i ganol tragwyddol dân a brwmstan oedd y gyntaf, a chan fod aroglau'r ddiod felltigedig, y taranai'r diwygiwr yn ei herbyn, yn halogi'r ystafell ac yn gryf ar bob awel chwyrnol o'r gadair gyferbyn ag ef, teimlai Dan yn anghysurus wrth ei darllen. 'Edrychwch arno!' bloeddiai W. Sulgwyn Jones. 'Syllwch arno! Craffwch arno! Wylwch, wylwch o'i blegid. Ie, wylwch ddagrau gwaed, wylwch eich llygaid allan tros yr adyn hwn, y truanaf o'r holl ddynion, yr hwn sydd yn waradwydd ac yn ddihareb, yn watwargerdd ac yn felltith ym mhob man. Ac wylwch, wylwch, fy mhobl, tros ei wraig yn ei thlodi a'i galar a thros ei blant troednoeth, carpiog, yn nannedd y gwynt . . .'

Ond nid oedd gan yr Ap na gwraig na phlant. Edrychodd, syllodd, craffodd Dan arno, ond nid wylodd o'i blegid. Yr oedd hwn, cofiodd, yn enwog am ei ddireidi a'i ffraeth-ineb, am ei gynganeddion cyflym ar lafar ac yn ei bapur, am ei areithiau ysgubol oddi ar lwyfannau eisteddfodol, am ei ysgrifau eofn, miniog, am ei wybodaeth o'r hen feirdd. Hwn—Azariah Richards wrth ei enw, ond 'Ap Menai' ar dafod pawb—oedd perchennog, golygydd, beirniad gwleidyddol, diwinyddol, cymdeithasol, a llen-yddol *Y Gwyliwr*. Hwn oedd *Y Gwyliwr*.

Fel y syllai Dan arno, cododd ei ben oddi ar ei ysgwydd ac agorodd un llygad gwyliadwrus. Caeodd ef drachefn, gan benderfynu llithro'n ôl i'w lesmair.

'Mr Richards, syr?' mentrodd Dan.

'Ia?' Agorodd ei ddau lygad y tro hwn.

'Dan Ifans ydi f'enw i. O Lechfaen, syr. Fe fu Emrys Richards, eich nai, yn sôn wrthach chi . . . '

'Do. Tyd yn d'ôl 'fory.'

'Ond heddiw, syr, y deudodd Emrys . . . '

'Tyd yn d'ôl 'fory.' Chwifiodd ei law mewn ffarwél, ar fin boddi eto yn nyfroedd cwsg.

Penderfynodd Dan sefyll ei dir. Collasai naw ceiniog yn y farchnad, ac nid oedd am dalu'r trên o Lechfaen ac yn ôl eto yfory.

'Fedra' i ddim fforddio'r trên yma 'fory eto. Mae fy nhad ar streic ac ychydig iawn o arian sy'n dŵad i'r tŷ rŵan. Mae'n ddrwg gen i, syr, ond . . . ' Yr oedd y geiriau'n gwrtais ond yn gadarn. Cododd.

Agorodd Ap Menai ei lygaid eto. Ymsythodd yn araf a thynnodd ei goesau oddi ar y bwrdd.

'Eistedd.'

Wedi i Dan ufuddhau, estynnodd y Golygydd ei law am y llyfr a oedd yn ei ddwylo.

'Hm. *Pregethau Sulgwyn Jones*, ai e?' Edrychai fel petai ar fin bod yn sâl. 'Fe anwyd y dyn yna ar y Sulgwyn, meddan nhw i mi. Fe ddylai'i fam fod wedi dewis dydd Ffŵl Ebrill neu Ddydd Merchar Lludw yn lle hynny. Y nofiwr mewn llysnafedd! Y llyffant o sant di-swyn! Y bwbach bach dibechod! Y sil don . . . ' Ond ni ddôi cynghanedd y tro hwn, a thaflodd y llyfr mewn dirmyg ar y bwrdd. 'Mae arna' i ofn, 'machgan i, na ddoist ti i'r lle iawn hefo'r llyfr yna o dan dy fraich. Mi faswn i'n proffwydo bod iti ddyfodol disglair—hefo'r Rechabiaid, ond nid yn swyddfa'r *Gwyliwr*.'

Prysurodd Dan i egluro. 'Deunaw oedd gen i ar f'elw, ond fe wnaeth rhyw ddyn yn y farchnad imi brynu hwn gynno fo am naw ceiniog.'

Chwarddodd yr Ap dros y lle. 'Fe werthai'r hen John Jones lyfr ar fagu plant i hen lanc fel fi!' meddai.

Yna cododd a chroesi at y ddesg lydan yng nghongl yr ystafell. Cymerodd y copi o'r *Gwyliwr* diwethaf oddi arni.

'Welaist ti'r *Gwyliwr* heddiw?'

'Naddo, wir.'

'Yr ydw i wedi gwneud i hyd yn oed bobol Caerfenai 'ma chwerthin,' meddai'r Golygydd, gan agor y papur a'i blygu a'i gyflwyno i Dan. 'Yr hysbysiad 'na mewn inc du. Fel y gwyddost ti, mae 'na bapur arall yn y dre' 'ma, ond maen nhw wedi methu dŵad â fo allan wsnos yma—pibell wedi byrstio yno a'r dŵr wedi difetha'u papur nhw. Nhw ddaru ofyn imi roi hysbysiad yn *Y Gwyliwr*.' A chwarddodd, gan gerdded o amgylch yr ystafell fel hogyn wrth ei fodd.

Chwarddodd Dan yntau wedi iddo ddarllen yr hysbysiad: 'Drwy i ddŵr dorri i mewn a difetha'r stoc o bapur yn y selar, nid ymddengys *Yr Utgorn* yr wythnos hon. Deallwn y daw'r papur allan mor sych ag arfer yr wythnos nesaf.'

'A rŵan, *to business*,' meddai'r Golygydd, gan eistedd eto yn ei gadair. 'Mi gefais i dy hanes di gan Emrys, ac yr ydw i'n licio dy olwg di. Pymtheg swllt?'

'Ond . . . ond wyddoch chi ddim . . .'

'Gwn yn iawn. Mae barn Emrys yn ddigon da i mi, yn well na mynydd o destimonials. Petait ti wedi dy frolio dy hun, mi faswn wedi ysgwyd llaw hefo ti ers meitin. Mi gei ddechra bora Llun. Am ddeg, gan dy fod di'n gorfod dŵad bob cam o Lechfaen.'

'O'r gora, Mr Richards. Mae 'na drên sy'n cyrraedd yma am hanner awr wedi naw.'

'Campus. A thra byddi di yn Llechfaen dros ddiwadd yr wsnos, cadw dy glustia a'th lygaid yn agored. Ac os oes gin ti bensal a phapur, myn sgwrs hefo'r hen frawd hwnnw sy'n torri metlin wrth Bont-y-graig.'

'Hefo Robert Jones?'

'Wn i ddim be' ydi'i enw fo. Fo oedd un o arweinwyr y dynion yn y streic ddwytha', ond fe gollodd 'i waith yn y chwaral yn fuan wedyn . . . Ac i ble'r wyt ti'n mynd rŵan?'

'Yr ydw i wedi cael gwahoddiad i dŷ Emrys i de.'

'Gad imi roi un gair o gyngor iti cyn iti fynd yno.' Edrychai'r Golygydd yn ddifrifol iawn. 'Paid â chyffwrdd yn y deisan gwsberis. Ar boen dy fywyd, paid â chyffwrdd yn y deisan gwsberis.'

'O? Pam?'

'Mi weli Emrys a'i fam a'i chwaer yn 'i mwynhau hi, ond maen nhw wedi hen arfar hefo'r blas. Dydi fy chwaer yng nghyfraith ddim yn credu mewn rhoi siwgwr mewn teisan, ac mi wyddost, neu mi fedri ddychmygu, be' ydi teisan gwsberis hefo dyrnaid o halen ynddi hi yn lle siwgwr. Paid â'i mentro hi. Mi wnes i ryw dro, a dyna lle'r oeddwn i'n tynnu digon o wyneba i ddychryn llun Spurgeon ar y wal. Beth bynnag wnei di, cadw'n glir oddi wrth y deisan gwsberis.'

Diolchodd Dan iddo am y cyngor, ac yna troes i frysio ymaith.

'Hei! Yr wyt ti'n anghofio dy lyfr.'

'Wel . . . y . . . yr on i . . . Ga' i 'i adael o yma, ar y silff 'ma, tan ddydd Llun?'

'Dwyt ti ddim isio'r gyfrol ysbrydoledig?'

'Wel . . . y . . .'

'Y gwir, rŵan?'

'I fod yn onast, nac ydw. Pe bawn i'n mynd â hon dan fy mraich i dŷ Emrys . . .'

'Hm. Pwy ddaru ateb y drws iti i lawr y grisia 'na?'

'Dyn bach â chrwb ar 'i gefn o.'

'Wmffra Jones. Rho fo'n anrheg iddo fo. Mae o'n flaenor Methodus ac yn darllan esboniad neu bregeth bob nos cyn mynd i'w wely. Ac mae o'n digwydd cael ei ben blwydd heddiw. Fe fydd Wmffra wrth 'i fodd, ac mi wnei gyfaill calon yn y swyddfa 'ma ar unwaith. Rho fo i Wmffra. Oddi wrtha' i, os lici di.'

'O'r gora. Diolch yn fawr.'

'Tan fora Llun, Daniel, 'machgan i, tan fora Llun.'

Pan gyrhaeddodd Dan waelod y grisiau, safodd yn ansicr, gan na wyddai ymhle i gael gafael yn y dyn bach. Deuai sŵn clebran a thincial llestri o ystafell ar y dde, a churodd ar y drws. Atebwyd ei gnoc gan hogyn o brentis tua phymtheg oed â chwpan yn ei law.

'Y dyn bach ddaru ateb y drws imi gynna'. Wnewch chi roi hwn iddo fo, os gwelwch chi'n dda? Oddi wrth Mr Richards, ar 'i ben blwydd, deudwch wrtho fo.'

Cymerodd y bachgen y llyfr ac edrychodd ar y teitl. Taflodd olwg i fyny'r grisiau, a'i ddannedd amlwg yn un wên fawr.

'O'r . . . o'r gora,' meddai, gan wneud ymdrech i gadw wyneb. Yna dychwelodd i'r ystafell, lle câi'r argraffwyr gwpanaid gyda'i gilydd, a'i firi yn ysgwyd ei de o'r cwpan i'r soser.

'Y Golygydd yn rhoi hwn yn bresant i chi ar eich pen blwydd, Wmffra Jones,' gwaeddodd. '*Pregetha W. Sulgwyn Jones.*'

Fel y troai Dan ymaith, clywai'r rhu o chwerthin ar draul Wmffra Jones. Yr oedd Ap Menai, yn amlwg, yn byw o ddigrifwch i ddigrifwch.

Ymhen rhyw ugain munud, eisteddai wrth fwrdd llwythog gydag Emrys a'i fam a'i chwaer Gwen, athrawes a oedd newydd gyrraedd adref o ysgol gerllaw.

'Wel, a be ydi dy farn di am yr Ap?' gofynnodd Emrys, wedi i Dan adrodd hanes ei ymweliad â'r swyddfa.

'Yr ydw i'n siŵr y do' i'n hoff iawn ohono fo.'

'Dydi o ddim hannar call, wsti,' oedd dyfarniad Emrys. 'Ond mae o'n werth 'i bwysa mewn aur er hynny, er 'i fod o mor dew a thrwm.'

'*Mae'n* biti na fasa fo wedi priodi a chael rhywun i ofalu amdano fo,' sylwodd Mrs Richards. 'Ond pwy fasa'n ddigon gwrol i hynny, wn i ddim, wir . . . Dowch, helpwch eich hun.'

Mwynhâi Dan y bara-'menyn a'r jam a'r bara brith yn fawr iawn, a theimlai'n newynog ar ôl ei ginio cynnar a brysiog.

'Tyd, tamaid o'r deisan gwsberis 'ma,' meddai Emrys, gan wthio cyllell o dan ddarn ohoni. '*Speciality* Mam, wsti. Mi fedrwn ni gymeradwyo hon, on' fedrwn, Gwen?'

'Wel . . . y . . . os gwnewch chi f'esgusodi i . . .'

'Y?'

'Efalla' y bydda'n well imi beidio. Y . . . wedi cael . . . y . . . tipyn o boen yn fy stumog y dyddia dwytha' 'ma.'

'Stumog ne' beidio . . .'

'Rŵan, Emrys,' meddai'i chwaer. 'Mr Ifans sy'n gwbod ora. Tamaid o'r *sponge* 'ma, Mr Ifans? Mae hon yn ddigon diniwad.'

Gwyliodd Dan y lleill yn difodi'r deisen gwsberis gyda blas, a phan dorrai Emrys ail damaid iddo'i hun, ni allai ymlid yr olwg farus o'i lygaid.

'Diawch, Dan, mae hon yn werth diodda tipyn chwanag o boen er 'i mwyn hi.'

122

'O'r . . . o'r gora, Emrys. Darn bach.'

Fel y proffwydasai Ap Menai, tynnodd wyneb—ond wyneb o fwynhad digymysg. Oedd, yr oedd yr Ap yn gastiwr heb ei ail.

'A rŵan mae'n rhaid i chi gael lle i aros yn y dre 'ma, on'd oes?' meddai'r fam pan oedd y te drosodd. 'Ydach chi'n 'nabod rhywun yma?'

'Nac ydw, wir.'

'Wyddoch chi am rywla, Mam?' gofynnodd Gwen.

'Wel, mi ddaru Mrs Isaac Morris, Ship Street, sôn wrtha' i 'i bod hi'n unig iawn rŵan ar ôl colli'i gŵr. Synnwn i ddim na fasa hi'n falch o rywun yno, er mwyn cwmni. Mae o'n dŷ bach hynod lân, mi wn i hynny—fel pin mewn papur bob amsar.'

'Dynas sy'n dŵad i'r capal acw ydi Mrs Morris,' eglurodd Emrys. 'Roedd 'i gŵr hi'n flaenor, ond fe fu farw'n sydyn pan on i gartra'r Pasg.'

'Rhedwch i fyny yno, Mam, rhag ofn,' awgrymodd Gwen.

Aeth Mrs Richards ymaith ar unwaith, a dychwelodd cyn hir â'r newydd y câi Dan gartref cysurus yn nhŷ Mrs Morris am naw swllt yr wythnos. Diolchodd yn gynnes iddi am ei thrafferth, ac yna, a'i gyfaill Emrys yn ei ddanfon, i ffwrdd ag ef i ddal y trên.

'Diar, yr ydw i'n falch dy fod di'n dŵad i helpu f'ewyrth am yr haf 'ma, fachgan,' meddai Emrys cyn i'r trên gychwyn. 'Mae o'n gorweithio'n enbyd, wsti, yn 'i ladd 'i hun wrth sgwennu'r rhan fwyaf o'r papur 'na 'i hun. Wel, mi gei ddigon i'w wneud, mae hynny'n siŵr.'

Ac yr *oedd* digon i'w wneud. Cyfieithu rhai o'r areithiau pwysicaf a draddodid yn y Senedd ('Synnwyr—neu ddim —o'r Senedd'); cywiro proflenni tra darllenai un o'r

123

prentisiaid y llawysgrif yn uchel; ailwampio, yn aml ailysgrifennu'n llwyr, nodiadau gohebwyr fel Ben Lloyd; rhuthro allan i ryw briodas neu angladd neu i'r Llys yng Nghaerfenai—ni châi Dan lawer o amsar i segura. Ac fel yr ymdaflai i'w waith yn yr wythnos gyntaf honno, sylweddolodd mor arwynebol oedd y sylw a rôi darllenydd cyffredin i bapur newydd. Deuai'r *Gwyliwr* yn rheolaidd i Gwynfa cyn y streic, ond ei dad oedd yr unig un a'i darllenai'n weddol fanwl. Cip ar hanes priodas hon-a-hon neu angladd hwn-a-hwn, craffu ar y darluniau o'r gwisgoedd hardd a gynigiai John Noble am 10s 6c.—ac yna âi Megan a'i mam ymlaen â'u gwaith wedi 'gweld y papur' am yr wythnos honno. Bodlonai yntau Dan, fel rheol, ar olwg frysiog tros y nodiadau llenyddol ('Llannerch y Llenor'). Ond yn awr gwyliai bob gair, a phentyrrodd mewn ychydig amser wybodaeth enfawr am fyd a betws. Gwyddai ym mhle i brynu modrwy briodas, a chael anrheg hardd yn rhad ac am ddim gyda hi a 'lle o'r neilltu i'w dewis', hetiau at y gwair am ddwy geiniog yr un, te â'r '*poetry of drink*' ym mhob cegaid ohono, eli anffaeledig at Gornwydydd Crawnllyd a Tharddiadau Anolygus, y feddyginiaeth orau i'w chymryd pan ddywedai'i drwyn a'i wedd a'i dafod fod Bolrwymedd arno, pelenni cryfhaol a oedd yn Wrthfustlaidd ac yn Droethbarol, beth bynnag a olygai hynny, a ffisig at y Gymalwst a'r Gewynwst a'r Anwydwst a phob -wst arall a ormesai'r corff dynol. Yr oedd prisiau anifeiliaid, o wartheg i gywion ieir, ar flaenau'i fysedd, ac os dymunai rhywun hwylio i bellter byd, gallai Dan roi iddo'r gost ac enw'r llong a'r porthladd a'r manylion oll. Gwyddai hefyd ym mhle yr oedd mul cryf a gweithgar ar werth, buwch ddu ganol oed ar goll, parot â chynffon goch am chweswllt, pwy a oedd yn barod i dalu deuddeg punt y flwyddyn i forwyn a pha ysgol a oedd eisiau athro ('cyflog: £50 y fl.'). A gwnâi'r newyddion lleol ('Pryder a mwynder gwŷr Môn', 'O'r mannau wrth ddŵr Menai', 'O Arfon: y llon a'r lleddf', 'O'r bonc a'i berw o bynciau', 'O Lŷn a'i thirion lannau', 'Rhyw fanion o Eifionydd', 'Ym mro annwyl Meirionnydd', etc.) ef yn awdurdod ar fân ddigwyddiadau ym mhob ardal. Cyngerdd er budd cartrefi Dr Barnardo yn Amlwch, Cyfarfod Misol yn y Sarn, eisteddfod yng Ngherrig-y-drudion, Cymanfa'r Annibynwyr ym Mhwll-heli, Bwrdd yr Undeb yn Llanrwst, trafodion Cyngor Plwyf llawer man na chlywsai amdano o'r blaen, dam-weiniau mewn chwareli—gwyliai Dan y byd o'i gwmpas â llygaid eiddgar.

Ac wrth ddarllen y newyddion mwy cyffredinol, yr oedd mor chwyrn â'r Ap ei hun pan gondemniodd y *Church Times* Esgob Llandaf am wasanaethu yn angladd y Prifathro Viriamu Jones; dadleuai'n wyllt gyda Mr Lloyd George fod pedwar cant o bob mil o'r gwragedd a'r plant yn marw yng ngwersylloedd y Transvaal; a, rhwygo'r Blaid Ryddfrydol neu beidio, heriai Asquith a'i gyfeillion ar bwnc y rhyfel ffôl yn Ne'r Affrig. Yn y testunau llenyddol, er hynny, yr oedd ei ddiddordeb dyfnaf, a dilynai ysgrifau'r Ap ar feirdd a llenorion a llyfrau a chylchgronau ag awch. Ac, wrth gwrs, ni bu erioed mewn papur newydd nac yn unman arall stori hafal i 'Y Crwydryn', y chwysai'r Ap drosti bob wythnos gan lenwi dwy golofn ysbrydoledig â hanes rhyw dramp a grwydrai'n fympwyol i bobman y gwyddai'r awdur yn o dda amdano. Haerai Wmffra Jones nad oedd y Crwydryn yn ei lawn bwyll. 'Ond dyna fo,' chwanegai, 'yr Ap ei hun ydi o, yntê?'

Aeth Mehefin yn Orffennaf a Gorffennaf yn Awst, ac fel y llithrai'r amser heibio, ciliodd y rhamant gyntaf. Ond yn gynnar yn Awst, cychwynnodd Dan ar ei gyfres nodedig o frasluniau—portreadau syml gan 'Edmygydd' o Robert Williams a J.H. a'i dad ac eraill o arweinwyr chwarelwyr Llechfaen. Ymfflamychu a wnâi'r Ap yn ei ysgrifau ar y streic, gan chwipio awdurdodau'r chwarel a'r Bradwyr yn ddidrugaredd, ond penderfynodd Dan na wnâi ond tynnu darluniau cynnil.

'Hm,' meddai'r Ap pan ddarllenodd y braslun cyntaf. 'Go dda, wir, Daniel, 'machgan i, darlun gwych, ond . . .'

'Ond?'

'Rhy dawel. Rhaid iti weiddi mewn papur newydd, codi dy lais, taro dy ddwrn ar y bwrdd. Neu chymer pobol ddim sylw ohonat ti.'

Treuliodd Dan awr arall tros yr ysgrif, er byrred oedd hi, ond ni fedrai yn ei fyw ddilyn awgrym y Golygydd. Nid gŵr i weiddi yn ei gylch oedd Robert Williams, teimlai. Yn nhawelwch onest y dyn yr oedd ei gryfder, yn ei unplygrwydd di-sôn, yn ei ddiffuantrwydd syml. Rhoes ei bin ysgrifennu i lawr mewn anobaith.

'Mae arna' i ofn mai un go sâl am weiddi ydw i,' meddai wrth yr Ap pan ddychwelodd y Golygydd ar ôl bod 'ar neges' yn y dref.

'Does dim rhaid iti, Daniel, 'machgan i. Mi fûm i'n meddwl am yr ysgrif 'na pan on i allan. Ac ron i'n *gweld* y dyn wyt ti'n 'i ddisgrifio. Hm, efalla' mai gweiddi gormod yr ydan ni, wel'di. Paid â newid gair. Mi ro' i ffrâm o linella duon am y braslun i dynnu sylw ato fo. Efalla'— pwy a ŵyr?—y gwna'r rhain fwy o les i achos y dynion na myrdd o ysgrifa tanllyd . . . Gyda llaw, yr wyt ti wedi bod yma ers deufis bron. Petai'r streic yn dod i

126

ben . . . ' Edrychai'r Ap yn anghysurus: daethai'n hoff iawn o Dan erbyn hyn ac ni hoffai feddwl am y swyddfa hebddo.

'Ia?'

'Be' wnei di? Mynd yn ôl i'r Coleg pan fydd o'n agor?'

'Dyna mae 'Nhad am imi 'i wneud.'

'A fo sy'n iawn, mae'n debyg. Mi liciwn i dy gadw di yma mae'n rhaid imi ddweud, ond . . . ' Ochneidiodd. Yna, fel pe mewn tôn obeithiol: 'Go ddu mae petha'n edrych tua Llechfaen 'na o hyd, yntê? Y naill ochor mor gyndyn â'r llall. Hm, faint bery hi eto, tybed?'

'Dyn a ŵyr. Ond un peth sy'n sicir.' Cododd Dan y papur a ddaliai yn ei law a syllodd arno. 'Dydi dynion fel Robat Williams a J.H. a 'Nhad ddim yn debyg o ildio faint bynnag fydd rhif y Bradwyr. Mi safan nhw fel y graig.'

III

Dydd Sul ydoedd. Paratoai Martha Ifans de, gan ddwyn i'r bwrdd bopeth a allai i'w wneud yn ddeniadol. Taflai olwg yn aml drwy ffenestr y gegin, gan ddisgwyl clywed clic y ddôr a gweld Megan yn dod drwyddi ac yn brysio ar hyd llwybr yr ardd. Ond nid agorai'r ddôr.

Aethai rhyw bythefnos heibio er pan adawodd Ifor a Megan Gwynfa. Galwasai Megan droeon wedyn i weld ei mam, ac ymddangosai'n hapus bob tro. Yn rhy hapus, efallai, fel petai'n ymdrechu bob ennyd i swnio'n llawen. Yr oedd ei chwerthin yn rhy uchel ac yn rhy lon i fod yn naturiol, a pharablai bymtheg y dwsin. Âi wedyn i'r drws nesaf at Kate, ond er gwrando amdano, ni chlywai ei mam y chwerthin uchel oddi yno. Ai actio yr oedd yn ei chartref a rhoi'r gwir i Kate? Holodd Martha Ifans ei merch yng nghyfraith bob tro, ond yr oedd hi mor ofalus â Megan.

Clywodd sŵn y ddôr. Ond Gwyn a oedd yno, wedi rhuthro adref o'r Ysgol Sul.

'Welist ti Megan ar y ffordd 'na?' gofynnodd ei fam iddo pan gyrhaeddodd ef y gegin.

'Dew! Teisan gyraints duon! Mae'n well gin' i gyraints duon na dim byd.'

'Welist ti Megan ar y ffordd 'na?'

'Naddo. A theisan wy!'

'Welist ti bobol yn dŵad o'r Eglwys?'

'Naddo. Ga' i damaid o'r deisan wy 'na rŵan, Mam?'

'Na chei, ddim tan amsar te.'

Daeth Edward Ifans a Llew i mewn.

'Yr oeddwn i'n disgwyl gweld Megan yma,' meddai'r tad.

'O, mi ddaw mewn munud, mae'n debyg, Edward . . . Oedd 'na lawar yn yr Ysgol Sul?'

'Na, go dena' oedd hi yno heddiw eto.' Eisteddodd yn flinedig, gydag ochenaid. 'Mae'r peth fel gwenwyn drwy'r ardal 'ma, Martha. Yn y cartrefi, ar y stryd, yn y siopa, yn y capeli. Chwech oedd yn fy nosbarth i pnawn 'ma eto. Roedd gin i bymthag cyn i Idris a Huw 'Sgotwr a'r lleill fynd i ffwrdd. Efalla' y bydda'n well imi 'i roi o i fyny.'

''Neno'r rheswm, pam?'

'Ddaw y Bradwyr ddim yn ôl tra bydda' i'n athro ar y dosbarth.'

'Twt, dydyn nhw ddim ond dau—Meic Roberts a Gwilym Lewis.'

'Ac mae tri arall yn cloffi rhwng dau feddwl, mae arna' i

ofn, ac yn aros gartra. Roedd Jwdas yn dŵad i mewn i'r wers pnawn 'ma, a phawb yn fy nosbarth i wrth 'u bodd. Nid am y Testament Newydd yr oeddan nhw'n meddwl, ond am Fradwyr Llechfaen. Ydi, mae'r peth fel gwenwyn. Yn yr Ysgol Sul, yn y Seiat, yn y Sêt Fawr, hyd yn oed yn y Cwarfod Gweddi. Mae'n ddrwg gin i dros Mr Edwards y Gweinidog y dyddia yma. Mae pobol yn darllan i mewn i bob pregath ac yn rhoi 'u hystyr 'u hunain i bob brawddeg. Y bora 'ma, pan ddigwyddodd o sôn ar 'i bregath am y llo aur yn yr anialwch, roeddwn i'n gweld amryw yn ciledrych ar ei gilydd â rhyw wên ar 'u hwyneba nhw.'

'Dewch i gael panad, Edward. Mi ddechreuwn ni.'

Ac eisteddodd y teulu i lawr i de, a chlustiau'r tad a'r fam yn gwrando'n astud ond yn ofer am glic y ddôr.

I fyny yn Albert Terrace, yr oedd Letitia Davies yn wael, yn wael iawn. Pan âi pethau o chwith yn y tŷ neu pan groesid hi mewn rhyw ffordd, âi Letitia i'w gwely i dawelu curiadau gwyllt ei chalon. Aethai pum mlynedd ar hugain heibio er pan gyhoeddodd Doctor Roberts fod ei chalon hi braidd yn wan, a phob hyn a hyn, wrth ewyllys ei pherchennog ac ar adegau cyfleus, ceisiai'r galon eithriadol honno, fel aderyn mewn caets, ddianc o'i charchar. A chan na allai Letitia wneud hebddi, anadlai'n wyllt, gan riddfan a thuchan a chochi yn ei hwyneb wrth stryffaglio i'w chadw yn ei lle. A churai calon pawb arall yn y tŷ yn wylltach fyth.

Un o'r cyffroadau hyn a gadwodd Megan yn Albert Terrace y prynhawn Sul hwnnw. Digwyddodd—yn gyfleus i Letitia—ar ôl cinio. Proffwydasai droeon yn ystod y pythefnos cynt y deuai *attack* cyn hir, ond llwyddodd amryw o bethau—ei haml bwyllgorau yn yr Eglwys ac yn yr ardal, yn arbennig—i'w gadw ymaith. Ond y prynhawn hwnnw deallodd y galon y gallai hi gael tipyn o sbri heb ymyrryd â phrysurdeb pwysig ei pherchennog, a manteisiodd ar y cyfle. Ond, yn annisgwyl i Letitia, chwaraeodd Ffawd dric â hi.

Dechreuodd y galon guro'n gyflymach yn y bore pan wrthododd Gruffydd Davies fynd hefo'i wraig i'r Eglwys. Ei esgus oedd bod y cryd cymalau yn ei ben-glin yn boenus iawn, ond ni chredai hi mo hynny. Ac yn wir, yr oedd y pen-glin yn well o lawer ar ôl i Letitia ymadael.

'Pam ydach chi'n aros gartra' bora 'ma?' gofynnodd Megan iddo.

'Meddwl y basa'n well imi orffwys yr hen ben-glin 'ma . . . Pam wyt ti'n gwenu?'

'Dim byd.'

'Dwyt ti ddim yn . . . yn credu'r stori?'

'Wel . . .'

'Wyt ti'n meddwl bod Letitia—Mrs Davies—yn . . . yn . . . ?' Yr oedd ofn yn ei lygaid.

'Yn beth?'

'Yn . . . yn ama'?'

'Felly, esgus ydi'r pen-glin?'

'Wel, i ddeud y gwir—ond dim gair wrth neb, cofia—ia, esgus ydi o. Ond paid â chymryd arnat wrth neb, cofia, ne' . . .' Edrychodd yn ymbilgar arni.

'Ne' beth?'

'Ne' mi fydd hi'n helynt gynddeiriog yma. O diar, ddylwn i ddim bod wedi deud wrthat ti. Wnei di ddim sôn gair, na wnei?'

'Na wna'.'

Yr oedd yn ddrwg gan Megan dros y dyn bach diniwed

hwn—'Gruffydd Letitia' i bawb yn y chwarel. Ar yr ychydig adegau pan gawsai ei gwmni ar ei ben ei hun, daethai'n hoff ohono a bu yntau'n garedig iawn wrthi, ond cyn gynted ag y deuai ei wraig i'r golwg, gwisgai Gruffydd Davies fwgwd llymder, gan gymryd arno fod ei ferch yng nghyfraith islaw sylw. Chwarelwr cyffredin, diymhongar, fu ef am flynyddoedd er holl ymdrechion Letitia i'w wneud yn Stiward Bach. Llusgwyd ef ganddi o Siloh i'r Eglwys, er mwyn ei ddwyn yn nes at rai o'r prif stiwardiaid, ac eisteddai yno bob Sul fel hogyn anfoddog yn yr ysgol yn dyheu am chwarae triwant. Ond o'r diwedd, wedi blynyddoedd o ddyfalwch ac amynedd, llwyddodd Letitia yn ei chais, a gwnaed ei gŵr yn swyddog. Dathlwyd yr amgylchiad drwy symud i fyny i Albert Terrace, lle trigai amryw o fân stiwardiaid a marcwyr cerrig. 'Tale Tellarce' oedd enw answyddogol y stryd honno, ac er y teimlai Gruffydd Davies yn bur anhapus yno, yr oedd ei wraig ar ben ei digon. Tua'r un pryd, etifeddodd Letitia rai cannoedd ar ôl hen ewythr iddi, ac aeth yn ddynes fawreddog. Ymwthiai i gwmni gwragedd a ystyriai hi'n bwysig, a lle bynnag yr oedd gobaith bod ar bwyllgor neu lwyfan, yno y ceid Letitia Davies. Rhwng popeth yr oedd hi'n wraig brysur.

Ond swyddog sâl a wnaeth ei gŵr. Gwrandawai'n astud ar gwynion rhai o'i hen gyfeillion, ac oedai'n aml am sgwrs â hwn-a-hwn, yn lle'i orchymyn yn swta i fynd ymlaen â'i waith. A phan dorrodd yr helynt yn y chwarel, â'r dynion, yn ddistaw bach, yr oedd holl gydymdeimlad Gruffydd Davies. Ac yn awr yr oedd yn ddi-waith. Rhyw bythefnos cyn i'r Bradwyr ddechrau, galwyd y swyddogion, yn stiwardiaid a chontractwyr, yn ôl i'r chwarel, ond ni ddaeth gwŷs i 2, Albert Terrace. Gruffydd Davies oedd un o'r tri stiward na welid mo'u hangen o dan y drefn newydd. Pam? Yr oedd y peth yn ddryswch mawr i Letitia, a chyhuddodd ei gŵr droeon o ddangos ei gydymdeimlad â'r gweithwyr. Y gwir oedd mai hi, ac nid ef, a ddylai fod yn Stiward Bach yn y chwarel.

'Pam ydach chi'n gwneud yr esgus 'na ynglŷn â'ch penglin?' gofynnodd Megan, gan fanteisio ar y cyfle i'w holi.

'Wel, i ddeud y gwir—ond wnei di ddim sôn gair, na wnei?'

'Na wna'.'

'I ddeud y gwir, er pan mae'r helynt 'ma wedi dechra, mae'n gas gin i fynd heibio Siloh i'r Eglwys. Mae 'na lot o betha da yn yr Eglwys, cofia, ond . . . ond yn Siloh y magwyd fi, a rhywfodd—ond wnei di ddim sôn gair, na wnei?'

'Na wna'.'

'Rhywfodd, mae Siloh fel 'tasa fo'n sefyll dros chwara' teg i'r dynion a'r Eglwys dros . . . dros . . .'

'Dros be', Gruffydd Davies?'

Ond teimlai ef iddo ddweud gormod yn barod, a throes ymaith o'r gegin i eistedd yn anesmwyth a phryderus yn y parlwr. Aeth Megan ymlaen â'i gwaith o glirio'r brecwast a pharatoi'r cinio (enillasai Letitia Davies forwyn dda, ddigyflog), ac yna mentrodd i fyny'r grisiau i gynnig, am yr ail waith, gwpanaid i Ifor. Ond, a'i ben fel pwced ar ôl y noson gynt, llonydd yr oedd arno ef ei eisiau. Codai pan fyddai'r cinio'n barod, ac os meiddiai neb aflonyddu arno cyn hynny . . .

Pan ddaeth Megan i lawr y grisiau, blinasai Gruffydd Davies ar synfyfyrio yn y parlwr, ac eisteddai yn y gegin fach. Ac yno y bu am hanner awr, yn ei gwylio heb ddywedyd gair.

'Wnei di . . . wnei di ddim sôn gair, na wnei?' meddai o'r diwedd.

'Diar annwl, na wna' . . . Wel, mae'r cig 'ma'n barod.'

'Os medrwn ni gael tipyn o heddwch a thawelwch yn yr hen fyd 'ma, yntê? . . .'

'Ia, am wn i, wir. Ond . . . ond pam ydach chi'n mynd i'r Eglwys, os ydi'r capal yn well gynnoch chi?'

'Wel, doedd Letitia—Mrs Davies—ddim yn fodlon fy ngweld i—a hi oedd yn iawn, mae'n debyg—fy ngweld i'n aros yn dipyn o chwarelwr, ac yn meddwl—mae'n rhaid wrth ddylanwad yn y chwaral, fel y gwyddost ti—yn meddwl y basa gin i well siawns—ac yr oedd hi yn 'i lle, fel y troes petha allan—well siawns i fod yn swyddog pe baem ni'n mynd i'r Eglwys . . . Ond diar annwl, yr ydw i'n deud petha na ddylwn i eto. Petai Letitia—Mrs Davies —yn gwbod fy mod i'n clebran fel hyn . . .' Tawodd, gan wlychu'i wefusau a syllu'n anniddig o'i gwmpas.

'Ond rŵan, ar ôl iddyn nhw beidio â'ch galw chi'n ôl i'r chwaral, dydi hi ddim yn rhaid i chi ddal i fynd i'r Eglwys.'

'Letitia sy'n gwbod ora.'

Gwenodd Megan, gan guddio'i hwyneb oddi wrtho. Pa sawl gwaith y clywsai hi'r frawddeg honno? 'Letitia sy'n gwbod ora,' oedd arwyddair bywyd Gruffydd Davies, a chuddiai tu ôl i'r geiriau ym mhob cyfyngder.

'Ydach chi'n siŵr?'

'Y?' Syllodd mewn syndod arni, a'i geg fechan, gron, yn agored. A oedd hi'n amau gosodiad mwyaf sylfaenol y greadigaeth.

'Ydach chi'n siŵr?'

'Yn . . . yn siŵr? Be' . . . be' wyt ti'n feddwl?'

'Dim ond mai i'r capal y baswn i'n mynd os mai yno y teimlwn i'n fwya' cartrefol. Ac edrychwch ar y rhai sy'n mynd i'r Eglwys, Miss Price-Humphreys a Mrs Lloyd-Davies, a . . . a rhai tebyg.' Bu bron iddi ychwanegu enw Mrs Letitia Davies, ond cofiodd ymhle yr oedd. 'Wedi'u startsio i gyd. Wn i ddim sut ydach chi'n medru byw yn eich croen yng nghanol y criw.'

'O, mae 'na lot o betha da yn yr Eglwys, cofia. Oes, lot o betha da.' Yr oedd fel petai wedi dysgu'r frawddeg hon ar ei gof.

Aeth Megan yn hy arno. 'Deudwch y gwir, rŵan, Gruffydd Davies, p'run ydi'r gora gynnoch chi—y capel ne'r Eglwys?'

'Wel, mae Letitia—Mrs Davies—i'w gweld yn reit hapus yn yr Eglwys . . .'

'Nid p'run ydi'r gora gan Mrs Davies on i'n ofyn.'

'Naci . . . Ydi'r . . . ydi'r ffa 'na'n barod, dywad?'

'Ddim yn hollol . . . Wel?'

'Mi ges i hwyl ar y ffa 'leni. Ron i'n ofni, ar ôl i'r gwlydd dyfu mor uchal . . .'

'Trio osgoi'r cwestiwn ydach chi, yntê?'

'Cwestiwn? O, am yr Eglwys a'r capal? Wel, mae Letitia . . .'

'Fedrwch chi ddim gadael Mrs Davies allan o'r peth am funud?'

'Rwyt ti mor styfnig â'th dad, on'd wyt ti?'

'Ydw, bob tamaid weithia.'

Taflodd Gruffydd Davies olwg ofnus tua'r drws. Ond cofiodd mai yn y gegin fach yr oedd ac mai drwy ddrws y ffrynt y deuai ei wraig i'r tŷ fel rheol.

'I ddeud y gwir—ond dim gair o'th ben, cofia—mi fydd yn gas gin i feddwl am fynd heibio Siloh i'r Eglwys. Pasio'r hen Robat Wilias neu'r hen William Parri ar y ffordd, a . . . a thrio cerddad fel sowldiwr bach wrth nesu at yr

134

Eglwys. Dyn syml ydw i, yr un fath â'th dad . . . Diar, mi fûm i'n gweithio wrth ymyl dy dad am flynyddoedd, hogan, pan oedd o ym mhen isa'r chwaral. Un o'r gweithwyr gora fuo'n naddu llechan erioed . . . Ia, fel sowldiwr bach y bydda' i'n cerddad i fyny Ffordd yr Eglwys, y mae'n rhaid imi ddeud, a phan fydd y gwasanaeth drosodd, mi fydda' i'n dyheu am gael dengid adra yn lle ysgwyd llaw hefo Miss Price-Humphreys a Mrs Lloyd-Davies a rhai tebyg. Ond felly y mae Letitia yn licio petha, a hi, fel y gwyddost ti, ydy'r . . . ydy'r bòs.'

Chwarddodd yn dawel a braidd yn hurt, ond yr ennyd nesaf yr oedd dychryn yn llond ei lygaid. Agorodd drws y cefn yn sydyn a safai Letitia yno.

'O'n wir! Y bòs, ai e? A dyma be' sy'n mynd ymlaen yma wedi imi droi fy nghefn? Fel sowldiwr i'r Eglwys, ai e? A finna fel *Sergeant-Major*, mae'n debyg!' Aeth ei hwyneb yn goch ac yna'n wyn fel y tynnai ei menig a'i chêp.

'A dyna pam yr oeddach chi isio aros gartra! I roi'r tâp mesur trosta' i yn fy nghefn! Mae'ch pen-glin chi wedi gwella'n llwyr erbyn hyn, ydi o?'

Ni adawsai Letitia y gwasanaeth mewn tymer grefyddol iawn. Clywsai gyhoeddi bod Côr Merched i'w ffurfio yn Llechfaen fel rhan o'r ymgyrch i gasglu arian yn wyneb cyni'r ardal, a dewiswyd tair gwraig i gynrychioli'r Eglwys ar y pwyllgor. Tair o wragedd cerddgar a enwyd, ond fel perchennog organ—er mor fud oedd yr organ honno er pan gollodd Ifor, pan oedd tua naw oed, bob diddordeb ynddi—tybiai Letitia y dylai hi fod yn un ohonynt. Troes tuag adref yn ffromllyd, ac yn lle cymryd y ffordd fawr fel arfer, brysiodd drwy rai o'r strydoedd llai i fyny i gefn Albert Terrace, gan edliw'r anghyfiawnder wrthi ei hun bob cam. Pan glywodd lais ei gŵr drwy ffenestr agored y gegin fach, oedodd ennyd i wrando, ac yna rhuthrodd i mewn a'i dicter cyfiawn yn fflam.

'Rydach chi braidd yn ... y ... fyrbwyll, Letitia,' dechreuodd ei gŵr. 'Yr hyn on i'n ...'

'Byrbwyll, ydw i? Byrbwyll? Bòs! Byrbwyll! Beth arall, mi liciwn i wbod?'

'Yr hyn on i'n ...'

'Peidiwch â hel esgusodion. Cyn gynted ag yr ydw i'n troi fy nghefn, dyma chi a'ch pen-glin yn y gegin fach 'ma yn ... yn rhedag yr Eglwys a'ch gwraig eich hun i lawr ...'

'Na, dim ond newydd ...'

'Does dim rhyfadd na chawsoch chi mo'ch gwaith yn ôl yn y chwaral, dim ... dim rhyfadd o ... o gwbwl.'

Syrthiodd i gadair, gan anadlu'n gyflym a rhythu mewn dychryn i'r nenfwd. Rhuthrodd Gruffydd Davies i nôl blwch oddi ar silff gerllaw, ac wedi malu tabled yn fân yn ei law, tywalltodd y llwch gwyn i lasaid o ddŵr.

'Hwdiwch, Letitia bach, yfwch hwn. Ddaru ni ddim sôn amdanach chi tan y munud 'ma. Naddo, Megan?'

'Naddo.'

'Siarad am y chwaral a'r capal a ... ac Edward Ifans yr oeddan ni. Yntê, Megan?'

'Ia.'

'A Megan yn digwydd gofyn imi p'run ai'r Eglwys ai'r capal oedd y gora gin i. Yntê, Megan?'

'Ia.'

Wedi i Gruffydd Davies rwbio'i dwylo a chwifio papur newydd yn wyllt o flaen ei hwyneb, daeth Letitia ati'i hun yn o dda.

'Ydach chi'n teimlo fel trio tamaid o ginio rŵan, Letitia?' gofynnodd ei gŵr iddi.

'Efalla' . . . efalla' y medra' i fwyta . . . tipyn bach.'

'Ga' i ddechra torri'r cig?' gofynnodd Megan.

'A Gruffydd Davies yn sefyll yn fan'ma yn gwneud dim byd? Chlywis i ddim bod y cricmala wedi cyrraedd 'i fysadd o hefyd. Ydi hi ddim yn well iti fynd i alw dy ŵr at 'i ginio? Dydan ni ddim yn arfar dechra bwyta hebddo fo yn y tŷ yma, beth bynnag oedd y drefn yn Nhan-y-bryn.'

Pan eisteddodd y teulu wrth y bwrdd, pigo'i bwyd yn fîsi a wnâi Letitia, a'r tri arall yn ei gwylio'n bryderus ac yn ei thrin fel gwestai anrhydeddus yn ei thŷ ei hun. Ond er y boen a'r ymdrech, cliriodd ei phlatiau'n o dda, er gweld y grefi'n rhy denau a'r pwdin reis yn rhy dew. Gwrandawai'n garuaidd ar bopeth a ddywedai Ifor, ond ni chymerai'r un sylw o'i gŵr nac o Megan. A theimlai Ifor, gan nad oedd a wnelai ef â'r helynt, yn dipyn o wron, yn hunan-gyfiawn, yn ŵr rhadlon, caredig, llawn cyd-ymdeimlad, yn ceisio gwneud iawn am greulondeb digydwybod y ddau arall.

Yna torrodd yr ystorm eilwaith.

'Ydach chi'n teimlo'n well rŵan, Letitia?' gofynnodd ei gŵr.

'Ydw, yr ydw i'n dechra' dŵad ataf fy hun. Mi eistedda' i'n dawal yma pnawn 'ma yn lle mynd i'r Ysgol Sul. Mi fydda' i'n iawn erbyn heno wedyn.'

'Efalla' y bydd eich cricmala chitha wedi mendio erbyn hynny, 'Nhad!' chwarddodd Ifor.

'Hy, cricmala!' Taflodd Letitia ei phen i fyny mewn dirmyg. 'Ond dydw i ddim yn mynd i ista fel pelican yn fy sêt yn yr Eglwys heno eto, dalltwch chi hynny.'

'Fydd dim rhaid i chi, Letitia. Dowch i'r gadair freichia 'ma rŵan. Mi ro' inna help llaw i Megan i glirio'r bwrdd.

Dowch imi gael rhoi'r glustog 'ma'n esmwyth o dan eich pen chi.'

Cyn i Gruffydd Davies gychwyn i'r gegin fach hefo llond ei ddwylo o lestri, oedodd Ifor ennyd wrth danio'i sigarét i ddweud yn fawreddog: 'Tra ydw i'n cofio, 'Nhad, mae arna' i isio i chi wneud rhwbath bach trosta' inna heno.'

'O? Be'?'

'Os gwelwch chi Price-Humphreys yn yr Eglwys, deudwch wrtho fo fod gin i ddau arall iddo fo.'

'Dau be'?'

'Dau weithiwr, debyg iawn. Mi fûm i'n siarad hefo Now Pen'rallt a Bertie Lloyd neithiwr, a maen nhw'n barod i ddechra gweithio ar unwaith. Wel, mae'n deg i Price-Humphreys wbod mai fi sy wedi'u bachu nhw, ond ydi, Mam?'

'Ydi, debyg iawn, Ifor.'

'Wel . . . y . . . dydw i ddim yn meddwl y . . . y ca' i gyfla arno fo heno,' meddai Gruffydd Davies.

'Ddim cyfla?' gofynnodd Letitia, gan godi'i phen yn sydyn oddi ar y glustog. 'Pam na chewch chi gyfla?'

'Wel . . . y . . . mae o'n licio cael gair hefo'r Ficar ar ôl y gwasanaeth, a . . . a . . .'

'Be' sy'n erbyn i chi aros amdano fo?'

Ateb Gruffydd Davies oedd troi ymaith i gludo'r llestri i'r gegin fach, a thaflodd Ifor a'i fam olwg awgrymog ar ei gilydd. Pan ddychwelodd ei gŵr, neidiodd Letitia yn ôl at y testun.

'Mae Ifor wedi gofyn cymwynas fach gynnoch chi. Y peth lleia' fedrwch chi wneud ydi bod yn ddigon sifil i'w atab o.'

'Nid yn amal y bydda' i'n gofyn ffafr,' ebe Ifor, fel un a

gâi ddirfawr gam. 'A rŵan y cwbwl ydw i am i chi wneud ydi rhoi negas i Price-Humphreys. Dydi hynny ddim llawar, ydi o?'

'Dim llawar i ti, Ifor,' meddai'i dad, a'i lais yn crynu tipyn.

'A be' ydach chi'n feddwl wrth hyn'na?' gofynnodd Ifor, yn dechrau colli'i dymer.

Nid atebodd Gruffydd Davies, dim ond casglu ychwaneg o lestri oddi ar y bwrdd.

'Pam nad atebwch chi'r hogyn?' gwaeddodd Letitia.

Ni ddywedodd ei gŵr air, ond yr oedd yn amlwg fod rhyw gyffro mawr yn ei feddwl, oherwydd gollyngodd fforc yn ffwndrus o'i law.

'Ydach chi wedi mynd yn fud ac yn fyddar yn sydyn?' holodd ei wraig.

'Y cricmala wedi dringo i'w dafod a'i glustia fo, Mam,' sylwodd Ifor, gan chwythu allan gwmwl haerllug o fwg.

Rhoes y dyn bach y llestri i lawr yn araf a gofalus ar y bwrdd. Yna ymsythodd, gan wthio'i ben ymlaen ac edrych i fyw llygaid ei fab. Ymddangosai fel ymdrochwr ofnus ar lan afon, ar fin torri'r ias drwy blymio'n rhyfygus i'r dwfn.

'Dydw i ddim yn mynd i gario newyddion am un Bradwr i neb,' meddai a'i lais yn gryg.

'Bradwr!' Eisteddodd Letitia i fyny fel bollt, gan anghofio'i chalon. 'Bradwr! Ydi iaith Tan-y-bryn wedi dŵad i'r tŷ yma?'

'Rhowch chi ba enw fynnoch chi i'r iaith, Letitia,' meddai Gruffydd Davies yn dawel. 'Y gwir ydi'r gwir, beth bynnag y gelwch chi o.'

'O'n wir,' meddai Ifor, 'mae'n dda inni gael dallt ein gilydd, on'd ydi?' Yna troes at ei fam. 'Rydan ni wedi bod yn dyfalu pam na alwyd y Stiward Bach 'ma yn ôl i'r chwaral, on'd ydan? Mae'r rheswm mor glir â'r dydd rŵan. Yn ddistaw bach, mae o'n un o'r dynion cadarn, egwyddorol hynny, sy'n meddwl mai nhw ydi halan y ddaear! Fel Edward Ifans, fy nhad yng nghyfraith.'

Anelai'r frawddeg olaf at Megan, a ddaethai i mewn i glirio gweddill y llestri o'r bwrdd.

'Rhaid i chi ddim dŵad â 'Nhad i mewn i'r peth,' meddai hithau'n ddig.

'Oni bai amdano fo a'i siort, mi fasa'r chwaral 'na'n mynd yn iawn,' atebodd Ifor yn wyllt.

'Petasa 'na fwy o ddynion fel Edward Ifans a'i siort a llai o Fradwyr yn yr ardal 'ma . . .' Yr oedd Gruffydd Davies a'i lais, er iddynt dorri'r ias mor ddewr, yn crynu fel dail.

'Cymwch chi ofal o'ch geiria, Gruffydd Davies!' gwaeddodd Letitia.

'Efalla' . . . efalla' . . . efalla' . . .'

'Efalla' be'?' gofynnodd hi.

Magodd y dyn bach nerth. 'Efalla' mai cymryd gormod o ofal yr ydw i wedi'i wneud drwy'r blynyddoedd. Ac edrychwch arna' i. Be' ydw i? Stiward Bach allan o waith a gwas bach yn y tŷ 'ma—"Gruffydd Letitia" i bawb yn fy nghefn, yn cael fy llusgo i'r Eglwys ar y Sul i lyfu llaw Price-Humphreys a'r lleill. Ond diolch mai dyn fel tad Megan ydw i yn y gwaelod, yn stiward digon onast a charedig i beidio â chael fy ngalw'n ôl i'r chwaral.'

Gwenodd Megan yn edmygus arno, a chododd Letitia o'i chadair, a'i hwyneb yn wyn gan ddicter.

'Does gin ti ddim byd i wenu yn 'i gylch o,' meddai. 'Lle basat ti, mi liciwn i wbod, oni bai amdana' i? Allan ar y stryd, lle mae dy le di, yn denu eraill fel y buost ti'n denu Ifor.'

'Rŵan, Mam, mae hyn'na'n mynd yn rhy bell, yn rhy bell o lawar.'

'O, yr wyt titha'n dechra troi yn fy erbyn i, wyt ti?'

Safai hi wrthi ei hun yn ymyl y gadair freichiau, a gwelai'r tri arall, hyd yn oed Ifor, cannwyll ei llygad, fel pe wedi ymuno yn ei herbyn. Rhoes ei llaw ar ei chalon a dechreuodd anadlu'n gyflym a rhythu'n wyllt tua'r ffenestr. Yna, gydag ochenaid a swniai'n angheuol, syrthiodd yn swp i'r llawr. Ond wrth syrthio anghofiodd fod gan y bwrdd gongl finiog, a phan drawodd ei phen yn erbyn honno, caeodd y nos amdani a syllodd y tri arall mewn braw ar y gwaed a lifai o'i thalcen.

* * *

'Ddaw hi ddim i de, mae'n amlwg,' meddai Martha Ifans, gan syllu am y canfed tro tua'r ddôr. 'Be' sy wedi'i chadw hi, tybad?'

Cludai Megan y munud hwnnw gwpanaid o de i Letitia Davies, a orweddai, â thair pwyth yn ei thalcen, yn dawel iawn yn ei gwely. Yr oedd llenni'r ystafell wedi'u cau, ar orchymyn y meddyg, a'r tŷ oll yn dawel fel bedd. Cerddai Gruffydd Davies o gwmpas fel carcharor wedi'i ddedfrydu i farwolaeth, gan ei feio'i hun yn llwyr am y ddamwain ofnadwy. Ond yn rhywle yn nyfnder ei natur, ymhell islaw ei bryder a'i ofn, teimlai ryw foddhad dirgel am iddo, wedi'r taeogrwydd maith, sefyll ar ei draed ei hun o'r diwedd. Ac aethai'r dyn bach mewn prynhawn byr yn arwr yng ngolwg Megan.

Yr Ail Flwyddyn

PENNOD 5

Daliai'r ystorm i lacio, fel petai'r lleuad ifanc, a giped-rychai drwy ambell ffenestr niwlog rhwng y cymylau, yn bwrw swyn ar y gwynt a thros gynddaredd y môr.

Aethai rhyw bymtheng mis heibio er y prynhawn Sadwrn hwnnw o Fehefin pan grwydrasai Llew a Gwyn i'r gwaith copr. Yn awr, ar y nos hon yn niwedd Medi'r flwyddyn wedyn, pwysai Llew yn erbyn rheilen y *Snowdon Eagle*, gan syllu'n ddigalon i lawr ar derfysg y tonnau. Yr oedd tros chwe mil o filltiroedd rhyngddo a'i gartref.

Faint oedd er pan adawsai Aberheli, hefyd? Deufis a diwrnod, a thrwy'r saith wythnos olaf, ar ôl hwylio o Hamburg, ni welsai fawr ddim ond môr, môr, môr. Llithrasai'r amser heibio fel breuddwyd, ac yng nghanol newydd-deb byd a bywyd morwr, ni lethwyd ef gan atgofion am ei gartref. Ond heno . . . Yr oedd hi dipyn wedi un ar ddeg a'r wyliadwriaeth gyntaf yn tynnu tua'i therfyn. Clywai ei ddychymyg Gwyn yn myngial yn ei gwsg, tramp araf esgidiau hoelion mawr rhywun ar y ffordd tu allan, gwich y nawfed gris o dan droed ei fam, ar ei ffordd i'w gwely, sŵn ei dad yn curo'i bibell ar fin pentan y gegin, a draw ymhell gyfarthiad Pero, ci Tyddyn Isa'. Yma, berw'r môr oddi tano, lluwch yr ewyn yn arian byw yng ngolau'r lloer, cymylau drylliog ar wib uwchben, chwiban a chlec y gwynt yn yr hwyliau, griddfan a

142

grwgnach yr hwylbrenni a'r rhaffau, ac . . . ac unigrwydd fel pabell o'i amgylch.

Deuent i dir yn fuan, meddai'r morwyr, ac am Rio a'i rhyfeddodau yr oedd sgwrs y ffo'c'sl yn awr. Yno, is hanner cylch o fynyddoedd llyfn, yr oedd y porthladd gorau a harddaf yn y byd, ac yn nirgelwch rhamantus y ddinas deuai rhyw newydd wyrth o hyd i'r golau. Yno yr oedd hud a lledrith, heulwen ar dai a oedd yn wyn fel ifori ac ar fôr o sidan gloyw, pob iaith, pob lliw, pob melys gainc, tegwch merch, hyfrydwch gwin. Breuddwyd o le oedd Rio.

Byddent yno am wythnos neu ddwy, ac yna . . . Yna? Holasai Llew y morwyr droeon, ond ni wyddent ac ni phoenent hwy. A droent yn ôl tua Chymru, gofynnodd iddynt. Efallai, ac efallai yr hwylient i India'r Gorllewin. Neu i Ddeheudir Affrig neu rownd yr Horn i Valparaiso. Efallai y byddent i ffwrdd am dair neu bedair blynedd. Pa ots? Y ddwy flynedd gyntaf oedd y gwaethaf!

'Wnei di ddim llongwr os wyt ti'n mynd i hiraethu am fwyta, wsti,' oedd geiriau'r hen Simon Roberts, y Bosun. 'Pan es i i'r môr gynta', yr on i i ffwrdd am wyth mlynadd. Deuddag oed on i'n cychwyn o'r Borth 'cw, ond yr oedd gin i fwstás a locsyn pan ddois i yn f'ôl. Oedd, 'nen' Duwc, a hen wraig fy mam hefo procar rownd y tŷ ar f'ôl i nes baswn i'n addo cael gwarad â nhw. "Ddoi di ddim i fan'ma yn edrach fel mwnci, mi 'ffeia' di," medda hi.'

Chwarddodd Llew. Meddwl am y blew ar wedd ei mab yr oedd y fam, heb sylweddoli na fu wyneb tebycach i un mwnci gan fachgen erioed. A phrin y gwyddai Simon mai'r 'Mwnci' oedd ei lasenw ar bob llong.

'Dydw i ddim yn meddwl 'i bod hi'n credu mai fi oeddwn i, wsti,' chwanegodd, 'nes iddi gael gweld y graith ges i ar fy ngên wrth gwffio hefo Twm Clipar yn yr ysgol erstalwm.'

'Ond chwarelwr ydw i, Seimon, nid llongwr, ac os ydi'r streic drosodd, yn ôl i'r chwaral yr a' i.'

'Rwyt ti'n gwneud yn gall, 'ngwas i. Wyt, 'nen' Duwc.' Poerodd Simon sug baco i'r môr mewn doethineb dwys. 'Mi faswn i wedi angori ar y lan ddwsina o weithia oni bai am yr hen goesa felltith 'ma.' Gwenodd Llew. Yr oedd coesau Simon Roberts yn destun digrifwch mawr ar y bwrdd. 'Tri mis unwaith y bûm i hefo Dwalad fy mrawd yn Sir Fôn, ac yr on i'n dŵad yn rêl ffarmwr, medda fo, ond yr oedd yr hen goesa goblyn 'ma isio cychwyn, fachgan, a fedrwn i wneud dim hefo nhw. Ron i'n mynd â nhw bron bob gyda'r nos i lan y môr ryw filltir i ffwrdd ac yn 'u rhoi nhw mewn cwch iddyn nhw gael teimlo'r dŵr yn siglo odanyn nhw. Roeddan nhw wrth 'u bodd yno, ond y drwg oedd 'u bod nhw'n hiraethu drwy'r dydd wedyn am yr hwyr a'r cwch bach. Ac un noson doedd y cwch ddim yno. Na'r hwyr wedyn. Na'r un ar ôl hynny. Roeddan nhw'n torri'u calon yn lân, a doedd dim i'w wneud ond gadael iddyn nhw gael 'u ffordd a throi yn ôl i'r môr. Piti hefyd, achos yr on i'n cael hwyl anarferol hefo'r cywion ieir, medda Dwalad. Own, 'nen' Duwc.'

Ond heno, fel y syllai ar anhunedd y môr, hiraethu am y ffordd galed i fyny Tan-y-bryn yr oedd coesau Llew. A oedd y streic drosodd, tybed? A'i dad yn ôl wrth ei waith ym Mhonc Victoria a'i fam yn hapus unwaith eto? Ac Idris a llu o rai eraill yn dychwelyd i Lechfaen o'r Sowth a Lerpwl a lleoedd tebyg? Beth oedd hynt a helynt Megan bellach? A giliasai'r hen boenau 'na a gâi Gwyn yn ei aelodau? Sut yr oedd Dan yn dod ymlaen hefo'r dyn

144

rhyfedd hwnnw yng Nghaerfenai? Daeth cysgod i'w lygaid wrth iddo gofio am Dan.

Crwydrodd ei feddwl yn ôl i'r nos o haf, ddeufis ynghynt, pan gerddodd bob cam i Aberheli i grefu am le ar long. I lawr yn y pentref, trawsai ar Huw Deg Ugian—ni fedrai Huw druan gyfrif, a buan y rhoesai ei droed ynddi yn y chwarel drwy sôn am 'ddeg ugian' o lechi—a gwrandawodd gydag eiddigedd ar ei straeon am fôr a phorthladdoedd. Hwyliai Huw o Aberheli ar long fechan a gludai lechi hyd y glannau, a soniai gydag ymffrost a pheth llediaith am a welsai yn Lerpwl neu Aberdeen neu Lundain neu Hamburg.

Er nad oedd ond rhyw flwyddyn yn hŷn na Llew, cawsai Huw ddiod yn rhywle y noson honno, a swagrai dipyn fel y troent, tuag un ar ddeg y nos, o'r ffordd fawr i ddringo Tan-y-bryn. Ychydig o'u blaenau cerddai Bradwr o'r enw Twm Parri, a thynnodd Huw o'i boced gragen fawr i hwtio drwyddi. Yr oedd cannoedd o'r cregyn hyn yn Llechfaen yn awr, a chlywid eu sŵn o un pen i'r ardal i'r llall bob gyda'r nos pan ddôi'r amser i'r Bradwyr droi adref o'r chwarel, ac, wrth gwrs, câi'r plant ddifyrrwch mawr wrth fynd i gyfarfod y Bradwyr a'r plismyn amser caniad gan chwythu, mor ddirgelaidd ag y gallent, drwy'r cregyn.

Safodd Twm Parri, dyn mawr, llydan, ond babïaidd yr olwg, i aros am y ddau. Cydiodd Llew ym mraich Huw i'w ddal yno: nid oedd arno eisiau cynnwrf, a gwyddai fod plismyn yn agos, ar gongl y ffordd fawr. Oedasant yno yn y tywyllwch nes i'r llall droi i mewn i'w dŷ, ac yna aethant ymlaen yn araf i fyny'r allt.

'Y Twm Cwcw, y llechgi diawl,' meddai Huw, gan godi cerrig metlin oddi ar y ffordd.

'Rŵan, Huw, mynd adra'n dawal pia hi. Peidio â chymryd sylw o Twm Parri a'i siort ydi'r peth gora.'

Ond y munud nesaf yr oedd y cerrig a daflai Huw yn malurio ffenestri'r Bradwr yn deilchion. Un, dwy, tair, pedair carreg, ac yna, 'Tyd, ras am dy fywyd, Llew.'

Clywent sŵn traed a lleisiau plismyn ar waelod y stryd ac agorai drysau'n frysiog ar bob llaw. Gwibiodd y ddau i fyny Tan-y-bryn, gan anelu am y coed wrth ymyl Annedd Uchel. Ond rhedwr sâl oedd Huw, a chlywai Llew draed a lleisiau'r dilynwyr yn ennill arnynt.

'I ardd yr hen Ishmael Jones, Huw,' sibrydodd.

Tros y wal i'r ardd â hwy. Gan fod yr hen Ishmael mor fyddar ac yn byw ar ei ben ei hun, nid oedd perygl i neb yn y tŷ uchaf eu clywed. Ymhen ennyd aeth y plismyn ac eraill heibio ar frys gwyllt.

'Mynd i'r coed wnân nhw, gei di weld, Llew,' sibrydodd Huw.

'Sh! Maen nhw wedi aros.'

Clywsant yr erlidwyr yn dychwelyd yn araf, a chlustfeiniodd y ddau'n bryderus.

'Ydach chi'n siŵr?' Llais y sarsiant.

'Ydw. Ddaru neb fy mhasio i, yr ydw i'n sicir o hynny,' atebodd Bradwr o'r enw Bertie Lloyd a ddigwyddai fod ar ei ffordd i lawr Tan-y-bryn.

'Hm. Jones a Stephens?'

'Ia, Sergeant?'

'Arhoswch chi yma. Davies a Humphreys, ewch chitha i gefn y tai. Sefwch chitha, Williams, dipyn yn is i lawr. Maen nhw'n cuddio yn un o'r gerddi 'ma. Hughes?'

'Ia, Sergeant?'

'Rhedwch i lawr i'r stesion a dowch â lampa yn ôl hefo chi.'

146

'Reit, Sergeant.'

Gwelodd y sarsiant olau yn llofft Ishmael Jones a brysiodd i guro ar y drws. Curodd drachefn, yn awdurdodol o uchel, a daeth yr hen frawd, a oedd ar fîn mynd i'w wely, i lawr â channwyll yn ei law.

'Glywsoch chi sŵn rhai o gwmpas y tŷ 'ma?' gofynnodd y sarsiant.

'Y?'

'Glywsoch chi sŵn rhai'n dringo'r wal 'na?'

''Fala? Ydyn nhw wrthi eto heno, y cnafon bach?' Yna chwarddodd yn gyfrwys. 'He, chân nhw ddim ond 'u siomi. Yr ydw i wedi tynnu pob afal, Sarjant. Ond diolch i chi yr un fath, yntê? Ac i'r plisman 'ma sy hefo chi, yntê?'

'Rhai sy wedi bod yn torri ffenestri,' gwaeddodd y Sarsiant. 'A ninna ar 'u hola nhw. Maen nhw'n cuddio yn un o'r gerddi 'ma.'

'Ffenestri? Fy rhai i?'

'Naci. I lawr yng ngwaelod y stryd 'ma.'

'Y?'

'Yng ngwaelod y stryd 'ma.'

'O. Tŷ pwy y tro yma? He, un o'r Bradwyr eto, ia?'

Troes y sarsiant ymaith mewn dirmyg ac aeth Ishmael Jones yn ei ôl i'r llofft, gan chwerthin yn dawel bob cam i fyny'r grisiau.

'Mi driwn ni sleifio i ffwrdd rŵan, Huw,' sibrydodd Llew, 'cyn i'r plisman 'na ddŵad â'r lampa. Trwy'r cefn fydd y gora.'

Griddfannodd dôr Ishmael Jones wrth ei hagor, a safodd y ddau mewn braw gan ddal eu hanadl. Ond chwythai awel drwy'r goeden afalau uwchben a chuddiodd sŵn y ddôr yn siffrwd y dail. Gwyrodd Llew ymlaen i edrych heibio i'r mur a gwelai ffurf plisman yn y lôn gul, ryw ugain llath i ffwrdd, ac un arall, yng ngheg y lôn.

'Rydan ni wedi'n cornelu, Huw,' sibrydodd. 'Mae 'na un i lawr ar y chwith ac un arall yn ymyl yng ngheg yr entri.'

Ymbalfalodd Huw nes dod o hyd i garreg.

'Be' wyt ti'n mynd i'w wneud, was?' gofynnodd Llew.

'Taflu'r garrag 'ma i un o'r gerddi yn ymyl y plisman 'na. I dynnu'i sylw fo.'

Aeth y garreg, fel y gobeithiai Huw, i ganol coeden, a thynnodd afal neu ddau i lawr gyda hi. Clywsant y plisman ar y chwith yn chwibanu'n isel ar y llall.

'Pwysa'n ôl yn erbyn y wal, Llew.'

Brysiodd yr ail blisman at y llall, a sleifiodd y ddau fachgen drwy geg y lôn ac i'r stryd a redai'n gyfochrog â Than-y-bryn. Fel y cyrhaeddent y brif heol gwelent amryw o blismyn, a lampau ganddynt, yn troi i fyny Tan-y-bryn, rhai ar hyd y ffordd, rhai drwy'r lôn gul yn ei chefn.

'Maen nhw am wneud yn saff ohono ni, myn diain,' sylwodd Huw.

'Ydyn, ar ôl y malu ffenestri sy wedi bod yma'n ddiweddar wel'di. Sut goblyn yr awn ni adra, dywad?'

'Dydw i ddim am fynd adra,' meddai Huw, a drigai ryw bedwar tŷ yn is na Gwynfa. 'Dydi'r boi yma ddim am dreulio noson yn jêl.'

'Be' wyt ti am wneud, 'ta?'

'Mynd yn f'ôl i'r llong. Mi fasa'n rhaid imi gychwyn i Aberheli ben bora p'run bynnag.'

'Mi ddo' i hefo chdi, Huw.'

'Y?'

'Mi ddo' i hefo chdi.'

148

'Ond does 'na ddim lle ar y llong iti, cofia.'

'Efalla' y medra' i gael gwaith ar un arall. Fydda' i ddim gwaeth â thrio. Yr ydw i wedi 'laru ar fod adra'n segur.'

'Ond . . .'

'Tyd yn dy flaen.'

Cyrhaeddodd y ddau Aberheli rhwng tri a phedwar y bore a buont yn loetran o gwmpas y pentref a'r cei am oriau. Yna aethant i lawr i'r llong y gweithiai Huw arni a chafodd y ddau damaid o frecwast yn y gali. Crwydrodd Llew o long i long wedyn i grefu am le, ond 'Na' oedd yr ateb ym mhob un. Eisteddodd yn siomedig ar y cei yn gwylio dynion yn llwytho sgwner dri-hwylbren a'r enw *Snowdon Eagle* yn fawr ar ei hochr ac ar ei lluman.

'I ble mae hi'n mynd?' gofynnodd i'r hen forwr a ymunodd ag ef. Yr oedd ei lygaid bychain y rhai glasaf a welsai Llew erioed.

'I'r Afon Elbe i ddechra, ac wedyn . . .' Cododd ei ysgwyddau a thaflodd ei ben i fyny: ni wyddai ac ni faliai ef. 'Mi glywis i ryw si ein bod ni'n debyg o gael ein gyrru i Rio, ond wn i ddim yn iawn.'

'Lle mae fan'no?'

'Rio?' Edrychodd yr hen forwr yn ddirmygus ar Llew. Yr oedd anwybodaeth y bachgen yn anhygoel. 'Yn Brazil.'

Ni wyddai Llew yn iawn ymhle yr oedd Brazil chwaith, ond ni feiddiodd gyffesu hynny.

'Ydi hi'n llawn?'

'Mi fydd erbyn heno. Dim ond rhyw ddeugian tunnall gymer hi eto. Maen nhw wedi bod yn llwytho er dydd Llun.' Yr oedd hi'n ddydd Gwener.

'Na, nid hynny on i'n feddwl. Ydi'r criw yn llawn?'

'Ydi, pawb ond yr hogyn oedd yn helpu'r cwc yn y gali. Mi welis i 'i fam o rŵan. Mae hi am 'i gadw fo gartra, medda hi, a'i yrru o i'r ysgol. A diolch am hynny. Roedd y cena' bach yn taflu'r dail te i ffwrdd bob dydd. Dydi'r dail ddim i fod i gael 'u taflu i ffwrdd. Maen nhw i fod yn y boilar am ddyddia nes bydd rhyw flas ar y te yn lle 'i fod o fel panad hen ferch.'

Yr oedd Llew yn glustiau i gyd: yr hogyn yn gadael?

'Ydach chi . . . ydach chi isio hogyn yn 'i le fo?'

'Ydan, mae'n debyg. Ond 'falla' fod gan y Ciaptan rywun mewn golwg. Dydi o ddim yn gwbod eto fod y llall am roi'r gora i'r môr.'

'Oes 'na . . . oes 'na ryw siawns i mi gael 'i le fo?'

'Heb waith wyt ti?'

'Ia. Mae'r chwaral ar streic ers yn agos i ddwy flynadd ac rydw i wedi 'laru ar gicio fy sodla yn Llechfaen acw.'

'Hm.' Edrychodd Simon Roberts, y Bosun, yn hir a beirniadol arno. 'Wyt ti'n cnoi baco?'

'Nac ydw.'

'Hm, wnei di ddim llongwr heb gnoi baco wsti.' Ysgydwodd ei ben yn ddwys, a phoerodd sug melyn i'r dŵr dan ymyl y cei.

'Ond . . . ond mi fydda' i'n smocio weithia, ar y slei.'

'Fyddi di'n rhegi?'

'Na fydda',' atebodd Llew yn rhinweddol.

'Hm, wnei di ddim llongwr, mae arna' i ofn,' sylwodd y tynnwr coes yn drist.

'Hynny ydi, mi *fedra'* i regi, ond . . . ond . . .' Ni wyddai Llew yn iawn sut i egluro.

'Fyddi di'n yfad rym?'

'Na . . . na fydda'.' Ond gwelodd y pefriad yn llygaid yr hen forwr, a chwanegodd, 'Mi faswn i'n rhoi fy siâr i chi.'

'Hy, sbia arni hi,' meddai Simon Roberts, gan nodio tua'r stemar fechan a fygai gerllaw. 'Ac maen nhw'n galw'u hunain yn llongwyr! A'r twb lludw acw yn llong! Y cwt glo!' Poerodd eto i'r dŵr oddi tanynt.

'Ar longa hwylia yr ydach chi wedi arfar?'

'Ia. Rois i mo'm troed yn un o'r tacla acw 'rioed. Un o'r dynion o haearn ar longa pren fûm i drwy f'oes, dynion pren ar long haearn ydi'r rhai acw. Hy!'

'Ers faint ydach chi ar y môr?'

'Mi fydd hi'n drigian mlynadd flwyddyn i rŵan, fachgan.'

'Diar annwl!'

'Bydd, 'nen' Duwc. Deuddag oed on i pan hwylis i gynta' o'r Borth 'cw. Faint wyt ti?'

'Pedair ar ddeg, mynd yn bymtheg.'

'Rwyt ti'n hogyn mawr am dy oed, fachgan, wyt, wir. Hm, os nad oes gan Ciaptan Huws rywun mewn golwg, mi wnaet yn iawn. Hynny ydi, os wyt ti'n barod i fod yn handi ar y bwrdd. Helpu'r cwc yr oedd yr hogyn arall— dysgu sut i ferwi dŵr hallt heb 'i losgi o—ac roedd o'n meddwl 'i fod o'n ennill 'i chweugian y mis am ddim ond hynny. Wel, yr ysgol ydi'i le fo. Siwgwr candi 'i fam, wsti, ac i ddeud y gwir, yr on i'n falch gynddeir' pan glywis i 'i bod hi am 'i gadw fo gartra. Doeddwn i ddim yn licio'r hogyn yntôl, ac mi ddeudis i hynny wrth y Ciaptan droeon. *Yn* y môr, nid *ar* y môr, yr oedd 'i le fo. Ia, 'nen' Duwc.' A phwysleisiodd Simon Roberts y datganiad drwy anelu poeryn dirmygus at bryfyn a nofiai yn y dŵr oddi tano.

'Pa bryd y bydd y Captan yma?' gofynnodd Llew.

'Rydw i'n 'i ddisgwl o unrhyw funud.'

'Wnewch chi . . . wnewch chi siarad hefo fo trosta' i?'

'Gwna'. Wyt ti'n barod i hwylio bora 'fory?'

'Ydw, heno nesa' os bydd isio.'

151

'Wel, os llwyddwn ni, mi fyddi'n lwcus i gael ciaptan fel Ciaptan Huws. Os oes rhywun yn dallt ac yn caru'i long, mae o.' Chwarddodd Simon Roberts, gan fwynhau rhyw ddigrifwch mawr.

'Pam ydach chi'n chwerthin?'

'Cofio yr on i am yr hen Giaptan Humphreys ar y *Maid* erstalwm. Y *Maid of Cambria*, y llong gynta' y bûm i arni. Un pnawn Sul, a finna'n sefyll ar y dec, dyma'r Ciaptan yn cerddad heibio'n ara' deg, fel 'tasa fo am ddeud rhwbath wrtha' i. Fe droes yn 'i ôl mewn munud ac, wedi gweld nad oedd neb yn gwyliad, dyma fo'n gwthio rhwbath mewn papur i'm llaw i, ond heb ddeud gair. Mi agoris y papur yn slei bach, ac i mewn ynddo fo yr oedd darn o grystyn y dartan jam gafodd o hefo'i ginio. Roedd y crystyn yn rhy galad iddo fo, yn amlwg, oherwydd mi welwn ôl 'i ddannadd o ynddo fo lle'r oedd o wedi trio ac wedi methu 'i gnoi o. Ond crystyn da oedd o, er hynny. Dim ond y Ciaptan a'r Mêt oedd yn cael tartan jam i ginio.'

'Llong yr un fath â hon oedd hi?'

'Tua'r un maint, a thri mast. Ond bârc oedd y *Maid*. Sgwnar ydi hon.'

'O.' Nodiodd Llew yn gall. Gwyddai'r gwahaniaeth rhwng 'Princes' a 'Duchesses', enwau ar lechi yn y chwarel, ond nid oedd ganddo syniad yn y byd beth oedd bârc na sgwner.

'Paid ag edrach fel 'tasat ti'n dallt, cwb. Deud celwydd ydi hynny. Dyna un bai oedd ar yr hogyn arall. Roedd o'n gwbod popath . . . Wyddost ti p'run ydi'r *mizzen-mast*?'

'Na wn i, wir.'

'Yr ola', y nesa' at starn y llong. Wel, mewn bârc mae'r hwylia ar draws y llong, yn *square-rigged* ar y ddau fast cynta', ond ar hyd y llong, yn *fore and aft*, ar y llall.'

'Ar y *mizzen*, chwedl chitha?'

'Ia, dyna chdi. Diawch, mi wnei di longwr, fachgan. Gwnei, 'nen' Duwc. Wel, mewn sgwnar *fore and aft* ydi'r hwylia i gyd fel rheol. Dau fast gan amla', ond mae gin hon dri, fel y gweli di.'

'Ond bârc oedd y llong yr aethoch chi arni hi gynta'?'

'Y *Maid*? Ia. Dyna iti long, 'ngwas i, dyna iti long! Rydw i'n 'i chofio hi'n cael 'i lanshio. Ydw, 'nen' Duwc, fel 'tasa'r peth wedi digwydd ddoe ddwytha'.'

'Pryd oedd hynny?'

'Ymhell cyn dy eni di. A chyn geni dy dad, o ran hynny. Yn 1839, pan on i'n wyth oed. Ron i wedi bod yn 'i gwylio hi'n tyfu bob dydd am ddwy flynadd, y llong fwya' a'r hardda' oedd wedi'i hadeiladu erioed ym Mhorth Cybi acw. Llawar gwaith y bûm i a Dwalad fy mrawd a rhai o'r hogia eraill yn colli'r ysgol i fynd i gwarfod y ceffyla oedd yn tynnu'r coed derw mawr i fyny'r gelltydd—wyth stalwyn bob tro, fachgan, a ninna'r hogia yn helpu i wthio ac yn tagu ac yn tuchan am y gora i ddangos mai ni oedd yn gyrru'r llwyth i fyny'r Allt Hir. Wedyn, bob dydd, mynd i lawr i helpu'r seiri—i estyn petha iddyn nhw neu droi'r maen llifo neu redag i negas, ac ymhellach ymlaen i gowcio a phygio rhwng y 'styllod—neu at y rhai oedd yn gwneud yr hwylia, neu i'r ropog—y *ropewalk*, wyt ti'n dallt—at y dynion oedd yn plethu'r rhaffa, neu i'r efail at y gofaint. Roeddan ni'r hogia'n meddwl mai ni oedd pia'r *Maid* cyn y diwadd. Oeddan, 'nen' Duwc. A dyna le oedd yn y Borth 'cw ddydd y lanshio!—fflagia ar bob tŷ ac ar y coed o gwmpas, a channoedd ar gannoedd o bobol wrth y Slip . . . Ddeudis i wrthat ti, dywad, mai Madog Morris oedd pia hi?'

153

'Naddo. Pwy oedd o?'

Edrychodd Simon Roberts yn ddirmygus ar Llew, ac yna syllodd i'r pellter mewn anobaith. Poerodd ei ddiflastod mewn sug baco i'r dŵr oddi tano.

'Mi fyddi'n gofyn pwy oedd yr Apostol Paul imi mewn munud. Mi fildiodd Madog Morris ugeinia o longa. Fo adeiladodd y *Mary Ann* a'r *Welsh Seagull* a'r *Cybi* a'r *Boni* a'r *Moses Davies* a'r—ond be' ydi'r iws? Y gogoniant a ymadawodd o Israel.' Ysgydwodd ei ben mewn tristwch mawr.

'Sôn am y lanshio yr oeddach chi?'

'Ia. Ia, yntê?' Rhoes Simon Roberts gnoad newydd o faco yn ei geg; nid yn aml y câi wrandawr mor eiddgar. 'Gwraig Madog Morris ddaru'i bedyddio hi, a chafodd llong erioed y fath "Hwrê!" ag a gafodd y *Maid*. Ar 'i blaen hi yr oedd y ffigur-hed hardda' welwyd yn y Borth 'cw—delw o Forfudd, hogan fach Madog Morris, fel petai hi'n dawnsio ar donna'r môr a'i gwallt hi'n nofio yn y gwynt a swp mawr o floda yn 'i dwylo hi. Mi lithrodd i lawr y Petant Slip ac i'r môr fel 'deryn, ac ar ôl y lanshio fe aeth Owen Jones, y gwnidog Sentars—Sentar oedd Madog Morris—i gynnal gwasanaeth ar y bwrdd ac i weddïo am wynt teg iddi hi. Ac ymhen rhyw 'thefnos yr oedd y *Maid* yn hwylio am yr Indian Osian, a phawb o'r Borth 'cw hyd y traeth a'r creigia yn 'i gwylio hi'n mynd a'i hwylia hi'n wyn fel eira a'r haul yn 'sgleinio arnyn nhw. Yno y buo hi, ym mhen draw'r byd, am ryw bedair blynadd.'

'Roeddach chi'n ddeuddag oed pan ddaeth hi'n 'i hôl?'

'Own, fachgan. A dyna siomedig on i pan welis i hi'n angori yn y Borth 'cw.'

'O?'

'Wyth oed on i pan aeth hi i ffwrdd, yn bictiwr o long fawr, lân, a channoedd o weithia wedyn yr on i wedi tynnu'i llun hi ar slaet yn yr ysgol neu ar dywod y traeth neu ar ffenast yn y tŷ ar ddiwrnod niwlog. Amdani hi y breuddwydiwn i yn y nos ac y siaradwn i yn y dydd. Roedd tad un o'r hogia—Twm Clipar yr oeddan ni'n 'i alw fo—ar *China Clipar*, a'r hogyn yn brolio llong 'i dad yn gynddeir'. Twt, doedd hi ddim yn yr un byd â'r *Maid*, meddwn inna, ac mi ges goblyn o gweir lawar tro am ddeud hynny. Gan Twm Clipar y ces i'r graith 'ma sy gin i ar fy ngên. Diar, mae'r hen Dwm yn y môr ers deugian mlynadd. Mi aeth i lawr hefo'r *Boni* yng ngolwg y Borth 'cw . . .'

'Mi gawsoch eich siomi pan welsoch chi'r *Maid*?'

'Do, fachgan, do 'nen' Duwc. Roedd hi'n llai o lawar na'r llong oedd gin i yn fy meddwl. A'i hwylia hi'n fudur ac yn garpiog ac wedi'u trwsio hefo darna o lian o bob lliw. A'r môr a'r stormydd wedi byta'r paent a brathu'r coedyn trosti i gyd. Roedd hi fel hogan dlos wedi troi'n hen wraig hyll yn sydyn. Roedd Twm Clipar wrth 'i fodd ac yn cael hwyl gynddeir' ar fy mhen i. Ond fe wnaeth rhyw fîs yn y Borth fyd o wahaniaeth iddi. Mi aeth yn hogan ifanc unwaith eto, yn rhyfeddod o long yr oedd pawb yn dotio ati . . . Dacw fo Ciaptan Huws.'

'Wnewch chi siarad hefo fo?'

'Gwnaf ar unwaith.'

Dyn canol oed, bachgennaidd yr olwg er bod ei wallt bron yn wyn, oedd y Capten, a gwenodd yn gyfeillgar ar Simon Roberts fel y nesâi'r Bosun ato. Gwelai Llew'r ddau yn edrych i'w gyfeiriad, ac ymhen ennyd galwyd ef atynt.

'Yr ydw i'n dallt dy fod di'n barod i ddŵad hefo ni i brynu mwnci neu barot yn Rio neu lle bynnag yr awn ni?' meddai'r Capten.

'Ydw, os ca' i, syr.'

'Wel, os ydi'r Bosun yn fodlon rhoi lle iti ar y llong . . .'

'Ydw, Ciaptan,' meddai Simon Roberts, gan deimlo'n bwysig. 'Mae o'n hogyn reit dda, yn ôl yr hyn welis i ohono fo.'

'O'r gora. Fedri di fod yma erbyn naw bora 'fory.'

'Medra', syr.'

Aeth Simon Roberts gydag ef i ddwy o siopau Aberheli i brynu *oilskins* yn un ac esgidiau môr yn y llall ar gyfer y fordaith, a rhoes yr hen forwr ychydig sylltau ar law trosto, gan addo y talai Llew y gweddill pan ddychwelai ar ddiwedd y 'feiej'.

'A rŵan dos adra i grio am wddw dy fam,' meddai wrth ffarwelio ag ef. 'Ond cofia ddŵad â thicyn gwely hefo chdi 'fory. Mi gei ddigon o wellt ar y llong i'w lenwi fo.'

Bore trannoeth, wedi dwyawr o 'futlo' drwy gludo bwyd a dŵr glân mewn cwch o'r lan i'r llong, a oedd erbyn hyn allan yn yr afon, gwyliai Llew y glannau a'r pentrefi'n llithro ymaith, a chyn hir nid oedd bryniau a mynyddoedd Arfon yn ddim ond llin-gerfluniau annelwig yn erbyn nef y gorwel. Buan, ag awel ysgafn o'i hôl, yr hwyliai'r *Snowdon Eagle* drwy'r môr agored, a mynegodd ei llawenydd drwy ddawnsio ar y tonnau. Ond ni ddawnsiodd Llew. Ymlusgodd i'w wâl a'i wyneb yn wyrdd, ac yno y bu drwy'r dydd cyntaf hwnnw heb ddiddordeb mewn neb na dim.

Hamburg; dadlwytho'r llechi; llwytho offer tir, tri o'r criw yn gadael pan ddeallasant i sicrwydd mai 'ar led' ac nid yn ôl i Gymru yr hwyliai'r llong; Ffrancwr bychan, bywiog, o'r enw Pierre ac Almaenwr araf, sarrug, o'r enw Johann—'Ioan' i bawb ar unwaith—a Norwyad tal, breuddwydiol, o bryd golau, o'r enw Olsen, yn cymryd eu lle; yna o'r Elbe tua'r Gorllewin pell. Cerddai Llew yn dalog hyd y bwrdd, yn forwr hynod brofiadol bellach, ond fel y croesent Fae Biscay ymgiliodd eto i'w feudwyaeth drist, a'r tro hwn ni wenodd am ddau ddiwrnod er i Simon Roberts geisio bod yn gynddeir' o ddigrif. Haerai'n ddwys mai ar dir ac nid ar fôr yr oedd ei le ef, ond pan wellhaodd, yr oedd wrth ei fodd yng nghwmni'r criw ac yng nghanol ei orchwylion ar y llong. 'Yr hogyn gora welis i 'rioed ar ddec, Ciaptan,' oedd barn y Bosun fel yr ymdaflai Llew i'w waith. Buan y gallai ddringo'r rigin fel mwnci, a dysgodd ei ddwylo adnabod y rhaffau yn y nos, wrth eu teimlo'n unig. Ac wedi dringo, teimlai fel petai'n hedfan ar adanedd y gwynt a rhyddid a llawenydd holl awelon nef yn hyfrydwch ym mhob cyhyr o'i gorff. Yn y nos, is tragwyddoldeb pell y sêr, nid Llew Ifans o Lechfaen ydoedd i fyny yno ar y rhaffau, ond rhyw ysbryd ifanc, hoyw, a oedd tu hwnt i ffiniau lle ac amser, yn rhan o eangderau nef a môr.

Ymlaen i'r *Forties* gan ofni gwyntoedd croesion a thonnau fel mynyddoedd, ond yno cawsant fôr tawel ac awyr las a gwibiai'r llong fel hydd o flaen y gwynt gogledd-ddwyreiniol. 'Y tywydd gora ges i 'rioed yn y Ffortis, fachgan,' meddai Simon Roberts. 'Mi fyddwn yn y Tropics mewn chwinciad os deil y gwynt 'ma.'

Ond yn fuan ar ôl iddynt gyrraedd y Trofannau, ciliodd y gwynt yn sydyn un canol nos gan adael y llong i rolio'n ddigymorth am ddyddiau mewn llain o 'lonyddwch', a'i hwyliau mawrion wedi'u tynnu i lawr a'r rhai bychain wedi'u plygu. 'Llonyddwch,' meddai Llew a phawb arall

157

rhwng eu dannedd bob dydd wrth gropian o raff i raff tros boethder annioddefol y dec a phob nos wrth geisio dringo fel gwŷr meddwon i'w crog-welyau, a'u llygaid, wedi gwenfflam ddidostur yr haul a gloywder ffyrnig y môr, yn rhy boenus i'w hagor unwaith y caeent hwy. Llew, ar y *dog-watch* y bumed hwyrnos, oedd y cyntaf i deimlo'r awel ar ei ruddiau. Gwlychodd ei wefusau llosg i weiddi ei lawenydd, a chan anwybyddu pob gorchymyn i ymlusgo'n llechwraidd hyd y bwrdd, rhuthrodd mewn gorfoledd at gaban y Mêt. Mentrodd y Ffrancwr Pierre i fyny'r rhaffau ar unwaith, ac mewn pryder mawr y gwyliodd y lleill ef yn siglo'n rhyfygus uwchben a'r hwyl-bren a'r rigin yn ceisio'i ysgwyd ymaith a'i daflu'n ddiarbed yn ôl i'r dec. Ond daliodd Pierre ei afael, a phob cyfle a gâi llithrodd gam lladradaidd yn uwch. Llwyddodd i agor rhai o'r mân hwyliau, a thorrodd y llong lwybr araf ond sicr drwy derfysg y môr. Teimlai'r morwyr fel carcharorion wedi'u rhyddhau yn annisgwyl, a gorch-mynnodd y Capten i'r cogydd a Llew, a'i cynorthwyai, ddathlu'r amgylchiad drwy baratoi'r cinio gorau a fedrent i bawb y noson honno. Ac, wedi dyddiau o *cracker-hash* a *dandy-funk*, dirgelion a lunnid drwy falu bisgedi a chig yn fân a'u huno wedyn mewn esgus o bastai, yr oedd blas anghyffredin ar y wledd. Rhannwyd iddynt hefyd ddogn o rym, ac yna cliriodd Simon Roberts ei wddf yn bur bregethwrol a chododd i gynnig eu bod yn yfed iechyd Pierre a Llew—mewn diferyn ychwanegol o'r ddiod. Cydsyniodd Capten Huws gyda gwên, a theimlai Llew, er na wnaethai ddim ond teimlo'r awel ar ei wyneb, yn dipyn o wron yn eu plith wedyn.

O'r 'llonyddwch' i'r *Doldrums* a'u cymysgedd o heulwen a storm, o awyr las a tharanau, o dywyllwch

dudew a mellt a rwygai'r llygaid bron, o awel a chorwynt,
o addfwynder a llid, a phob gwyliadwriaeth ar flaenau'i
thraed yn barod i ostwng neu godi'r hwyliau, yn ôl
mympwy'r gwynt. Ond llithrai'r llong ymlaen ar ei
thaith, ac yn oriau mân un bore croeswyd y Lein, a
bedyddiwyd Llew, yr unig un a oedd yn mynd trosti am
y tro cyntaf, yn ôl braint a defod y môr. Fel petai'n codi
o'r môr, dringodd Neifion, duw y dyfnder, dros y bow, a'i
farf yn llaes llaes a rhaffau o wymon yn hongian ar bob
rhan o'i gorff. Duw go fychan ydoedd, ond ar goesau
byrion Simon Roberts yr oedd y bai am hynny. Dilynwyd
ef gan ei weision, a'r gwymon yn drwm ar y rheini hefyd,
ac yn eu plith yr oedd y dduwies hardd Amphitrite a'i
gruddiau'n rhosynnau cain a llywethau'i gwallt—rhaffau
wedi'u peintio'n aur, fwy neu lai—yn hongian i lawr hyd
waelod ei chefn. Olsen, y llanc golygus, yswil, o Norwy,
oedd y dduwies, a gwenai a nodiai braidd yn ffôl ar
weddill y criw, gan ddal i ailadrodd yr un geiriau
'Goddag!' ('Dydd da!') a 'Gud velsingne dig!' ('Duw a'ch
bendithio chwi!'), heb allu meddwl, yn ei gyffro, am
gyfarchiadau mwy addas i'r amgylchiad. Yna glanhawyd
Llew cyn ei dderbyn yn aelod o gymdeithas santaidd
Neifion. Sebonwyd ei wyneb yn dda ac eilliwyd ef â rasal
bren enfawr. Yna hongiwyd bath o frasliain ar y dec, ac
wedi ei roddi ef ynddo cafwyd dwylo a phwcedi parod i'w
olchi'n lân cyn ei gyflwyno i'r duw Neifion. Derbyniodd
Simon Roberts ef yn urddasol drwy gyhoeddi bod yn dda
gynddeir' ganddo ei weld.

Ciliodd hiraeth Llew yn awr am ennyd, a gwenodd
wrth gofio'r ddefod a'r drochfa a'r hwyl ar y bwrdd. Yr
oedd tri diwrnod er hynny. Gwibiodd y llong ymlaen yn
hapus am ddeuddydd wedyn, ond yna, tuag wyth o'r

159

gloch y bore'r diwrnod hwnnw, torrodd ystorm enbyd a thaflwyd y *Snowdon Eagle* o uchaf clogwyni i ddyfnder hafnau o ddŵr gorffwyll ac yn ôl drachefn. Clywsai Llew yr hen William Parri yn adrodd am gorwynt ofnadwy a dorrodd dros y chwarel un prynhawn—pan yswatiai'r dynion fel llygod yn eu gwaliau o gyrraedd troellau gwallgof y llwch yng ngheg pob gwal, pan chwythid crawiau cyfain ar hyd y bonc, pan ysgubwyd gwagenni fel ceir gwyllt dros ambell domen, pan lechai'r creigwyr yn y caban-ymochel drwy'r prynhawn ac ymhell wedi'r caniad, pan gipiwyd y to oddi ar yr efail ym Mhonc-y-ffrwd. Rhyw hyrddwynt felly, meddyliodd Llew, a geisiodd falu'r llong yn yfflon y diwrnod hwnnw. Ysgubwyd Olsen, y llanc breuddwydiol o Norwy, tros y bwrdd yn ystod y bore; snapiodd yr hwylbren blaen fel hesgen yn fuan wedyn a chwyrlïwyd ef a'i raffau i'r môr; clymid wrth yr olwyn bwy bynnag a ofalai amdani; sugnwyd un o'r hatsys yn gyfan o'i le yn y prynhawn a chludodd y gwynt ef fel cerpyn drwy'r awyr; tynnai fflangellau'r ewyn waed o gefn llaw ac wyneb; ymwthiai rhywun yr oedd yn rhaid iddo fod ar y dec drwy fur solet o wynt, gan ddal ei anadl, a'i lygaid a'i safn ynghau; ac yn y ffo'c'sl a'r cabanau gorweddai popeth hyd y llawr yn bendramwnwgl, yn llanastr a dywalltai meddwdod y llong o fur i fur bob ennyd.

Ond yn awr, ychydig wedi un ar ddeg, lleddfasai rhu byddarol y gwynt a thaflai'r lleuad ifanc swyn ar ryfyg y tonnau.

'Wel, 'ngwas i?'

'O, hylô, Seimon Roberts.' Âi'r hen forwr am dro a mygyn hyd y dec bob nos cyn troi i'w wely, gan chwilio am rywun i glebran ag ef.

'Synnwn i ddim na fyddwn ni yng ngolwg y Shwgar Lôff cyn nos 'fory os deil y gwynt 'ma.'

'Y Shwgar Lôff?'

'Y mynydd wrth geg bae Rio.' Yna canodd, ond â mwy o deimlad nag o fiwsig yn ei lais:

'O, fel y mae'n dda gen i Rio!
Hen le bendigedig yw Rio.
Chwiliwch y byd drwyddo i gyd,
Does unman yn debyg i Rio.'

He, wyddet ti ddim 'mod i'n dipyn o fardd, na wyddet?'

'Mi wn i rŵan,' sylwodd Llew braidd yn sych, a'r gân 'Cartref' yn gynnwrf hiraethus yn ei feddwl.

Sylwodd yr hen forwr ar ei dôn. 'Rydw i'n cofio un llongwr—ia, ar y *Moses Davies* yr oeddan ni—yn marw o hiraeth. Ydw, 'nen' Duwc. Rhyw wythnos cyn inni gyrraedd Rio. Hogyn o'r enw—be' oedd 'i enw fo, hefyd? Ben rhwbath. Ben Williams, dywad? Naci, Ben Jones, oherwydd mi es i i weld 'i fedd o pan on i hefo Dwalad yn Sir Fôn yn fuan wedyn. Ia, Ben Jones. Hogyn clên oedd o hefyd, ond roedd o'n hiraethu a hiraethu a hiraethu am 'i gartra. Gan fy mod inna'n un o'r Borth 'cw, roedd o bron â chrio bob tro yr oedd o'n fy ngweld i ar y dec. Na, wnaiff peth felly mo'r tro o gwbwl. Os llongwr, llongwr, yntê?'

Yr oedd meddwl Llew, o dan ddylanwad ei hiraeth efallai, braidd yn feirniadol. 'Ond os mai un o'r Borth oedd o, sut yr oedd carrag 'i fedd o yn Sir Fôn?' gofynnodd.

'O, rhai o Sir Fôn oedd 'i rieni fo. Newydd ddŵad i'r Borth 'cw yr oeddan nhw. Ac wedi i'r hogyn farw, roeddan nhw'n dyfaru'n gynddeir' iddyn nhw adael yr

161

hen gartra o gwbwl. Oeddan, 'nen' Duwc. Saer, os ydw i'n cofio'n iawn, oedd 'i dad o, Huw Jones, ac mi fu bron iddo fo â thorri'i galon ar ôl Ben. Do, ac mi aethon â fo bob cam i Sir Fôn i'w gladdu.'

'Y?' Yr oedd amryw o straeon Simon Roberts yn rhai go anodd i'w coelio, ond fel rheol gwrandawai Llew yn ddwys, gan geisio ymddangos yn llwyr grediniol. Ond heno, a'i feddwl yn feirniadol, ni allai lyncu'r stori hon.

'Do, 'nen' Duw. I ryw le bach yng nghanol y wlad, ddim ymhell o'r pentra lle'r oedd Dwalad yn byw. Ac rydw i'n cofio un arall, dyn o Gaerfenai, yn hiraethu cymaint am 'i gartra nes i'w wallt o fynd yn wyn mewn wsnos. Na, dydi hiraeth o ddim iws i neb.' A phoerodd y Bosun yn huawdl i'r môr.

'Ond yr hogyn 'na gafodd ei gladdu yn Sir Fôn . . . ?'

'Ia?'

'Ddaru chi ddim deud iddo fo farw ryw wythnos cyn i chi gyrraedd Rio?'

'Do, pum niwrnod, os ydw i'n cofio'n iawn.'

'A chitha'n mynd â fo'n ôl adra i'w gladdu?'

'Ia. Ia, fachgan. Ia, 'nen' Duwc.'

'Petai'i garrag fedd o yn Sir Fôn mi fedrwn i ddallt y peth. Mae 'na garrag felly yn Llechfaen 'cw, a'r dyn wedi'i gladdu yn y môr pan oedd o ar 'i ffordd i Awstralia, ond . . .'

'O? Ddeudis i mo'r stori honno wrthat ti, dywad?'

'Naddo. Ond mae'n well ichi 'i chadw hi rŵan, Seimon, gan fy mod i ar y *watch* a . . .'

'A'r llong yn byhafio fel merlen mewn sioe! . . . Roedd y Ciaptan a finna wrth wely Ben druan pan fuo fo farw, ac roeddan ni'n dau yn gwbod bod y diwadd yn agos. "Mae arna' i isio i chi addo un peth imi," medda fo.

162

"Rhwbath, Ben, rhwbath," meddai'r Ciaptan. "Mynd â fi'n ôl i gael fy nghladdu yn yr hen bentra yn Sir Fôn," medda fynta. Mi edrychodd y Ciaptan a finna ar ein gilydd, heb wbod be' i'w ddeud. "Wrs gwrth, Ben, wrs gwrth," medda'r Ciaptan i drio tawelu'i feddwl o, ac mi ddeudis inna yr un peth. Ond doedd yr un ohonon ni'n meddwl cadw'r addewid. Roedd y peth yn amhosib'. Mynd â chorff marw i Rio, ac yn ôl wedyn dros chwe mil o filltiroedd i Gymru! Dros y Lein! Drwy ffwrnas y Tropics! Ond doeddan ni ddim gwaeth ag addo, nag oeddan?'

'Ond mi ddaru chi gadw'r addewid?' ebe Llew, gan ddyfalu sut yr âi gweddill y stori.

'Do. "Estyn fy Meibil imi, Seimon," medda Ben. Ac wedi imi 'i roi iddo fo, "Rŵan, Ciaptan," medda fo, "mae arna' i isio i chi wneud llw. Rhowch eich llaw ar hwn. A chditha, Seimon." Ac yn y fan a'r lle, fachgan, fe fu raid i'r hen Giaptan Owen a finna wneud llw y basan ni'n mynd â Ben yn ôl adra i'w gladdu. A chyn gyntad ag yr on i wedi deud y gair ola' o'r llw, dyma Ben yn rhoi ochenaid fawr ac yn cau'i lygaid am byth. Ia, 'nen' Duwc.'

'Roeddach chi mewn lle cas, Seimon.'

'Cas gynddeir', fachgan. Yr hen Giaptan Owen yn enwedig, oherwydd yr oedd o'n ddyn crefyddol dros ben. Ddaru o ddim cysgu winc y noson honno, a'r bora wedyn dyma fo'n fy ngalw i ato fo. "Rhaid inni drio meddwl am ryw ffordd i'w gadw fo, Seimon," medda fo. "Be' am rym, syr?" meddwn i. "Rym?" medda fo. "Ia, rym, Ciaptan. 'I biclo fo mewn rym." Wrth gwrs, roedd 'na ddigon o rym i'w gael ar long yr amsar hwnnw. Diar, yr ydw i'n ein cofio ni'n teneuo'r paent hefo rym droeon wrth beintio'r llong. Ydw, 'nen' Duwc.'

'A dyna ddaru chi hefo'r corff? Tywallt rym drosto fo?'

'Ia, fachgan. Ac wedi inni gyrradd Rio, dyna roi câs tena' o blwm tu fewn i'r arch i gadw'r rym rhag mynd i'r coedyn. Ac felly yr ethon ni â Ben yn 'i ôl bob cam i'r Borth, a'i gorff o, pan ddaru ni gyrradd yno, yn edrach fel 'tasa fo newydd farw. Ac yr oedd cydwybod yr hen Giaptan Owen a f'un inna yn reit dawal . . . Ond dyna on i am ddeud, cyn imi ddechra sôn am Ben druan, nad ydi hiraethu am gartra ddim yn talu o gwbwl ar y môr. Os llongwr, llongwr amdani. Ac roeddwn i wedi sylwi—rhaid iti fadda i mi am sôn am y peth—dy fod di'n bell dy olwg am oria hiddiw. Twt, dyma chdi, yn hogyn yn dy nerth, yn cael cyfle i weld y byd, a be' wyt ti'n wneud wrth ddŵad yn agos i Rio? I Rio o bobman! Y ddinas hardda' yn y byd! Y porthladd gorau dan haul! Be' wyt ti'n wneud? Edrach fel brych, fel 'tasa'r Doctor newydd roi rhyw ddeufis arall iti fyw. Rhaid iti fadda i mi am grybwyll y peth, wrs gwrth, ond . . .'

'Popeth yn iawn, Seimon. Rhaid imi gyfadda imi gael pylia ofnadwy o hiraeth heddiw. Ydi'r hen streic goblyn 'na drosodd, tybad?'

'O, wel, unwaith y gweli di Rio, 'ngwas i, mi anghofi bopeth am y chwaral a'r streic a Llechfaen. Gwnei, 'nen' Duwc. Hen le bendigedig yw Rio. 'Taswn i'n gwbod y basa'r coesa 'ma'n byhafio'u hunain yno, fydda dim gin i ddiweddu fy nyddia yn Rio . . . Wel, rhaid imi droi i mewn. Nos dawch, 'machgan i.'

'Nos dawch, Seimon.'

Oedd, yr oedd Rio yn lle bendigedig, yn un darn o harddwch meddwol. Wedi iddynt fynd heibio i'r clogwyn enfawr wrth geg y bae a throi i mewn i'r sianel rhyngddo a'r gaer gyferbyn, syllent ar ddyfroedd tawel y bae hirfaith ac ar erddi a phalmwydd ei fân ynysoedd ac ar y cilfachau direidus, lliwgar, is yr hanner cylch o fynyddoedd ysblennydd. Draw yn y pellter hongiai niwlen borffor dros Fynyddoedd Organ a thoai'r hwyr lesni dihafal y bae a'r nef yn aur a rhos. Hyd y glannau a'r llethrau derbyniai muriau claerwyn a thoau lliwgar y tai a chyfoeth y gerddi trofannol eu cyfran o'r harddwch, a pherliai miloedd o oleuadau hyd fin yr ugain milltir o draethau troellog a hyd y bryniau uwchben: winciai cannoedd ohonynt hefyd ar longau a chychod o bob math ar hyd dyfroedd y bae. Hwn, teimlai Llew, oedd drws Paradwys.

Yr hwyr cynnar drannoeth, cerddai ef a Simon Roberts drwy heolydd Rio, gan ryfeddu. Portwgeaid, Indiaid Cochion, Negroaid, Siapaneaid, Eidalwyr, Almaenwyr, Americanwyr—yr oedd yno bob lliw ac iaith dan haul. Tryblith lliwiau a chyfoeth a phrysurdeb y prif strydoedd, tawelwch persawrus y gerddi a'r parciau, dirgelwch hudol, cyntefig, y mân heolydd, a'u miwsig a'u merched a'u bwydydd a'u gwinoedd—rhodiai Llew drwy ddinas hud a lledrith. A lle bynnag yr âi, dôi, o dawelwch gardd neu heibio i gongl stryd, gip o'r traeth a'r môr ac o'r llongau a'u hwyliau amryliw a'u goleuadau dan ddisgleirdeb rhyfeddol y sêr.

'Hei! Llew! Llew Ifans!'

Edrychodd ef a Simon Roberts yn syn i gyfeiriad y llais. Cerddent drwy stryd fechan, dlodaidd, a rhes o dai bwyta pur ddi-nod yr olwg hyd un ochr iddi. Wrth fwrdd tu allan i un ohonynt, eisteddai clamp o Lascar croenfelyn, yn wên i gyd, a chredodd Llew am ennyd mai hwnnw a alwasai arno. Ond wrth ei ochr ef yr oedd rhywun arall a chwifiai'n wyllt arnynt.

'Y nefoedd fawr! Huw Deg Ugian!'

'Pwy?' gofynnodd Simon Roberts.

'Hogyn o Lechfaen 'cw.'

Ymunodd y ddau â'r lleill wrth y bwrdd, ac uchel fu sŵn y Gymraeg am dipyn yn y stryd honno yn Rio.

'Be' goblyn wyt *ti*'n wneud yma, Huw?'

'Mi benderfynis inna hwylio ar led wedi imi gyrraedd Hamburg, fachgan. A dyma fi.'

Cyflwynodd y Lascar iddynt, ac er mwyn bod yn foesgar, ymbalfalodd Simon Roberts yng ngwaelod ei gof am eiriau y gallai'r dyn eu deall efallai.

'*Très chaud tonight*,' meddai, gan ddewis dau o'r dwsin o eiriau Ffrangeg a wyddai a chan wneud yr ystyr yn glir drwy sychu chwys dychmygol oddi ar ei dalcen.

Nodiodd a gwenodd y dyn, gan sychu lleithder tebyg oddi ar ei dalcen yntau. 'Ia, poeth iawn,' meddai.

'Yr argian Dafydd, ydi hwn yn dallt Cymraeg?' gofynnodd i Huw.

''Chydig eiria,' atebodd Huw. 'Fi dysgodd o ar y feiej. Mae o'n gwbod lot o ieithoedd ac roedd o'n sâl isio siarad tipyn o Gymraeg er mwyn cael tynnu coes y Mêt. Un o Aberteifi ydi'r Mêt.'

Llifai bywyd amryliw Rio heibio iddynt, a syllodd Simon Roberts arno mewn dirfawr fwynhad. Nid oedd carnifal blynyddol y Borth yn ddim wrth y pasiant beunyddiol hwn, a theimlai y gallai eistedd yno wrth y bwrdd yn ei wylio ac yn sipian gwin am byth. Felly y teimlai bob amser yn Rio, a phetai'r hen goesau coblyn a oedd ganddo yn debyg o fyhafio ni hidiai ffeuen am y môr na'r Borth na Dwalad yn Sir Fôn na dim. Troes ei ben ymhen tipyn i edrych ar y ddau Gymro arall. Yr argian fawr, ni thalent hwy yr un sylw i'r dieithrwch rhyfeddol o'u blaen: er dim a welent o'r bywyd o'u cwmpas, ni fyddai waeth eu bod yn eistedd mewn twnnel yn y chwarel ddim. Gwrandawodd.

'O, ydi mae hi'n siŵr o fod drosodd bellach, Llew.'

'Ydi, gobeithio, wir.'

'Ydi, ac mi fydda' i'n falch o gael cŷn a mwthwl yn fy nwylo unwaith eto.'

'A finna hefyd.'

'Jyst cyn iddi hi dorri allan, roedd 'Nhad a finna wedi cyrraedd darn o graig reit ulw dda, fachgan. Hen garrag galad, siarp, oedd gynno ni am wsnosa cyn hynny, yn hollti ar ddim . . .'

'Hollt gron?'

'Ia, fachgan, hollt gron ynddi hi o hyd o hyd, ond o'r diwadd roeddan ni wedi dŵad at garrag las, rywiog, a'r graig yn agor fel 'menyn . . .'

Roedd eisiau berwi pennau'r ddau, meddai Simon Roberts wrtho'i hun, gan droi eto i syllu a gwrando ar y bywyd amrywiol, hudolus, a lithrai heibio drwy'r stryd o'i flaen.

PENNOD 6

Eiddigedd o Dic Bugail a wnaethai Idris braidd yn fyrbwyll. Llwyddasai Dic i gael tŷ mewn stryd yn ymyl Howel Street ym Mehefin, a chan na fwriadai ddychwelyd i'r Gogledd, anfonodd am ei wraig a'i blant a'i ddodrefn yn ddi-oed. Erbyn hynny, gweithiai'r ddau gyfaill gyda'i gilydd mewn tir caled a gallent yno ddefnyddio'u medr fel chwarelwyr ac ennill gwell cyflog nag fel labrwyr. Tyllu â chŷn a thanio a chlirio ysbwrial yr oeddynt, gan

yrru 'heding caled'—'lefel' yn eu hiaith hwy yn y chwarel
—o un wythïen i un arall ryw dri chant o lathenni i
ffwrdd. Edrychid arnynt fel gweithwyr arbennig tra
oeddynt wrth y gorchwyl hwn a mwynhaent wyth awr yn
lle naw awr a hanner o shifft. Teimlai'r ddau'n llawer
hapusach yn awr.

O ddydd i ddydd fel y siaradai Dic am ei wraig Siân neu
am un o'i blant, dwysâi eiddigedd Idris ohono, a hiraethai
fwyfwy am ei aelwyd ei hun. Dim ond dwywaith, pan
oedd gartref tros y Nadolig ac yna tros y Pasg, y gwelsai
ei faban Ifan, a anwyd ym Medi, ac er bod llythyrau Kate
yn rhai aml a llawn, dyheai ei lygaid am wylio'r bychan yn
tyfu a'i glustiau am glywed ei barabl di-eiriau. Yr oedd yn
hapus iawn yn nhŷ William Jenkins, ond ychydig a welai
ar ei hen bartner Bob Tom yn awr. Am ddau reswm:
gweithiai hwnnw ar y shifft nos ers tro, a syrthiasai tros
ei ben mewn cariad. Bob gyda'r nos, rhuthrai'r hen lanc
tybiedig i weld ei 'wejan'.

Mehefin, Gorffennaf, Awst—ond nid oedd argoel y
deuai diwedd buan ar y streic. Câi Idris lythyrau oddi
wrth ei dad a gyrrai Dan gopi o'r *Gwyliwr* iddo bob dydd
Gwener. Dilynai'n eiddgar adroddiad y papur o'r areithiau
yn y cyfarfod wythnosol, gan weld a chlywed Robert
Williams a J.H. ac eraill ar lwyfan y Neuadd. Ond fel y
treiglai'r wythnosau a'r misoedd ymlaen, ni thaniai ei
ddychymyg wrth iddo ddarllen yr anerchiadau. Yr oedd
yr arweinwyr mor ddiffuant ac mor benderfynol ag
erioed, ond anodd oedd iddynt droi'r un geiriau yn fflam
huodledd o Sadwrn i Sadwrn. Gwnaent ymdrech deg, yr
oedd yn amlwg, a chaent amrywiaeth yn y cyfarfodydd
drwy wahodd gwŷr fel Keir Hardie a Mabon ac aelodau
blaenllaw o Undebau Llafur Lloegr iddynt, ond wedi un

mis ar hugain o streic, nid hawdd oedd ymfflamychu. Erbyn hyn troesai brwdfrydedd yn gyndynrwydd, a'r sêl gynnar yn benderfyniad tawel. Aethai byddin allan i ennill buddugoliaeth, ond llithrai brawddegau fel 'peidio ag ildio' a 'sefyll yn gadarn i'r diwedd' yn amlach i'r areithiau yn awr. O du awdurdodau'r chwarel nid oedd ond tawelwch dwfn.

Yr oedd rhes o dai newydd yn cael eu hadeiladu uwchlaw Pentref Gwaith, a chawsai Idris addewid am un ohonynt. Byddai'r tŷ'n barod erbyn diwedd Medi, a gwyddai y neidiai eraill at y cynnig os dymunai ef gael gwared ohono a dychwelyd i'r Gogledd. Pan feddyliai am droi'n ôl i Lechfaen, gwyddai y byddai'n chwith ganddo ar ôl bywyd eiddgar, cyffrous y De a'i bobl fercurial, gynnes, garedig. Bu'r gaeaf a aethai heibio yn addysg iddo. Pregethwyr mwyaf y genedl, darlithwyr gorau'r wlad, siaradwyr huotlaf gwleidyddiaeth, rhai o ddysgedigion enwocaf Lloegr, cantorion, actorion, gwŷr digrif—deuent oll i'r Cwm yn eu tro a thyrrai torfeydd i gapel neu neuadd i wrando arnynt. Ac mewn cymanfa ac eisteddfod ac oratorio, gwefreiddiai cân y bobl gerddgar hyn bob gwrandawr. Collai Idris hefyd y dadlau chwyrn yn y pwll, ynghylch Robert Owen a Karl Marx un ennyd a'r ennyd nesaf ynghylch rhagoriaethau W. J. Bancroft neu Gwyn Nicolls neu Dicky Owen neu eraill o wroniaid y bêl hirgron. Gwenodd wrth gofio bod Dic Bugail bellach mor ffyrnig â neb yn yr ymrafaelion hyn. Yn ffyrnicach weithiau, oherwydd wrth ddychwelyd yn fuddugoliaethus o Abertawe ym mis Mawrth, gorfoleddodd gymaint uwch darostyngiad Iwerddon nes i Jerry O'Driscoll benderfynu'n sydyn ei ddarostwng yntau. Ond chwarae teg i Jerry, fe gynorthwyodd i gario Dic adref o'r orsaf pan gyrhaeddwyd Pentref Gwaith.

'Wel, Id, mae'r amser yn mynd ymlaen, fachgan,' meddai Dic yn yr heding un amser cinio yng nghanol Awst. 'Un mis ar hugian bron, rŵan, yntê?'

'Ia. Doedd neb yn meddwl y basa hi'n para cyhyd. Mae hi'n o ddrwg arnyn nhw yn Gwynfa erbyn hyn, mae arna' i ofn, er bod 'Nhad a Mam yn trio swnio'n ddewr. A druan o F'ewyrth John tros y ffordd, a Ceridwen, 'i ferch o, mor wael.'

'Mi wnaeth dy frawd Llew yn gall i fynd i'r môr, on'd do?'

'Do, am wn i, wir, a dim argoel setlo. Sut longwr wnaiff o, wn i ddim, ond mae o'n cael bwyd a thipyn o gyflog a gweld y byd. Mae'n rhyfadd meddwl am Llew ymhell dros y môr, fachgan.'

'Rwyt ti'n o bryderus ynghylch y llall, on'd wyt?'

'Gwyn? Ydw, wir. Mae Kate yn 'i weld o'n llwyd ac yn dena' iawn ac yn deud 'i fod o'n cael poena garw yn 'i gymala. Mi fuo yn 'i wely am dros wythnos dipyn yn ôl.'

'Cryd cymala?'

'Ia, medda'r doctor. Mae llawar o blant yn diodda oddi wrtho fo pan fyddan nhw heb gael digon o fwyd maethlon. Mae Kate yn 'i hudo fo am bryd o fwyd i'r tŷ 'cw bob cyfla gaiff hi. Fuo fo 'rioed yn gry', wsti.'

'Be' mae'r Doctor yn 'i ddeud?'

'O, mae o wedi ordro'r peth yma a'r peth arall iddo fo.'

'Hy, gwaith hawdd ydi ordro.'

'Na, chwara teg iddo fo, mae Doctor Roberts yn dallt y sefyllfa ac yn hen foi reit feddylgar.'

'Ydi dy fam yn medru cael rhai o'r petha i'r hogyn?'

170

'Ydi, y rhan fwya'. Sut, wn i ddim yn y byd. Mae'n rhaid 'u bod nhw'n hannar llwgu i fedru'u fforddio nhw.'

'Ond mae dy frawd Dan yn medru helpu tipyn arnyn nhw, on'd ydi?'

'Y . . . ydi. Ydi, wrth gwrs. Ydi, debyg iawn. Ydi, mae Dan yn helpu tipyn.'

'Pam wyt ti'n swnio mor . . . mor ffwndrus, Id?'

'Ynglŷn â Dan? O, Kate sy wedi cael y syniad i'w phen nad ydi o ddim yn helpu fel y dyla fo. Mae hi a'r hogyn wedi ffraeo, mae arna' i ofn. Deud 'i fod o wedi dechra yfad.'

'Dan?'

'Ia. Ond efalla' mai codi bwganod mae Kate. Wedi'r cwbwl, mae o'n ifanc ac wedi'i siomi'n o arw wrth gael 'i dynnu o'r Coleg . . . a . . . a . . . ond dyna fo, mae Kate yn un go fyrbwyll 'i barn weithia.'

'Be' . . . be' wyt ti'n feddwl wnei *di*, Id?'

'Ynglŷn â mynd yn f'ôl i'r chwaral?'

'Ia.'

'Mi arhosa' i nes bydd y tai newydd 'na'n barod cyn penderfynu. Os na cheir diwadd yr helynt erbyn hynny, yna troi'n Hwntw y bydda' inna, ac i goblyn â'r chwaral. Efalla' y daw rhwbath o'r cwarfod mawr ddiwadd y mis 'ma.'

'Mae Huw 'Sgotwr a Wil Sarah am fynd i fyny i gael bod yn y cwarfod.'

'Ydyn, a'r hogia sydd yn Nhre-glo. Mi fydd 'na gan-noedd yno. Roedd Kate isio i minna ddŵad. Ond mae'n well imi gadw pres y trên yn fy mhocad a'u defnyddio nhw i fynd i fyny i nôl y teulu yn nes ymlaen, os mai i hynny y daw hi.'

'Ond . . . ond be' *fedran* nhw wneud yn y cwarfod ddiwadd y mis?'

'Wn i ddim.' Agorodd Idris ei 'jac' i yfed ac ysgydwodd ei ben yn araf. 'Wn i ddim, wir.'

'Pam maen nhw'n gwneud cymaint o ffys yn 'i gylch o 'ta?'

'Wel, fel y gwyddost ti, mae 'na ddigon o bobol yn beio'r Pwyllgor am beidio â symud i roi diwadd ar yr helynt. Ond gan fod yr awdurdoda mor ffroenuchal ac yn gwrthod cyfarfod cynrychiolwyr na chanolwyr na neb, mae dwylo'r Pwyllgor wedi'u clymu.'

'Does 'na ddim ond un ffordd allan, ac rydw i wedi deud hynny ar hyd y beit.'

'A be' ydi honno?'

'Mynd i'r chwaral yn un giang a llusgo pob Bradwr oddi yno a'u rhoi nhw dros 'u penna yn Llyn Bach.'

'Efalla' mai plismyn a milwyr fasa'n rhoi "giang" yn y llyn, 'ngwas i. Ne' yn y jêl. Mi wyddost be' ddigwyddodd ddechra'r flwyddyn ar ôl i bobol dorri ffenestri a chodi twrw nos Calan. Cyn diwadd yr wsnos roedd 'na gant a hannar o blismyn a chant a hannar o sowldiwrs, rhai ar draed, rhai ar geffyla, yn Llechfaen. Na, ddaw hi ddim y ffordd yna, Dic.'

'Ddaw hi ddim drwy gynnal cwarfodydd a deud yr un peth drosodd a throsodd chwaith. *Gwneud* rhwbath, nid malu awyr, sy isio.'

'Dyna'n hollol be' mae'r rhai sy'n beirniadu'r Pwyllgor yn ddweud . . . Wel, gwneud be'?'

'Stopio'r Bradwyr 'na rhag mynd at 'u gwaith. Petawn i yno mi faswn i'n mynd â byddin o ddynion, pob un â fforch ne' rwbath yn 'i law, i lôn y chwaral un pen bora . . .'

'A'r bora wedyn mi fasa 'na gatrawd o filwyr yn saethu'r ffyrch o'ch dwylo chi. Ac mi fasa Dic Bugail a llu o rai tebyg, pe baen nhw'n fyw, yn y jêl cyn cinio. Waeth iti fod yn onast ddim, doeddat ti fymryn callach ar ôl colli dy dempar 'Dolig.'

'Ond mi ddois i'n rhydd, on'd do?'

'Mi gollaist ddyddia o waith i lawr yma, 'ngwas i.'

'Do, ond . . . Diawch, 'tawn i wedi cael gafael ynddo fo . . .'

'Lwc na chest ti ddim, ne' yn y jêl y basat ti hyd heddiw efalla'.'

At un hwyr yn niwedd y flwyddyn y cyfeiriai Idris. Ymunodd Dic, a oedd gartref tros y Nadolig, â'r dyrfa arferol a âi i gyfarfod y plismyn a'r Bradwyr ar eu ffordd o'r chwarel. Yn sydyn, gwelodd Twm Parri, a gadawodd y dorf i ofyn iddo pa hwyl a oedd arno. Troes hwnnw fel un a welsai ysbryd, a dihangodd am ei fywyd dros y clawdd ac ar draws cae yn ei ôl tua'r chwarel. Gafaelodd dau blisman yn Dic, ac er y bwriadai droi'n ei ôl i'r De y bore wedyn, bu raid iddo aros gartref am bedwar diwrnod arall, i fynd o flaen yr Ynadon. Dim ond gofyn yn garedig sut yr oedd yr hen Dwm a wnâi, meddai, a gwnaeth ei wyneb diniwed argraff ddofn ar yr Ynadon.

'Fydd dy dad yn siarad yn y cwarfod, Id?'

'Fo fydd yn cynnig y prif benderfyniad fel arfar, mae'n debyg.'

'Pa benderfyniad fydd hwnnw tybad?'

'I sefyll yn gadarn, mae'n siŵr. Gan fod cymaint o feirniadu ar y Pwyllgor ac o siarad yn 'i gefn o, mae'n bryd cael barn y dynion fel corff o weithwyr unwaith eto. Fe fydd cannoedd gartra ar gyfar y 'Steddfod Genedlaethol, ac os oes gan rai ohonyn nhw ryw gynllun i'w gynnig, wel, dyma gyfla iddyn nhw. Hawdd iawn ydi grwgnach yn slei a beio'r Pwyllgor. Dyna oedd Huw 'Sgotwr yn 'i wneud y noson o'r blaen ar y ffordd 'na, ond pan ofynnis i iddo fo be' wnâi *o* i roi terfyn ar yr helynt, mi gaeodd 'i geg a throi'r stori.'

'Y coblyn ydi bod y Bradwyr yn cynyddu. Chwe chant o'r tacla rŵan, yntê?'

'Ia, tua chwe chant. Ond dydi 'Nhad ddim yn swnio'n bryderus iawn, ddim yn meddwl yr ân nhw lawar yn fwy. Ac er bod y Bradwyr gymaint ddwywaith ag oeddan nhw, cnwd bach o lechi maen nhw'n droi allan o'r chwaral. Roedd y rhan fwya' o'r rhai aeth yn ôl yn cloffi rhwng dau feddwl ers tro.'

'Ond mae chwe chant yn dorf go fawr, Id. Faint sy yn Llechfaen?'

'Dim ond rhyw gant, yr ydw i'n dallt. Amball i le bach fel Llaniolyn a Thregelli sy waetha', yn ôl pob hanes. Mae 'na dros gant yn Nhregelli, bron bawb yn y lle, am wn i.'

'Dros gant, oes 'na?'

Poerodd Dic yn ffyrnig ac yna sychodd ei wefusau â chefn ei law, gan anghofio mai mewn pwll glo ac nid yn y chwarel yr oedd. 'Dylanwad Stiwardiaid a rhai fel John Huws Contractor sy'n byw yno. Petawn i yn Llechfaen, mi faswn i'n mynd â byddin i lawr i Dregelli un noson a . . .'

'Tyd yn dy flaen i glirio'r rwbal 'ma.'

Soniai Idris a Dic Bugail lawer am y cyfarfod fel y nesâi diwedd Awst, ac er y ceisiai Idris swnio'n ddifater yn ei gylch, hyderai'n ddistaw bach y tarddai rhyw gynllun newydd ohono. Y gwir oedd bod ei hiraeth am ei gartref a'i deulu ac am y chwarel yn cryfhau bob dydd, ac er na welai, yn ei funudau callaf, lygedyn o obaith yn y

174

cyfarfod, fe'i twyllai ei hun yn freuddwydiol pan feddyliai am Kate a'r plant a'r tŷ yn Nhan-y-bryn. 'Ond be' *fedran*' nhw wneud?'—curai cwestiwn Dic yn ddidrugaredd yn ei feddwl a gwyddai mai ynddo ef yr oedd calon y gwir. Ond efallai ... a chyn cysgu'r nos, gwenai'n dawel wrth ddychmygu ei weld ei hun yn dringo Tan-y-bryn yn yr hwyr ac Ann a Gruff yn rhedeg i'w gyfarfod a Kate ar ben y drws yn ei ddisgwyl. Efallai ...

Rai dyddiau cyn y cyfarfod, derbyniodd lythyr oddi wrth ei dad yn rhoi iddo'r penderfyniad a gynigiai ef ar ran y Pwyllgor—eu bod yn gofyn i'r awdurdodau a fyddent yn fodlon i'r dynion geisio gwasanaeth Mr Balfour, y Prif Weinidog, neu Arglwydd Rosebery, neu'r ddau i gymodi rhwng y pleidiau. 'Hy,' meddai Dic Bugail yn y pwll drannoeth, "tasa'r Bod Mawr 'i hun yn barod i drio, wyt ti'n meddwl y basa rhai fel Price-Humphreys yn rhoi croeso iddo? "Mi fedrwn ni edrach ar ôl ein busnas yn iawn ein hunain, thenciw,"—dyna fasa Fo'n gael ganddyn nhw, 'ngwas i. Mi fasa'n well o lawar iddyn nhw fartsio o'r cwarfod hefo ffagla a rhoi tŷ pob Bradwr ar dân.'

Pan gyrhaeddodd *Y Gwyliwr*, agorodd Idris ef yn eiddgar, ond siomwyd ef ar unwaith pan ddechreuodd ddarllen hanes y cyfarfod. 'Prin y gellir dweud,' meddai'r frawddeg gyntaf oll, 'i'r cyfarfod hirddisgwyliedig yn Llechfaen newid dim ar y sefyllfa.' A gwyddai fel y darllenai ymlaen mai gwir y gair. Rhoes Robert Williams unwaith eto grynodeb clir o'u ceisiadau—hawl i'w Pwyllgor, cael y dynion a drowyd ymaith wedi'r streic ddiwethaf yn ôl i'r chwarel, defnyddio'u hawr ginio heb ymyrraeth, sicrwydd cyflog, dileu trefn y 'contracts', gwellhad yn ymddygiad amryw o'r swyddogion, mynd yn ôl gyda'i gilydd pan ddeuai terfyn yr helynt—a darllenodd delegram o bob rhan o'r De ac o Raeadr a Lerpwl ac Ashton-in-Makerfield a Manceinion a lleoedd eraill, pob un yn mynegi penderfyniad cryf y dynion ar wasgar a'u ffydd yn noethineb y Pwyllgor. Yna, wedi i amryw areithio, rhai yn ddwys a phwyllog, rhai yn uchel a thanbaid, cyflwynodd Edward Ifans y prif benderfyniad a phasiwyd ef yn unfrydol. Canwyd 'O fryniau Caersalem . . .' gydag arddeliad, ac yna troes y dorf yn dawel tua'u cartrefi. Gwelai Idris ei dad yn dringo Tan-y-bryn, a'i ysgwyddau'n crymu tipyn fel pe dan faich ei bryder, a'i wyneb tenau, llinellog, yn welw wedi i gyffro'r cyfarfod fynd heibio. A gwelai ei fam, cyn gynted ag y clywai hi sŵn troed ei gŵr tu allan i'r drws, yn tywallt dŵr ar y tebot ac yn brysio i dynnu'r gadair freichiau at ben y bwrdd. Eisteddent wedyn wrth eu swper plaen, a thu ôl i'w siarad ac i'w meddyliau, mewn huodledd mud, y cadeiriau gwag, heb chwerthin Megan na myfyrdod Dan na pharabl bachgennaidd Llew. Aethai Gwynfa yn bur dawel erbyn hyn.

Cyrhaeddodd *Y Gwyliwr* y Sadwrn ar ôl y cyfarfod, a darllenodd Idris ef y prynhawn hwnnw. Yna, ar ôl te, trawodd y papur yn ei boced i fynd ag ef i dŷ Dic Bugail. Yr oedd ar gychwyn pan alwodd Jerry O'Driscoll.

'Well, Idris, my boyo, if it's a house ye're wantin', I've got it for ye.'

'Oh! Where?'

'Next door to me. "Pleasant Row" they call it, the perishin' liars. Divil a bit pleasant it is, but you can't go pickin' and choosin' these days, can you now? Ike James, the landlord, is a great pal of mine, and if it's Jerry O'Driscoll that's

176

askin' him for the house, then it's Jerry O'Driscoll will be havin' it.'

'But I've been promised one of the new houses on the Twyn, Jerry, and they'll be ready by the end of the month.'

Chwarddodd y Gwyddel. *'Begorra, at the rate they're goin' at 'em, it's by the Christmas after next they'll be finished. Workin' on the school playground down on the old Common, that's what I saw those builders doin' this week. Left the new houses to finish themselves off. So if you want a place till they're ready, Idris my boy, you say the word. Don't you be rushin' with your answer now. Take your time to think over it. I'll nip round to your heading Monday snap-time. Ay, Ike and me are as close as twins.'*

Diolchodd Idris iddo, ac aeth Jerry ymaith i gyfarfod Ike James ac eraill yn y Crown.

'Na'n wir, Idris,' meddai Myfanwy Jenkins pan soniodd ef am y peth wrthi. 'Mae'n well i chi aros tipyn eto nes bydd y tai newydd wedi'u cwpla. Mae Pleasant Row yn rhy agos i'r hen afon 'na.'

Ac ategwyd ei geiriau gan ei gŵr. 'Wy'n cofio'r afon 'na'n cwnnu un gaea',' meddai, 'ac yn llifo mewn i dai Pleasant Row. Odych chi'n cofio, Myfanwy? Y flwyddyn ganwyd Ieu oedd hi, ontefa?'

'Ond dim ond am ryw fis ne' ddau y baswn i'n byw yno,' dadleuodd Idris. 'Mi fydda' i'n symud i'r tŷ newydd cyn gynted ag y bydd o'n barod. Roedden nhw wedi addo'u gorffen nhw cyn diwadd y mis 'ma, ond, yn ôl Jerry, maen nhw'n gweithio ar ryw iard-ysgol yr wsnos yma. Pam goblyn nad ân nhw ymlaen â'r gwaith?'

'Caffed amynedd ei pherffaith waith,' meddai William Jenkins. 'Pidwch â mynd i Pleasant Row, Idris.'

'Ddim am ryw fis ne' ddau?'

'Ddim o gwbwl. Gwedwch chi fod y tai newydd heb 'u cwpla am dri mis arall a bod llifogydd yn dod i'r afon 'na . . .'

'Ie, wir, Idris,' meddai Mrs Jenkins. 'Ac wy' am i'ch gwraig chi gael argraff dda o Bentref Gwaith pan ddaw hi lawr. Mae'n bert ar lan y Twyn, ond ddim wrth yr afon 'na. 'S mo fi'n snob, ond charwn i ddim byw ar bwys rhai o'r bobol sy yn Pleasant Row.'

Cytunodd Idris ac addawodd mai nâg a roddai i Jerry O'Driscoll ddydd Llun. Yna brysiodd i dŷ Dic Bugail i roi'r copi o'r *Gwyliwr* iddo. Bu raid iddo aros yno i sgwrsio a swpera, a phan soniodd wrthynt am y tŷ yn Pleasant Row, cynghorai Dic a Siân ef i wrthod y cynnig ar unwaith. Cyn troi tuag adref, aeth gyda'r fam a'r tad ar flaenau'i draed i fyny'r grisiau i gael cip ar y plant yn eu gwelyau. 'Injan' oedd popeth gan y lleiaf, Huw, a chysgai ef â'i fraich am un fawr bren. Gwlithodd llygaid Idris wrth syllu arno: cofiai mai felly bob nos am fisoedd lawer y cysgasai ei fachgen yntau, Gruff, ac nad oedd wiw ei roi yn ei wely heb ei beiriant pren.

Yn lle mynd yn syth i Howel Street, crwydrodd yn hiraethus dan olau'r lloer i fyny'r Twyn am dro. Oedodd wrth y tai newydd ac yna mentrodd drwy ddrws di-ddrws y pedwerydd. Oedd, yr oedd llawer o waith arno eto ac ni fyddai'n barod am wythnosau. Twt, efallai mai codi bwganod yr oedd William Jenkins a'i wraig. Llifogydd? Hy, y flwyddyn y ganwyd Ieuan oedd hynny, ac yr oedd ef yn un ar bymtheg erbyn hyn. Y bobl? Wel, gwir fod yr hen Jerry'n un garw a swnllyd, ond petai gan bawb galon

178

fel ei galon ef, fuasai'r hen fyd 'ma ddim yn un anodd byw ynddo. Yr awyrgylch? Fe ddeallai Kate mai dim ond am ysbaid y byddent yno, a gallai hi droi tŷ, hyd yn oed yn Pleasant Row, yn ddarn o Baradwys.

Ond fel y cerddai yn ôl i lawr y Twyn, gwanhâi'r dadleuon hyn ym meddwl Idris. Ia, William Jenkins a'i wraig a oedd yn iawn: ni ddylai Kate a'r plant gael eu siomi ym Mhentref Gwaith drwy fyw, hyd yn oed am fis, mewn stryd dlawd a swnllyd fel Pleasant Row. Penderfynodd feithrin amynedd.

Bore Llun yn y gwaith yr oedd Dic yn fwy huawdl nag arfer. Darllenasai hanes y cyfarfodydd yn Llechfaen ac edrychai braidd yn wawdlyd ar bopeth ond y prif areithiau.

'Hy,' meddai, 'mae'n ddigon hawdd i Now'r Wern weiddi am sefyll yn gadarn. Mae o'n cael arian da tua Lerpwl 'na a'i wraig o'n byw hefo'i rhieni, heb orfod talu dimai o rent iddyn nhw. "Mae'n traed ni ar y graig," medda fo. Craig o arian, Id, os ydi'r hyn glywis i am Dafydd Ellis, 'i dad yng nghyfraith o, yn wir. A dyna ti Harri Bach Pen Lôn, yr hen geg fawr. Mi fuo'n llyfu ac yn cynffonna isio cael 'i wneud yn farciwr cerrig pan oedd o ym Mhonc Boni, ond pan fethodd o, dyma fo'n troi'n rebal cegog. *Sour grapes*, 'ngwas del i, *sour grapes*. A dyna ti Jac Sir Fôn . . .'

'Ddarllenaist ti areithia Robat Williams a J.H. a 'Nhad?' gofynnodd Idris.

'Do, debyg iawn, ond . . .'

'Ac un Ifan Pritchard?'

'Do, yr oedd un yr hen Ifan yn fendigedig, on'd oedd? Ond . . .'

'Ac un Richard Owen, Fron?'

179

'Do. Dyn da ydi Richard Owen, yntê? Ond mae rhyw dacla cegog fel Harri Bach Pen Lôn yn fy ngyrru i'n gacwn.'

'Sylwada'r lleill sy'n bwysig, Dic. Dynion tawal a gwaelod ynddyn nhw, fel yr hen Ifan Pritchard a Richard Owen, sy'n ymladd dros egwyddor fawr—urddas gweithiwr fel gweithiwr ac fel dyn. A thra bydd rheini'n sefyll yn gadarn, mi fedrwn gymryd sŵn rhai fel Harri Pen Lôn am 'i werth. Petawn i'n ddyn rhydd, heb wraig na phlant, mi faswn i'n gyrru hannar fy nghyflog bob wsnos i'r Gronfa ar ôl darllan anerchiad syml yr hen Ifan. Ac mi fydd isio pob dima arnyn nhw cyn hir, mae arna' i ofn. Efalla' y bydd raid iddyn nhw ddal i ymladd am fisoedd eto, ac fe ddaw'r gaea' ar 'u gwartha' nhw yn fuan iawn.'

'Petawn i'n ddyn rhydd, mi faswn i'n malu ffenestri pob Bradwr yn y lle ac yn dengid i 'Mericia ne' rwla wedyn.'

Bu tawelwch rhyngddynt am awr neu ddwy, ac yna daeth y shotsman heibio i danio'r tyllau a dorrwyd ganddynt. Eisteddodd y ddau wedyn ar ochr yr heding i fwyta cyn clirio'r ysbwrial yn y prynhawn.

'Diawcs, mae gan Dafydd 'cw feddwl ohono'i hun y dyddia yma, fachgan,' meddai Dic fel yr agorai ei dun bwyd.

'O?'

'Mae o yn yr Ysgol Fawr, yn Standard Wan, rŵan ac yn goblyn o foi yn 'i dyb 'i hun.'

'Ydi, mae'n debyg.' Yr oedd tôn Idris braidd yn sych. Dringasai Gruff hefyd i'r Ysgol Fawr yn Llechfaen, ond ni welsai ei dad mohono ar ôl i hynny ddigwydd.

'Rydan ni wedi bod yn lwcus hefo'n cymdogion, mae'n rhaid imi ddeud,' meddai Dic ymhen ennyd.

'O?'

'Do, wir, fachgan. Mae Mrs Price am ofalu am Huw ddydd Sadwrn.'

'I be'?'

'Ddeudis i ddim wrthat ti? Mae Siân a finna' am fynd â'r ddau arall ar y sgyrsion i Gaerdydd. Ac os bydd hi'n braf, efalla' yr awn ni ar un o'r llonga 'na sy'n croesi'r Sianel. Mae Siân wrth 'i bodd i lawr yma, fachgan. A'r plant hefyd o ran hynny.'

Parablodd Dic ymlaen yn ddifeddwl yn y tywyllwch, heb weld yr ing yn wyneb ei gyd-weithiwr. 'Ac os bydd hi'n bwrw ddydd Sadwrn, mi awn ni i'r sioe fwystfilod 'na sy yng Nghaerdydd yr wsnos yma. Mae Dafydd yn sâl isio cael reid ar yr eliffant . . . Hylô, pwy ydi hwn?'

Nesâi lamp drwy'r heding: cryfhâi, hefyd, lais ei pherchennog.

'*The minshtrel bho-oy to the warr has gone . . .*'

'*Jerry,*' meddai Dic.

'*Well, Idris, my boyo, have ye made up your mind?*' gofynnodd y cawr pan ddaeth atynt.

'*Yes, Jerry, I've thought it over.*'

'*Good, I'll be seeing Ike James tonight.*'

'*Tell him I'd like to take the house for a month or two.*'

'Ond, Id, yr oeddat ti'n deud neithiwr . . .'

'Fy mhotas i ydi hwn, Dic. *If he'll let me have it, Jerry.*'

'*"If"? Yours it is, my boyo. Ike and me are butties, and if it's his pal Jerry that's askin' him a favour, it wouldn't be in him to say "No".*'

'Ond gwranda, Idris . . .'

'*Right, Jerry. When will you let me know?*'

'Yli, Id, dydi o ddim o 'musnas i, ond . . .'

'*Tonight, Jerry?*'

181

'Ay, it's call round your place on my way home tonight I will to let you know it's all settled.'

'Yli, Id, wyt ti'n siŵr dy fod ti'n gwneud y peth doeth? Neithiwr yr oeddat ti'n . . .'

'And sure 'tis the wise thing ye're doin',' meddai Jerry, fel petai'n deall geiriau Dic yn reddfol. *'Clane lost ye must feel without your wife and children.'*

Tawedog iawn fu'r ddau chwarelwr wedi iddynt ail-gydio yn eu gwaith. Sylweddolai Dic mai ei glebran ef a oedd wrth wraidd penderfyniad sydyn Idris, a chyn hir aeth y rhawio diymgom yn fwrn arno.

'Idris,' meddai, a dram yn llawn a'r haliar a'i geffyl heb gyrraedd i'w dwyn ymaith, *'mae'n* ddrwg gin i, 'r hen ddyn.'

'Drwg? Am be'?'

'Na faswn i wedi rhoi cwlwm ar y tafod 'ma sy gin i. Malu am Siân a'r plant, a thitha'n hiraethu am Kate a Gruff ac Ann a'r baban. Ond ydw i'n hen lembo gwirion? Gwranda, Id, os newidi di dy feddwl mi a' i i dŷ Jerry heno i ddeud wrtho fo.'

'Paid â dychmygu petha, Dic. Yr ydw i'n falch o gael y tŷ am dipyn, 'ngwas i.'

'Ond neithiwr yr oeddat ti'n . . .'

'Dyma fo Jim yn dŵad.' A chychwynnodd Idris i gyf-arfod yr haliar, fel petai'n falch o esgus i dorri'r sgwrs yn fyr.

Cyn diwedd Medi yr oedd Idris a'i deulu yn y tŷ yn Pleasant Row, ac er bod y stryd yn un dlawd a rhai o'r cymdogion yn uchel eu sŵn, yr oeddynt yn hapus gyda'i gilydd unwaith eto. Nid oedd Pleasant Row yn enw da ar yr heol; yn wir, hawdd oedd credu'r farn gyffredin ym Mhentref Gwaith mai gwatwareg greulon oedd ei galw

182

felly. Dringai'r deg ar hugain o dai yn un rhes serth o'r afon i fyny i lethr foel, farworllyd, a syllai ffenestri bychain y ffrynt ar y tip a'r lofa uwchben. Pan chwythai gwynt cryf o gyfeiriad y pwll, doeth oedd cadw'r drysau a'r ffenestri ynghau hyd yn oed ym mhoethder haf, ac ni hongiai gwraig ddillad ar y lein ar y dyddiau hynny. Tai culion oeddynt—dwy ystafell, y gegin a'r parlwr, un bob ochr i'r drws ffrynt, ac ystafell wely uwchben pob un—a chan mai tŷ Idris oedd yr isaf, nid oedd ond tamaid o ardd ac yna lwybr ac wedyn ychydig lathenni o dir cleiog rhwng ei dalcen a'r afon. Ceisiai'r awdurdodau gadw'r clwt hwnnw'n glir rhag y tuniau a'r potiau a'r ysbwrial a deflid yn gyfrinachol i'r afon, ond pan wneid ymholiad weithiau, codai pawb eu haeliau mewn diniweidrwydd herfeiddiol.

Buan yr edifarhaodd Idris am ddwyn ohono'i wraig a'i blant i Pleasant Row. Y drws nesaf iddynt, trigai Jerry a'i wraig enfawr, Molly, a'u haid o blant. Pa faint oedd nifer y plant, ni wyddai Idris yn iawn—deuddeg, yn ôl Jerry, ond a barnu oddi wrth eu sŵn, yr oeddynt yn ddeugain o leiaf—ac ym mhle y cysgai'r fath genfaint mewn tŷ mor fychan a oedd yn ddirgelwch i'r gymdogaeth oll: rhoi eu hanner allan efo'r gath bob nos a wnâi Molly, yn ôl Jim yr Haliar. Ambell noson, rhwng rhuadau Jerry ac ysgrechau'i wraig a gwawchiau a nadau'r plant, yr oedd y sŵn yn fyddarol, ac weithiau, pan na fyddai'r tad na'r fam yn sobr iawn, câi'r ddau ddifyrrwch yn taflu darnau o'r dodrefn at ei gilydd. Wedi tawelwch Tan-y-bryn, yr oedd y lle hwn fel Bedlam i Kate.

Prif adloniant y gwragedd oedd clebran, a threuliai Molly O'Driscoll, er enghraifft, y rhan fwyaf o'i dydd ar ben ei drws neu o dŷ i dŷ yn rhoi'r byd a'r betws yn eu lle.

Yn eiddgar am fod yn gwrtais a chyfeillgar ymhlith ei chymdogion newydd, gwrandawodd Kate arni am ddwy awr ar ddau o'r boreau cyntaf, ond wedi hynny dangosodd fod yn well ganddi fynd ymlaen â'i gwaith na hel straeon. O, merch ffroenuchel, ai e? meddai Molly wrthi'i hun, ac aeth ymaith i gyhoeddi'r newydd wrth rai o'i chyfeillion. Pa bryd y câi'r Wyddeles a'i thebyg amser i baratoi bwyd i'w thyaid o blant ac i'w gŵr pan ddôi ef adref o'r gwaith, ni allai Kate ddyfalu: yr oedd hi ar ben y drws neu'n clepian wrth wal y cefn neu yn nhŷ rhywun o fore tan nos. Nage, tan yr hwyr, oherwydd âi hithau, fel Jerry, yn bur rheolaidd i'r Crown, gan adael y plant ieuangaf yng ngofal y rhai hynaf.

Ond er y llwch a'r blerwch a'r sŵn i gyd, yr oedd Kate yn hapus. Galwai Siân, gwraig Dic Bugail, a Myfanwy Jenkins a rhai o wragedd y capel yn aml, a hoffodd bobl garedig Pentref Gwaith ar unwaith. Buan y dysgodd gadw tŷ i löwr yn hytrach nag i chwarelwr, a chwarddai Martha Ifans yn Llechfaen wrth ddarllen ei llythyrau am oruchwyliaeth y 'twbyn' a phethau tebyg. Unwaith y caent eu dodrefn i mewn i'r tŷ ar y Twyn, gwyddai Kate y byddai hi a'i theulu ar ben eu digon. O, am gael dianc o olwg ac o aroglau'r afon fudr gerllaw!

Yna, yng nghanol Hydref, daeth y glaw.

'Gobeithio nad ydi hi ddim fel hyn yn y Sowth,' meddai Martha Ifans ddydd ar ôl dydd fel y syllai ar y glaw yn ymdywallt tros Lechfaen, 'a nhwtha'n byw mor agos i'r hen afon 'na.'

'O, y mynyddoedd 'ma sy'n tynnu'r glaw,' meddai ei gŵr i'w chysuro.

Ond yr *oedd* yr un fath ym Mhentref Gwaith, a thros ddiwedd yr wythnos honno taflai Idris a Kate lygaid pryderus at yr afon a godai'n gyflym. Dydd Gwener a dydd Sadwrn a dydd Sul, tywalltai'r glaw i lawr yn ddibaid, ac erbyn nos Sul yr oedd y dŵr tros y clwt o dir rhwng y tŷ a'r afon a thros y rhan fwyaf o'r ardd. Penderfynodd Idris nad âi i'r gwaith drannoeth, ond peidiodd y glaw yn y nos a chiliodd y llif o'r ardd.

'Yr ydw i'n meddwl yr a' i i'r pwll wedi'r cwbwl, Kate,' meddai Idris pan gododd. 'Mae'r awyr yn ola uwch y Cefn heddiw. A mynd i lawr yn gyflym y mae'r afon.'

Bu ef a Dic yn tyllu'r graig am deirawr, ac yna taniwyd y tyllau gan y shotsman. Wedi iddynt lenwi'r ddram a safai gerllaw â'r ysbwrial, daeth yr haliwr i'w dwyn hi ymaith ac i roi iddynt un wag yn ei lle.

'Dydi hi ddim yn bwrw i fyny 'na, Jim, ydi hi?' gofynnodd Idris iddo.

'Bwrw! Yn 'i harllwys hi, bachan!'

'Sut y gwyddost ti?'

'Shwd y gwn i!' Chwarddodd yr haliar, heb sylwi ar y pryder yn llais Idris.

'Ia, sut y gwyddost ti?' Cydiodd y chwarelwr yn ffyrnig yn ei fraich.

'Hei, gan bwyll, Idris, bachan! Beth sy'n bod, w?'

'Sut y gwyddost ti 'i bod hi'n bwrw? *Dwed* wrtha' i, Jim, *dwed* wrtha' i.'

'Shwd y gwn i!' Daliodd yr haliar ei lamp uwch y ddram wag: disgleiriai'r gwlybni dan y llewych.

'Ers faint mae hi'n bwrw?'

'Ers dwyawr, siŵr o fod. 'Nawr gad weld 'nawr. Pan on i'n mynd â'r ddram gynta' i Dai Cardi . . .'

Ond gafaelodd Idris yn ei lamp a chychwyn ymaith drwy'r heding. 'Rydw i am ofyn caniatâd y *fireman* i fynd adra, Dic,' galwodd o'r tywyllwch.

Pan gyrhaeddodd Pleasant Row, gwelai i'r dŵr godi tros yr ardd eto, a llifai yn awr i mewn i'r tŷ. Yr oedd y plant yn y llofft a Kate wrthi'n brysur yn ceisio achub matiau a dodrefn y gegin a'r parlwr rhag difrod.

'Rŵan, Kate, i'r llofft 'na â chdi. Mi ofala' i am betha i lawr yma.'

'Ond mae'n rhaid iti gael bathio a newid a bwyta gynta', Idris. Mae gin i ddigon o ddŵr poeth, ond yn lle y medri di osod y twbyn, dyn a ŵyr.'

'Mi wna' i'n iawn os ei di i'r llofft at y plant. Ydyn nhw wedi dychryn?'

'Dychryn! Maen nhw wrth 'u bodd. Yr hwyl fwya' gafodd Ann a Gruff erioed!'

'Gorau'n y byd. Ond dos di i'r llofft, a thyn y 'sgidia a'r sana 'na ar y grisia.'

'Ond . . .'

'Paid â bod yn styfnig, 'r hen gariad. Cael annwyd wnei di os arhosi di i lawr yma. Neu rwbath gwaeth efalla'. Dos, Kate bach, dos, rŵan.'

Aeth Idris ati wedyn i ysgubo'r dŵr allan ac i wthio sachau a matiau yn erbyn y drysau. Yna ymolchodd orau y gallai, ac wedi newid, sychodd goed tân a glo ar y pentan cyn eu cludo i'r llofft. Tra goleuai Kate y tân, âi yntau i lawr i nôl tegell a thebot a llestri a bwyd. Ceisiai gofio am bopeth ar y siwrneiau hyn, ond bu raid iddo fynd i lawr yn amlach nag y bwriadai. Cyn hir berwai'r tegell ar grât y llofft, ac eisteddodd y teulu i fwyta'u cinio, y tad a'r fam wrth fwrdd bychan, Ann a Gruff ar y llawr.

''Rargian, hwyl, yntê!' meddai Gruff, gan gerdded i'r ffenestr â brechdan fawr yn ei law.

'Wel, ia, fachgan,' chwarddodd Idris. 'Dy dad yn cael dŵad adra'n gynnar o'r pwll a chditha'n cael 'sgoi'r ysgol, yntê'r hen ddyn? Mi gawn ni chwara' hefo'r injan hyd y llawr 'ma ar ôl bwyta, on' cawn?'

'Mae hi yn y gegin. Ga' i fynd i'w nôl hi, Tada?'

'Na, mi a' i, 'ngwas i.'

'O gadwch i mi fynd, imi gael cerddad drwy'r dŵr.'

Yr oedd y llif dros ris cyntaf y grisiau erbyn y prynhawn a thros yr ail ris erbyn amser swper. Ychydig a gysgodd Kate ac Idris y noson honno, ond gwrando'n ofnus ar y glaw didostur a dyfalu pa mor uchel oedd y dŵr ar y llawr islaw. Pan syrthiodd Kate i gysgu o'r diwedd, breuddwydiodd ei bod hi a'i baban yn ymdrabaeddu mewn llaid drewllyd ac yn suddo'n is ac yn is iddo bob ennyd, yn sŵn chwerthin gwatwarus Molly O'Driscoll a holl wragedd a phlant y stryd. Deffroes o'r hunllef yn chwys i gyd, a gwelai fod golau cyntaf y wawr yn y ffenestr. Cododd a thynnu'r llenni.

'Idris! Mae'r glaw wedi peidio!'

'Diolch i'r nefoedd am hynny. Mi a' i i lawr i weld pa mor uchal y mae'r dŵr.'

Gwisgodd yn frysiog ac aeth i ben y grisiau. Codai'r aroglau fel mwg bron o'r dŵr islaw: yr oedd mor gryf nes bod llygaid Idris yn chwilio'n reddfol amdano, gan dybio y gallent ei weld. Er i'r glaw beidio, ni chiliasai'r llif, a chyrhaeddai yn awr i ganol y trydydd gris. Aeth Idris drwyddo i gludo glo a choed tân i'r llofft ac i lawr wedyn i lenwi'r tegell ac ymofyn bwyd. Âi drwy'r dŵr yn droednoeth wedi torchi'i lodrau, a phob tro y dychwelai i bedwerydd gris y grisiau, sychai'i draed a'i goesau â hen liain cyn dringo'n ôl i'r llofft. Ond cyn hir byddai raid iddo fynd allan i nôl bara a llefrith ac angenrheidiau eraill.

A'r stryd mor serth, dim ond y ddau dŷ isaf, un Idris ac un Jerry, a orlifwyd. Aeth Jerry at ei waith fel arfer, a gyrrodd Molly y rhan fwyaf o'i phlant i'r ysgol drwy eu gwthio fesul un mewn twbyn o waelod y grisiau i'r heol. Gan fod amryw o gymdogion yn ei gwylio, mwynhâi'r ddynes enfawr y gorchwyl yn rhyfedd a gwaeddai sylwadau doniol ar ei theithiau yn ôl a blaen. Yn wir, pantomeim oedd y cwbl i Molly, ac y mae'n bur debyg na theimlai'r tŷ lawer yn futrach yn awr na chynt.

Araf iawn, oherwydd ambell gawod drom, fu enciliad y llif, a chaethiwyd y teulu yn y llofftydd am bedwar diwrnod hir. Hiraethai Ann a Gruff am gael mynd allan i chwarae, ac ar y trydydd prynhawn, sleifiodd Gruff i lawr y grisiau ac i'r stryd. A'i sanau a'i esgidiau'n wlyb, fe'i teimlai ei hun yn dipyn o arwr ymhlith y plant eraill, a dangosai ei wrhydri drwy gerdded yn dalog yn ôl i'r dŵr. Ni ddeallai pam na safai'i dad hefyd yn edmygu'r perfformiad yn lle ei gludo'n ddiseremoni i'r tŷ a'i dafodi am yr orchest.

'Yr ydw i'n gobeithio nad ydi'r gwlybaniaeth a'r oerni a'r arogl afiach wedi amharu ar iechyd Kate. Dydi hi ddim yn gryf, fel y gwyddoch chi, ac mae hi dan annwyd trwm yr wythnos yma . . .' Darllenodd Martha Ifans y darn yna o lythyr Idris drosodd a throsodd, gan daro'r ddwy ddalen yn ôl ar y silff-ben-tân gydag ochenaid bob tro. 'Piti iddyn nhw fynd i'r Sowth 'na,' meddai droeon wrth ei gŵr. 'Ond dyna fo, be' arall wnaen nhw a'r hen streic 'ma'n para mor hir? Gobeithio'r annwyl na fydd Kate ddim gwaeth, yntê, Edward? Mi fasa'n ofnadwy 'tasa hi'n mynd yn wael fel Ceridwen druan, tros y ffordd.'

'O, mae'r dŵr wedi mynd i lawr rŵan, medda fo, Martha.'

'Ydi a gadael 'i faw a'i ddrewdod ar 'i ôl yn y tŷ a thros yr ardd. Mae arna' i ofn yn fy nghalon y bydd Kate ne' Ifan bach yn cael rhyw afiechyd mawr. Gresyn na fasa Idris wedi aros i'r tŷ newydd fod yn barod.'

'Maen nhw'n symud yno ymhen 'thefnos, medda fo, cyn gyntad ag y bydd y plastar wedi sychu ar y walia.'

'Damp fydd y tŷ hwnnw hefyd, gewch chi weld. O'r annwyl, piti na chaen nhw ddŵad yn ôl i Dan-y-bryn i mi gael bod wrth law i helpu Kate druan.'

'Mi fedran droi'n ôl 'fory nesa' os mynnan nhw,' meddai Edward Ifans yn dawel.

'Be' ydach chi'n feddwl, Edward?'

'Os ydi Idris yn barod i dderbyn punt-y-gynffon.'

'Mi wyddoch nad oes 'na ddim perygl o hynny.'

Erbyn amser cinio yr oedd pryder Martha Ifans yn llethol.

'Edward,' meddai wrth osod y lliain ar y bwrdd, 'mae arna' i isio i chi sgwennu at Idris ar unwaith.'

'Ar unwaith? Pam?'

'I ddeud y do' i i lawr yno am dipyn os licith o.'

'Ond . . . ond mae'r trên yn . . . o gostus, Martha.'

'Mi gawn ni fenthyg yr arian yn rhwla.'

'Ymhle?'

'Os ydi Idris a Kate isio fy help i, mi ddown ni o hyd i arian y trên. Yr hogan druan—dydi hi fawr o beth i gyd—yn gorfod slafio i glirio'r llanast' a gofalu am dri o blant. Sgwennwch atyn nhw, Edward. Mi fedrwch chi ofalu am frecwast Gwyn ac mi ddaw Megan yma bob bora i llnau a gwneud tamaid o ginio i chi'ch dau.'

'O, fe wnâi Gwyn a finna'n iawn. Ond . . . ond arian y trên, Martha. Wn i ddim pwy fedrai roi benthyg rheini i chi.'

189

'Mr Jones, Liverpool Stores. Dim ond imi ddeud wrtho fo fy mod i am fynd i'r Sowth i helpu Kate, mi ga' i fenthyg dwybunt neu dair gynno fo ar unwaith. Y ferch ora' fuo gynno fo yn 'i siop erioed, medda fo wrtha'i droeon, bob tro y bydd o'n holi sut mae Kate yn dŵad ymlaen. Neithiwr ddwytha' wrth ddŵad o'r Seiat . . .'

'Mae byd yr hen Jones yn o fain bellach, cofiwch. Pryd y medar o gasglu'i ddyledion, dyn a ŵyr. Ac ychydig o'r Bradwyr sy'n prynu yno ar ôl iddo ddangos 'i ochor drwy roi arian droeon at y Gronfa. Piti na fasa fo wedi gwrando arna' i.'

'Ar be'?'

'Mi awgrymis i y basa'n well iddo fo roi'r arian yn ddienw. Diar, roedd 'na bedwar tu ôl i'r cowntar yn Liverpool Stores pan oedd Kate yno, on'd oedd? Rŵan, dim ond Jones 'i hun, ac mi glywis i 'i fod o am werthu'i geffyl a'i gert . . . Na, dydi hi ddim yn deg i chi ofyn i Jones, Martha . . .'

'Na, efalla' wir. Ond sgwennwch chi at Idris. Os ydi o isio fy help i, mi ddown ni o hyd i'r arian rywsut neu'i gilydd. Sgwennwch yn syth ar ôl cinio, Edward . . . Dyma fo Gwyn yn dŵad adra o'r ysgol. Mae o'n llwyd iawn 'i wynab heddiw eto.'

'O, wedi oeri tipyn. Mae hi dipyn yn oerach bora 'ma.'

'Gobeithio na fydd y gaeaf 'ma yn un calad, yntê? Wn i ddim be' wnawn ni am dân, na wn i, wir.'

Ysgrifennodd Edward Ifans at Idris y prynhawn hwnnw, a daeth ateb gyda'r troad. Byddai, fe fyddai'n falch pe deuai ei fam i lawr am dipyn, gan fod Kate yn ei gwely a chan ei fod yntau'n gorfod colli'i waith ers dyddiau: amgaeai deirpunt yn y llythyr. Ac wedi trefnu i Megan ddod i Gwynfa bob bore tra byddai hi i ffwrdd, daliodd Martha Ifans y trên i'r Sowth un bore Sadwrn yn nechrau Tachwedd.

Dychrynodd pan welodd—a phan glywodd sŵn— Pleasant Row. Serth a phur dlodaidd oedd Tan-y-bryn hefyd, ond yr oedd y rhan fwyaf o'i thrigolion yn bobl dawel a pharchus, yn gapelwyr selog a rhai, fel Edward Ifans, yn flaenoriaid. Pur anaml—cyn dyddiau'r streic, beth bynnag—y clywid un cynnwrf yn y stryd, hyd yn oed ar nos Sadwrn pan fyddai Bertie Lloyd neu Twm Parri 'wedi'i dal hi'. Ond yma codai lleisiau cecrus Sul, gŵyl a gwaith ac ni ddewisai ambell un fel Molly O'Driscoll ei geiriau'n rhy ofalus. Pan gyrhaeddodd Martha Ifans, tuag amser te ar ddydd Sadwrn, âi cystadleuaeth edliw ymlaen rhwng Molly yng ngwaelod y stryd a chymdoges hanner y ffordd i fyny. Safai Molly ar ben ei drws yn atgoffa'r llall, gwraig fechan a freintiwyd â dychymyg ac ag ysgrech o lais, am droeon anffodus yng ngyrfa'i thad a'i thaid, ac atebai hithau drwy sôn wrthi—ac wrth y gymdogaeth oll —am y gwyliau achlysurol a dreuliai rhieni Molly yn y jêl. Yr oedd deunydd da gan y ddwy, ond buan yr aeth arddull raeadrwyllt y llall yn drech na Molly, a bu raid iddi alw am gymorth ei bachgen hynaf, lleisiwr croch i'w ryfeddu. Ond llais yn unig a oedd ganddo ef, a manteisiai'r dafodwraig arall ar yr ysbeidiau pan arhosai'r bachgen am eiriau dethol oddi ar fin ei fam. Fel y troai Martha Ifans ac Idris, a aethai i Gaerdydd i'w chyfarfod, o'r llwybr wrth yr afon i'r stryd, tafodai Molly ei mab athrylithgar am ei arafwch un ennyd a hyrddiai enllibion at ei chymdoges ddawnus yr ennyd nesaf. Ni chlywsai'r wraig o Dan-y-bryn y fath huodledd erioed.

Gwaeddai'r stryd a'r tŷ wrthi na ddylasai Idris ddwyn ei wraig a'i blant i'r fath le. Ond ni ddywedodd hi ddim. Yn lle hynny aeth ati â'i holl egni i lunio cysur o'r anghysur. Yr oedd y tŷ yn weddol lân erbyn hyn—gofalodd Myfanwy Jenkins a Siân am hynny—ond nid i lygaid manwl Martha Ifans. Gartref, ni wnâi fawr ddim gwaith ar y Sul, dim ond yr hyn a oedd raid, ond ar ei Sabath cyntaf ym Mhentref Gwaith, cyfieithodd dduwioldeb i ddiwydrwydd tra oedd Idris ac Ann a Gruff yn y capel. Pan âi i fyny i'r llofft i ddwyn rhywbeth i'w merch yng nghyfraith neu i'r baban, Ifan, ymresymai Kate yn daer â hi, ac addawai hithau'n wylaidd na wnâi hi ddim ond 'twtio tipyn i lawr 'na'. A gwyddai Kate wrth wrando eto ar sŵn y dodrefn yn cael eu symud mai ofer fyddai pob dadl—heb ddau neu dri o blismyn i'w gosod mewn grym.

I fyny yn y llofft, a thwymyn y bronceitus yn chwys ar ei hwyneb, a'i beswch byr, caled, yn boen yn ei bron ac yn ei gwddf, breuddwydiai Kate am gysur a thawelwch y Twyn. Buan yr aent yno, ac fe wnâi hi'r tŷ newydd y glanaf a'r hapusaf yn yr holl stryd. Gobeithio nad oedd y lleithder a'r aflendid yn Pleasant Row wedi amharu dim ar ei hiechyd. Nid oedd arni ofn tlodi—gallai ymladd yn erbyn hwnnw, fel y gwnâi ei mam yng nghyfraith ac eraill yn Llechfaen, brwydro ac aberthu â gwên dawel, ond yr oedd afiechyd, dihoeni fel Ceridwen, merch John Ifans tros y ffordd i Gwynfa, yn ddychryn i'w henaid. Yr oedd y frwydr honno mor araf, mor ddidosturi, mor annheg, rhyw fud dân yn deifio llawenydd pawb o'i gwmpas, rhyw ormes cudd, anhyblyg, anghymodlawn. Ond na, fe gryfhâi eto'n fuan, a byddai hi ac Idris a'r plant yn hapus iawn ym Mhentref Gwaith. Ac â dagrau'n ymylwe am ei breuddwydion, syrthiodd Kate i gysgu.

Deffrowyd hi gan sŵn Ann a Gruff, a oedd newydd ddychwelyd o'r capel. Daethant i fyny i'r llofft i'w gweld a dilynwyd hwy ymhen ennyd gan Martha Ifans ac Idris, yn dwyn ei chinio iddi. Ond cyn iddi ddechrau bwyta, taflodd ei mam yng nghyfraith liain dros ei phen a bu raid iddi wyro uwch y bwrdd bychan wrth ochr y gwely i anadlu'r ager a godai o'r jwg o ddŵr berwedig a drawsai Martha Ifans arno. 'Anadla di'r stêm 'na rŵan, Kate bach,' meddai. 'Does dim byd tebyg iddo fo am glirio fflem. Mi driwn ni hynny bob rhyw deirawr heddiw, ac mi fyddi di'n well o lawar erbyn 'fory, gei di weld . . . Tyd yn dy flaen.'

'Ga' i drio wedyn, Nain?' gofynnodd Gruff. 'Mi fedra' i ddal fy ngwynab o dan ddŵr am funud cyfa'.'

'A rŵan, tria'r cwstard 'ma,' meddai Martha Ifans pan oedd yr anadlu anghysurus drosodd. 'Mi rois i dri wy ynddo fo. Yr wya ffres hynny ddaeth Mrs Jenkins yma neithiwr. Rhai digon o ryfeddod oeddan nhw hefyd.'

Cyflym, o dan ofal ei mam yng nghyfraith, y gwellhaodd Kate, a chyn pen pythefnos âi'r ddwy am dro i fyny i'r Twyn i weld y tŷ newydd, a oedd yn barod o'r diwedd. Yno cawsant bwyllgor dwys ynghylch llenni i'r ffenestri, matiau i'r lloriau, llathau i'r grisiau, silffoedd a bachau a phethau tebyg, a phennwyd dydd y symud.

'Mi arhosa' i gartra ddydd Mercher 'ta,' meddai Idris, pan glywodd benderfyniad y pwyllgor.

'Fydd dim isio iti o gwbwl, Idris,' ebe Kate. 'Mi ddaw Bob Tom a William Jenkins, sy ar y shifft nos, yma mewn munud i lwytho'r gert, dim ond iti sôn wrthyn nhw. Gormod, nid rhy 'chydig, o help gawn ni, gei di weld.'

Gwir y gair. Pan ddaeth dydd yr ymfudo, yr oedd amryw o ddynion o'r capel ac o'r stryd yn gwthio'i gilydd o'r neilltu er mwyn cael llaw ar wely neu fwrdd neu gadair, a buan y llanwyd cert Joe Brown, a werthai dywod

193

a finegr hyd yr ardal fel rheol, ond a gynigiai'i wasanaeth yn rhesymol dros ben ar gyfer gorchwylion fel hyn. Awgrymodd un Shoni, dyn bychan, bywiog, ysmala, a gyrhaeddodd pan oedd yr ail lwyth bron yn llawn, y dylent gario'i gilydd i fyny ac i lawr y grisiau er mwyn iddo ef ac un neu ddau arall gael teimlo iddynt wneud *rhywbeth*.

Rhuthrodd Ann a Gruff adref i ginio i ddarganfod bod popeth o faint wedi gadael y tŷ yn Pleasant Row tra oeddynt hwy yn yr ysgol. Ond cawsant y fraint o gludo rhai o'r manion a oedd ar ôl, a mawr oedd eu balchder hwy ac eiddigedd rhai o'r plant a'u gwyliai. Ar ei ffordd yn ôl o'r Twyn, dechreuodd Gruff dderbyn llwgrwobrwyon—'loshin', marblys, hen gyllell, olwyn wats—am yr anrhydedd o gynorthwyo, a chyn hir gwibiai Martha Ifans o ystafell i ystafell i gymryd gwydr lamp neu addurn bregus o ddwylo rhyw hogyn diofal. A chan fod rhai o epil Molly O'Driscoll ymhlith yr atgyfnerthion hyn, ofnai mai i'r drws nesaf neu, ar ddamwain, i siop Dai Raganbôn yr âi amryw o'r trysorau.

Erbyn yr hwyr hwnnw yr oedd popeth yn ei le yn Gwynfa ar y Twyn, tanllwyth yng ngrât y gegin, a'r drws, a fuasai'n agored drwy'r dydd bron, wedi'i gau. Eisteddodd teulu pur flinedig i lawr wrth fwrdd swper.

'Mae arna' i ofn eich bod chi wedi ymlâdd, Nain,' meddai Kate.

'Naddo, wir, hogan, yr ydw i'n iawn.' Ochneidiodd. Câi amser i hel meddyliau yn awr, wedi i'r holl brysurdeb beidio.

'Be' oedd yr ochenaid hir 'na, Mam?' gofynnodd Idris.

'Meddwl amdanyn nhw yr on i. Gobeithio bod gynnyn

nhw dân go lew heno, a hitha mor oer. A thamaid cynnas i swpar.'

'Oes, debyg iawn. Roedd 'Nhad yn swnio'n galonnog dros ben yn y llythyr gawsoch chi ddoe. Ac mae Gwyn yn llawn bywyd, medda fo.'

'Mi fydd yn dda gin i pan ddaw dydd Sadwrn, imi gael gweld trosof fy hun . . . Tyd, Kate, paid â lingran dros dy swpar rŵan. Mae'n hen bryd i ti fod yn dy wely. Mi wyddost be' ddeudodd y Doctor. Rhaid iti gymryd gofal mawr am wsnosa lawar, medda fo. Styriwch chitha, blant.'

'On' fydd hi'n dawal braf yma ar ôl dydd Sadwrn, Kate?' meddai Idris, â gwên ddireidus. 'Rydan ni wedi cael ein giaffro'n o sownd ers tipyn rŵan, on'd do?'

Ond taflu'i phen i fyny oedd unig ateb ei fam: yr oedd ei meddwl yng nghegin y Gwynfa arall. Beth a gâi Edward a Gwyn i swper, tybed? A ofalai Megan am roi digon ar y gwely iddynt? A oedd esgidiau Sul Gwyn wedi'u trwsio? A gysgai Edward yn well erbyn hyn? A ddaliai Gwyn i wisgo'r hen jersi honno o dan ei wasgod? Ac i yfed dŵr dail poethion bob bore a phob nos, yn ôl cyngor yr hen William Parri? A oedd Ceridwen tros y ffordd yn well?

A churai'r cwestiynau hyn a llu o rai tebyg yn daer yn ei meddwl brynhawn Sadwrn fel yr ymwthiai'r trên yn araf i olwg Llechfaen. Rhoes ei phen drwy'r ffenestr i weld pwy a'i disgwyliai ar y platffform ac i fod yn barod i chwifio'i llaw arnynt. Rhyw ddyrnaid a arhosai am y trên, ac yn eu plith gwelai ffurf dal ei gŵr a Megan wrth ei ochr. Ond nid oedd Gwyn yno.

'Lle mae Gwyn?' gofynnodd cyn gynted ag y camodd o'r trên.

'Sut siwrna' gawsoch chi, Martha? Oedd y trêns yn llawn iawn hiddiw?'

'Lle mae Gwyn?'

'Na, mi gymar Megan y fasgiad 'na. A rhowch y parsal 'na i mi. Dydi'r bag 'ma ddim yn drwm. Mi fedra' i . . .'

'Lle mae Gwyn?'

'Mae Gwyn—waeth i chi gael gwbod rŵan ddim—yn . . . yn Lerpwl.'

'Yn Lerpwl? Yn yr . . . ?'

'Ia, yn yr Hospital. Ond rhaid inni ddim poeni yn 'i gylch o, medda Doctor Roberts.'

'Be' ddigwyddodd? Pryd aeth o yno? Be' sy arno fo? Pwy aeth â fo yno? Faint fydd o yn y lle?'

'Yn ara' deg, Martha, yn ara' deg. Yr un peth ag o'r blaen sy arno fo, ac roedd y Doctor yn meddwl y câi o well chwara' teg a gwell bwyd yn yr Hospital gan fod petha fel y maen nhw arno ni.'

'Pryd aeth o yno?'

'Echdoe, ddydd Iau. Mae gan y Doctor ryw gronfa fach breifat at achosion felly, a mi wnaeth imi gymryd arian i fynd â fo ar y trên deuddag. Mi ddaliodd y siwrna' yn dda iawn, yn *champion*, wir, ac roedd y bobol yn yr Hospital yn hynod ffeind.'

Ond prin y gwrandawai Martha Ifans. Yn ffwndrus y cerddodd o'r orsaf a thrwy'r stryd fawr ac i fyny Tan-y-bryn, gan nodio a gwenu'n beiriannol ar gydnabod a chymdogion. Gwyn bach! Gwyn druan! Mewn hen Hospital fawr yn Lerpwl, a hithau drwy'r daith hir o'r De wedi breuddwydio'n hapus am y croeso a gâi ganddo, wedi gweld ugeiniau o weithiau ei lygaid yn pefrio mewn llawenydd a chlywed ei lais yn gweiddi 'Mam!'

Er bod tân yn y grât a bwyd ar y bwrdd i'w chroesawu,

ymddangosai cegin Gwynfa, pan aeth hi i mewn iddi, yn wag iawn heb Gwyn.

PENNOD 7

Yr oedd Harri Rags yn fud a byddar, ac oherwydd hynny edrychai'r ardal arno fel un nad oedd yn llawn llathen. Collasai ei glyw pan oedd yn hogyn bach, ond arhosai geiriau a brawddegau ar ei dafod o'i flynyddoedd cynnar, a chwanegai atynt drwy ddarllen gwefusau, yn arbennig rhai ei fam ac Em ei frawd. 'Checha' oedd 'Llechfaen' a 'Heb' oedd 'Em', a châi plant, mewn diniweidrwydd creulon, hwyl fawr yn siarad â'i gilydd yn null Harri.

Tua deugain oed oedd Harri, ac Em rai blynyddoedd yn ieuangach. Trigent gyda'u mam weddw yn y tŷ uchaf ond un yn Nhan-y-bryn, y drws nesaf i'r hen Ishmael Jones. Chwarelwr oedd Em, ond enillai Harri ei damaid drwy gasglu carpiau a hen haearn a'u gwerthu ar ddiwedd pob pythefnos i ddyn a ddeuai i fyny o'r dref i'w nôl. Yn ôl pob hanes, yr oedd y meistr yn gyfoethog, ond tlawd iawn oedd ei was. Tlawd yn wir oedd y teulu bach erbyn hyn, ag Em ar streic a'i fam, golchwraig fwyaf diwyd y pentref, yn gwrthod golchi i un Bradwr.

Effeithiodd y streic yn drwm ar fasnach Harri Rags. Rhôi pobl bris yn awr ar bethau a daflent ymaith gynt, a phan ddeuai diwedd pythefnos, bychan oedd y pentwr a gynigiai'r gwas i'r meistr. Yn nechrau'r flwyddyn, penderfynodd y gŵr o'r dref gasglu'r ysbail bob mis, ac yna, yn niwedd yr haf, bob deufis, gan chwifio'i ddwylo'n ysgornllyd i egluro i Harri nad oedd yn werth y drafferth iddo ddod i fyny i Lechfaen o gwbl bellach.

Nid âi Harri, mwy na'i fam, ar gyfyl tŷ unrhyw Fradwr. Casâi Marged Williams ac Em hwy â chas perffaith, a bu hi o flaen yr Ynadon unwaith am hwtio drwy gragen a dilyn Bradwr o'r enw Bertie Lloyd, a drigai tros y ffordd, bob cam i lawr Tan-y-bryn un bore. Ni chyfleai'r gair 'Bradwr' ddim i feddwl di-eiriau Harri, ond llwyddodd Em i egluro 'cynffonna' a 'cynffonwyr' yn glir iawn i'w frawd. Ac wrth sôn am y Bradwyr, rhoi ei law tu ôl iddo a'i thynnu hyd gynffon ddychmygol a wnâi Harri, a buan yr aeth yr ystum yn un gyffredin ymhlith plant Llechfaen.

Yna, un diwrnod yn niwedd Hydref, wrth weld bechgyn a darnau hir o raff fel cynffonnau ganddynt, daeth golau cyfrwys i lygaid Harri Rags. Galwai wedyn bob dydd yn siop Now Bwtsiar, ac ni châi ei fam nac Em fynd yn agos i'r cwt lle cadwai ei goits fach a'i ysbwrial.

Rai dyddiau cyn i Martha Ifans ddychwelyd o'r De, gwthiodd Harri ei goits yn araf i lawr Tan-y-bryn un gyda'r nos, gan wenu a nodio'n orfoleddus ar bawb. O'i hamgylch, pob un wrth ddarn o weiren, hongiai rhesi o gynffonnau—rhai moch, rhai defaid, rhai llygod, rhai gwneud, o bob lliw a maint—a chrynent a dawnsient oll mewn miri fel yr ysgydwai Harri'r goits. Croesodd i ddechrau at dŷ Bertie Lloyd, a gyrrodd fachgen i'r drws i ofyn a oedd gan y Bradwr hen ddillad neu hen haearn. Pan welodd Bertie Lloyd ddawns y cynffonnau, caeodd y drws yn glep, a rhoes y dorf o blant, a gynyddai bob ennyd, 'Hwrê!' fawr i'r mudan. Ymunodd Gwyn â'r dyrfa yn fuan wedyn, a phan ddaethant i waelod y stryd, ef a gurodd wrth ddrws Twm Parri. Daeth Wil, hogyn hynaf Twm, i'w agor, ac wedi rhythu'n filain ar y goits a gwrando ar ddeugain o leisiau'n gweiddi 'Bradwr!', ceisiodd gydio yn Gwyn i'w 'fwyta'n fyw', chwedl yntau. Ond medrodd Gwyn ei osgoi, ac aeth yr orymdaith gynffonnaidd heibio i lawer o dai eto cyn i ddau blisman cyhyrog droi Harri a'i goits a'i fyddin enfawr o ddilynwyr tuag adref.

Amser cinio drannoeth, pan ruthrai Gwyn drwy'r lôn gul a redai o gefn yr ysgol i Dan-y-bryn, pwy a ddisgwyliai amdano yng ngheg y lôn ond Wil, hogyn Twm Parri. Ni fynychai ef yr ysgol honno yn awr: gadawsai ei dad gapel yr Annibynwyr am yr Eglwys a thynasai ei ddau fachgen o Ysgol 'Rallt Fawr, fel y gelwid hi, i Ysgol yr Eglwys, er bod honno ym mhen arall y pentref.

Safodd Gwyn mewn braw: yr oedd Wil yn gawr o hogyn cryf, cyhyrog, creulon, un a gâi fwyd da, gan fod ei dad yn gweithio. Penderfynodd droi'n ei ôl tua'r ysgol, ond daeth twr sydyn o blant i'w atal. Neidiodd Wil ymlaen a gafaelodd ynddo a'i lusgo i'r stryd.

'Rydw i wedi dengid o'r ysgol yn gynnar i gâl dy weld di, 'ngwas i,' meddai, a'i law yn giaidd ar arddwrn Gwyn. Yna trawodd ef yn greulon droeon ar ei wyneb a'i ben â'i law arall.

'Hei, Wil Cwcw, be' wt ti'n feddwl wt ti'n 'neud?' A chydiodd bachgen o'r enw Oswald Owen yn ysgwydd Wil. 'Os wt ti isio cwffas, dewisa di rywun at dy faint, 'nei di?'

'O, hylô, yr hen Os! Yr ydw i wedi rhoi clustan iawn iddo fo rŵan. Mi fydd hyn'na'n ddigon o wers iddo fo.' A dechreuodd Wil gilio'n frysiog, gan feddwl croesi'r ffordd tua'i dŷ, er bod Os, oherwydd tlodi'i gartref yn awr, yn ddigon llwyd a thenau a gwantan yr olwg wrth ei ochr ef.

Y mae'n bur debyg y terfynasai'r helynt yn y fan honno oni bai am ymddangosiad Roli Llefrith. Yr oedd ef newydd adael yr ysgol ac—yn lle mynd i'r chwarel, gan fod ei dad yn streiciwr cydwybodol—wedi cael gwaith i gario llefrith a chynorthwyo yn Nhyddyn Isaf, ffermdy wrth yr afon. Yn yr ysgol gwnaethai enw iddo'i hun fel ymladdwr, gan etifeddu dawn ei daid, yr hen Ifan Tomos, dyrnwr enwocaf yr ardal yn ei ddydd. Brysiodd yn awr at y dyrfa o blant.

'Be' sy Os?' gofynnodd.

'Wil Cwcw ddaru daro Gwyn Ifans bach 'ma. Yn giaidd hefyd.'

'Roist ti un yn ôl iddo fo?'

'Naddo. Dydi o ddim isio cwffio hefo fi.'

'Nac ydi, mae'n debyg. Mae'n well gynno fo rywun llawar llai na fo'i hun. Hei, Wil Cwcw, tyd yma.'

Ond yr oedd Wil erbyn hyn yr ochr arall i'r ffordd, wrth gât ei dŷ.

'Be' wt ti isio?' gofynnodd yn sur.

Ateb Roli oedd rhuthro ar draws y stryd. Ceisiodd Wil ddianc, ond gwrthodai'r gât agor mor rhwydd ag y dymunai, a chydiodd Roli ynddo cyn iddo lwyddo i fynd drwyddi. Arweiniwyd ef yn ôl at y dyrfa o blant.

'Isio cwffas wt ti?' meddai Roli. 'Tyn dy gôt 'ta. A chditha, Os.'

'Ond d . . . dydi Os ddim wedi g . . . gneud dim i mi,' protestiodd Wil.

'Ddim eto. Mi fydd mewn munud . . . Dal gôt Os iddo fo, Robin,' gwaeddodd ar hogyn gerllaw. Ac ufuddhaodd Robin ar unwaith.

Erbyn hyn ffurfiai'r plant gylch cyffrous o'u hamgylch, a safai rhai o'r bechgyn hynaf ar y chwith, i gadw Wil rhag

200

dianc. Nid ymrafael syml rhwng Wil ac Os oedd hwn: âi'r
peth yn ddyfnach, gan fod un o'r ymladdwyr yn fab i
Fradwr ac yn mynychu Ysgol yr Eglwys, a'r llall o frid y
streicwyr ac yn Ysgol 'Rallt Fawr. Hynny a wnâi Roli
Llefrith yn drefnydd mor frwdfrydig.

'Perffect ffêr ple now!' gwaeddodd Roli, gan droi i
Saesneg i ennill mwy o awdurdod. Yna'n dawelach:
'Gwna lobscows o'r diawl, Os.'

'Ond does arna' i ddim isio cwffio hefo'r hen Os,'
meddai Wil, a'i gôt amdano o hyd.

'Nac oes, dim ond hefo hogia bach llawar llai na chdi,'
ebe Roli, gan ei hyrddio at ei wrthwynebwr.

Camodd Os ymlaen i'w gyfarfod. Caeodd Wil ei lygaid
ac, mewn amddiffyniad diobaith yn hytrach nag i
ymosod, chwifiodd ei freichiau a'i ddyrnau fel ffustiau
gwylltion. Yn or-ffyddiog, gan feddwl llorio'i elyn ag un
ergyd, bu Os yn ddigon diofal i roi ei ben yn llwybr un o'r
ffustiau hyn. Landiodd dwrn Wil ar ochr ei dalcen, a
dawnsiodd holl sêr y nefoedd a mwy o flaen llygaid Os.
'O!' meddai pawb mewn siom syfrdan wrth weld eu
harwr yn honcian yn feddw at fin y cylch ac yna'n syrthio
fel sach â'i llond o wair. A'r mwyaf syfrdan o bawb oedd
Wil.

Gorweddai Os yn llonydd, gan gau ac agor ei lygaid
mewn dryswch anhraethadwy. A oedd y peth yn ffaith,
neu ai breuddwydio yr oedd? Ai gwir iddo ef Os, cwffiwr
gorau Ysgol 'Rallt Fawr, gael ei lorio gan Wil Cwcw? Y
nefoedd, Wil Cwcw o bawb! Clywodd lais Roli uwch ei
ben.

'Perffect ffêr ple rŵan, hogia ... WÂ-Â-N! ...
'Rasgwrn Dafydd, wt ti ddim am adal i hwn'na roi cweir
iti, Os? ... TŴ-W! ... Tria godi, was ... TH-R-I-I! ...

201

Y Bradwrs yn ennill, myn diain i! . . . FFO-O-R! . . . Ron i'n meddwl bod Os 'na'n dipyn o gwffiwr Robin! . . . FFA-Â-IF! . . . Slaes iawn gafodd o hefyd, yntê, hogia? . . . SI-I-CS! . . . Roedd un slaes yn ddigon iddo fo, on'd oedd? . . . SEFAN! . . . Ysgol 'r Eglwys yn curo Allt Fawr, myn cythrwm! . . . Ê-ÊT! . . . Dyna chdi, tria godi, Os . . . NÂ-Â-IN! . . . Hwrê!'

Ymunodd y rhan fwyaf o'r plant ym mloedd y canolwr diduedd, ac yna bu tawelwch mawr, disgwylgar. Yr oedd Os ar ei draed. Ysgydwodd ei ben droeon, fel ymdrochwr newydd ddyfod i'r wyneb, ac yna gwthiodd ei ên a'i wefus isaf allan yn ffyrnig.

'Lle ma' fo?' gofynnodd. 'Lle ma'r Cwcw 'na?' Prin yr agorai'i safn wrth lefaru'r geiriau.

'M . . . mi'r . . . ro' i'r un p . . . peth iti eto os na r . . . roi di lonydd imi,' meddai Wil, gan gilio tua ffin y cylch. Hyrddiwyd ef yn bendramwnwgl yn ei ôl i gyfeiriad Os.

Y tro hwn yr oedd dyrnau Os yn barod, a saethent allan un ar ôl y llall â deheurwydd chwyrn. Ymhen ennyd, poerai Wil rai o'i ddannedd i'r ffordd, a ffrydiai gwaed o'i drwyn.

'Perffect ffêr ple! Perffect ffêr ple! . . . Ar 'i ôl o, Os!'

Ond nid oedd gan Os wrthwynebydd bellach. Dolefai Wil fel plentyn, a phan geisiodd ddianc drwy fwlch yn y cylch, safodd rhai o'r edrychwyr yn foneddigaidd o'r neilltu gan ddangos y parch dyladwy tuag at un â'i drwyn yn ''styllio'. Y mae'n debyg hefyd iddynt glywed llais ysgrechlyd Jane Parri o ben ei drws.

Yr hwyr hwnnw, eisteddai Gwyn a nifer o fechgyn eraill tua'r un oed ag ef ar lan yr afon yn pysgota â gwialen ac edau a phin wedi'i phlygu drwy ddarn o bryf genwair.

202

Teimlodd ben-glin rhywun yng nghanol ei gefn, a chododd ei olwg i weld Wil Parri'n gwyro'n filain uwch ei ben.

'Mi gest ti lawar o sbri bora 'ma, on'd do?' meddai'n sarrug.

Neidiodd hogyn bach o'r enw Meurig ar ei draed.

'Gad di lonydd i Gwyn,' meddai. 'Mae o wedi bod yn sâl, ac yn 'i wely.'

'Dim yn rhy sâl i fynd o gwmpas hefo Harri Rags ddoe,' ebe Wil, gan wthio'r llall o'r neilltu a chydio yn ysgwydd Gwyn. 'Roeddat ti'n ddigon o lanc neithiwr, on'd oeddat, Gwyn Ifans?'

Ceisiodd Gwyn fynd ymlaen â'i bysgota ac anwybyddu'r bwli, ond llusgodd Wil ef yn ei ôl a'i osod ar ei draed.

'Dywad fod yn ddrwg gin ti,' meddai.

'Am be'?'

'Am be'! Am guro ar ddrws tŷ ni a gweiddi "Bradwr".'

'Wnes i ddim gweiddi "Bradwr"!'

'Dywad fod yn ddrwg gin ti.'

'Mi ddeuda' i wrth Os pan wela' i o.'

'Wnei di, y ceg bach!' Tynhaodd gafael Wil ar ysgwydd Gwyn, nes gwingai'r bachgen gan y boen. 'Dywad fod yn ddrwg gin ti.'

'Dydi *ddim* yn ddrwg gin i.'

'Y?'

'Dydi *ddim* yn ddrwg gin i.'

'Na finna chwaith,' meddai Meurig, gan roi ei wialen i lawr ac ymsythu a chau ei ddyrnau bychain yn ddewr.

Gwelodd Wil ei berygl, ac yn lle wynebu'r ddau, er mor fychan oeddynt, dewisodd ffordd y bwli. Yr ennyd nesaf hyrddiodd Gwyn tros y lan, a syrthiodd ar ei hyd i'r afon. Yn ffodus, nid oedd y dŵr yn ddwfn, a llwyddodd i gael ei draed dano ac i stryffaglio'n ddychrynedig ohono a dringo'n ôl i'r lan.

'Dyna ddysgu iti gega,' meddai Wil, ond braidd yn ansicr, fel petai'n euog.

'A dyma ddysgu i titha, y Wil Cwcw iti!' meddai Meurig yn wyllt, gan hepgor ei ddyrnau a defnyddio'i draed yn eu lle. Nid oedd y boen a roesai dyrnau Os i enau a thrwyn Wil amser cinio yn ddim wrth ing y bedol haearn ar ei goes yn awr, ac eisteddodd ar y ddaear yn magu'r dolur mewn gwewyr dolefus, gan swnio fel mochyn yn cael ei begio.

Brysiodd Gwyn a Meurig i'r pentref ac i fyny Tan-y-bryn. Gan fod Edward Ifans ym mhwyllgor y Gronfa, nid oedd neb yn Gwynfa, ac oedodd y ddau tu allan yn anhapus, heb wybod beth i'w wneud. Yr oedd y drws nesaf i fyny, tŷ Idris, yn wag, a'r drws nesaf i lawr, tŷ dyn o'r enw Owen Williams—Now'r Wern—a weithiai yn Lerpwl, yr un fath. A'i gyfnither Ceridwen mor wael, nid aeth Gwyn tros y ffordd rhag rhoi trafferth i'w Ewythr John.

'Tyd i fyny i'n tŷ ni, Gwyn,' meddai Meurig. 'Mi gei fenthyg fy nillad gora i.'

'Na, fydd Tada ddim yn hir, wsti.'

Buont yno am ryw hanner awr, a chrynai Gwyn yn ei ddillad gwlybion. Pan gyrhaeddodd Edward Ifans, gyrrodd ef i'w wely ar unwaith.

'Rhed i fyny i Albert Terrace, 'ngwas i,' meddai wrth y bachgen arall, 'a gofyn i Megan—Mrs Davies—ddŵad i lawr yma am dipyn.'

Yna aeth ati i oleuo'r lamp ac i ailgynnau'r tân er mwyn berwi gwydraid o lefrith i Gwyn. 'Does dim fel llefrith poeth a phupur ynddo fo,' meddai wrtho'i hun. 'Gobeithio'r annwyl na fydd yr hogyn ddim gwaeth, a Martha'n dŵad adra ddiwadd yr wsnos.'

Pan gludodd y llefrith i fyny i'r llofft ffrynt—cysgai'r tad a'r mab gyda'i gilydd yn awr—gwelai yng ngolau'r gannwyll a adawsai ynghyn yno fod Gwyn yn chwysu ac mewn poen.

'Tyd, yfad hwn, 'ngwas i. Mi deimli di'n well wedyn.'

'Hen boen ofnadwy yn f'ochor i, Tada.'

'Ym mhle, Gwyn bach?'

'Yn fan yma, lle'r oedd o o'r blaen pan on i yn fy ngwely am wsnos.' A rhoes ei law wrth ei galon.

'Ydi d'aeloda di'n brifo?'

'Ydyn, yr un fath ag o'r blaen. Fy ffera i a 'mhenna glinia i.'

'Oes gin ti gur yn dy ben?'

'Oes, Tada.'

'Tria'r llefrith poeth 'ma rŵan. A dyma iti ddarn o'r deisen gyraints honno o siop Preis. Rwyt ti'n 'sgut am hon, on'd wyt?'

Ond er mor hoff oedd Gwyn o'r deisen gyraints o siop Preis, ni fedrai fwyta dim ohoni; yr oedd ei wddf yn rhy boenus iddo lyncu tamaid. Llwyddodd i sipian y llefrith yn araf, ac yna troes Megan, a oedd newydd gyrraedd, ef ar ei ochr i gysgu, gan lapio'r dillad yn dyner amdano. Brysiodd hi i lawr y grisiau wedyn, a dilynodd ei thad hi'n araf.

'Tada?'

'Ia, 'ngwas i?' Dychwelodd at y gwely.

'Ddeudis i ddim wrtho fo fod yn ddrwg gin i.'

'Wrth bwy?'

'Rhyw hogyn mawr i lawr wrth yr afon.'

'Pwy oedd o?'

'Dydi o ddim yn ysgol ni.'

'Yn ddrwg gin ti am be'?'

'Roedd o wedi 'ngweld i hefo Harri Rags ddoe, a fi ddaru guro ar 'i ddrws o. Mae'i dad o'n Fradwr, ac roedd o isio imi ddeud bod yn ddrwg gin i. Ond "Dydi *ddim* yn ddrwg gin i," ddeudis i.'

'Tria gysgu rŵan, Gwyn bach.'

'Pryd byddwch chi'n dŵad i'ch gwely, Tada?'

'Fydda' i ddim yn hwyr, 'ngwas i. Ga' i adael y gannwyll iti?'

'Na, mae isio bod yn gynnil hefo cnwylla, medda Mam.'

'Tria gysgu rŵan, 'machgan i.'

I lawr yn y gegin edrychodd Megan a'i thad yn bryderus ar ei gilydd: yr un oedd yr arwyddion dri mis ynghynt pan fu Gwyn yn ei wely am dros wythnos.

'Os na fydd o'n well yn y bora,' meddai Edward Ifans, 'mi ofynna' i i Doctor Roberts gael golwg arno fo.'

'Mi liciwn i gael gafael yn hogyn y Twm Parri 'na,' ebe Megan yn chwyrn.

'Hogyn Twm Parri? Pam?'

'Fo ddaru wthio Gwyn i'r afon.'

'Sut gwyddost ti?'

'Y bachgen bach ddaeth i'm nôl i ddeudodd wrtha' i.'

Bu distawrwydd am ennyd: syllai Edward Ifans yn ddwys i'r tân.

'*Mae'n* biti, on'd ydi?'

'Be', Tada?'

'Fod yr ymryson 'ma'n mynd i blith y plant fel hyn. Gweithiwr yn erbyn gweithiwr, partnar yn erbyn partnar, gwraig yn erbyn gwraig, teulu yn erbyn teulu.' Ysgydwodd ei ben yn drist wrth chwanegu, 'A rŵan, plant yn erbyn plant, ysgol yn erbyn ysgol. Be' fydd diwadd yr holl helynt, tybad? Mi fydd 'i ddylanwad o fel gwenwyn drwy'r lle 'ma am flynyddoedd meithion, mae arna' i ofn. Ddaru'r un ohonon ni feddwl ar y cychwyn y dôi petha i hyn, y basan ni'n chwalu cartrefi, dryllio aelwydydd, rhwygo'r holl ardal, ac yn gweld drwgdeimlad ym mhobman—ar y stryd, yn y siop, yn yr ysgol ymhlith y plant, hyd yn oed yn y capal. Gresyn na fasa 'na ryw ffordd i gadw'r plant yn lân rhagddo. A'r capeli. Y Sul dwytha' yn Siloh 'cw, dyma'r hen William Parri yn pasio sêt Meic Roberts wrth fynd â'r Cymundab o gwmpas.'

'Mi glywis i. Am 'i fod o'n Fradwr, yntê?'

'Ia. A phan ddaru Mr Edwards siarad hefo fo wedyn, roedd o'n hollol ddiedifar, fel 'tai o wedi cyflawni rhyw orchest. Na wn i, wir, wn i ddim be' ddaw ohonon ni os aiff yr hen helynt 'ma ymlaen yn hir eto.'

Ni chysgodd Gwyn drwy'r nos honno oherwydd y boen o gwmpas ei galon ac yn ei aelodau, a griddfannai wrth droi ar ei gefn neu ar ei ochr. Galwodd ei dad yn nhŷ Doctor Roberts ben bore, ac addawodd y meddyg y deuai i fyny i Dan-y-bryn yn union, cyn dechrau gwaith y dydd. A chadwodd ei air.

Dyn bychan tew oedd y Doctor, a wnâi i rywun feddwl am aderyn y to ond bod ganddo sbectol aur ar ei drwyn a barf gota ar ei ên. Troai'i ben yn gyflym gyflym wrth siarad, a symudai'i ddwylo mor sydyn nes amau ohonoch eu bod yn cael eu tynnu gan linynnau anweledig heb yn wybod bron i'w perchennog. Un o Lechfaen ydoedd yn wreiddiol, ond symudasai'i deulu i fyw i Lerpwl pan oedd ef tua deuddeg oed. Pan ddychwelodd i Lechfaen, yn ŵr ac yn feddyg, Cymraeg yr hogyn deuddeg oed a oedd ganddo, a siaradai mewn brawddegau sydyn, cwta, gan gyfieithu pob un bron i Saesneg, fel petai'r dyn o Lerpwl

207

yn mynnu rhoi sêl ei brofiad swyddogol ar sylwadau'r bachgen o Lechfaen.

'Wel, Doctor?' gofynnodd Edward Ifans iddo pan ddaethant yn ôl i'r gegin o'r llofft.

''Run peth. *Same thing.* Ond 'i fod o'n waeth. *Much worse.* Sbredio. *Spreading from joint to joint.* Mae o yn y ddau benelin rŵan. *Two elbows.* Ac yn y 'sgwydda. *Shoulders.* Ac yn 'i law chwith o. *Left hand.*'

Siaradai fel petai'r peth yn hollol ddibwys yn ei olwg. Prysur, croendew, difater—felly yr hoffai'r Doctor Roberts ymddangos i eraill, ond gwyddai pawb a'i hadwaenai'n dda am ei garedigrwydd a'i dynerwch, a winciai'r rheini ar ei gilydd pan swniai'r dyn bach yn ddideimlad.

'Lle mae'r musus?'

'Yn y Sowth, Doctor, yn edrach am Idris a'r teulu.'

'Pryd mae hi'n dŵad adra?'

'Drennydd, ddydd Sadwrn.'

'Hm. 'Ch hun ydach chi?'

'Ia. Ond mae'r ferch yn dŵad i lawr bob bora. Mi fedar hi aros yma os bydd angan.'

'Dim angan. *No need.* Rydw i am 'i yrru fo i Lerpwl.'

'Lerpwl? Pwy?'

'Yr hogyn bach. *For Hospital Treatment.* I roi pob chwara' teg iddo fo. Bwyd da. *Good food. Massage. Baths. Painting.* Rhaid inni 'i glirio fo. *Must clear it.* Unwaith ac am byth. *Once and for all.*'

'Ond fel y gwyddoch chi, Doctor . . .'

'Ia?'

'Yr ydan ni ar streic ers yn agos i ddwy flynadd bellach, a . . .'

'Dim arian gynnoch chi?'

208

'Wel . . . ia. Mi hoffwn i i'r hogyn gael y gora posibl, wrth gwrs, ond . . .'

'Mae'r Hospital yn rhad. *Free Hospital.* Chostiff o ddim i chi. *Not a penny piece.*'

'Ond . . .'

'Y trên? Mae gin i ugian punt—*twenty pounds*—yr ydw i newydd gael oddi wrth ffrind yn Llundain. At achosion fel hyn. *For needy cases.*' Tynnodd bedair sofren o'i boced a'u taro ar y bwrdd. 'Mi fyddwch isio prynu rhai petha iddo fo. *I'll get through to Liverpool this morning.*'

'Ond gwrandwch, Doctor,' dechreuodd Edward Ifans, gan godi'r pedair sofren oddi ar y bwrdd, 'dydw i ddim . . .'

Ond yr oedd y dyn bychan ar ei ffordd allan. '*I may want him to get off this morning,*' gwaeddodd o'r drws. 'Trên deuddag.'

Gyrrodd y meddyg neges yng nghanol y bore i ddweud iddo lwyddo yn ei gais am wely yn yr ysbyty. A chyn hir daeth ef ei hun yn ei gerbyd i gludo Gwyn i'r orsaf. 'Mi fydd o'n iawn yn y trên,' meddai, 'ond gofalu na chaiff o ddim drafft, yntê? Mae'r temp. i lawr bora 'ma. *No fever. He'll be all right.*' A chyn i'r trên gychwyn gwthiodd sofren arall i law Edward Ifans. 'Rhag ofn. *In case,*' meddai. Yna i ffwrdd ag ef yn fân ac yn fuan, heb air arall.

Ychydig sylw a gymerodd Gwyn o bentrefi a threfi a thraethau ar y daith: nid oedd hyd yn oed y twnelau yn ei gyffroi. Llogodd Edward Ifans gerbyd i'w gludo o orsaf Lime Street i'r ysbyty, ac wedi cyrraedd yno, teimlai braidd yn fychan wrth ateb cwestiynau am ei waith a'i deulu a'i foddion i'r ferch drwynfain, sbectolaidd a'u gofynnai iddo. Ond yn y ward, a nyrs fach o Gymraes yn rhoi Gwyn yn ei wely, ffrydiai annibyniaeth yn ôl i'w feddwl, fel petai'n dychwelyd i'w dŷ ac at ei iaith ac i blith ei bobl ei hun wedi orig yswil mewn lle dieithr, ffroen-uchel.

'O ble ydach chi'n dŵad, 'ngeneth i?' gofynnodd iddi.

'O Aberheli, syr.'

'Tewch, da chi! Sut ydach chi'n licio yma?'

'O, wrth fy modd, ond fy mod i'n cael pylia o hiraeth go arw weithia. Ond mae 'Nhad yn galw yn Lerpwl 'ma bron bob wsnos a Mam ne 'mrawd yn dŵad hefo fo weithia. Yn y stemar. Fo ydi'r Ciaptan . . . Dyna chi, yr ydach chi'n gynnas a chyffyrddus rŵan, on'd ydach?' meddai wrth Gwyn.

'Ydw, diolch, Nyrs.'

'Wel, 'ngwas i,' meddai Edward Ifans braidd yn floesg, wedi iddo daro dillad Gwyn yn ei fag.

Ni wnaeth Gwyn ddim ond gwenu'n ddewr, gan ymdrechu cadw'r dagrau o'i lygaid.

'Wn i ddim pryd y down ni i'th weld di, fachgan, a'r hen drên 'na mor ddrud. Ond y mae'n debyg y daw dy fam ganol yr wsnos.'

Clywodd y nyrs fach y geiriau. 'Pam na ddowch chi ddydd Iau, wsnos i hiddiw?' gofynnodd. 'Hefo 'Nhad yn y stemar. Cario llechi i Lerpwl mae o, os ydach chi'n barod i deithio mewn llong felly.'

'Ydach chi . . . ydach chi'n meddwl y basa fo'n caniatáu inni? . . .'

''Rargian, basa mewn munud. Mi fydda' i'n sgwennu adra 'fory, a mi ddeuda' i wrtho fo am yrru gair atoch chi. I ddeud pryd bydd y teid yn gadael iddo fo gychwyn. Ond mi fydd raid i chi aros dwy noson os dowch chi felly. Mae'n cymryd dau ddiwrnod iddyn nhw ddadlwytho. Oes gynnoch chi berthnasa yn Lerpwl 'ma?'

'Neb, mae arna' i ofn. Ond mae 'na amryw o Lechfaen 'cw yn gweithio yma rŵan. Mi sgwenna' i at Now'r Wern heno pan a' i adra . . .'

Ond ni fu raid iddo ysgrifennu at Now'r Wern. Prin yr oedd wedi gorffen ei swper yn Gwynfa y noson honno pan alwodd Catrin, gwraig Robert Williams.

'Wedi clywad am Gwyn bach,' meddai wrth Megan, a aethai i ateb y drws. 'Diar, hen dro, yntê? . . . O, hylô, Edward Ifans! Dŵad i ddeud wrthach chi fod Meri Ann fy chwaer yn byw reit agos i'r Rospitol. "Catrin," medda Robat 'cw pan glywson ni amsar cinio, "dos i fyny at Edward ar unwaith i roi adrés Meri Ann iddo fo." Ond yr oeddach chi wedi mynd ar y trên deuddag . . . Dyma fo'r adrés, ac os byddwch chi isio tamad o fwyd ne' aros y nos —wel, yr ydach chi'n gwbod am Meri Ann, on'd ydach? Y ffeindia'n fyw. Mi fasa wrth 'i bodd eich gweld chi, a fasa dim yn ormod gynni hi'i wneud i chi. Mi sgwennodd Robat 'cw ati hi pnawn 'ma, ac mi fydd Meri Ann yn edrach amdano fo 'fory nesa', gewch chi weld. Ac mae hi'n cadw hannar dwsin o ieir yng nghefn y tŷ ac yn cael wya reit dda, medda hi. Ac mi sgwennodd hefyd at Christmas 'i gefndar o Firkenhead. Mae'i hogan o, Nellie, yn gweithio mewn offîs yn Lerpwl, ac rydw i'n siŵr y medar hi alw yn y Rospitol i fynd â ffrwytha ne' rwbath i'r hogyn bach. Pryd ydach chi'n meddwl y medrwch chi fynd yno eto, Edward Ifans? Roedd Robat 'cw yn gobeithio . . .'

'Ron i'n meddwl mynd ddydd Iau nesa',' meddai Edward Ifans, gan dorri ar y llifeiriant o eiriau.

'Dydd Iau? Wel, rhaid i chi aros y nos hefo Meri Ann, chi a Martha os medrwch chi fforddio mynd eich dau. Mae gynni hi dŷ braf a digon o le ac mi fasa wrth 'i bodd

211

yn rhoi croeso i chi. Ond dyna fo, yr ydach chi'n gwbod am Meri Ann, on'd ydach? Y ffeindia'n fyw, a does dim yn ormod ganddi'i wneud i rywun yn y Rospitol, yn enwedig os bydd o o Lechfaen 'ma. Diar annwl, yr ydw i'n cofio pan aeth William Williams, Ty'n Cerrig, i gael 'i goes i ffwrdd ... Gwyn bach druan, yn yr hen Rospital fawr 'na, yntê? Ond dyna fo, mae Doctor Robaits yn gwbod, on'd ydi? Y Doctor bach gora yn yr holl wlad, dyna ydw i'n ddeud, a 'tasa fo'n fy ngordro i ne' Robat 'cw i fynd ar ein penna i'r afon 'na bob bora, am wn i na fasan ni'n mynd ...'

Derbyniodd Edward Ifans lythyr oddi wrth y Capten John Huws fore Llun yn ei wahodd ef a'i wraig i deithio yn ei long i Lerpwl fore Iau. A allai ef a Mrs Ifans ddal y trên wyth o Lechfaen? Hynny yw, oni fyddai'r dydd yn ystormus iawn.

Nid oedd y dydd yn ystormus, ac fel y nesâi'r trên i Aberheli, yr oedd heulwen denau Tachwedd yn llewych ansicr ar lwydni'r môr.

'Rydw i'n falch o gael eich cwmni chi,' meddai'r Capten Huws wedi iddo'u harwain i'w gabin. 'Gyda llaw, mi gawson ni lythyr eto ddoe oddi wrth Dilys, y ferch 'cw. Yr hogyn bach yn dŵad ymlaen yn iawn, medda hi. Mae o'n rêl ffefryn yn y ward ac wedi cael amryw o ymwelwyr yn barod.'

'O, diolch am hynny. Fy ngwas bach i!' ebe Martha Ifans. Ond nid edrychai ar y siaradwr: yr oedd ei llygaid wedi'u hoelio ar lun ar y wal.

'Llong fy mrawd, William,' eglurodd y Capten. 'Llong hwylia. Y *Snowdon Eagle*. Ac mae hi'n ddadl fawr acw bob tro y daw o adra—rhwng stêm a hwylia, wchi.'

Yr oedd dagrau yn llygaid Martha Ifans. 'On'd ydi'r hen

fyd 'ma'n fychan?' meddai. 'Mae'n hogyn ni ar hon'na.' A chododd hi a'i gŵr i syllu'n fanwl ar y llun.

'Ar y *Snowdon Eagle*? Wel, wir! Ond mi ellwch fod yn dawal eich meddwl ar un peth. Mi geiff bob chwara' teg hefo William fy mrawd, er mai fi sy'n deud hynny . . . Yr ydw i'n cofio rŵan iddo fo gymryd hogyn newydd cyn iddo fo adael Aberheli 'ma. Wel, wir, a'ch hogyn chi oedd o!'

Treuliodd y tad a'r fam awr hapus gyda'u bachgen y prynhawn hwnnw, a chludwyd ganddynt y tryblith rhyfeddaf o ddanteithion i'r cwpwrdd wrth ei wely. 'Y jam mwyar duon 'ma oddi wrth Catrin Williams,' meddai Martha Ifans wrth eu rhoi'n ofalus yn y cwpwrdd. 'Y 'fala o ardd yr hen Ishmael Jones. 'Fala byta digon o ryfeddod . . . Y deisan gyraints 'ma o siop Preis. John Preis 'i hun sy'n 'i gyrru hi iti a deud wrthat ti am frysio mendio iti gael chwanag pan ddoi di adra . . . D'ewyrth John a Ceridwen sy'n rhoi'r grêps 'ma. Ceridwen oedd wedi'u cael nhw gan rywun am 'i bod hi'n sâl, ac mi fynnodd imi fynd â mwy na'u hannar nhw i ti . . . O, ia, mae gin i ddeuswllt iti oddi wrth Dan hefyd. Roedd o wedi meddwl dŵad i Aberheli bora 'ma i'n gweld ni'n cychwyn, ond mae dydd Iau yn ddiwrnod prysur ofnadwy iddo fo. Mi fydd o yno heno, mae'n debyg, yn aros am y llong . . . Yr wya 'ma—Diar, yr ydw i wedi bod ofn i'r rhei'na gracio ar hyd y daith—oddi wrth Roli Llefrith, Tyddyn Isa' . . . Y ddau lyfr 'ma oddi wrth Mr Edwards y Gwnidog. A'r pedwar oraens 'ma . . . Diar, on'd ydi pobol yn ffeind wrthat ti, dywad? . . . Meurig sy'n gyrru'r da-da 'ma. Y rhai wyt ti'n licio, medda fo, caramels â chnau yn 'u canol nhw, o siop Leusa Jones—Leusa Licsmôl, chwedl chitha . . . Ac mae Megan wedi casglu pob math o betha i'r bocs 'ma, wn i ddim be' i gyd . . . A neithiwr mi alwodd rhyw hogyn o'r enw Os acw hefo hwn—rhyw lyfr a lot o lunia ynddo fo. Fo'i hun ddaru 'u tynnu nhw, medda fo, ac roedd o isio imi ddeud wrthat ti na chanith y Gwcw ddim am hir eto. Dim ond imi ddeud fel'na a mi fasat ti'n dallt medda fo.'

Llyfr bychan a'i glawr yn goch ydoedd, hen lyfr siop i'w fam, efallai, ond hwnnw oedd yr anrheg werthfawrocaf i Gwyn. Yr oedd yn amlwg fod Os mor ddeheuig â'i law ag ydoedd â'i ddyrnau, a thynasai yn y llyfryn bob math o luniau o Roli Llefrith ac ef ei hun a Wil Cwcw ac eraill, pob un yn anheddychol i'r eithaf. Ac uwchben pob llun, er mai prin yr oedd eu hangen, eglurai penawdau mawrion beth a fwriadai'r tynnwr ei gyfleu. 'Y Babi yn Nghoitsh H. Racs' a oedd uwchben y cyntaf, a gwelid yn y darlun wyneb babïaidd Wil, yn wylofain i gyd, yng nghoits fach Harri Rags, a Roli Llefrith, a'i dafod allan, yn gwthio'r goits. Nid syniad artistig yn unig oedd hwn, ond tyfodd yn ffaith un gyda'r nos yn Nhan-y-bryn, a bu'n boblogaidd iawn am hanner awr nes i Jane Parri, na fedrai werthfawrogi celfyddyd, benderfynu na châi ei hogyn hi gymryd rhan yn y fath ffolineb.

Cafodd y tad a'r fam yr hawl i alw yn yr Ysbyty eto yn yr hwyr, a daeth Meri Ann gyda hwy. Dynes fawr, dawel, oedd hi, hollol wahanol i Catrin Williams ei chwaer. Tu ôl i'r tawelwch a'r ochneidio aml yr oedd tristwch mawr. Collasai ei hunig fab, meddyg disglair, yn y rhyfel yn Neheudir Affrig, a phrin y gallai'i meddwl syfrdan gredu bod y peth yn wir. Yr oedd ei gŵr mewn swydd bwysig yn nociau'r ddinas, a'i merch yn athrawes, ond wedi colli Emrys, troesai cysur a chyfoeth ei chartref yn llwch yn ei dwylo. Gallai fforddio morwyn neu ddwy, ond yr oedd yn

214

well ganddi fod hebddynt, er mwyn *gwneud* rhywbeth drwy'r dydd, a chadwai ieir yng nghefn ei gardd am yr un rheswm—er gwaethaf barn ei chymdogion. 'Y ffeindia'n fyw' oedd disgrifiad ei chwaer ohoni, a buan y dysgodd Edward a Martha Ifans mor gywir oedd y geiriau. Mwynhâi Meri Ann *roi* fel y mwynhâi eraill *dderbyn*: yr oedd yn rhywbeth llon a chyffrous iddi, yn brofiad i ymhyfrydu ynddo. Gwelsai Gwyn hi bob dydd ers wythnos, a daethent yn gyfeillion mawr. A thystiai'r cwpwrdd wrth ochr ei wely nad yn waglaw y galwasai Meri Ann.

Yr oedd Martha Ifans yn dawel iawn ar y ffordd o'r ysbyty.

'Wel, wir, mae o i'w weld yn reit siriol, on'd ydi?' meddai'i gŵr.

'Ydi, y peth bach,' ebe Meri Ann ag ochenaid. Ond ni ddywedodd ei wraig ddim.

'Llefydd da ydi'r hospitals 'ma, wchi,' meddai Edward Ifans, gan sylwi'n bryderus ar ei mudandod. 'Mae pobol yn edrach arnyn nhw mewn dychryn ac yn meddwl bod popeth ar ben pan mae'r Doctor yn sôn am 'u gyrru nhw i hospital. Ond wir, mae'n bryd inni gael gwared o syniada henffasiwn fel yna.'

'Ydi,' ebe Meri Ann ag ochenaid arall. 'Dyna fydda Emrys druan yn 'i bregethu wrth bobol pan fydda fo'n gorfod danfon rhywun i hospital. Mi wn i am lawar fasa yn 'u bedd ers tro oni bai am yr Hospital 'ma.'

'Dyna chi William Williams Ty'n Cerrig.'

'Ia. 'Tasan nhw heb dorri'i goes o i ffwrdd pan ddaru nhw, mi fasa'r drwg wedi rhedag drwy'i gorff o yn fuan iawn.'

Tawelwch eto, a Martha Ifans yn syllu'n ffwndrus o'i blaen.

'Mae Gwyn yn lwcus i gael hogan fach y Capten Huws i ofalu amdano fo,' meddai Edward Ifans ymhen ennyd.

'Ydi, wir,' ebe Meri Ann. 'Ac *mae* hi'n hogan fach ffeind. Rydw i wedi'i gwadd hi acw ddydd Sul a deud wrthi am ddŵad â ffrind hefo hi. Diar, yr ydw i'n cofio pan on i'n gweini yn Lerpwl 'ma mor falch on i o gael mynd allan i de ne' swpar weithia.'

Yr oeddynt yn y tŷ cyn i Martha Ifans fynegi'r hyn a oedd ar ei meddwl.

'Edward?' meddai pan eisteddodd wrth y tân.

'Ia, Martha?'

'Rhaid i chi fynd i gael gair hefo'r Doctor bora 'fory. Dydw i ddim yn licio'i olwg o o gwbwl. Yr hen wrid afiach 'na ar 'i ruddia fo a'r . . . a'r poena mae o ynddyn nhw.'

'Ond . . . ond roedd o'n siarad lot hefo ni ac yn chwerthin wrth edrach ar y llunia dynnodd yr hogyn hwnnw.'

'Ac yn gwneud 'i ora i guddio'r poena. Ond ddaru o ddim fy nhwyllo i. Rhaid i chi fynd i siarad hefo'r Doctor bora 'fory.'

'O, o'r gora, Martha. Er mai Sais go sâl ydw i, mae arna' i ofn.'

'Efalla' y daw Meri Ann hefo chi. Mae hi'n 'nabod y Doctor, medda hi. Roedd o ac Emrys yn y Coleg hefo'i gilydd.'

'*It's going to be a fight,*' meddai'r Doctor fore drannoeth. '*He's a delicate boy, and he needs a lot of building up.*'

'*It's this old strike, you see, Doctor,*' meddai Edward Ifans. '*We've tried to give him the best we could, but with so little money coming in . . .*'

216

'Yes, I know, Mr Evans, I know. The strike has dragged on for two years now, hasn't it? How you've stuck it so long, I don't know.'

'Oh, we've had a lot of help. People everywhere have been very kind to us.'

'And you deserve every penny you get. You're brave folk, very brave. It's a pity the children have to suffer, though. Your Doctor Roberts was here the other day, and he was very worried about that. Grand fellow, isn't he?'

'Yes, indeed. A good man, Doctor Roberts is.'

'Well, we'll do our very best for your boy, Mr Evans. I thought it better to warn you that it's not going to be easy. You see, the rheumatic trouble has affected his heart, I'm afraid. When he gets better he'll have to be careful for a long time. Have you got anywhere where he could go from here for a while, somewhere where he can have good food and the right atmosphere, away from the strike and all the bad feeling it brings with it?'

'Well, I don't know. My son down in South Wales . . .'

'What's wrong with my house?' gofynnodd Meri Ann.

'Wel, Meri Ann, fasa Martha na finna ddim yn licio rhoi traffarth . . .'

'Would a few months with me do him any good, Frank?' gofynnodd Meri Ann i'r meddyg, a adwaenai'n dda.

'That would be ideal, I should think,' meddai yntau. 'And I could keep an eye on him.'

'Ond fel y gwyddoch chi, Meri Ann, fedren ni ddim . . .'

'Mi faswn i wrth fy modd 'i gael o am dipyn . . .'

217

'*Well, I'll leave you to argue it out between you,*' meddai'r meddyg, gan ysgwyd llaw ag Edward Ifans. '*Good-bye, Mr Evans. We'll do all we can for him.*'

Nid ymddangosai Gwyn gystal y prynhawn hwnnw, ac ni chyffyrddasai â'r danteithion a oedd yn y cwpwrdd. Penderfynodd y tad a'r fam nad aent i'r ysbyty wedyn yn yr hwyr, rhag ei flino. Cydiodd Gwyn yn dynn â'i ddwy law yn llaw ei fam pan oedd hi ar fin troi ymaith.

'Pam na ddowch chi eto amsar swpar, Mam?'

'Y Doctor isio iti orffwys gymaint ag a fedri di, 'ngwas i. Peidio ag egseitio, medda fo. Ond mi ddown ni yr wsnos nesa' eto.'

'Yn y stemar?'

'Ia, hefo Ciaptan Huws. A rhaid i titha frysio mendio iti gael pàs ynddi hi.'

'Rhaid . . . Mam?'

'Ia, 'ngwas i?'

'Deudwch wrth Meurig . . . am ddeud wrth Os . . . na ddeudis i ddim fod yn ddrwg gin i. Mi fydd Os yn dallt.'

Troes Edward a Martha Ifans wrth ddrws y ward i chwifio llaw ar eu bachgen. Cododd Gwyn yntau ei law, gan wenu'n ddewr, ond yn sydyn yr oedd y boen yn ei benelin ac yn ei ysgwydd yn ysgriwio'i wyneb. Ond dychwelodd y wên ar unwaith, yn loyw gan ddagrau. Edrychai'n fychan ac yn unig iawn yno ym mhen draw'r ward, ac yr oedd calon Martha Ifans fel plwm o'i mewn fel y cerddai ymaith. Teimlai'n ddig wrth ryw ferch o ymwelydd gerllaw am chwerthin yn uchel ar ei ffordd allan.

Daeth llythyr oddi wrth Meri Ann ddydd Llun ac un arall ddydd Mercher. Ceisiai swnio'n hyderus, ond darllenai'r tad a'r fam rhwng y llinellau a gwyddent nad

218

oedd Gwyn yn gwella fel y gobeithiai'r meddyg y gwnâi. Dydd Iau, pan gyrhaeddodd y llong Lerpwl, yr oedd Meri Ann yn aros amdanynt ar y cei. Gwyddent heb iddi ddweud gair pam y daethai yno.

'Bora 'ma, tua deg,' meddai. 'Dowch, mae gin i gerbyd yn aros wrth y giât acw ... Dowch, Martha bach, dowch, 'nghariad i ... Mae fy ngŵr i wedi gwneud y trefniada i gyd y pen yma, Edward Ifans, ac rydw i wedi gyrru telegram i Robat a Catrin fy chwaer i drefnu petha yn Llechfaen. Ar gyfar dydd Llun yr on i'n meddwl ... Ewch chi'ch dau at y cerbyd rŵan tra bydda' i'n cael gair hefo'r Capten Huws.'

Oedd, yr oedd y trefniadau oll wedi'u gwneud, a mynnai gŵr Meri Ann gael talu'r treuliau i gyd. A phan ddaeth y Sadwrn, teithiodd Meri Ann gyda'r fam yn y trên i Lechfaen, a gofalodd ei gŵr fod yr arch yn cyrraedd llong y Capten Huws heb i'r tad orfod gwneud dim.

'Gwell i chi deithio yng nghabin y Mêt hiddiw,' meddai'r Capten pan aeth Edward Ifans i mewn i'r llong.

'Na, os ca' i, Capten Huws, mi liciwn i fod yn eich cabin chi.'

Ac yno yr eisteddodd, a'i ddwylo wedi'u plethu ar ei liniau a'i lygaid pell-freuddwydiol yn llawn poen. Gorweddai'r arch fechan ar ddwy gadair wrth y mur, a hongiai'r llun o'r *Snowdon Eagle* uwchben iddi.

PENNOD 8

Aeth Dan i hebrwng ei ffrind Emrys at y trên un hwyr yng nghanol Ionawr. Dechreuai tymor arall yn y Coleg trannoeth.

'Daria, piti na fasat ti'n dŵad hefo mi, Dan,' meddai Emrys yn sydyn wedi iddynt gyrraedd y platfform. 'Mi fasat yn fflio drwy'r *Honours* yn y Gymraeg ne'r Saesneg, yr ydw i'n siŵr o hynny. Pob parch i'm hewyrth ac i'r *Gwyliwr*, ond . . .'

'Yr ydw i'n hapus lle'r ydw i, Emrys. Wrth fy modd yn y gwaith. Ac yn dysgu mwy mewn wsnos weithia nag a wnawn i mewn tymor cyfa' yn y Coleg. Mae'r profiad yn un gwych, fachgan.'

'Ydi, mi wn, ydi ond . . . y Coleg ydi dy le di. Mae 'na fwy yn dy ben di ganwaith nag sy yn fy nghorun i. Go daria'r hen streic 'na!'

'Hyd yn oed petai'r arian gen i, wn i ddim awn i'n ôl i'r Coleg.'

'O? Pam?'

'Wel, yr ydw i yng nghanol bywyd rywfodd ar *Y Gwyliwr*, ac yn gwneud y peth ydw i isio'i wneud—dysgu sgwennu. Roeddat ti a Gwen yn canmol fy marddoniaeth i y noson o'r blaen. Faswn i ddim wedi sgwennu'r cerddi yna 'tawn i wrthi'n crafu gwybodaeth i basio arholiad yn y Coleg . . . Ac wrth gwrs, rydw i'n medru'u helpu nhw gartra.'

'Hwnnw ydi'r gwir reswm, yntê?'

'Naci. Naci.'

'Mae dy *logic* di yn dangos hynny, "Daniel, 'machgan i," chwedl f'ewyrth.'

'O?'

'Rhaid iti gofio fy mod i'n gwneud Phil. yn y Coleg. Roeddat ti'n dechra hefo "Hyd yn oed petai'r arian gen i" ac yn gorffen hefo "Rydw i'n medru'u helpu nhw gartra." *Illogical,* Dan, *illogical.*'

'Efalla'.' Yr oedd y gwir yn brifo, a chyffrowyd Dan i huodledd. 'Be' ddysgis i yn y Coleg y flwyddyn y bûm i yno? Y nesa' peth i ddim. Ron i fel iâr yn pigo yn 'i hunfan. Cymer lenyddiaeth Gymraeg. Y darlithoedd yn Saesneg a finna, hogyn o Lechfaen, yn ofni ateb cwestiwn rhag ofn imi faglu tros eiria yn yr iaith fain. A faint o dir aethon ni trosto fo? Mi gei fwy gan yr Ap mewn hannar awr nag a gest ti mewn blwyddyn yn y Coleg. A dyna iti lenyddiaeth Saesneg . . .'

Ond daeth y trên, a thawodd. 'Cofia fi at yr hogia,' meddai cyn troi ymaith braidd yn sydyn, 'yn enwedig at Meirion a W.O.' Hwy oedd ei gyd-letywyr gynt.

Cerddodd tua'i lety yn nannedd gwynt oer ac yr oedd yn dda ganddo gyrraedd ei ystafell. Bychan oedd y tân yn y grât a cheisiodd ei ddeffro drwy wthio darnau o bapur iddo. Fflamiai'r rheini am ennyd cyn gollwng eu düwch llosgedig i anurddo'r ffenestr. Beth a ddywedai Mrs Morris? Ond daria, yr oedd yn rhaid iddo gael cynhesrwydd. Aeth at ddrws y gegin.

'Mae arna' i ofn bod y tân ar ddiffodd, Mrs Morris.'

'Mi ro' i bric ynddo fo rŵan.'

'Diolch yn fawr.'

Dioddefasai Dan lendid eithafol a chynildeb Mrs Isaac Morris, Ship Street, am dros chwe mis bellach, gan ofni brifo teimladau mam Emrys drwy adael y lle. Gan yr âi adref bob diwedd wythnos, o brynhawn Sadwrn tan fore Llun—ef oedd gohebydd *Y Gwyliwr* yn y cyfarfod a gynhelid yn Llechfaen bob nos Sadwrn—dim ond saith swllt yr wythnos a dalai am ei lety, a cheisiai roi pedwar, weithiau bum, swllt yn rheolaidd i'w fam. Gwisgai ei ddillad a'i esgidiau gorau pan âi i Lechfaen, a chredai y twyllai ei rieni fod ei fyd yn un gweddol lewyrchus. Medrodd ennill ychydig sylltau yn ychwanegol at ei gyflog deirgwaith drwy *lineage*—gyrru telegramau o newyddion i bapurau Lloegr—ond pur anaml y cyffroid Caerfenai a'r cylch gan ddigwyddiadau a ystyriai'r newyddiaduron hynny'n ddigon pwysig i roi sylw iddynt. A bodlonai Dan fel rheol ar ei bymtheg swllt—gan ohirio prynu crys neu esgidiau neu gôt fawr er mwyn cynorthwyo'r teulu gartref.

Daeth Mrs Morris i mewn i wthio darnau o goed i'r tân.

'Diar annwl, be' sy wedi digwydd yma?' cwynfannodd.

'O, mae'n ddrwg gin i, Mrs Morris. Trio'i gadw fo i fynd hefo papur wnes i.'

'Hm.' Ymguddiai huodledd mawr yn yr ebychiad.

Rhoes bedwar lwmp o lo yn ofalus ar y tân, fel petai'n siarsio pob un i wneud ei orau. Yna brysiodd allan i nôl taclau i lanhau'r grât a'r ffender, ac ymhen ychydig funudau yr oedd y lle tân yn sglein i gyd unwaith eto; yn wir yr oedd mor loyw nes i'r tân ei hun gau ei lygaid euog yn llwyr o flaen y fath ddisgleirdeb.

'Mi ro' i dipyn o saim ynddo fo. Mi ddaw o wedyn. Gymwch chi'ch swpar rŵan, gan fy mod i isio rhedag allan i weld fy chwaer yng nghyfraith.'

'O'r gora, Mrs Morris. Diolch.'

Llygoden fach o ddynes swil, nerfus, oedd Mrs Morris a dreuliai'i dydd o fore gwyn tan nos yn erlid pob ysmotyn o lwch a fentrai i'w thŷ. Pechodau'r oes a rhinweddau eithriadol y diweddar Isaac Morris oedd unig destunau'i sgwrs, y ddau, a barnu oddi wrth ei thôn, mor drist â'i gilydd. Clywsai Dan si o lawer cyfeiriad i'w gŵr o deiliwr adael arian mawr a thai ar ei ôl: yr oedd yn bur debyg y gadawai Mrs Morris fwy, er nad oedd ganddi ond perthnasau pell i fwynhau'r cyfoeth. Yn rhyfelgyrch y llwch yr oedd ei hunig fwynhad hi.

Wrth fwyta'i swper o fara-'menyn a the a phwdin du, syllodd Dan braidd yn gas ar y llun o Isaac Morris a'i wraig ar y wal gyferbyn ag ef. Yr oedd gwên wag, nefolaidd, ar ei hwyneb hi, ond edrychai ef i lawr i ddryswch ei farf, fel petai newydd ddarganfod bod y tyfiant hirllaes yn perthyn iddo. Beth yn y byd a wnaethai i'r ddau hyn fynd i dynnu'u lluniau? gofynnodd Dan iddo'i hun. Gerllaw i'r llun, fel pe i egluro paham, disgleiriai mewn llythrennau arian ar gefndir o fôr euraid yr adnod, 'Charity suffereth long'. Yr oedd amryw o adnodau o'r fath hyd y muriau, ond ni theimlai Dan yn grefyddol wrth edrych arnynt: yr oedd eu ffuantwch addurnol yn troi arno, a phetai ganddo'r hawl i ymyrryd, rhoddai hwy oll yn anrheg i ddyn y drol ludw ryw fore Llun. A llu o'r teganau dienaid y tynnai Mrs Morris lwch mor ddiwyd oddi arnynt o ddydd i ddydd.

Agorodd eto y llyfr a ddarllenai cyn mynd gydag Emrys i'r orsaf. Cyfieithiad o Ail Ran *Faust* gan Goethe ydoedd, un o hoff lyfrau'r Ap, ac fel y darllenai, clywai lais y gŵr hwnnw'n taranu rhai o'r llinellau, fel pregethwr mewn hwyl. Hy, nid oedd Emrys a'r hogiau eraill yn cyffwrdd pethau fel hyn yn y Coleg: câi ef well addysg ganwaith yng nghwmni'r Ap. Yr oedd barddoniaeth Dryden, er enghraifft, bron mor sych â llyfr rhent iddo yn y Coleg, ond y noson o'r blaen pan ddarllenodd yr Ap un o gerddi'r bardd yn uchel, gan gerdded—braidd yn feddw—o amgylch ei ystafell i weiddi ac actio'r darn, fflachiai golau ym mhob llinell. Dyna beth oedd addysg, nid rhyw bori fel gafr wrth gadwyn.

Ond heno rywfodd, ni châi Dan fwy o flas ar awen Goethe nag ar y pwdin du. Cododd oddi wrth y bwrdd ac eisteddodd yn anniddig wrth y tân dilewych. Yr oedd Emrys yntau yn ei lety erbyn hyn, ac uchel oedd siarad a chwerthin yr hogiau wrth adrodd am helyntion y gwyliau. Cyn hir, canai Meirion 'Llwyn Onn' ar yr organ, a safai W.O. ar yr aelwyd i ganu penillion ar uchaf ei lais. Gwenodd Dan wrth feddwl am W.O. Ni phasiai ef arholiad byth—yn wir, gan mai prin yr edrychai ar lyfr tan ryw wythnos cyn y prawf, yr oedd ganddo wyneb i eistedd un—ond yr oedd yn ganwr penillion heb ei ail, a'i dafod chwim yn enwog drwy'r Coleg. Cofiai Dan yr hwyl a fu pan gasglodd W.O. ryw ddwsin o fyfyrwyr i ystafell ffrynt y llety i ddysgu'r ddrama ar gân a luniasai ef. Yr oedd y parlwr yn rhy fach ac aeth W.O. at Mrs Jones, y lletywraig, i ofyn am fenthyg yr ystafell ganol yn ei le. 'Ydach chi'n gweld, Mrs Jones,' meddai yn ei ffordd sych, ddi-wên, 'hyd yn oed pan ydan ni i gyd i mewn yn y rŵm ffrynt, mae'n hannar ni tu allan.' Ia, un da oedd W.O.

Cydiodd Dan eto yn y cyfieithiad o waith Goethe, ond nid oedd hwyl darllen arno. Cerddodd o amgylch yr ystafell, ac yna safodd i gyfrif curiadau lleddf cloc y dref. Dim ond wyth o'r gloch! Syllodd ar y llun o briodas chwaer Isaac Morris. Fel rheol, gwnâi'r llun hwnnw o'r ddynes fer fer a'r dyn tal tal iddo chwerthin wrtho'i hun, ond heno ni ddôi gwên i'w wyneb. Brysiodd Mrs Morris i mewn i glirio'r bwrdd.

'O, mae'r tân yn dŵad . . . Isio rhedag i fyny i weld fy chwaer yng nghyfraith. Rachel druan!'

'O? Be' sy, Mrs Morris?'

''I gŵr hi, yr hen gena' iddo fo. Wn i ddim be' sy'n dŵad o'r byd 'ma, na wn i, wir. 'Tasa' Isaac druan yn fyw, mi fasa hyn yn ddigon i'w yrru o i'w fedd. A hitha'n ddynas fach mor dduwiol. Yn rhoi emyn allan yn y Cwarfod Gweddi ac yn siarad weithia yn y Seiat. Y beth fach.'

'Pwy, Mrs Morris?'

'Rachel. Un o'r merched mwya' crefyddol yn y dre 'ma. Mi gafodd 'i hachub yn Niwygiad '59 pan oedd hi'n ddim ond hogan ifanc, a fydd hi byth yn colli Cwarfod Gweddi na Seiat na dim. Yr hen gena' iddo.'

Nodiodd Dan mewn cydymdeimlad dwys er na wyddai paham yr haeddai gŵr Rachel, dyn tal tal y llun ar y mur, y fath anair.

'Isaac druan yn gorfod mynd, yn ddyn cymharol ifanc, a hwn'na'n cael 'i nerth a'i iechyd. Yr annuwiol yn estyn 'i ddyddia yn 'i ddrygioni, chwedl Llyfr y Pregethwr, yntê?'

'Be' mae o wedi'i wneud, Mrs Morris?'

'Wedi rhedag i ffwrdd hefo dynas arall, gwraig i blisman yn y dre 'ma. Un o ferched yr hen ddyn 'na sy'n cadw'r Black Boy.'

Nid dyn i chwarae ag ef oedd plisman, meddylioddd Dan, ond ni ddywedodd ddim. Wedi i Mrs Morris fynd â'r llestri allan, syllodd eto ar lun y briodas. Wel, efallai fod llawer i'w ddweud dros y dyn tal, meddai wrtho'i hun.

Eisteddodd eto wrth y tân. Beth a wnâi Gwen heno, tybed? Nid oedd hi yn y tŷ pan alwasai am Emrys, ac ni fentrodd ofyn i'w brawd i ble'r aethai. I ryw bwyllgor neu gyfarfod yn y capel, efallai. Er na welsai Dan fawr ddim ohoni ond pan âi i'w chartref ar ryw esgus, meddyliai lawer amdani, am dawelwch dwfn, swynol, ei llygaid, am y direidi sydyn a oleuai'i hwyneb breuddwyd-iol, am gyfaredd ei llais. Nid oedd hi'n ferch dlos—syllasai'n swil ar ddwsinau o enethod tlysach pan oedd yn y Coleg—ond nid oedd gan neb lygaid a llais fel yr eiddo hi. Yr oedd tynerwch y gwyll yn ei llygaid a murmur afonig yn ei llais. Gwenodd. Beth petai W.O. yn agos ac yn medru darllen ei feddwl ar adegau fel hyn! Ond W.O. neu beidio, câi ddiddanwch rhyfedd wrth freuddwydio am Gwen, a chanasai dair telyneg amdani, heb eu dangos i neb. Soniai hi am fynd i'r Coleg Normal yn yr hydref, a phetai'r streic drosodd yn fuan, efallai . . . efallai yr âi yntau'n ôl i'r Brifysgol. Cofiodd am ei brwdfrydedd y noson o'r blaen pan ddarllenodd beth o'i farddoniaeth iddi hi ac Emrys. Ond ni wyddai hi mai hi oedd Men y caneuon. Neu a amheuai hi hynny? Pam y gwridai wrth fynnu copïo un o'r cerddi? Wel, fe ddywedai'r gwir wrthi ryw ddiwrnod.

Âi am dro bach i gyfeiriad capel Moab: efallai y trawai ar Gwen ar y ffordd ac y câi gerdded gyda hi tua'i chartref. Na, gwell fyth, galwai yn y tŷ i ddychwelyd *Caniadau Cymru* a gawsai yn fenthyg gan Emrys. Llon-nodd drwyddo wrth gymryd y llyfr oddi ar y silff.

Yr oedd un peth yn sicr, meddai wrtho'i hun fel y cerddai yn erbyn y rhewynt a chwipiai'r stryd; câi eistedd wrth danllwyth yng nghegin Mrs. Richards: yr oedd y teulu'n hoff o gysur. Ac efallai y byddai'r Ap yno heno—galwai weithiau ar nos Lun—a chythruddai Dan ef drwy sôn am y diwygiad yn hanes yr Eisteddfod Genedlaethol. I'r Ap, cysgod gwael o'r hyn a fu oedd yr Eisteddfod yn awr, heb gyrddau'r beirdd a digonedd o gwrw a baco, heb Dalhaiarn ac eraill yn feddw fawr, heb gynganeddu ac adrodd storïau a chanu uwch ysbrydiaeth y bir. Huawdl oedd ei atgofion am Eisteddfod Aberystwyth yn '65 ac un Caer '66, pan oedd pob bardd a llenor o unrhyw werth, meddai ef, wedi'i ysbrydoli gan ei bumed peint.

Clywodd Dan chwerthin merch ar y stryd gerllaw iddo. Gwen? Âi dau gariad heibio, ond ni allai weld eu hwynebau yn y tywyllwch. Arafodd ei gamau ac yna troes i'w dilyn, yn beiriannol bron. Aethant heibio i ffenestr olau ymhen ennyd, a theimlodd gyhyrau'i wyneb yn tynhau. Ia, Gwen oedd hi, ac am ei phen yr het goch a'r bluen wen ynddi. Pwy oedd y bachgen, tybed? Cerddodd yn gyflymach i fod yn nes atynt pan gyrhaeddent y lamp nwy yng ngwaelod y stryd. Yr argian, Cecil Humphreys, mab i fasnachwr llwyddiannus yn y dref. Ac nid hwn oedd y tro cyntaf iddo'i gweld hi yn ei gwmni. Beth yn y byd a welai Gwen yn y coegyn hwnnw? Ond yr oedd ganddo ddigon o arian i'w gwario, meddyliodd yn sur, gan droi'n reddfol i gyfeiriad ei lety. Oedd, mwy na digon o arian.

'Wrth y tân mae lle dyn heno, Dan, nid yn crwydro'r stryd,' galwodd llais.

'O, hylô, Wmffra Jones, hylô, Enoc.'

Gydag Wmffra Jones, yr argraffydd bychan â chrwb ar ei gefn, yr oedd cysodydd o'r enw Enoc Roberts. Gwyddai Dan fod y ddau ar hynt sychedig tua'r Black Boy ac mai yno y byddent hyd oni ddôi'r amser, am un ar ddeg, i ddadlau'n ffyrnig â'r tafarnwr fod cloc y dref o leiaf hanner awr yn fuan.

'Dangos o iddo fo, Enoc,' meddai Wmffra, gan glwcian chwerthin ac aros o dan y lamp nwy nesaf.

Tynnodd Enoc gerdyn o boced du-fewn ei gôt a'i ddal o dan y golau. Chwarddodd Dan yntau pan ddarllenodd yr argraff a oedd arno: 'Nid oes raid i chi fod yn hannar call i weithio yma, ond mi fydd hynny'n help garw.'

'Am 'i binio fo ar ddrws yr Ap bora 'fory,' clwciodd Wmffra Jones.

Ymhen ennyd, fel y nesaent at ddrws agored y Black Boy, 'Hm, mae o mewn hwyl heno,' ebe Enoc. A chlywent lais uchel yr Ap: ' "Wel, Dafydd Jones," medda fi wrtho fo pan oedd yr hers newydd yn mynd heibio yn sglein i gyd, "mi fyddwch yn rêl gŵr bonheddig yng ngolwg pawb pan gewch reid yn hon'na." ' Rhuodd y gwrandawyr wrth y bar eu hedmygedd.

'Wel, nos dawch rŵan, Dan,' meddai Wmffra, gan droi tua'r drws.'

'Mi ddo' i i mewn hefo chi am funud,' ebe Dan yn sydyn.

'Ia, wir, wnaiff p . . . p . . . peint bach ddim d . . . d . . . drwg iti ar noson mor oer.' Codai'i syndod atal dweud ar Wmffra Jones.

Nid ymunodd Dan â'r dyrfa o amgylch yr Ap wrth y bar, ond sleifiodd at fwrdd bychan yng nghongl yr ystafell. Eisteddodd Wmffra ac Enoc gydag ef, ac ymhen ennyd dug merch y tafarnwr, a gynorthwyai'i thad, dri pheint o gwrw iddynt. Talodd Wmffra.

Gwelai Dan y peint yn fawr iawn ac ni wyddai yn y byd sut y medrai ei ddihysbyddu.

'Iechyd da!' meddai'r ddau arall, gan gydio'n farus yn eu gwydrau.

'Iechyd da!' ebe yntau, gan yfed yn ffwndrus ac ofnus: ni hoffai flas y peth o gwbl.

Gwrandawodd ar yr Ap yn adrodd stori ddigrif am Llew Llwyfo, ac yna sylweddolodd fod gwydrau'r ddau arall yn wag a'r cwrw yn ei un ef ond chwarter modfedd yn is.

Amneidiodd ar ferch y tafarnwr, a dug hi dri gwydraid eto i'r bwrdd a chasglu'r ddau wag i'w dwyn ymaith. Wrth dalu amdanynt yr oedd Dan yn rhy swil i egluro mai am ddau wydraid, nid tri, y bwriadodd ofyn. Yfodd yn ddewr, ond araf oedd hynt y ddiod i lawr y gwydr. Dechreuodd siarad yn huawdl—i atal y ddau arall rhag yfed mor gyflym. Gwelsai mewn hen gopi o'r *Gwyliwr*, meddai, hanes rhyw filiynydd yn San Ffransisco yn cael deuddydd o garchar am boeri mewn tram. Chwarddodd Wmffra ac Enoc yn uchel, ac yna, i lawn fwynhau'r stori, ymroes y ddau i gyrraedd gwaddod eu cwrw. Nodiodd Enoc ar y ferch tu ôl i'r bar, ac er ei fraw gwelai Dan hi'n llenwi tri gwydr arall. Ymhen ennyd yr oedd gan Wmffra ac Enoc bob un ei wydraid, ond yr oedd dau a hanner o'i flaen ef. Beth yn y byd a wnâi â hwy? Penderfynodd gofio'n sydyn fod yn rhaid iddo ddychwelyd y llyfr i dŷ Emrys. Yfodd beth o'i ddiod ei hun yn gyflym ac yna cododd.

'Yfwch rhein drosta' i, gyfeillion,' meddai, gan wthio'i ddau wydraid tuag atynt. 'Y llyfr 'ma. Ffrind imi isio fo yn y Coleg. Trên naw.' Ac i ffwrdd ag ef tua'r drws, ond nid cyn i'r Ap ei weld. Pan oedd ar ganol chwerthiniad uchel, arhosodd ceg y gŵr hwnnw'n agored mewn syndod, a chroesodd yn gyflym at Wmffra ac Enoc.

'Be' oedd Daniel yn wneud yma?' gofynnodd.

Ateb Wmffra oedd winc ddoeth tros ymyl ei wydraid.

'Mae gynno fo gystal hawl â ninna yma,' meddai Enoc yn sarrug. Un go flêr yn ei waith fel cysodydd oedd Enoc a chawsai dafod gan yr Ap y prynhawn hwnnw.

Tu allan, wrth gamu o'r drws i balmant y stryd, gwrthdrawodd Dan yn erbyn dynes fechan a âi heibio. Mrs Morris! A adnabu hi ef, tybed? Rhag ei dilyn, troes i'r cyfeiriad arall, gan gofio'n bryderus i'r diweddar Isaac Morris fod yn un o apostolion mwyaf brwd y dref yn achos Dirwest. Aeth ar gylch drwy fân ystrydoedd i gyrraedd ei lety yn Ship Street, a phan gurodd ar y drws agorwyd ef ar unwaith gan Mrs Morris, â channwyll olau yn ei llaw. Dilynodd hi ef i'w ystafell, a safodd wrth y drws tra goleuai ef y lamp a thynnu'i gôt fawr a tharo'r llyfr yn ei ôl ar y silff. Yr oedd y tân claf wedi marw.

'Sut mae'ch chwaer, Mrs Morris?'

'Cystal â'r disgwyl, wir.' Yr oedd ei thôn yn sych.

'Mae hi'n rhewi'n galad heno, on'd ydi?'

'Mae hi'n ddigon cynnas mewn rhai llefydd, mae'n debyg.'

Edrychodd Dan arni: yr oedd ei gwefusau tenau'n dynn a'i llygaid yn galed, a chrynai'r gannwyll yn ei llaw.

'Y Black Boy 'na, er enghraifft,' chwanegodd hi, a'r cryndod a oedd yn y gannwyll yn treiddio hefyd i'w llais.

'O, y Black Boy?' meddai Dan, gan swnio mor ddifater ag y gallai. 'Mi alwais i yno am eiliad i gael gair hefo Wmffra Jones, y Printar.'

'Eiliad go hir, mae'n amlwg.' Ffroenodd yn arwydd-ocaol. 'Dydi'r 'ogla yma erioed wedi twllu'r tŷ o'r blaen.' Hyd y gwyddai, nid oedd aroglau'n tywyllu ystafell, meddyliodd Dan, neu fe fuasai'r Black Boy yn dduach na'i henw. 'Isaac druan! Oni bai 'i fod o yn 'i fedd mi fasa hyn yn ddigon am 'i fywyd o. Deuddang mlynadd y buo fo'n Ysgrifennydd y Gymdeithas Ddirwestol yn y dre 'ma. A rŵan, y munud 'ma, mae 'ogla'r ddiod, y felltith, yn y parlwr lle'r oedd o'n cadw'i bapura mor drefnus a gofalus. Oes arnoch chi ddim cwilydd, deudwch, a systifficets y *Temperance Society* ar y wal 'na?'

230

'Gwrandwch, Mrs Morris. Y cwbwl ddigwyddodd heno oedd imi . . .'

''Tasa Isaac druan yn fyw, fedra fo ddim byw yn 'i groen am un noson hefo'r 'ogla 'ma. Rhoi arian ym mhocad hen ddyn tew y Black Boy 'na, a'ch tad druan heb waith a'ch mam yn gorfod . . .'

Daeth cryndod i lais Dan hefyd. 'Mi siaradwn ni am y peth 'fory, Mrs Morris,' meddai. 'Efalla' y byddwn ni'n dau yn gliriach ein meddwl wedi cysgu trosto fo.'

'Os medra' i gysgu winc,' ebe hi gydag ochenaid wrth droi ymaith yn swta. 'Ond mi weddïa i trostach chi,' chwanegodd wrth gau'r drws.

Ni liniarwyd ei hysbryd gan y gweddïo: gosododd ei damaid brecwast o flaen Dan heb ddweud gair o'i phen. Beth a oedd yn bod ar y ddynes? gofynnodd iddo'i hun ar ei ffordd i'w waith. Dim ond esgus oedd ei ymweliad ef â'r Black Boy, yr oedd yn sicr o hynny: chwilio am asgwrn cynnen yr oedd hi. Pam? Cofiodd am y bwyd sâl a'r tân cynnil, yr ychydig olew a roddai hi yn y lamp, y mymryn o gannwyll yn y ganhwyllbren. Yr oedd hi eisiau rhywun ac arian ganddo i letya yn ei thŷ, rhywun fel y Cecil Humphreys 'na y chwarddai Gwen mor llon yn ei gwmni. Arian . . . 'Put money in your purse,' oedd cyngor yr hen frawd hwnnw yn *Hamlet*, onid e? Wel, efallai iddo draethu mwy o ddoethineb nag a wyddai.

Yn fuan wedi iddo gyrraedd swyddfeydd *Y Gwyliwr*, rhuthrodd Ap Menai i mewn i'w ystafell.

'Dyma'r nodiada ar gyfer "Llannerch y Llenor",' meddai. 'Mae'n rhaid imi ddal y trên deg 'na. Rho nhw wrth 'i gilydd bora 'ma, Daniel, 'machgan i, ac os cei di amser sgribla nodyn ar y "Cymru" i lenwi'r golofn.

Rhifyn da, rhifyn diddorol dros ben, yn enwedig y ddwy stori, un gan Winnie Parry a'r llall gan Gwyneth Vaughan.'

'O'r gora, Mr Richards, mi a' i ati ar unwaith.'

'Campus. Y . . . y . . . be' sy bora 'ma, Daniel? Wedi codi'r ochor chwithig i'r gwely?'

'Wedi penderfynu chwilio am rywla gwell i aros. Pob parch i Mrs Morris, ond . . .' Cododd ei ysgwyddau.

'Ga' i wneud awgrym?'

'Wyddoch chi am rywla?'

'Gwn. Yn rhyfedd iawn, yr on i'n sôn am y peth hefo mam Emrys y noson o'r blaen. Mae hi'n fy ngweld i'n greadur unig iawn, fel y gwyddost ti, ac mi fasa wedi fy mhriodi i ddwsin o weithia 'tai hi wedi cael 'i ffordd. Ond y noson o'r blaen mi awgrymodd fy mod i'n gofyn i ti ne' un o'r argraffwyr 'ma ddŵad i fyw hefo mi. Fydda fo ddim llawar mwy o drafferth i Mrs Rowlands 'cw edrych ar ôl dau mwy nag un. Ac i ddeud y gwir, yr ydw i'n synnu dy fod di wedi aros cyhyd yn y tŷ 'na yn Ship Street.'

'Wel, mae o'n lân iawn, a . . .'

'Glân! Mi faswn i'n meddwl, wir! Yr oeddwn i ofn ista ar un o'r cadeiria bob tro y bûm i yno. Na tharo fy het ar y sglein o fwrdd sy wrth y drws . . . Tyd acw i swpar heno, inni gael pwyllgora ar y pwnc. Rhaid imi fynd am y trên 'na rŵan.'

Symudodd Dan i mewn i dŷ'r Ap ddechrau'r wythnos wedyn, ac er bod yr ystafell fyw yn bur anhrefnus weithiau, yn arbennig ar ôl un o seiadau hwyr y Golygydd yn y Black Boy neu'r Harp neu rywle tebyg, yr oedd wrth ei fodd yno. Gofalai Mrs Rowlands, gwraig lon, ddibryder, a chwarddai am ben popeth a wnâi ac a ddywedai'r Ap, yn dda amdanynt, a châi hi a'i gŵr, a weithiai yn yr orsaf, fyw yn rhad mewn rhan o'r tŷ yn dâl am y gymwynas.

Buan, gan nad oedd ganddi blant ei hun, y mabwysiadodd hi Dan.

Pe chwiliasai Dan y dref i gyd, prin y daethai o hyd i lety mwy gwahanol i'r un annuwiol o lân a thawel a dwys a adawsai. Taflai'r Ap ei gôt a'i het ar rywbeth a ddigwyddai fod wrth law, a gollyngai lwch baco fel lafa hyd y tŷ. Llafarganai gywydd gan Wiliam Llŷn neu Dudur Aled, ei hoff feirdd, wrth eillio'i wyneb yn y bore, rhuai englyn neu ddau ar ei ffordd i lawr y grisiau, dynwaredai bregethwyr wrth aros am ei frecwast, a chanai gân faswedd fel y paratoai i gychwyn at ei waith. Llanwai lawer munud segur hefyd â chastiau bachgennaidd. Doeth oedd i Ifan Rowlands edrych yn ofalus tu mewn i'w gap yn y bore, rhag ofn bod ynddo flawd a'i heneiddiai ryw ddeng mlynedd cyn iddo gyrraedd yr orsaf, neu ym mhocedi'i gôt fawr, rhag ofn iddo, ac yntau'n ddirwestwr selog ers blwyddyn, ddarganfod yno declyn i agor poteli neu dri neu bedwar o gyrc. A chofiai Mrs Rowlands yn bryderus am y tro hwnnw yn y capel pan agorodd hi ei phwrs yn frysiog i roi rhywbeth yn y casgliad, a'i gael yn llawn o fotymau.

Ond adloniant mawr yr Ap yng nghwmni Dan oedd ei nofel 'Y Tyddyn Gwyn', a lanwai dair colofn—fwy neu lai, yn ôl hwyl a sobrwydd yr awdur—o'r *Gwyliwr* bob wythnos. Yr oedd yr Ap yn meddwl y byd o'i nofel, a soniai am y cymeriadau nid fel rhithiau dychymyg ond fel pobl y trawai arnynt bob dydd. 'Noson iawn i Dwm Potsiar fynd allan heno,' sylwai, neu, 'Roedd 'na ddyn yn y Ship heno yr un ffunud â'r hen Sgweiar, fachgan.' Ystrydebol oedd y stori—hanes gŵr Tyddyn Gwyn yn cael ei droi o'i ffermdy am wrthod pleidleisio i'r Sgweier—a chan y gwaeddai'r cysodwyr am eu tair colofn bob wythnos, mympwyol a brysiog oedd hynt y chwedl mewn llawer pennod.

'Be' wna' i hefo Meri'r ferch yr wsnos yma, dywad?' oedd y cwestiwn amser swper ar yr ail nos Lun i Dan fyw yn nhŷ'r Ap. 'Hm, piti imi yrru mab y Sgweiar i ffwrdd i'r 'Mericia, yntê? Daria, mi ddo' i â fo adra'n sydyn a'i yrru o dros 'i ben mewn cariad hefo Meri. Os gwn i fydd Wil Llongwr yn yr Harp 'na heno?'

'Pam?'

'Mae o newydd ddŵad adra o'r 'Mericia. Tyd, Daniel, mi awn ni i lawr yno i weld.'

'Na, mae'n well imi aros yma i . . . i orffen cyfieithu'r araith 'na gan Lloyd George.'

'Twt, mi gei wneud hynny bora 'fory. Tyd yn dy flaen. Os medri di fynd i'r Black Boy hefo Wmffra ac Enoc, mi fedri ddŵad i'r Harp am dro hefo finna. Mi fydd Wil Llongwr, wedi imi oilio tipyn arno fo, yn rhoi deunydd chwerthin iti am wsnos. A pheth arall, mae Wil yn ddarn o farddoniaeth ynddo'i hun. Dyna be' sy allan o le ar farddoniaeth Cymru, Daniel, 'machgan i.'

'Be'?'

'Dydi Wil Llongwr ddim ynddo fo. Be' mae'r rhan fwya' o'r hen feirdd yn 'i wneud? Cwyno, cwyno, nid canu. Rhuo gwae yn lle rhoi gwên. Dim golwg o Wil Llongwr a'i fath yn 'u gwaith nhw. A be' sy gan feirdd ifanc fel chdi, Daniel? Rhyw Olwen ar 'i helor, rhyw Fen dan ywen mewn hedd. Dim golwg o Wil Llongwr yn eich cerddi chitha chwaith . . . Tyd yn dy flaen.'

Nid oedd y ddiod mor chwerw y noson honno â'r tro o'r blaen, a difododd Dan ddau beint yng nghwmni llon yr Ap a Wil Llongwr. Wedi dychwelyd i'r tŷ, aeth y Golygydd a'i gynorthwywr ati i lunio pennod arall o'r

234

'Tyddyn Gwyn', a mawr fu'r hwyl wrth yrru Douglas, mab y Sgweiar, dros ei ben mewn cariad â Meri ac yna i ysgarmes ffyrnig hefo Twm Potsiar. Parhaodd y chwerthin uchel tan ddau o'r gloch y bore, a haerai'r Ap wrth droi i'w wely nad ysgrifennai air arall o'r 'Tyddyn Gwyn' heb gynorthwy ysbrydoledig ei gyd-awdur. 'Yr wythnos nesa',' meddai, 'mi yrrwn ni Now Betsi, yr hen gnaf iddo fo, i Lechfaen i weithio fel Bradwr yn y chwarel. Diawch, syniad go dda! Mi fydd *Y Gwyliwr* yn gwerthu fel penwaig Nefyn yr wythnos nesa', gei di weld.'

Felly, yn fyrbwyll a digynllun, yr âi'r nofelydd ati, a'i asbri diderfyn, fel cornant wyllt, yn gwrthod dilyn cwrs naturiol y chwedl. Ceisiai Dan gadw golwg wyliadwrus ar y stori, a llwyddai fel rheol i achub y cymeriadau rhag cael eu gwthio o amgylch yn chwerthinllyd o fympwyol. Pan arweiniodd y Golygydd ymgyrch yn *Y Gwyliwr* yn erbyn dŵr amhûr Caerfenai, er enghraifft, dyheai am wneud Sgweier ei nofel yn gadeirydd pendew y Cyngor Trefol a rhoi ar ei fin yr union araith a draddodwyd gan y cadeirydd priodol yr wythnos gynt. Ond—yn ffodus i'r nofel— tynasai'r ymgyrch y papur i berygl a gorfu i'r Ap argraffu, yn Saesneg ac ar y dudalen flaen mewn inc du, air yn ymddiheuro am alw pob copa walltog ar y Cyngor Trefol yn benbyliaid. '*We undeservedly withdraw our remarks in the last issue,*' meddai'r nodyn, '*and tender our apologies to the Council for not using more fitting language.*' Diawl y wasg a drawodd y 'd' yn lle'r 'r' yn yr ail air, a chafodd dafod uchel—ac ambell winc slei—gan y Golygydd am ei ddiofalwch. Prynodd cannoedd y papur y Gwener hwnnw i weld y 'd', a mynnodd yr Ap ddathlu'r amgylchiad drwy arwain ei gyd-letywr i'r Harp yn syth ar ôl swper i ddangos y 'd' i Wil Llongwr ac eraill.

235

Llithrai'r amser heibio'n gyflym i Dan yn awr. Daliai i fynd adref bob prynhawn Sadwrn a chadwai ychydig sylltau'n rheolaidd i'w rhoi i'w fam. Triswllt yn lle pedwar neu bump: wedi'r cwbl, yr oedd yn rhaid i ddyn gael rhyw bleser mewn bywyd, onid oedd? Ond un nos Sadwrn yn nechrau Mawrth, gwrthododd Martha Ifans eu cymryd.

'Na wna', wir, Dan,' meddai'n benderfynol. 'Rwyt ti wedi mynd i edrach yn dlawd ers wsnosa. Mae'r 'sgidia 'na isio'u gwadnu a'u sodli ers amser ac mae'n hen bryd iti gael crys newydd. Wyt ti . . . 'wyt ti'n gorfod talu mwy am dy lodjin rŵan?'

'Na, yr un faint. Pam oeddach chi'n gofyn?'

'Dim byd, ond . . . Ond cofia di brynu crys yr wsnos nesa' 'ma a gyrru'r 'sgidia 'na at y crydd.'

Prynwyd y crys mewn siop lle gellid talu amdano fesul swllt, ond bu'r esgidiau am rai wythnosau heb fynd i weithdy'r crydd. Edrychai Martha ac Edward Ifans yn bryderus ar ei gilydd bob prynhawn Sadwrn pan gyrhaeddai Dan: yr oedd y bachgen yn wahanol, yn fwy huawdl, yn uwch ei lais, yn . . . yn mynd yn debycach i Ifor rywfodd. 'Mi fydda' i'n 'i dynnu o o Gaerfenai a'i yrru o'n 'i ôl i'r Coleg cyn gynted ag y bydda' i'n ennill cyflog eto, Martha,' meddai'r tad droeon, gan weld yn ei llygaid hi yr ofn a oedd yn ei galon ei hun.

Nofel yr Ap, ei gastiau bachgennaidd yn y tŷ ac yn y swyddfa; llyfrau a llenyddiaeth; y rhuthr i lenwi'r *Gwyliwr* bob wythnos; gyrru Enoc, a oedd yn Eglwyswr selog, i ddadl chwyrn ag Wmffra Jones ynghylch Mesur Addysg Balfour; ambell orig yn yr Harp yn tynnu coes Wil Llongwr; rhai amlach yn y Black Boy yn hudo direidi i lygaid duon duon y ferch dlos a gynorthwyai'i thad tu ôl i'r bar—âi bore Llun tan fore Sadwrn heibio fel y gwynt i Dan. Pan letyai hefo Mrs Morris, edrychai ymlaen yn eiddgar at ddiwedd yr wythnos, ond yn awr braidd yn anfoddog y paratoai i ddal y trên ar brynhawn Sadwrn. Ac fel y nesâi'r trên at Lechfaen, gwgai ar y niwl tragwyddol hyd y mynyddoedd uwchben ac ar dawelwch llwm, sarrug, creigiau a thomenni'r chwarel ar fin y pentref llwyd. A phob tro y cyrhaeddai Gwynfa, ymddangosai gruddiau Gwyn yn fwy llwyd, Llew yn cnoi'i ewinedd yn fwy a mwy anniddig, sirioldeb ei fam yn fwy ymdrechus, y llinellau yn wyneb ei dad yn amlach ac yn ddyfnach a'r rhesi o wyndra yn ei wallt yn ddisgleiriach. Âi i'r cyfarfod yn y neuadd bob nos Sadwrn i roi adroddiad o'r areithiau, ond, fel y llithrai'r wythnosau ymlaen, diawen, fe wyddai, oedd yr hyn a ysgrifennai am y streic. Ond diawen, ymgysurai, oedd yr areithiau bellach, a'r un lleisiau yn llefaru'r un brawddegau—'sefyll fel y graig', 'gyrru'r maen i'r wal', 'dwyn barn i fuddugoliaeth',—o hyd o hyd. A ddeuai byth derfyn ar yr helynt? Yna, un bore Sul yn niwedd Mai, ar ei ffordd adref o'r capel, clywai yn y pellter glychau eglwysi Llaniolyn a Thregelli yn canu mewn llawenydd sydyn, ac ymhen ennyd ymunodd clychau eglwys ac ysgolion Llechfaen yn y gorfoledd. 'Y streic drosodd,' gwaeddodd Gwyn, ac am funud, wrth weld pobl yn rhuthro'n gyffrous i ddrysau'u tai, credodd Dan fod hynny'n wir. Yna clywodd rywun yn dweud, 'Dim ond terfyn yr hen ryfal 'na yn Sowth Affrica. Yr hen Bôrs druain wedi gorfod rhoi i mewn i Gijinar o'r diwadd.'

Aeth Llew i ffwrdd i'r môr yn sydyn un bore yn niwedd Gorffennaf, a thrannoeth cymerwyd Gwyn yn wael a

237

galwodd y Doctor Roberts i'w weld bob dydd am wythnos gyfan. Cafodd godi ar brynhawn Sul, a dathlodd Martha Ifans yr amgylchiad drwy wahodd Gruff ac Ann o'r drws nesaf i gael te gydag ef.

'Ar un amod,' meddai Kate. 'Fod Dan yn dŵad i de ataf inna.'

'O, o'r gora'.'

Aethai Dan am dro i fyny'r mynydd y prynhawn hwnnw, a phan ddychwelodd yr oedd Gruff ac Ann a Gwyn wrth y bwrdd.

'O, te parti, Mam?' meddai.

'Ia, ond nid i ti. Mae Kate isio iti fynd i de ati hi.'

'O? . . . Wel . . . y . . . trafferth ydi hynny. Mi fasa'n well o lawar i Kate ddŵad yma ato ni. Gofynnwch iddi hi. Ne' mi a' i os liciwch chi.'

'A hitha wedi paratoi ar dy gyfar di? Dos, mae hi'n dy ddisgwyl di.'

'Ond . . .'

'Ia, wir, dos, Dan,' meddai'i dad.

Ac arno ofn llygaid mawr cyhuddol Kate, yn araf ac anfodlon y troes i'r drws nesaf. Ond, a'r sgwrs bron i gyd am Idris yn y De, aeth y te heibio'n bleserus, ac yna chwaraeodd am ennyd â'r baban Ifan cyn cychwyn ymaith.

'Ista yn y gadair freichia 'na am funud, Dan. Mae arna' i isio siarad hefo chdi.'

'O? Am be', Kate?'

'Ista yn y gadair 'na.'

'Wel . . . y . . . . mae'n bryd imi . . .'

'Dydi hi ddim yn bump eto. Mae 'na awr arall tan amsar capal.'

238

'Oes, o ran hynny.' Eisteddodd, gan wenu i guddio'i ofn. Eisteddodd hithau gyferbyn ag ef.

'Wel, Dan?'

'Wel be', Kate?'

'Pam wyt ti wedi bod yn f'osgoi i ers wythnosa?'

'D'osgoi di, Kate?'

'Gwranda, Dan. Mae pris y streic 'ma'n un uchal ofnadwy. Hyd yn oed ddim ond yn Gwynfa. Idris yn y Sowth, Llew ar y môr, Gwyn ddim yn dda, Megan yn . . . yn rhyw forwyn yn Albert Terrace, dy dad a'th fam yn mynd yn hen ac yn wyn cyn 'u hamsar, a . . . . a rŵan . . .' Tawodd; gwelai Dan fod dagrau yn ei llygaid.

'Rŵan?'

'Wyt ti'n 'nabod Ethel oedd yn arfar gweithio yn Liverpool Stores?'

'Na, dydw i ddim yn meddwl . . .'

'Mae *hi'n* dy 'nabod *di*. Ac yn dy weld di'n amal iawn.'

'O? Ym mhle?'

'Yng Nghaerfenai. Mi gafodd le ryw flwyddyn yn ôl yn siop John Humphreys, wrth gloc y dre. Mae hi'n aros mewn tŷ sy'n union gyferbyn â'r . . . Black Boy.'

Bu tawelwch annifyr: edrychai Dan i bobman ond yn llygaid Kate.

'Roeddat ti'n arfar rhoi pedwar swllt i'th dad a'th fam bob wythnos, on'd oeddat? Ac ychydig geinioga i Gwyn a Llew. Be' wyt ti'n roi iddyn nhw rŵan? Rhyw swllt ne' ddau, yntê, er dy fod di gartra tros y Sul?'

'Wel, mi fu raid imi brynu rhai llyfra a . . .'

'Nid yr arian sy'n bwysig, Dan. Petait ti'n methu fforddio dŵad â dima adra, fydda fo ddim llawar o wahaniaeth. Ne' 'tait ti'n cynnig pumpunt iddyn nhw

239

bob nos Sadwrn, fydden nhw ddim balchach os . . . os . . .'

'Os? . . .'

'Os gwelen nhw chdi'n newid o wsnos i wsnos.' Cododd Kate o'i chadair a safodd o'i flaen. '*Chdi*, nid yr arian, sy'n bwysig, Dan, *chdi*.'

'Fi?'

'Y Sul dwytha', pan oeddat ti gartra, roedd Gwyn bach yn 'i wely'n sâl a Doctor Roberts yn ordro dau ne' dri o betha iddo fo os medren ni 'u cael nhw mewn rhyw ffordd ne'i gilydd. Roeddwn i'n gobeithio y basat ti'n gyrru rhai iddo fo o Gaerfenai, ac mi fûm i'n gwylio'r postman bora Mawrth a bora Merchar, gan feddwl yn siŵr y basa' fo'n galw yn Gwynfa.'

'Ond ddaru neb sôn . . .'

'Oedd isio sôn, Dan? Roeddan ni wedi cael y petha iddo fo bora Llun y peth cynta', mi elli fentro. Fi, nid dy dad a'th fam, oedd yn gwylio'r post.'

'Ond os oeddach chi wedi prynu'r petha bora Llun . . .'

'I be' oedd isio'u disgwyl nhw oddi wrthat ti ddydd Mawrth ne' ddydd Merchar? Nid y petha'u hunain on i'n ddisgwyl, Dan. Mae'n debyg y basan nhw wedi mynd yn wâst, petait ti wedi gwario arnyn nhw, gan i Gwyn bach wella mor dda yn ystod yr wythnos. Nid y petha'u hunain ond yr hyn fasan nhw'n ddeud wrth dy dad a'th fam—dy fod di'n meddwl amdanyn nhw ac am Gwyn ac yn aberthu i'w helpu nhw . . . O, Dan!' Rhoes ei dwylo ar ei ysgwyddau, a gwelai ef fod deigryn yn llithro i lawr ei grudd.

'Ydyn nhw . . . ydyn nhw wedi sôn rhywbeth wrthat ti, Kate?'

'Dim gair—â'u gwefusa. Ond mae'u llygaid nhw'n

240

siarad cyfrola pan ddigwydda' i grybwyll dy enw di. Maen nhw'n gwbod bod rhwbath rhyfadd wedi digwydd iti, Dan. Ac roedd Llew yn gwbod hynny cyn iddo fo fynd i ffwrdd i'r môr.'

'O?'

'Mi wyddost fel yr oedd Llew—a Gwyn hefyd, o ran hynny—yn dy hannar-addoli di. Bob pnawn Sadwrn roedd y ddau'n mynd i'r stesion yn selog i'th gwarfod di, ac roeddan nhw yno bob amsar hannar awr cyn i'r trên gyrraedd. Ond mi beidiodd Llew yn sydyn, on'd do? Ac un pnawn Sadwrn pan welwn i o'n cychwyn am dro i fyny i'r mynydd yn lle mynd i lawr i'r stesion, mi ofynnis i pam iddo fo.'

'A . . . a be' ddeudodd o?'

'Dim byd, ond roedd 'na boen yn llond 'i lygaid o . . . Dan?'

'Ia, Kate?'

'Mae'n rhaid iti adael yr Ap Menai 'na a chwilio am lodjin arall. Mae Ethel yn gwybod am le yn . . .'

'Nid ar yr Ap y mae'r bai. Mae o wedi bod yn hynod garedig wrtha' i, ac rydw i'n hoff iawn ohono fo. Na, adawa' i mo'r Ap, ond . . . ond a' i ddim ar gyfyl y Black Boy nac un dafarn arall eto.'

'Ar dy wir, Dan?'

'Ar fy ngwir, Kate.'

A chadwodd Dan ei air—am wythnosau lawer, er i firi coroni'r Brenin Edward VII yn nechrau Awst ddwyn fflagiau ac addurniadau a sŵn o bob math i ystrydoedd Caerfenai a digonedd o ddiod i'r tafarnau, ac er i ferch dlos y Black Boy wenu'n hudolus arno bob tro yr âi heibio. Ond, a phob hwyr yn heulog braf, prin y meddyliai am y Black Boy neu'r Harp. Yn lle dilyn yr Ap, galwai'n aml yn nhŷ Emrys eto, a chrwydrai'r ddau gyfaill bob hwyrnos hyd fîn Menai neu hyd lonydd tawel, troellog y wlad fwyn rhwng y dref a'r bryniau. Weithiau deuai Gwen a ffrind iddi gyda hwy, a rhywfodd neu'i gilydd— ni wyddai'n iawn sut—âi Emrys a'r ffrind un ffordd ac ef a Gwen ffordd arall cyn hir. Ar un o'r nosweithiau hynny y dywedodd Gwen yn sydyn:

'Roedd 'na storïa' rhyfadd i'w clywad amdanoch chi beth amsar yn ôl, Dan.'

'O? Be' oeddan nhw?'

'Un oedd eich bod chi'n caru hefo Sylvia, hogan y Black Boy. Oeddach chi?'

'Mi fûm i am dro bach hefo hi unwaith ne' ddwy.'

'Dim ond unwaith ne' ddwy?'

'Wel, ddwywaith ne' dair, 'ta'.'

'Roedd hi yn yr un dosbarth â fi yn yr ysgol. Hogan ddel ydi Sylvia, yntê?'

'Del iawn. Pam ydach chi'n galw'r stori yn un "ryfadd"?'

'Wel . . . y . . . yr ydach chi mor . . . mor wahanol iddi hi. Gwisgo a phincio ydi unig ddiddordab Sylvia. Felly yr oedd hi yn yr ysgol, a fedra hi ddim pasio arholiad o fath yn y byd. Dydw i ddim yn meddwl 'i bod hi byth yn edrach ar lyfr . . .'

'Mwy na Cecil Humphreys.'

'Y?' Edrychodd braidd yn ddryslyd arno.

'Mwy na Cecil Humphreys.'

'O?' Chwarddodd mewn miri. 'Cecil druan! Ond mae ganddo fo lais bendigedig. Fi a Cecil ydi "Hywel a Blodwen" y capal 'cw ac ron i'n mynd i'w dŷ o at y piano yn reit amal yn ystod y gaea'. Dyna sy gynnoch chi, mae'n debyg.' A chwarddodd yn llon eto.

Ysgrifennodd Dan gân arall i Men y noson honno.

Aeth Gwen ymaith i'r Coleg Normal yr ail wythnos o Fedi, a chan fod yr Eisteddfod Genedlaethol yn cael ei chynnal ym Mangor yr wythnos honno, cynrychiolai Dan *Y Gwyliwr* yn selog mewn llawer cyfarfod, ond gyda hawl i sleifio allan yn y prynhawn i weld Gwen. Pan ddaeth prynhawn Iau, brysiodd hi i'w gyfarfod a'i llygaid yn ddisglair a chyffrous.

'O, pam na fasach chi wedi deud wrtha' i, Dan?'

'Deud be', Gwen?'

'Deud be'! Mi wyddoch yn iawn. Y pnawn 'ma. O, Dan, dyna falch ydw i! Ac rydw i wedi cael caniatâd i golli darlith heno. Mi ddeudis i eich bod chi'n perthyn imi.'

'Rydw i'n meddwl y gwn i be' sy gynnoch chi, ond mae rhywun wedi tynnu'ch coes chi'n o dda, mae arna' i ofn.'

'Roedd y sôn drwy'r Coleg i gyd amsar cinio. Dyn ifanc sy'n gweithio ar bapur newydd bia'r Gadair. Ar *Y Gwyliwr* medda amryw. Pwy ddyn ifanc arall sy ar *Y Gwyliwr* heblaw chi?'

'Mae hannar y stori'n wir, Gwen. Dyn ifanc sy'n gweithio ar bapur newydd bia'r Gadair. Ond nid ar *Y Gwyliwr* y mae o.'

'Dydw i ddim yn eich coelio chi. Ac mi fydda' i yn y 'Steddfod pnawn 'ma i weld trosof fy hun. Pryd bydd y cadeirio?'

'Ddim tan tua phedwar, mae'n debyg. Mae 'na amryw o gora merched i ganu. Mi gymer hynny'r rhan fwya' o'r pnawn ac wedyn fe ddaw araith Lloyd George.'

'Y gwir plaen, Dan, chi bia'r Gadair yntê? Ddeuda' i ddim gair wrth neb.' Yr oedd hyder eiddgar yn ei llais.

'Y gwir plaen, Gwen, nid fi bia'r Gadair. Fedrwn i ddim sgwennu awdl i achub fy mywyd. Pe bawn i wedi llunio un, y mae'n bur debyg y baswn i wedi gwneud hynny ar y slei, heb sôn gair hyd yn oed wrth yr Ap. Ond mi faswn wedi dangos yr awdl i un person.'

'I bwy?' Gwridai hi wrth ofyn y cwestiwn.

'I chi, Gwen.'

Cerddodd y ddau heb ddweud gair am dipyn ac yna gofynnodd Gwen: 'Pwy bia'r Gadair 'ta?'

'T. Gwynn Jones, sy ar *Yr Herald*.'

'Ar eich llw!'

'Ar fy llw. Yr ydw i newydd ffonio nodyn i'r *Gwyliwr* i roi peth o'i hanas o. Mi yrrodd yr Ap fi allan gynna' i chwilio amdano fo, imi gael ymgom ag o ar gyfar y papur. Ond dydi o ddim yma.'

'Ddim yma?'

'Nac ydi. Mi welodd rhywrai o'n mynd yn 'i het silc am y trên, bora 'ma. I briodas yn Ninbych, dyna oeddan nhw'n ddeud. Doedd o ddim wedi'i hysbysu ymlaen llaw, mae'n amlwg. Druan o'r het silc pan ddaw o adra' heno! Mi fydd 'na dyrfa fawr yn y stesion yn 'i ddisgwyl o, gewch chi weld, a synnwn i ddim na fydd band y dre yno, yn canu'r "*Conquering Hero*".'

'Wel . . . wel, be' fydd yn digwydd rŵan 'ta?'

'O, rhywun yn cael 'i gadeirio yn 'i le fo. 'I ffrind o, Beriah Evans, glywais i.' Yr oeddynt i lawr wrth fin Menai erbyn hyn. 'Wel, mae'n well inni droi'n ôl yn ara' deg, Gwen,' meddai Dan ymhen ennyd. 'Mi liciwn i glywed diwedd araith Lloyd George.'

'Dydw i . . . dydw i ddim yn meddwl y do' i i'r 'Steddfod wedi'r cwbwl. Mi fydda'n biti imi golli'r ddarlith 'na.'

'Ond . . .'

'Darlith ar ddysgu'r plant lleia'. Mi ddylwn fod ynddi hi.'

244

'Ond hannar awr yn ôl . . .'

'Gan mai dysgu inffants yr ydw i am wneud, yntê?' A gwyddai Dan mai ofer fyddai dadlau â hi.

Am wythnosau, wrth eillio'i wyneb yn y bore ac wrth droi i'w wely yn y nos, llafarganai'r Ap mewn gorfoledd mawr ddarnau o'r awdl, 'Ymadawiad Arthur'. A bu raid i Dan actio Bedwyr lawer noson tra gorweddai Arthur yn llesg a bloesg ar y soffa yn yr ystafell fyw: gorfu hefyd i rai o ddeiliaid y Black Boy a'r Harp roi eu clebar heibio droeon i wrando'n ddwys am ogoniant Ynys Afallon. Cytunai pawb yn yr Harp â barn Wil Llongwr y gwnaethai'r Ap 'goblyn o bregethwr', a 'Diar, dyna biti na fasa fo wedi mynd i'r weinidogaeth, yntê?' oedd sylw Mrs Rowlands bob bore wrth Dan fel y deuai'r rhyferthwy o lais o'r llofft. Pan fentrodd Enoc y cysodydd droi'n dipyn o feirniad llenyddol a dweud wrth Wmffra Jones nad oedd yr awdl y gwirionai'r Golygydd arni 'ddim *patch* ar "Ddinistr Jerusalem" ', 'Mae 'piniwn ym mhob pennog,' rhuodd yr Ap fel un yn cyhoeddi gwae.

Wedi i Emrys ddychwelyd i'r Coleg yn nechrau Hydref, teimlai Dan braidd yn unig. Ond ysgrifennai'n rheolaidd at Gwen a threuliai lawer noson yn ailgerdded y llwybrau a gerddent gyda'i gilydd yn yr haf. Ac fel y crwydrai trostynt, gwelai o hyd lygaid eiddgar a chyffrous y ferch a gredai mai ef oedd bardd y gadair ym Mangor. Efallai . . . efallai, ped âi ati, y gallai lunio awdl â gwerth ynddi. Yn Llanelli y byddai'r Eisteddfod y flwyddyn wedyn a thestun y gadair oedd 'Y Celt'. 'Y Celt . . .' 'Y Celt . . .' Gallai ddechrau drwy ddarlunio'r hydref a welai ar y crwydriadau hyn o gylch Caerfenai, ac yna lithro'n ôl drwy hydrefau lawer i weld yr un hen ffarmwr tawel, esgyrniog, er gwaethaf Sais a Norman a Rhufeiniwr, a holl helyntion a chyffroadau'r blynyddoedd, yn troi'n araf o'r beudy tua'r tyddyn ac yn breuddwydio'i freudd-wydion syml wrth syllu ar ogoniant y machlud draw uwch y môr. Ac â hyder yr ifanc yn llawenydd drwyddo, naddodd Dan agoriad ei awdl:

> Gwyra rhwd frig y rhedyn,
> A daw'r aur i grwydro'r ynn.
> Ei ledrith a chwâl hydref
> O ddydd i ddydd: gwelodd ef
> Y ddôl a'r ysgub olaf
> Yn ogwydd ar ysgwydd haf . . .

A oedd eisiau ateb yr 'r' o flaen 'ysgwydd', tybed? Nid oedd yn sicr, ond fe holai'r Ap ar y pwnc, gan gymryd arno mai ymboeni i feistroli'r cynganeddion yn llwyr yr oedd. Ni soniai am yr awdl wrtho: ni ddywedai air wrth neb—nes dôi'r amser iddo ddarllen darnau o'r gerdd i Gwen.

> Gwaeda'r mwyar, a mud
> Cloddiau haf: ciliodd hefyd
> Ruthr y plant o berthi'r plwy',
> A hudir yr hen feudwy,
> Y llwynog, tua'r llennyrch,
> Yna'r cŵn i ffroeni'r cyrch . . .

Disgrifiai'r cyrch wedyn, a'r Sgweier a'i gyfeillion, Saeson oll, yn carlamu heibio i'r tyddyn a hyd yn oed tros ei gaeau llwm, a'r hen ffermwr, y Celt gwyredig, mud, yn

246

eu gwylio ac yn eu goroesi hwy . . . A phob hwyr am bythefnos, yr awdl, yr awdl oedd popeth i Dan.

Yng nghanol y mis, pan edrychai Idris a Kate yn bryderus ar yr afon dywyll islaw'r tŷ ym Mhentref Gwaith, yr oedd hi'n tresio bwrw yng Nghaerfenai hefyd. Yn lle cydio yn ei ffon ar ôl swper, i gerdded ger afon Menai neu hyd lonydd y wlad, arhosai Dan yn anniddig yn y tŷ, 'fel pelican dan annwyd' chwedl yr Ap, a fethai'n lân â'i gymell i fynd gydag ef i gwmni llawen Wil Llongwr ac eraill. Byr ac amhrydlon oedd llythyrau Gwen: yr oedd hi'n brysur iawn yn y Coleg, meddai, a chawsai hi a ffrind iddi ganiatâd arbennig i fynd i ganu mewn cyrddau croeso-i-fyfyrwyr a gynhelid yn y gwahanol gapelau. 'Ffrind,' meddai Dan wrtho'i hun yn amheus, gan ddychmygu rhyw 'Hywel' o fyfyriwr yn haeru mewn capel yn gyhoeddus a than goed Siliwen mewn islais crynedig fod ei galon yn eiddo i Blodwen erioed. Taflodd ei awdl o'r neilltu.

Arhosodd Dan yng Nghaerfenai bob diwedd wythnos tra oedd ei fam yn y De, a threfnwyd i Ben Lloyd, y gohebydd lleol, yrru i'r *Gwyliwr* hanes y cyfarfodydd yn Llechfaen. Ac ar ei nos Sadwrn gyntaf yn nhŷ'r Ap y torrodd yr addewid a wnaethai i Kate.

Nid oedd bai o gwbl ar yr Ap. Aethai ef ymaith i rywle y prynhawn hwnnw: i ble, ni wyddai neb, ac yr oedd yn fwy na thebyg na ddychwelai tan fore Llun—oni flinai cyn hynny ar unigrwydd rhyw dafarn yn nyfnder y wlad. Ar ôl te, cerddodd Dan yn anesmwyth o gwmpas yr ystafell fyw. Cydiodd mewn llyfr, a'i roi i lawr yn ddiflas; yna yn ei awdl, a'i tharo hithau'n ôl yn ei chuddfan. Ni chlywsai oddi wrth Gwen drwy'r wythnos ac yr oedd wedi'i chwerwi gan siom y dyddiau dilythyr. Gwisgodd ei gôt fawr ac aeth allan, heb wybod yn iawn i ble'r âi. Yr oedd ystrydoedd Caerfenai'n llawn iawn ar nos Sadwrn, a theimlai'n unig yng nghanol y bobl a lifai yn ôl a blaen drwyddynt. Daeth hwrdd o chwerthin uchel o'r Black Boy fel yr âi heibio i'r dafarn, a thybiai y clywai lais merch yn ymdonni drwyddo. Ond cyflymodd yn lle arafu'i gamau. Beth oedd Emrys a Meirion a W.O. yn ei wneud heno, tybed? Fel rheol crwydrai'r tri yn dalog, pob un â'i ffon a'i bibell yn bur amlwg, drwy stryd fawr y dref, a W.O. yn chwerthin yn uchel bob tro y cyfarchai ryw ferch ar yr heol. Yr oedd hi'n werth clywed W.O. yn chwerthin, meddyliodd Dan wrth droi'n ôl tua'i lety—a Sylvia o ran hynny. 'Mi ddarllena' i'r nofel honno gan Dostoieffsci,' meddai wrtho'i hun. Ond gwyddai canol ei feddwl mai tua'r Black Boy yr anelai'i draed: fe alwai yno am funud, dim ond am funud.

Merch arall i'r tafarnwr a gynorthwyai'i thad tu ôl i'r bar, a'i chwerthin hi a glywsai.

'Lle mae Sylvia?' gofynnodd wedi iddi roi'i ddiod o'i flaen.

'Roedd hi yma funud yn ôl. Newydd gychwyn i fyny i Goed-y-rhiw i weld auntie. Dim ond mynd â dropyn o frandi iddi. Fydd hi ddim yn hir.'

''I hun y mae hi?'

'Ia. Ond does dim ofn ar Sylvia. Ac mae 'na ola leuad heno, on'd oes?'

Clwstwr o dai go unig ryw filltir uwchlaw'r dref oedd Coed-y-rhiw. Yfodd Dan ei ddiod yn gyflym ac aeth allan, gan gyfeirio'i gamau yn reddfol bron tuag yno. Cerddodd yn hamddenol, gan geisio'i dwyllo'i hun mai mynd am dro bach o sŵn ac o blith pobl y dref yr oedd. Meddyliai'n ddwysfrydig am bawb a phopeth ond Sylvia.

248

Tybiodd, wedi iddo gerdded tua hanner milltir, y clywai sŵn traed ysgafn a chyflym yn y pellter. Safodd a gwrando, gan syllu i fyny'r ffordd a oedd fel rhuban gwyn dan olau'r lleuad. Ond nid oedd yno neb, a dringodd ymlaen yn araf. Rhyfedd ei fod ef yng Nghaerfenai ar nos Sadwrn fel hyn yn lle bod yn y cyfarfod yn Llechfaen. Pa hwyl a gâi Ben Lloyd ar groniclo'r areithiau, tybed? Ben druan! Gobeitho iddo fod, pan weithiai, yn well chwarelwr nag ydoedd o ohebydd. Ond rhoesai'r streic urddas ar Ben a chynhaeaf o newyddion iddo. Ysgrifennai'i nodiadau yn awr yn Gymraeg a Saesneg, yn Gymraeg yn huawdl a dramatig, yn Saesneg yn araf a chlogyrnaidd. A chwarddai llawer swyddfa bapur newydd o hyd wrth gofio am ddechrau'r flwyddyn pan fu malu ffenestri ac ymladd chwyrn yn Llechfaen. 'Cyflafan Waedlyd yn Llechfaen' oedd pennawd nodiadau Cymraeg Ben, a chredai ef fod yr un Saesneg—'Bloody Row in Llechfaen' —lawn mor effeithiol, er i'w wraig, pan ddarllenodd ei gyfieithiad iddi, edrych arno braidd yn amheus dros ei sbectol.

Clywodd Dan sŵn ei thraed yn nesáu, a safodd eto i syllu'n ddifater, debygai ef, ar oleuadau'r dref islaw ac ar loywder Menai dan arian y lloer. Gadawodd iddi fynd heibio: nid oedd am iddi feddwl mai i'w chyfarfod hi y dringasai tua Choed-y-rhiw. Clywodd ei chamau'n arafu'n ansicr.

'Dan?'

'O, hylô, Sylvia, chi sy 'na?'

'Be' ydach chi'n wneud i fyny yma?' Daeth ato, a'i llygaid duon duon yn disgleirio gan lawenydd.

'Dim ond mynd am dro bach cyn swper. Mi ddo' i'n ôl hefo chi, yr ydw i'n meddwl. Os ca' i, Sylvia.'

Chwarddodd hithau, gan gydio yn ei fraich.

Ymhen ennyd aethant heibio i lidiart yr oedasai ef a Gwen wrtho droeon. Pa bryd y safasant yno ddiwethaf? Ie, y noson cyn iddi ddychwelyd i'r Coleg, pan addawodd hi ysgrifennu'n aml, aml ato. Arweiniodd Sylvia i'r fan.

'O, be' 'tai *hi*'n gwbod, Dan?'

'Pwy?'

'Gwen Richards, debyg iawn.'

'Wel, *dydi* hi ddim yn gwbod, nac ydi?' A chusanodd y gwefusau meddal, llawn, chwerthingar.

'Efalla' na fasa hi ddim yn poeni rhyw lawar.'

'Be' ydach chi'n feddwl, Sylvia?'

'O, dim byd.'

'Dim byd?'

'Dim ond 'i bod hi'n mwynhau'i hun tua Bangor 'na, faswn i'n meddwl. Mi'i gwelis hi ddoe ddwytha', hi a hogan arall hefo dau stiwdant. Wnaeth hi ddim cymryd arni fy 'nabod i, wrth gwrs.'

'Hogyn tal oedd o?'

'Go lew o dal. Tua'r un faint â chitha.'

'Pryd tywyll?'

'Ia, yr ydw i'n meddwl. Gwallt cyrliog.'

'O, yr hogyn sy'n canu deuawd hefo hi weithia.' Ceisiai Dan swnio'n ddifater wrth lunio'r celwydd hwn, ond fel y llefarai'r geiriau, yr oedd ei wir feddyliau'n llawn chwerwder. Hy, nid Gwen oedd yr unig un a allai chwarae'r ffon ddwybig. O, na—a thynnodd Sylvia'n chwyrn i'w freichiau.

Oedd, yr oedd hi'n medru caru—yn synhwyrus, yn ddiatal, gan gyffroi holl angerdd ei natur. Gwen? Llechfaen? Streic? Coleg?—Nid oedd dim yn cyfrif yno dan y lloer ond cusanau a rhyfyg meddwol Sylvia.

250

'Pa bryd y ca' i'ch gweld chi eto, Sylvia?' gofynnodd iddi pan oedd ar fin ei gadael gerllaw'r Black Boy.

'Nos 'fory? Fydda' i ddim yn mynd i'r capal.'

'Na finna chwaith. 'Chydig wedi chwech?'

'Oreit. Ond peidiwch â mynd rŵan. Dowch i mewn am funud. I'r parlwr. Fydd dim ots gan Mam. Rhaid i chi gael *drink* bach cyn mynd. *On the house*, Dan, *on the house*.'

'O'r gora,' chwarddodd Dan, gan roi'i fraich am ei hysgwydd a'i harwain tua'r drws yn nhalcen y dafarn.

Derbyniodd lythyr cariadus oddi wrth Gwen fore Llun yn ymddiheuro am iddi fod cyhyd heb ysgrifennu: gorfu iddi lafurio ar draethawd anodd, hir, meddai, ac arhosodd i mewn hyd yn oed yn y prynhawniau i ddarllen ar ei gyfer. 'Ddim bnawn Gwener, 'nghariad i,' meddai Dan wrtho ef ei hun, 'y pnawn y gwelodd Sylvia chi yng nghwmni'r llanc gwallt cyrliog.' Onid oedd . . . onid oedd Sylvia'n tynnu ar ei dychymyg, meddyliodd mewn ennyd ddrwgdybus. Na, ni ddywedai Sylvia gelwydd felly. Nid atebodd y llythyr am rai dyddiau, ac yn y cyfamser cariodd un neu ddau o adar bach o Gaerfenai straeon anfelys i glustiau Gwen.

Codai hyd yn oed yr Ap ei aeliau ambell noson pan ddychwelai Dan yn orlawen o'r Black Boy yn ystod yr wythnosau canlynol. Ac un hwyr yn niwedd y mis, penderfynodd siarad gair tadol ag ef. Yr oeddynt newydd orffen swper a chododd Dan i gychwyn ymaith fel arfer.

'Daniel, 'machgan i?'

'Ia?'

'Fasat ti ddim yn fy ngalw i'n greadur Piwritanaidd, na fasat ti?'

'Wel . . . na faswn,' chwarddodd Dan.

251

'Na fasat, ac felly mae gen i hawl i siarad hefo chdi. Wyt ti'n cofio'r cwpled anfarwol hwnnw gan yr hen Dudur Aled?'

'Pa un?'

> ' "Ysbys y dengys pob dyn
> O ba radd y bo'i wreiddyn." '

'Wel?'

'Mi fûm i yn dy gartra di yn Llechfaen yn niwadd Awst, on'd do? Pan gynhaliwyd y cwarfod mawr hwnnw oedd yn mynd i setlo'r streic, yn nhyb rhai.'

'Wel?'

'Ron i'n meddwl, Daniel, 'machgan i, fod dy dad a'th fam ymhlith goreuon yr hen fyd 'ma. Braidd yn gul, efalla', ond mor onest â'r dydd, mor ddiledryw â phobol Tyddyn Gwyn, mor elfennol o gadarn â chreigiau'r Wyddfa.'

'Wel?'

'Ches i ddim rhieni felly, yn anffodus—nid fy mod i'n chwilio am esgusion dros fod yn greadur mor ddireol. Lle wyt ti'n mynd heno, Daniel?'

'Allan am dro bach.'

'Hm. Ydi'n . . . ydi'n rhaid iti fynd?'

'Pam?'

'Meddwl . . . meddwl y basat ti'n rhoi help llaw imi hefo'r bennod ola' o'r "Tyddyn Gwyn".'

'Ron i'n meddwl i chi 'i sgwennu hi neithiwr ac echnos. Fuoch chi ddim allan o gwbwl, ddim cam o'r tŷ, medda' Mrs Rowlands.'

'Naddo, ddim cam o'r tŷ, syched ne' beidio. Ac rydw i'n gofyn i titha aros hefo mi heno, Daniel, 'machgan i. Nid

252

er mwyn y "Tyddyn"—mi wnaiff y bennod y tro—ond er mwyn . . .' Tawodd, a'i wyneb mawr fel un plentyn ar fin crio.

'Er mwyn?'

'Dy dad a'th fam. A'r hogyn bach sy yn yr ysbyty 'na yn Lerpwl. A . . . a Gwen.'

Yr oedd Dan bron ag ildio, a phetai'r Ap heb enwi Gwen, ildio a wnaethai. Ond ni chlywsai oddi wrthi er tair wythnos ddim gair yn ateb i'w lythyr diwethaf, ac yn ei oriau o euogrwydd taflai arni hi a'r llanc gwallt cyrliog y bai am ei ddirywiad.

'Rydw i wedi addo galw i weld rhywun am funud,' meddai. 'Arhosa' i ddim heno. Mi fydda' i yn f'ôl cyn pen hannar awr.'

Trawai cloc y dref wyth fel yr âi allan. Aeth y Golygydd ati i ailwampio tipyn ar ddiweddglo'i nofel, ac yna safodd wrth y ffenestr yn gwrando ar sŵn pob troed ar y palmant tu allan. Naw, deg, un ar ddeg. Daeth Mrs Rowlands i mewn i daro cannwyll ar gongl y bwrdd.

'Diolch, Mrs Rowlands, diolch.' Safodd ar yr aelwyd, a'i gefn at y tân, a chymryd tudalen o bapur oddi ar y bwrdd. Yna, gan ddynwared ei frawd, tad Emrys a Gwen, a gyhoeddai bob nos Sul yn y capel yr âi Mrs Rowlands iddo: 'Nos yfory, nos Iau, ychydig wedi un ar ddeg, ni fydd angen cannwyll ar Ap Menai. Dymunwn hysbysu y bydd y dywededig ŵr, wedi tair noswaith o ymatal dewr, yn cael ei hebrwng adref rhwng William y Llongwr ac Owen y Mecryll ac yn gorwedd i gysgu ar y soffa acw.'

Bore drannoeth, â thelegram yn ei law a'i wyneb fel y galchen, aeth Dan i mewn i swyddfa'r Golygydd.

'Gwyn,' meddai a'i lais yn ddim ond sibrwd.

Darllenodd yr Ap y telegram. 'Mae dy dad a'th fam yn Lerpwl, on'd ydyn, Daniel?' meddai. 'Os na ddychwelan nhw heno, oes gen ti rywla arall i aros yn Llechfaen?'

'Oes. Tŷ f'ewyrth John tros y ffordd. Ne' dŷ Robat Williams. Mae o'n ffrind mawr i 'Nhad. Yno y basa ora imi fynd efalla', gan fod Ceridwen fy nghnithar yn wael yn nhŷ f'ewyrth.'

'Gwell iti fynd ar unwaith, Daniel. A phaid â brysio yn d'ôl. Mi wna' canol yr wsnos nesa'r tro yn iawn.'

'Ond . . . ond mae'r papur yn mynd i'w wely heno.'

'Wnâi o ddim gwahaniaeth 'tasa 'na ddwsin o bapurau'n mynd i'w gwlâu heno. Dos, a gofyn i Mrs Rowlands roi tamaid o ginio cynnar iti. A hwda . . . rho'r goron 'ma i'th fam. Mi ddaw rhyw ddieithriaid acw, mae'n debyg. Mae'n ddrwg o galon gen i, Daniel, 'machgan i. O galon.'

Bu raid i'r Ap weithio'n hwyr y noson honno. Galwodd yn yr Harp ar ei ffordd adref, a llonnodd Wil Llongwr drwyddo wrth ei weld. Buasai Wil yn segura am fisoedd lawer, a dibynnai yn awr ar haelioni rhai fel yr Ap er mwyn torri'i syched. Chwiliodd am un o'i straeon gorau, ond gwrandawai Golygydd *Y Gwyliwr* fel un mewn breuddwyd. Yfodd un glasaid ac yna aeth allan heb ddweud gair wrth neb. Ni bu galw am wasanaeth Wil Llongwr a Now Mecryll am un ar ddeg.

Gorweddai caenen ysgafn o eira tros fynwent Llechfaen brynhawn Llun. Safai Dan wrth droed y bedd agored, gan syllu'n ffwndrus ar wynebau gwelw ei dad a'i fam. Yr oedd ei dristwch yn fawr; ei euogrwydd a'i edifeirwch yn fwy. Teimlasai'n annifyr yn Gwynfa dros ddiwedd yr wythnos. Nid edliwiodd neb ddim iddo, ond gwyddai'n reddfol, heb i'w dad na'i fam na Megan nac Idris yngan gair, fod y newid a ddaethai trosto ef fel malltod wrth wraidd eu meddyliau. Diolch na fedrodd Kate adael ei phlant a dyfod i fyny i'r cynhebrwng; ni allai gyfarfod edrychiad ei llygaid mawr hi.

Swniai geiriau'r Person yn ddisylwedd iddo, rhyw iaith a llais a ddeuai o bellter niwlog, tros ffin anhydraidd bron . . .

'Dyn a aned o wraig sydd â byr amser iddo i fyw ac sydd yn llawn trueni . . .'

Meddyliasai am ei fam bob amser fel dynes fawr, gref, writgoch, ond heddiw ymddangosai hi'n llawer teneuach na Megan, a oedd wrth ei hochr, a'i hwyneb fel petai wedi crebachu'n sydyn. Ond wrth gwrs, yr oedd Megan yn mynd yn dew, yn gwrs o dew, i fyny yn Albert Terrace . . .

'Yng nghanol ein bywyd yr ydym mewn angau. Gan bwy y mae inni geisio ymwared? . . .'

Gwyn druan, Gwyn bach, yr hen Gwyn, a'i lygaid diniwed, syn, yn fawr gan edmygedd o bopeth a wnâi ac a ddywedai ef, Dan. Petai ef wedi cynorthwyo'r teulu drwy'r flwyddyn, efallai . . . efallai na ddigwyddasai hyn, y byddai chwerthin Gwyn bach heb ei ddiffodd, a'i lafar tawel, henffasiwn, boneddigaidd o henffasiwn, yn fiwsig o hyd . . . Gwelai'r arch fechan yn cael ei gostwng i'r bedd a'r hen Domos Huws, y torrwr beddau, yn plygu ymlaen i daflu ei ddyrnaid o bridd . . .

'Yr ym ni yn rhoddi ei gorff ef i'r ddaear, sef daear i'r ddaear, lludw i'r lludw, pridd i'r pridd . . .'

Yr oedd niwl ei ddagrau'n llen dros lygaid Dan, a rhedai cryndod llym, diatal drwy ei holl gorff. A thrwy'i enaid hefyd, meddyliodd . . . Siaradai â'i dad heno: yr oedd yn rhaid iddo adael Caerfenai: gorau po gyntaf yr âi o afael

Sylvia . . . Clywodd y lleill yn symud ymaith yn araf oddi wrth y bedd, ond ni syflodd ef. Cliriodd y niwl o'i lygaid, a syllodd draw tua'r chwarel. Rhyfedd mor debyg i wyneb dyn oedd y darn o graig a edrychai tua Llechfaen. Heddiw, a'r eira ar ei phen, wyneb hen ŵr, ac arno awgrym o wên ddirgelaidd, anchwiliadwy, a'i lygaid yn hanner-gau am ryw gyfrinach hen . . . Teimlodd law Idris yn cydio yn ei fraich, a nodiodd yn araf wrth droi ymaith gydag ef.

Gan ei fod yn dychwelyd i'r De yn gynnar drannoeth, brysiodd Idris dros ei de ac aeth allan i alw ar rai o'r hen gyfeillion y bu'n gweithio gyda hwy yn y chwarel. Gwrth-odasai John Ifans a Meri Ann a Mr Edwards, y gweinidog, ac amryw eraill aros i de: gwnaethai pob un ryw esgus, ond gwyddai Martha ac Edward Ifans mai osgoi bwyta yn nhŷ prinder yr oeddynt. Wedi i Megan a'r hen Farged Williams y tŷ uchaf ond un glirio'r bwrdd, croesodd Dan i'r aelwyd a safodd yno'n anesmwyth.

''Nhad? . . . Mam? . . .'

'Ia, Dan?' meddai'i dad, gan wybod bod rhyw anniddigrwydd yn ei feddwl.

Gafaelodd bysedd Dan yn y cerdyn ar y silff-ben-tân, ond tynnodd ei law ymaith yn gyflym fel petai'r peth yn wynias. Yr *oedd* Bradwr yn y tŷ hwn, meddyliodd yn chwerw: oni fradychodd ef y rhieni tyner, ymdrechgar, ffyddiog hyn?

'Yr ydw i wedi penderfynu gadael Caerfenai.'

'O?'

'Am ble, Dan?' gofynnodd ei fam.

'Am Lundain. Mae 'na amryw o swyddi ar bapura newydd yn mynd yno. Cyflog da. A digon o gyfla i ddŵad ymlaen. Mi fedrwn i yrru arian reit dda i chi bob wythnos

256

wedyn. Chweugian yr wythnos efalla'.' Sylwodd y tad a'r fam mor gyflym y siaradai.

'Dydi'r arian ddim yn bwysig iawn—rŵan,' ebe Edward Ifans yn dawel. 'Mi fedar dy fam a finna wneud yn o lew.'

'Medrwn,' ochneidiodd y fam, 'a dim ond ni'n dau yma bellach. Medrwn.'

'Nid yr arian sy'n bwysig, Dan. *Chdi* sy'n bwysig, 'machgan i, *chdi*.'

Bron yr un geiriau ag a ddefnyddiodd Kate, meddai Dan wrtho ef ei hun, a'i galon yn curo'n wyllt o'i fewn. Y prynhawn Sul hwnnw y cododd Gwyn ar ôl wythnos yn ei wely. Wel, fe ddiwygiodd ar ôl y sgwrs honno, on'd do? Ac fe ddiwygiai y tro hwn eto—ond iddo fynd ymhell oddi wrth y Black Boy a . . . Sylvia.

'Ac efalla' dy fod di'n gwneud yn ddoeth i adael Caerfenai,' chwanegodd ei dad. 'Mi fasan ni wedi'th dynnu di odd' 'no ers tro a'th yrru di'n ôl i'r Coleg petai'r hen streic 'ma drosodd.'

'Basan, wir,' meddai Martha Ifans, gan syllu'n ffwndrus ar ei dwylo anesmwyth. Meddwl am ddylanwad yr Ap ar eu mab yr oedd y ddau: ni wyddent ddim am Sylvia a pharlwr y Black Boy.

'Unwaith yr a' i i ffwrdd odd' 'no,' ebe Dan ymhen ennyd, 'mi fydda' i'n . . . fi fy hun. Ac mi fedra' i yrru chweugian bob wythnos . . .'

'O, mae'r hen Farged Williams yn cychwyn adra,' meddai'i fam yn floesg gan droi tua'r drws i'r gegin fach. 'Rhaid imi ddiolch iddi.' Ond gwyddai Dan mai dianc rhag torri i feichio wylo yr oedd hi.

Bore drannoeth pan aeth i mewn i'r trên i ddychwelyd i Gaerfenai, agorodd y ffenestr bellaf a gwyrodd allan trosti i syllu tua'r fynwent. Ni sylwasai arni ers tro byd,

257

ond gwelai'n awr ei bod hi wedi ymledu ac wedi dringo'r llethr uwch yr eglwys yn ddiweddar. Cofiodd fod llawer wedi marw yn Llechfaen yn ystod y flwyddyn a dynnai tua'i therfyn—hen chwarelwyr o dorcalon yn y segurdod hir, rhieni a aberthodd ormod er mwyn rhoi bwyd a dillad a thân i'w plant, plant eiddil fel Gwyn a'r newynu araf wedi diffodd eu nerth. Cododd ei olwg tua chraig y chwarel yn y pellter uwchlaw iddi. Oedd, yr oedd y wên anchwiliadwy ar wyneb miswrn yr hen ŵr o hyd, y wên a naddwyd, heb yn wybod iddynt, gan wŷr fel ei dad a Robert Williams a J.H. Darllenasai yn rhywle am deithiwr, wrth fynd trwy anialwch Yr Aifft, yn dianc mewn ofn rhag edrychiad tragwyddol-ddoeth y Sphinx. Ciliodd yntau i mewn i'r cerbyd a chau'r ffenestr.

PENNOD 9

Y bore Sadwrn ar ôl claddu Gwyn ydoedd.

Trawodd Martha Ifans ei basged ar fwrdd y gegin fach gydag ochenaid. Cododd ei gŵr ei olwg o'r *Cymru*, y cawsai ei fenthyg gan Mr Edwards y gweinidog, ac edrychodd yn bryderus arni. Yna gwyrodd ymlaen i bwnio'r tân. Gwyddai fod rhyw boen yn ei meddwl.

'Dowch, twymwch, Martha: mae golwg bron â rhynnu arnoch chi.'

'Diar, mae hi'n oer bora 'ma.'

'Ydi, a'r hen eira 'na'n dadmar. Daw chwanag ohono fo i lawr cyn nos, mae arna' i ofn.'

'Diolch fod gynnon ni dipyn o lo yn y tŷ, yntê? Mi alwais

258

i yn nhŷ Owen Hughes am funud i roi 'sgidia gora Gwyn
i Meurig bach. Doedd 'na ddim siwin o dân yno. Darna
o goed oedd gynnyn nhw i ferwi'r teciall bora 'ma.'

Tynnodd yr ychydig nwyddau o'r fasged a'u rhoi ar y
bwrdd. Gwenodd yn drist wrth syllu arnynt.

'Pan oeddan ni i gyd hefo'n gilydd, cyn i Idris briodi,'
meddai, 'yr ydw i'n cofio fel y bydda Kate yn gwrthod yn
lân fy ngadal i gario'r fasgiad yma o Liverpool Stores ac yn
gyrru Eban i fyny hefo'r petha. Heddiw yr oedd y fasgiad
fel pluan.'

'I bwy mae'r ddau wy 'na?'

'Un i chi ac un i Dan.'

'Felly'n wir. Oes raid inni fynd drwy'r un ddadl y tro
yma eto?'

'O, o'r gora . . . Mi fyta' i hannar eich un chi.'

Syllodd arni: nid oedd ganddi ysbryd hyd yn oed i
ddadlau, fel y gwnaethai bob tro o'r blaen.

'Twymwch, Martha bach. Mae rhwbath wedi'ch cyn-
hyrfu chi bora 'ma, on'd oes? Gweld Meurig?'

'Na, roedd o allan yn chwara' . . . Mae'r hen William
Parri wedi mynd. Mi dorrodd yr hen frawd 'i galon yn y
diwadd.'

Nodiodd Edward Ifans yn llwm. 'Mi glywis i pnawn
ddoe 'i fod o'n o isal,' meddai.

'Mi fu farw gyda'r nos neithiwr. A dydi Twm ddim wedi
bod ar gyfyl 'i gartra i weld 'i fam a'i chwaer. Mi aeth i'r
chwaral bora 'ma fel arfar, meddan nhw, a Mr Edwards
y gweinidog sy'n gwneud yr holl drefniada ar gyfer y
cnebrwng. Diar, dyna galad ydan ni'n mynd yn y lle yma,
Edward! 'I dad 'i hun yn 'i arch a fynta wrth 'i waith! Aiff
o i'r angladd, tybad? Fuo fo ddim yn edrach am yr hen
ddyn o gwbwl er pan mae o'n gorwadd.'

'Mi ellwch ddallt hynny, a'r hen William mor ofnadwy o chwyrn yn erbyn pob Bradwr. Ond mae cadw draw rŵan ...' Ysgydwodd ei ben yn araf, heb orffen y frawddeg. Yna cododd. 'Yr ydw i am bicio tros y ffordd am funud i weld John,' meddai.

'Edward?'

'Ia, Martha?' Gwyddai oddi wrth ei thôn fod ganddi ryw newydd anfelys i'w dorri iddo.

'Eisteddwch am eiliad imi gael siarad hefo chi.' Ac wedi iddo ufuddhau, eisteddodd hithau gyferbyn ag ef cyn gofyn: 'Ydi John wedi deud rhwbath wrthach chi?'

'Deud be', Martha?'

'Mae'n amlwg nad ydi o ddim. Mi ofynnis i iddo fo drafod y peth i gyd hefo chi. Bora Mawrth pan es i drosodd yno i roi help llaw i Ceridwen. Dyna pryd ddaru o sôn gynta' wrtha' i. Doedd o ddim yn licio crybwyll y peth cyn hynny, a ninna yn y fath brofedigaeth.' Siaradai Martha'n gyflym a syllai'i gŵr braidd yn ddryslyd arni, heb ddirnad beth a oedd yn ei meddwl.

'Dydw i ddim yn dallt, Martha. Be' ddeudodd o wrthach chi bora Mawrth?'

''I fod o wedi sgwennu i'r chwaral.'

'John, 'mrawd! Pryd?'

'Ers tipyn bellach.'

'John! Ydi o ... ydi o wedi cael atab?'

'Bora 'ma. Mae o i ddechra gweithio ddydd Llun.'

Bu tawelwch hir, annifyr. Yna taniodd Edward Ifans ei bibell yn ffwndrus. 'Doeddwn i ddim wedi meddwl smocio hiddiw,' meddai, gan wenu'n nerfus. 'Ond dail carn yr ebol ydi'r rhan fwya' o'r baco,' chwanegodd.

'Rhaid i chi beidio â bod yn ddig wrtho fo, Edward. Efalla' 'i fod o'n gwneud yr hyn sy'n iawn, gan fod petha

260

fel y maen nhw yno. Nid cynffonna y mae John, cofiwch. Wedi'i yrru i gongol y mae o. I drio achub Ceridwen druan y mae o'n gwneud hyn. A 'taech chi yn 'i le fo, efalla' mai'r un peth a wnaech chitha.'

'Efalla', wir, Martha; efalla', wir.' Curodd ei bibell ar fin y pentan a chododd. 'Na, fydda' i ddim yn gas wrtho fo. Nid Bradwr yn ystyr arferol y gair ydi John. Ond mae'n dda gin i mai chi ac nid y fo ddaru dorri'r newydd imi. Mi a' i draw yno am sgwrs fach. Am sgwrs fach.' Ail-adroddodd y frawddeg olaf yn freuddwydiol fel y cych-wynnai tua'r drws.

Gwelai wrth groesi'r stryd fod y cerdyn herfeiddiol wedi'i dynnu o ffenestr parlwr y tŷ dros y ffordd. Aeth i'r drws cefn ar hyd y llwybr a redai wrth dalcen y tŷ, ac agorodd ef heb guro.

'Oes 'na bobol yma?' Ceisiai swnio'n llon, gan gofio bod angen pob gronyn o sirioldeb ar Ceridwen.

'O, hylô, F'ewyrth. Dowch at y tân.'

'Sut wyt ti'n teimlo hiddiw, Ceridwen?'

'Ddim cystal heddiw. Yr hen oerni 'ma'n deud arna' i, mae'n debyg. Ond be' arall sy i'w ddisgwyl yr amsar yma o'r flwyddyn, yntê?'

Yr oedd hi wrthi'n yfed gwin wedi'i wneud o aeron y goeden ysgaw a'i gadw â weiren ddur ynddo am rai wythnosau. Ni allent fforddio'r *steel wine—port wine* â haearn ynddo—a archodd y meddyg.

'Rwyt ti'n mynd ar dy sbri yn o fora, hogan.'

'Ydw, ond ydw? Wyddwn i ddim y basa 'na flaenor yn galw i'm gweld i.'

Deuai sŵn llifio prysur o'r cwt yn y cefn.

'Dy dad sy wrthi?' gofynnodd ef gan wenu.

'Ia.' Gwenodd hithau. Clywid y sŵn hwnnw yng nghefn llawer tŷ yn Llechfaen, ond ni holai neb o ble y deuai'r coed a lifid yn flociau ar gyfer y tân. Ar gais Mr Price-Humphreys, bu ambell blisman ar ei draed rhewllyd drwy'r nos droeon yn ymyl Annedd Uchel, ond yn rhyfedd iawn, ni thorrodd y sŵn ar hedd y nosau hynny. Ond un noson pan ysgrechiai gwynt mileinig o gwmpas y tŷ, tybiai Miss Price-Humphreys, a grynai mewn dychryn yn ei gwely, y clywai sŵn llif bron o dan ei hystafell. Hunllef ydoedd, meddai wrthi'i hun, gan wthio gwlân i'w chlustiau cyn rhoi'i phen o dan y dillad i geisio cysgu eto. Breuddwydiodd fod rhyw storm ryfedd ac ofnadwy ar ei hynt heibio i'r tŷ. Arhosodd y dymestl enbyd wrth Annedd Uchel ennyd ac allan o'i thywyllwch cynhyrfus rhuthrodd dwsin o gythreuliaid, pob un â'i lif a'i fwyall, a'i wyneb wedi'i bardduo. Pan gododd Miss Price-Humphreys yn y bore ac edrych allan drwy'r ffenestr, gwelai fod coel ar freuddwydion weithiau.

'Wnewch chi ddim bod yn gas wrth 'Nhad, na wnewch, F'ewyrth Edward?'

'Yn gas! Daear annwl, na wna', Ceridwen fach.'

'Mi driais i 'i berswadio fo i aros am dipyn eto. Ond wnâi o ddim. Y Doctor wedi ordro petha imi, a fynta'n benderfynol o'u cael nhw. Doedd 'na ddim ffordd arall, medda fo.'

Ceisiodd Edward Ifans beidio ag edrych ar ei hwyneb gwyn, di-waed nac ar ei dwylo esgyrniog nac i'w llygaid mawr gloyw. Cofiai'r amser pan soniai pawb am Ceridwen, a oedd yr un oed â Megan, fel gwniadwraig hynod ddeheuig ac fel un o enethod prydferthaf yr ardal. Rhwng cyflog ei thad yn y chwarel a'r sylltau a enillai hi, deuai arian da i'r tŷ bob wythnos, ac nid oedd teulu hapusach yn Llechfaen na John a'i wraig a'i ferch. Ond ychydig wythnosau cyn i'r streic ddechrau, collodd Ceridwen ei mam ar ôl misoedd o waeledd pryderus a chostus, ac yn fuan wedyn ymunodd ei chariad, llanc go ddi-ddal a direol, â'r Gwirfoddolwyr Cymreig i ymladd yn Neau'r Affrig. Dywedai rhai iddo godi i fod yn swyddog pwysig yn y Fyddin, dywedai eraill iddo briodi gwraig gyfoethog yng Nghape Town, ac eraill drachefn iddo ddarganfod gwythïen aur yn y Transvaal, ond ni wyddai neb ddim hyd sicrwydd—ond na ddychwelodd ef na'r arian a fenthyciasai i Lechfaen. Ciliodd y gwrid o ruddiau Ceridwen, a blinai'n gynt a chynt wrth ei gwaith yn y parlwr. Hynny o waith a gâi, oherwydd âi hwnnw'n llai bob wythnos wedi i'r streic ddechrau, a chyn hir darfu'n gyfan gwbl bron. Yn ei gwely, a rhywun yn gweini arni, y dylai'r ferch hon fod ers misoedd lawer, meddyliodd ei hewythr yn awr, nid yn ymdrechu codi o ddydd i ddydd ac yn ystwyrian yn eiddil a methedig o gwmpas y tŷ. Un arall o'r lliaws a aberthid ar allor y streic.

'Mi a' i i'r cwt at dy dad am funud,' meddai, gan godi.

'O'r gora, F'ewyrth. Mi . . . mi gymwch ofal be' . . . be' ddeudwch chi wrtho fo, on' wnewch?'

'Gwnaf, debyg iawn, 'ngeneth i, gwnaf. Rhaid iti ddim pryderu am hynny. Ond mae'n well i'th dad a finna gael dallt ein gilydd, on'd ydi? Yn lle bod y peth yn gysgod rhyngom ni, yntê?'

Aeth allan, ac wedi gwyro'i ffordd i mewn i'r cwt, eisteddodd ar flocyn, yn wynebu'i frawd. Rhoesai hwnnw'i lif heibio ac aethai ati i hollti dau neu dri o flociau yn goed tân.

'Wel, Edwart?'

'Wel, John?'

'Hen gena' cnotiog, fachgan, go daria fo. Does dim hollti ar y cradur.'

'Rhaid iti gymryd cŷn a mwthwl ato fo, John.'

'Rhaid, fachgan, ne' mi dorra' i'r fwyall 'ma.'

Cododd i estyn cynion a morthwyl oddi ar silff gerllaw. Griddfannodd mewn poen wrth eistedd drachefn.

'Yr hen ben-glin 'ma, go daria fo. Mae o'n brathu'n ffyrnig hiddiw. Yr eira 'ma, mae'n debyg.'

Buan, a chwarelwr â'i gŷn a'i forthwyl yn ei drin, yr holltodd y blocyn. Âi John ati â'i holl egni a pharablai'n nerfus bob ennyd—am yr eira, am ei ben-glin, am y blociau, am wlybaniaeth yng nghongl y cwt, am bopeth ond y chwarel. Dyn mawr afrosgo oedd John Ifans, a'i freichiau hirion, llipa, fel pe wedi'u hongian wrth ei ysgwyddau yn hytrach na'u gwreiddio yno. Pan gerddai, taflai'i liniau i fyny a syrthiai'i draed yn fflat a thrwm ar y ddaear, a gwthiai bron bob amser fodiau'i ddwylo i dyllau breichiau ei wasgod. Ond yr oedd tebygrwydd yn wynebau'r ddau frawd—yr un talcen uchel, urddasol, yr un llygaid llwyd, breuddwydiol, yr un trwyn Rhufeinig i'r ddau. Yn y genau yr oedd y gwahaniaeth mawr, gwefus isaf Edward yn dynn a chadarn ac un ei frawd yn gwyro'n guchiog bob amser bron. Nid cuchio a wnâi John ei hun er hynny, er gwaethaf ei wefus: yr oedd yn ddyn llawn hiwmor a pharod ei gymwynas, a bu'r ddau frawd yn gyfeillion calon erioed.

'Wel, John?' Yr oedd y mân destunau wedi'u dihysbyddu a'r blocyn olaf wedi'i hollti.

'Wel, Edwart?' Syllodd John yn eofn a sicr ar ei frawd, heb ddim euogrwydd yn ei edrychiad.

'Galw yr on i i ddweud . . . i ddweud dy fod ti'n . . . gwneud y peth iawn, John.'

Nid oedd yr edrychiad mor eofn a sicr yn awr. Cronnodd dagrau yn y llygaid, a chododd John Ifans yn frysiog i daro'r cynion a'r morthwyl yn ôl ar y silff. Oedodd yno, a'i gefn at ei frawd, gan gymryd arno drefnu'r arfau a oedd ar y silff. Cododd Edward yntau, gan feddwl cychwyn ymaith.

'Diolch iti, 'r hen Ed, diolch o galon. Rydw i wedi ofni'r munud yma, fachgan, wedi methu â chysgu'r nos wrth feddwl amdano fo. "Be' ddeudith Edwart, a fynta'n Islywydd y Pwyllgor?"—dyna oeddwn i'n ofyn i mi fy hun o hyd o hyd. Ia, 'nen' Tad, fachgan, byth beunydd. A phan glywis i am . . . am Gwyn bach, mi 'steddais i lawr ar unwaith i sgwennu i'r chwaral i dynnu f'enw'n ôl. Ond doedd Ceridwen druan ddim hannar da y pnawn hwnnw, a phan edrychis i ar 'i hwynab hi a'i gweld hi'n trio ymlusgo hyd y tŷ 'ma . . . Wyt ti . . . wyt ti o ddifri' wrth ddeud nad wyt ti ddim yn gweld bai arna' i, Edwart?'

'Ydw, Johnnie, ydw.'

'Dy frawd dy hun yn troi'n Fradwr!'

'Nid troi'n Fradwr ydi hyn, John, ond aberthu . . .'

'Aberthu egwyddor.'

'Er mwyn arall. Mae'n bur debyg y gwnawn inna'n hollol yr un fath 'tai . . . 'tai Martha ddim yn dda ac yn gorfod cael y Doctor. Mae arna' i ofn y bydd amryw o'r dynion yn gorfod ildio cyn hir.'

'Be' arall *fedra*' i wneud, Edwart? Yr ydw i'n rhy hen i fentro i'r Sowth. Mi fûm i'n meddwl am y gwaith dŵr 'na yn Rhaeadr, ond bychan ydi'r cyflog yn y fan honno ac mae o'n lle drwg gynddeiriog am gryd cymala, meddan nhw. Dim ond ychydig wythnosa arhosodd Dafydd, brawd Huw 'Sgotwr, yno, a rŵan mae o bron â methu mynd i fyny ac i lawr y grisia nos a bora . . . Rydan ni'n cael ein cornelu fel llygod, Edwart.'

'Pryd . . . pryd y gwnest ti dy feddwl i fyny, John?'

'Wn i ddim yn iawn. Pan oedd Martha yn y Sowth y dechreuis i feddwl o ddifri' am y peth. Roedd hi wedi bod mor ffeind, fachgan, yn galw yma bob bora i wneud y gwlâu a llnau a gofalu am Ceridwen. Roedd hi'n chwith ofnadwy ar 'i hôl hi. Ond mi ddysgis i lawar yr wsnosa' hynny, ac ron i cystal ag unrhyw ddynas yn y tŷ, medda' Ceridwen. Roeddan ni'n dau yn trio gwneud hwyl o'r peth, ond roedd fy nghalon i'n gwaedu wrth weld yr hogan druan yn gwneud llai a llai bob dydd. Yn trio'i gora glas, Ed, ond yn methu.' Cronnodd y dagrau yn ei lygaid eto ac aethai'i lais yn sibrwd bloesg. 'Wedyn, y diwrnod yr est ti â Gwyn i Lerpwl, mi alwodd Doctor Robaits yma. Doeddwn i ddim wedi gofyn iddo fo ddŵad—fedrwn i ddim fforddio talu iddo—ond mi ddaeth—ar *unofficial visit*, chwedl yntau. Hen foi iawn ydi'r Doctor, fachgan. Ia, 'nen' Tad, un o eneidia prin yr hen fyd 'ma.'

'Ia.' Nodiodd Edward Ifans, a'i feddwl yntau'n mynd yn ôl i'r bore Iau hwnnw. 'Be' ddeudodd o, John?'

'Mi ges row gynddeiriog gynno fo, yn Gymraeg ac yn Saesneg. *Anaemia*, gwendid mawr, medda fo. Pam na faswn i wedi'i alw fo i mewn ers misoedd er mwyn iddi hi gael y peth yma a'r peth arall? "Chweugian yr wsnos o'r Undab ydi'r cwbwl sy'n dŵad i'r tŷ 'ma, Doctor," medda fi wrtho fo. "Dyna pam na wnes i ddim gyrru amdanoch chi." Mi fûm i bron â sgwennu i'r chwaral y noson honno. Ond wnes i ddim, ac mi fu'r peth fel hunlla ar fy meddwl i am ddyddia. Y dydd Mawrth wedyn y sgwennis i. Wn i ddim pam y buon nhw cyhyd cyn atab— os nad oeddan nhw am ymddangos yn annibynnol. Yr

266

ydw i i ddechra ddydd Llun. Mi fydd hi'n rhyfadd gynddeiriog yno hebddat ti, Edwart. Rhaid imi gadw fy nhempar hefo pwy bynnag y bydda' i'n gweithio hefo fo, on' rhaid?'

'Rhaid. A . . . Ceridwen?'

'Mi fedra' i godi at fy ngwaith yn iawn yn y bora ac mi geiff hi aros yn 'i gwely nes daw'r hen Fargiad Williams yma i gynna' mymryn o dân a gwneud panad iddi. Mi fydd Margiad druan yn falch o'r ychydig syllta ro' i iddi bob wsnos. Mae petha wedi mynd yn fain ofnadwy yno, Edwart. Tri a chwech yr wsnos mae hi'n gael o'r Gronfa, ac mae'i rhent hi'n ddeunaw. Dim ond cadw'i hun mae Em yn medru'i wneud tua Lerpwl 'na, a dydi Harri druan yn cael ond y nesa' peth i ddim o rags ers tro byd. Pwy fasa'n meddwl y dôi petha i hyn arno' ni, Edwart? . . . Aros am funud, mi ddo' i hefo chdi, imi gael rhoi rhai o'r blocia 'ma i Martha. Lle rhois i'r hen sach honno, dywad? O, dyma hi.'

Yn Gwynfa, arhosai Martha Ifans yn bryderus am ei gŵr, gan ofni i'r ddau frawd ffraeo. Ond gwyddai cyn gynted ag y gwelodd hwy fod popeth yn iawn. Aeth y ddau drwodd i'r cefn i roi'r blociau yn y cwt, ac wrth fynd heibio iddi nodiodd John, gan gau un llygad yn awgrymog. Rhoes hithau ochenaid o ryddhad wrth frysio ymaith i ateb cnoc ar y drws ffrynt. Catrin Williams a oedd yno.

'Isio gweld Edward yr ydw i, Martha. Rydw i wedi'i gadw fo yn 'i wely hiddiw. Dydi o ddim ffît i fod ar 'i draed, heb sôn am fynd i'r cwarfod heno.'

'Robat?'

'Ia. O, a dŵad â'r wya 'ma i chi hefyd. Oddi wrth Meri Ann, hannar dwsin i chi a hannar dwsin i ninna.'

'Ond mae digon o'u heisia' nhw . . .'

267

'Mewn bocs spesial a lle i bob wy yn dwt ynddo fo. Mae hi wedi gyrru rhai bob cam i Sgotland mewn bocs felly, medda hi. At chwaer 'i gŵr, wchi. Wya ffres, digon o ryfeddod.' Trawodd y cwd papur ar fwrdd y gegin fach.

'Ond mae digon o'u heisia' nhw . . .'

' "Chwech i chi a chwech i Martha," medda hi yn y llythyr. Ac mae hi am yrru tipyn o fêl ddechra'r wsnos. Mi ddo' i â fo i fyny cyn gyntad ag y daw o. Hogan ffeind ydi Meri Ann, er mai fi sy'n deud hynny. Lle mae Edward? Ron i'n meddwl imi 'i weld o a John 'i frawd yn dŵad i mewn o 'mlaen i.'

'Maen nhw yn y cwt yn y cefn. O, dyma nhw'n dŵad.'

Clywent lais John ar lwybr y cefn: 'Ia, fachgan, hen fedwen fawr. Fydd dim isio'i llifio hi i lawr. Trosol ne' ddau odani hi ryw noson. 'I chael hi odd' yno fydd y gamp. Ond mae gan yr hen Ifan Tomos olwynion distaw —wedi lapio cadacha amdanyn nhw . . .'

Agorodd y drws a daeth y ddau i mewn.

'Mi fydda' i'n mynd yn syth at y plismyn, John Ifans,' meddai Catrin Williams. 'Rydw i'n synnu atach chi, dyn o'ch oed chi a chystal â bod yn flaenor . . . Sut mae Ceridwen?'

'Go wantan ydi hi, mae arna' i ofn, Catrin Williams.'

'Mi yrra' i ddau ne' dri o wya iddi hi. Hefo Edward pnawn 'ma.'

'Na wnewch, wir, Catrin,' ebe Martha Ifans. 'Mae'n haws i mi sbario rhai o'r rhain, a Robat ddim yn dda.' A thynnodd dri wy o'r cwd papur a rhoi'r gweddill yn nwylo John.

'Mi sbariwn ni'n dwy dri wy, ynta,' meddai Catrin Williams. 'O Lerpwl bora 'ma, Meri Ann wedi'u gyrru nhw.'

268

'Be' ydi hyn am Robat?' gofynnodd Edward Ifans iddi.

'Annwyd ofnadwy. Roedd o isio codi bora 'ma, ond mi es i â'i ddillad o i lawr y grisia a'u cadw nhw'n saff. "Mi geiff aros yn 'i wely," medda fi, "'tasa raid imi'i raffu o yno, cwarfod ne' beidio." *Mae* o'n un penderfynol, wchi. Ond mi ildiodd ar ôl imi ddwyn 'i ddillad o. Os dowch chi i lawr pnawn 'ma, Edward Ifans. Mae o isio i chi gymryd y gadair yn 'i le fo yn y cwarfod heno. Y cynta' iddo fo'i golli drwy'r holl amser, wchi ... Wel, rhaid imi fynd rhag ofn iddo fo gymryd yn 'i ben i chwilio am 'i ddillad. Mi gofia' i am yr wya, John Ifans. Mi ddowch chi i lawr, on' dowch, Edward?'

'Yn fuan ar ôl cinio, Catrin Williams.'

Pan alwodd yn y prynhawn, yr oedd Robert Williams yn ei wely o hyd a thân wedi'i gynnau yn y llofft. Tân bychan iawn ydoedd, o goed bron i gyd, ond fe dorrai ias yr oerni ac eisteddodd Edward Ifans yn ddiolchgar wrtho.

'Mae arna' i isio iti gymryd y gadair heno, Edward,' meddai'r claf. Dywedai'i lais fod annwyd trwm arno: dywedai'i wyneb a'i ddwylo tenau nad oedd ganddo lawer o nerth i'w ymladd, a da y gwnaethai Catrin Williams i gadw'i gŵr yn ei wely.

'Y cwarfod cynta' imi golli, fachgan,' chwanegodd yn ddigalon. 'Mi fûm i bron ag aros gartra Sadwrn dwytha'. Roedd yr hen annwyd yma arna' i y pryd hwnnw. Fedra' i yn fy myw gael gwarad â fo.'

'Doeddach chi ddim ffît i ddŵad i'r cnebrwng ddydd Llun, Robat Williams. Dyna oedd Martha a finna'n ddeud ar ôl i chi fynd adra.'

'Efalla' wir. Ond roedd Gwyn bach yn fy nosbarth i yn yr Ysgol Sul. Oedd. Oedd.' Yr oedd ar fin dweud chwaneg wrth gofio am Gwyn, ond tawodd. 'Fydd 'na ddim llawar yn y cwarfod heno, a hitha mor oer,' meddai. 'Ond mae'n rhaid 'i gynnal o rhag siomi'r dynion.'

'Oes 'na rywbath arbennig yr hoffech chi imi 'i ddeud yno?'

'Be' *sy* i'w ddeud, Edward?' Gwenodd wrth chwanegu: 'Yr ydw i wedi gwneud pregath fach ar gyfar pob nos Sadwrn ers blwyddyn a hannar, er pan ddaru ni ddechra cynnal y cwarfodydd. Yr un testun, yr un prygethwr, yr un pulpud, yr un gynulleidfa o Sadwrn i Sadwrn. Roedd hi'n o anodd cael rhywbath newydd i'w ddeud amball wsnos, fachgan. Wn i ddim oeddat ti a J.H. a'r lleill yn gwneud yn ddoeth wrth bwyso arna' i i gymryd y gadair ym mhob cwarfod.'

'Oeddan, Robat Williams, oeddan. Mae'r dynion wedi dŵad i edrach arnoch chi fel 'u Moses yn yr anialwch.'

Plesiwyd yr hen frawd yn ddirfawr gan y gymhariaeth: am y gaethglud a'r anialwch a thir yr addewid yr hoffai ef sôn yn ei areithiau.

'Mi fydda' i'n meddwl llawar am yr hen Foses, fachgan,' meddai ymhen ennyd, wedi i hwrdd annifyr o besychu fynd heibio. 'Yn enwedig amdano fo yn niwadd 'i oes, yn hen ŵr cant ac ugian. Mi fydda' i'n 'i weld o'n dringo Mynydd Moab 'i hunan bach, bron yn rhy fethedig i roi un droed o flaen y llall ac yn aros yn amal amal i gael 'i wynt ato. Y niwl llwyd o'i gwmpas o ym mhobman a thros yr hen Rosydd Moab 'na odano fo, a'r tipyn llwybyr yn arw a serth. Ond, fel Pererin Bunyan, ymlaen y mae o'n mynd er bod 'i droed dde o'n gwaedu ar ôl taro wrth hen gnawas o garrag finiog. "Fedra' i ddim mynd cam ymhellach," medda fo wrtho'i hun o'r diwadd, gan ista'n dddigalon, wedi ymlâdd, ar ddarn o graig. "Sbel fach rŵan,

270

ac wedyn mi a' i i lawr yn f'ôl yn ara' deg, wrth fy mhwysa." Ond mae o'n codi'i ben ac yn gweld 'i fod o wedi cyrraedd uwchlaw'r niwl. "Pisgah, Pisgah a'r haul yn taro arno fo," medda fo gan syrthio ar 'i linia i ddiolch i Dduw ac i weddïo am nerth i gyrraedd y copa. Ac wedi iddo fo godi ac ailgychwyn, mae o'n teimlo rhyw fywyd, rhyw hoywder newydd yn 'i aeloda er bod y llwybyr yn arwach nag erioed. Cyn hir mae'i draed o ar y copa ac mae o'n syllu, â'i law uwch 'i lygaid i'w cysgodi nhw rhag yr haul, draw i'r pellter tros yr Iorddonan.'

Yr oedd dagrau yn llygaid Robert Williams, a phallodd geiriau am ennyd. Efallai, meddyliodd Edward Ifans, ei fod yn falch o'r peswch a ddaeth trosto—er mwyn cuddio'i deimladau.

'Dolydd a llethra heulog ac afonydd arian,' meddai pan ddaeth ato'i hun. 'Ond dim ond am funud y gwelodd o nhw, oherwydd fedra fo yn 'i fyw glirio dagra llawenydd o'i lygaid. Ac yno, ar unigrwydd uchal y graig, mae o'n syrthio ar 'i linia ac yn crio fel plentyn. "O diolch iti, Arglwydd," medda fo, "diolch iti am fod mor garedig wrth hen ŵr. Mi wn i na cha' i ddim croesi i wlad yr addewid, ond diolch iti, Arglwydd mawr, yn dy ryfadd ddaioni, am imi gael golwg ar 'i gogoniant hi." Ac ar ôl sefyll yno'n hir, er bod yr awal yn fain a fynta wedi chwysu a blino wrth ddringo, mae o'n mynd i lawr yn ara' i'r niwl a'r rhosydd islaw.'

Ai Moses a ddisgrifiai'r hen ŵr yn y gwely? gofynnodd Edward Ifans iddo'i hun. Neu, ai ei ymdrechion a'i obeithion ef ei hun a ddarluniai? A welai'r hen arweinydd dewr hwn fyth wlad yr addewid, tybed? Rhyfedd fel yr oedd anawsterau a rhwystrau a blinfyd yn deffro'r arwr mewn dyn. Blaenor dwys, ond â llawer o ddireidi hefyd

271

ynddo, yn arbennig yn ei anerchiadau yn y Seiat; gweddïwr syml, diffuant; athro Ysgol Sul hynod wreiddiol; Arweinydd Canu hyddysg a deheuig, er na fu ganddo erioed lais i ymffrostio ynddo; Llywydd y caban ym Mhonc Victoria, a'i bwt o araith bob amser yn felys fel cneuen—dyna oedd Robert Williams cyn y streic ddiwethaf, bum mlynedd yn ôl—na, yn agos i chwe blynedd erbyn hyn, onid e? Yna, pan ddaeth y streic honno, troes llygaid ei gyd-weithwyr oll tuag at y dyn tawel, unplyg, diymffrost hwn. A heb godi'i lais na tharo dwrn ar fwrdd, dywedodd wrthynt y brwydrai ef i'r pen ac y disgwyliai iddynt hwythau, bob un ohonynt, wneud yr un modd, heb gloffi na gwanhau pa mor anodd bynnag fyddai'r llwybr. Ac o dan ei arweiniad ef, fe gerddodd pawb yn eofn drwy aeaf creulon o oer. Pan welwyd hysbysiad un diwrnod fod yr awdurdodau'n barod i ailagor y chwarel 'for charitable reasons' ac y sibrydid bod amryw wrthi'n casglu enwau'r rhai petrus, 'Dydw i ddim llawar o Sais,' meddai Robert Williams mewn cyfarfod o'r dynion, 'ond maen nhw'n deud wrtha' i mai "cardod" ydy ystyr y "*charitable reasons*" 'ma. Dyna oeddan ni'n gael yn lle cyflog *cyn* y streic, yntê?' A brwydrwyd ymlaen i aeaf arall a chytundeb gwych—ar bapur. Wedi tair blynedd o rwgnach mewn islais bygythiol drwy'r chwarel, torrodd yr helynt drachefn, ac unwaith eto tuag at Robert Williams a J.H. yr edrychai pawb. Ysgydwodd Robert Williams ei ben, gan ddweud y dylent ddewis siaradwr mwy huawdl a thanbaid nag ef. Ond ni wrandawai neb arno: iddynt oll yr oedd ef yn ymgorfforiad o'r chwarelwr cydwybodol, diwylliedig, dewr a doeth ar ei orau. Nid huawdledd a oedd arnynt ei eisiau, meddent, ond cadernid, cywirdeb tawel, cymeriad dilychwin. Mewn gair, Robert Williams.

272

'Ia, yr hen Foses druan,' aeth ymlaen yn freuddwydiol, fel petai'n siarad ag ef ei hun. 'Ond yn rhyfadd iawn, ar 'i ffordd i lawr o'r mynydd, ychydig mae o'n feddwl am y dyddia pan oedd o ar fin torri'i galon yn yr hen anialwch 'na. Dydi o ddim yn cofio am y bobol daeog, y rhai oedd yn grwgnach byth beunydd ac yn 'i feio fo am 'u harwain nhw i'r fath le. Cofio y mae o am y rhai oedd yn trio'i helpu o weithia, am y bobol ffyddiog a deallus, am rywun ddaru wasgu'i fraich o'n dynar ryw noson pan oedd o bron ag ildio, am yr hen frawd ddaru ddiolch iddo fo am 'i ddwyn o mor bell i gyfeiriad Canaan, am y tad a oedd mor falch na fyddai'i blant o byth yn gwbod be' oedd bod yn gaethion yn Yr Aifft.'

Suddodd Robert Williams i'w freuddwydion am ennyd a bu tawelwch rhyngddynt. Tywyllai'r ffenestr fel y chwythai'r gwynt gawod o eira i'w herbyn.

'Mae arna' i ofn y bydd yr eira 'ma'n cadw dynion o'r cwarfod,' ebe Edward Ifans.

'Bydd. Fydd 'na ddim llawar yno. Gyda llaw, Edward, mae arna' i isio iti wneud dau beth fel Cadeirydd heno. Yn gynta', yr ydw i'n meddwl y dylem ni basio cynnig o ddiolchgarwch yn gyhoeddus i Bwyllgor Llundain. Yn agos i bum mil o bunna maen nhw wedi'u casglu mewn byr amsar i'n helpu ni. Mae J.H. wedi sgwennu atyn nhw ddwywaith ne' dair, ond mi fydda'n beth da i'r dynion fel corff gydnabod 'u haelioni nhw.'

'Mi ofala' i am hynny. A'r ail beth?'

'Rwyt ti'n 'nabod William Ellis, Tregelli?'

'Wil Bach Sir Fôn, chwedl ninna? Ydw'n iawn.'

'Mi ddaeth 'i ddau fab o i 'ngweld i y noson o'r blaen. Mi fyddan yn y cwarfod heno.'

'Ond nid . . . nid Bradwyr ydyn nhw?'

273

'Bradwyr *oeddan* nhw—tan yr wsnos yma. Ond maen nhw wedi gadael y chwaral a phenderfynu sefyll hefo'r dynion. Roedd isio tipyn o ddewrder i wneud hynny, Edward, ac mi hoffwn i i'r cwarfod heno roi croeso iddyn nhw yn ôl i'r gorlan.'

'Mi wnawn hynny, Robat Williams. Be' ydi'u henwa nhw, hefyd? Owen ydi enw'r hyna', yntê?'

'Ia, a John ydi'r llall. Maen nhw ar gyfeiliorn ers blwyddyn bellach—fel y rhan fwya' o ddynion Tregelli. Ond mae'r peth wedi bod fel hunlla ar 'u meddwl nhw, a nos Sadwrn dwytha', yr oedd y ddau yn sefyll yn y twllwch tu allan i'r neuadd yn gwrando ar yr areithia. Mi aethon adra a deud wrth 'u tad 'u bod nhw am gario'u harfa o'r gwaith bora Llun. 'Rargian, yr oedd 'na le yn y tŷ y noson honno, yr ydw i'n siŵr! Mae Wil Êl fel matsan, fel y gwyddost ti, ac yn un o'r Bradwyr cynta'. Rho groeso cynnas iddyn nhw heno, Edward. Am wn i nad ydi'r hogia yna'n llawn mor ddewr â ni sy wedi sefyll allan cyhyd.'

'Yr ydw i'n dallt fod 'na bobol wrthi'n beio'r Pwyllgor eto, yn gofyn pam na *wnawn* ni rywbath yn lle siarad. Fydda' o ryw fudd imi sôn am hynny?'

'Dim o gwbwl. Dim ond gwneud fel y byddan nhw yn Llannerch-y-medd pan fydd hi'n bwrw glaw.'

'Be'?'

'Gadael iddi,' atebodd Robert Williams mor sobr â sant. 'Ond mi elli sôn am yr hyn ddaru ni basio y noson o'r blaen, i drio cael rhyw gymod cyn y 'Dolig, os oes modd yn y byd.'

'Sut mae'r "Atgofion" yn dŵad ymlaen, Robat Williams?' gofynnodd Edward Ifans ymhen ennyd.

'O, yr ydw i'n sgwennu rhyw gymaint bob dydd, wsti, ond wn i ddim a wêl y peth ola' dydd byth. Gan bwy mae diddordab yn hanes hen chwarelwr cyffredin fel fi, yntê? Ond fe ddylai'r deunydd fod yn ddiddorol i bobol. Mae'r to newydd yn meddwl bod petha'n galad ofnadwy arnyn nhw. *Maen* nhw'n galad, ac mae'n rhaid inni ymladd i ennill cyflog byw a chael ein parchu fel dynion. Ond dydyn nhw ddim yn cofio 1860 a chyn hynny—yr iro llaw, y llwgrwobrwyo melltigedig a oedd yn y chwaral. Arian, gwirod, barila cwrw, da pluog, *fancy cats*, modrwya, tlysa—roedd pob math o betha'n cael 'u cludo i'r Stiward-iaid, amball un yn gwerthu'r rhan fwyaf o'i ddodrefn er mwyn medru rhoi ychydig bunnoedd cil-dwrn i ryw swyddog llygredig. A dydyn nhw ddim yn cofio etholiad '68, ydyn nhw?'

'A'r Merthyron?'

'Ia, a'r Merthyron, y pedwar ugian a drowyd ymaith o'u gwaith am beidio â phleidleisio i'r Tori. Roedd fy nhad yn un ohonyn nhw ac mi gafodd arian o'r *Eviction Fund* yn Aberystwyth i agor siop fechan. Ond ddaru o ddim byw yn hir: mi fuo farw ymhen blwyddyn—o hiraeth am y chwaral. Dydi llawer ohonyn nhw ddim yn cofio etholiad '74 a chwarelwyr, yn "Hwrê!" i gyd, yn tynnu'r Ymgeisydd Torïaidd mewn cerbyd drwy'r pentra 'na ac yn malu ffenestri Rhyddfrydwyr. Y cwbwl er mwyn cynffonna. Pabwyr ac nid pobol: roedd 'na bunt-y-gynffon i Dori.'

'Dydach chi ddim yn gweld petha'n waeth yn ein hanes ni fel chwarelwyr, felly, Robat Williams?'

'Gwaeth? Yr ydw i wedi cyrraedd oedran pan ddylwn i sôn am gewri'r gorffennol, pan ddylwn i weld pawb yn hoelion wyth erstalwm ac yn sbarblis hiddiw. Ond nid felly y gwela' i betha. Mae 'na fwy o asgwrn cefn yno ni erbyn hyn.'

'Er gwaethaf y Bradwyr?'

'Er gwaethaf y Bradwyr, hiliogaeth daeog yr hen ddyddia, Edward. Y llwgrwobrwyo, y cynffonna, y pleidleisio diegwyddor mewn etholiad, y llwfrdra, y gwaseiddiwch, y bradychu anhygoel pan fentrai dynion cydwybodol sefyll dros egwyddor—dydi llawar dalan yn y gorffennol ddim yn glod inni. Pan geisiwyd ffurfio Undab yn '65, be' fu? Yn agos i ddwy fil yn ymuno, ond cyn gyntad ag y daru nhw ddallt bod awdurdoda'r chwaral yn erbyn Undab ymhlith y gweithwyr, dyma nhw'n tynnu'n ôl yn heidia ar unwaith. A phan drowyd y Merthyron o'r chwaral, be' fu? Cynnal cwarfod mawr, nid i benderfynu sefyll allan hefo nhw, ond i seboni perchnogion y chwaral ac i ddiolch yn seimlyd iddyn nhw am 'u haelioni. Ia, pabwyr ac nid pobol, Edward, gwaetha'r modd. Mi driais i sefyll yn gadarn droeon, a'r canlyniad fu imi orfod rhybela am flynyddoedd—begera hyd y chwaral. Roedd Catrin a finna heb blant, ne' dyn a'n helpo ni. Mi faswn fel yr hen Enoc Jones erstalwm yn mynd at Smith y Stiward Gosod i ofyn am fenthyg 'i gar a'i geffyl o un pnawn Sadwrn Tâl Mawr. "I be' chi isio *the cart*?" gofynnodd Smith. "Wel, syr," meddai Enoc, "mi ges i fy nghyflog am fis bora 'ma, fel y gwyddoch chi, a wela' i ddim be' arall *fedra*' i 'neud." "I be' chi isio *the cart*?" gofynnodd Smith eto. "I fynd â'r wraig a'r plant i'r wyrcws, syr," oedd atab Enoc. A chwara' teg i Smith, fe gafodd Enoc godiad yn 'i gyflog y mis wedyn.

Yr oedd y stori'n un go hen, ond rhoddai ffordd sych, ddi-wên Robert Williams o'i dweud ddigrifwch newydd ynddi.

'Ond fe ddaeth ymwared,' meddai. 'Diwygiad '74.'

Edrychodd Edward Ifans yn ddryslyd arno. A oedd cof yr hen arweinydd yn dechrau pylu? 'Diwygiad '74?'

gofynnodd. 'Dydw i ddim yn cofio bod 'na Ddiwygiad y flwyddyn honno.'

'Y pwysica' o'r cwbwl, Edward, er nad oedd o ddim yn grefyddol 'i natur nac yn cael yr enw "Diwygiad". Gwaith gweddol hawdd, wel' di, ydi mynd i hwyl a cholli pen—a het—mewn Diwygiad—fel yr hen Fetsi Owen yn Niwygiad '59. "Bendigedig fyddo'i enw!" medda hi. "Bendig—Hei, fy het i ydi'r un â'r rhuban pinc 'na." Ond ychydig o wahaniaeth wnaeth y gweiddi a'r gorfoleddu i'r iro llaw yn y chwaral. Ond fe roes '74 asgwrn cefn yno ni.'

'Ffurfio'r Undab?'

'Ia, ffurfio'r Undab, a theimlo bod 'na unoliaeth a brawdoliaeth yn ein plith ni fel gweithwyr o'r diwadd. Yr Undab roes waelod yno ni, Edward. Roedd yn rhaid inni ddewis rhwng yr Undab a'n gwaith, on'd oedd? Wyt ti'n cofio'r placardia hynny ym mhob ponc yn dweud y gwrthodid gwaith i Undebwyr? Roedd fy mrawd yn gweithio yn Llanarfon ar y pryd. Fe gaewyd y chwaral yno am wythnos, i roi amsar i'r dynion feddwl a oeddan nhw am fynnu Undab ai peidio. Y bora Llun wedyn, bora tynar yng nghanol Mehefin, dyma ddwy fil a hannar yn mynd i'w gwaith, gan wybod be' oedd o'u blaena nhw. "Wel, hwn-a-hwn," meddai'r gosodwr ym mhob ponc, "p'un ydach chi wedi'i ddewis, y fargan ne'r Undab?" "Yr Undab," oedd atab dros ddwy fil ohonyn nhw, gan godi'u harfa a cherddad yn fyddin o'r chwaral. Roeddan nhw'n arfar cynnal cwarfodydd ar graig fawr mewn lle canolog rhwng y pentrefi o gwmpas, a "Chraig yr Undab" ydi'i henw hi hyd hiddiw. "Mewn undab mae nerth", medda'r hen air, yntê? Mi fu'r ddiharab yn wir yn ein hanas ni fel chwarelwyr. Pan aeth yr Undab i lawr ymhen rhai blynddoedd, o wyth mil i ddwy fil o aeloda, be' ddigwyddodd? Yr un hen heintia—gorthrymu a budr-elwa ar un llaw, seboni a chynffonna ar y llall. A 'taem ni yn Llechfaen a'r cylch wedi bod yn ffyddlon i'r Undab, Edward, fasa'r drygfyd hwn ddim wedi meiddio cydio yno ni.'

Daeth Catrin Williams i mewn i roi blocyn ar y tân, a chododd Edward Ifans i gychwyn tuag adref.

'Rhaid imi fynd, i feddwl am bwt o bregath,' meddai.

'Plant y drws nesa' 'ma,' ebe Catrin, 'allan yn yr eira a'u 'sgidia nhw'n dylla i gyd. Mae'n rhyfal mawr yng ngwaelod y stryd—plant 'Rallt Fawr yn erbyn plant y Bradwyr. Gobeithio y cadwan nhw at belenni eira a pheidio â chodi cerrig, yntê? Diar, dyna garpiog a llwyd yr olwg mae'r plant yn mynd! Ond be' arall sy i'w ddisgwyl a llawar ohonyn' nhw'n gorfod byw mor amal ar fara sych, ne' fara triog ar y gora, pan ddylan nhw gael bwyd maethlon? . . . O, cofiwch am yr wya 'na i Ceridwen, Edward Ifans. Yr ydw i wedi'u lapio nhw a'u rhoi nhw'n barod ar fwrdd y gegin fach.' Safai wrth y ffenestr yn awr yn edrych allan. 'Hy, edrychwch arni hi yn torri cyt,' meddai.

'Pwy, Catrin?' gofynnodd ei gŵr.

'Jane Gruffydd tros y ffordd, debyg iawn. Mae cert Now'r Bwtsiar yn mynd drwy'r stryd ac mae mei-ledi, wrth gwrs, fel gwraig i Fradwr, yn medru mynd allan â'i phwrs yn 'i llaw i brynu *leg* o *lamb* at 'fory. Dowch yma, Edward Ifans, i chi gael gweld y perfformans . . . "Ia, y leg acw," medda hi, "y fwya' sy gynnoch chi." A rŵan, mae hi'n agor 'i phwrs, yn rhodras a chiamocs i gyd, gan obeithio bod pawb yn y stryd y 'i gwyliad hi. 'Tawn i'n lle Now'r Bwtsiar, mi rown i *leg* o *lamb* iddi—ar 'i chorun! Ond dyna fo, mae'n rhaid i Now druan fyw, on'd oes?

Gwyliwch hi rŵan, Edward Ifans; mae'n werth talu grot am weld y migmans nesa'. Mae hi'n dal y leg o *lamb* ar 'i braich fel babi, yn troi i edrach i lawr y stryd, wedyn tros y ffordd—sefwch yn ôl, sefwch yn ôl—wedyn i fyny'r stryd cyn martsio i'r tŷ fel un wedi ennill y *champion* solo mewn 'steddfod. Hy, faint o arian sy arni hi i'r hen Siôn Crydd, mi liciwn i wbod? Yr hen Siôn druan—glywsoch chi?'

'Be'?'

'Mae o wedi penderfynu cau'r siop a mynd i weithio i Lanarfon at 'i fab.'

'O, do, mi glywis i hynny. *Mae'n* biti, a 'fynta'n grefftwr mor dda.'

'Diar, yr oedd gynno fo ddwsin o brentisiaid odano fo cyn y streic, on'd oedd? Rŵan, dim un. Mae o jest â thorri'i galon, medda Lydia'r ferch wrtha' i . . . 'Rhoswch, mi ddo' i i lawr hefo chi i chi gael yr wya, ac mae Meri Ann wedi addo gyrru tipyn o fêl inni ddechra'r wsnos . . .'

Ar ei ffordd drwy'r stryd, sylwodd Edward Ifans yntau ar wynebau llwyd y plant ac ar y gwahaniaeth rhwng plant y streicwyr a phlant y Bradwyr, ac yr oedd ei galon yn drom wrth iddo droi i fyny Tan-y-bryn.

'Pnawn da, Edward Ifans, pnawn da,' meddai llais defosiynol, ac ymunodd Mr Price-Humphreys, y stiward gosod, ag ef. Yr oedd ei glog fawr amdano a menig ffwr am ei ddwylo.

'O, pnawn da, Mr Price-Humphreys. Mae hi'n oer iawn hiddiw.'

'Ydi, yn wir yn wir, oer iawn.'

Cerddodd y ddau gyda'i gilydd heb ddweud gair am dipyn.

'Wedi bod yn edrach am Robat Williams,' meddai Edward Ifans ymhen ennyd, gan chwilio am rywbeth i'w ddweud.

'O? Ydi o'n cwyno?'

'Annwyd trwm, a thipyn o wendid.'

'O, mae'n y . . . y . . . wir ddrwg gen i. Ydach chi'n cynnal un o'ch . . . y . . . cyfarfodydd heno?'

'Ydan, fel arfar.'

'A phwy fydd yn . . . y . . . cymryd y gadair?'

'Fi. Ynghylch hynny yr on i'n mynd i weld Robat Williams.'

'Hm. Felly. Mae'n hen bryd rhoi terfyn ar y . . . y . . . ffolineb yma, Edward Ifans, yn wir yn wir i chi. Edrychwch ar y ddau o blant acw sy'n dŵad i'n cyfarfod ni i lawr y stryd. Fel dau ysbryd bach, yntê? A'r ddwy wraig sy'n cerddad tu ôl iddyn nhw . . . O, wnes i ddim sylwi mai . . . y . . . Mrs Ifans ydi un ohonyn nhw. Hi ydi hi, yntê?'

'Ia,' atebodd Edward Ifans yn sych, gan geisio gwenu ar Martha, a nesâi yng nghwmni'r hen Farged Williams. Ai cymryd arno nad adnabu mohoni yr oedd y stiward? Pa un bynnag, yr oedd Martha'n edrych mor llwyd a rhynllyd â'r hen Farged Williams, a oedd yn byw ar ei thri a chwech yr wythnos. Os ceisio'i glwyfo yr oedd Mr Price-Humphreys meddyliodd, yna fe lwyddodd â'r ergyd hwn.

'Ond does dim isio'r holl . . . y . . . ddiodda a'r angen yma, wyddoch chi, Edward Ifans,' meddai'i gydymaith wedi i'r ddwy fynd heibio. 'Dim, a'r chwarel yn agored i'r dynion ddychwelyd iddi. Dyn . . . y . . . penderfynol ydi Robert Williams, yntê?'

'Dim mwy . . . y . . . penderfynol na'r gweddill ohono

280

ni,' atebodd Edward Ifans, gan deimlo mai'r gair 'ystyfnig' a oedd ym meddwl y stiward.

''Wn i ddim am hynny, Edward Ifans. Pwy oedd un o'r rhai mwyaf ... y ... selog yn ffurfio Undeb y Chwarelwyr? Robert Williams, yntê? Fe gawsoch eich Undeb ac, ar ôl y streic yn '74, hawl i Bwyllgor i ystyried cwynion y dynion cyn 'u ... y ... cyflwyno nhw i'r ... y ... awdurdoda. Pa ddefnydd wnaeth rhai fel Robert Williams o'r ... y ... Pwyllgor hwnnw? Gwrando ar ... y ... gŵynion Undebwyr a neb arall, yntê? 'I ddefnyddio fo fel ... y ... ffordd slei i ... y ... hyrwyddo'r Undeb ac i geisio ... y ... rheoli'r chwarel.'

'Wnaeth y Pwyllgor mo hynny, Mr Price-Humphreys. Mi ddylwn i wybod a finna arno fo o'r cychwyn.'

'Roedd o'n pasio bod labr-greigwyr, a oedd wedi cael bargeinion ar ôl y streic, i'w symud yn ôl i'w dosbarth. Os nad ydi hynny'n ... y ... enghraifft o ymyrraeth â rheolaeth y chwarel ...'

'Pasio i awgrymu hynny i'ch ystyriaeth chi yr oedd y Pwyllgor. Ac yr oedd yr awgrym yn un yn gweiddi am gael 'i wneud.'

'O? Pam hynny, Edward Ifans?'

'Am fod y labrwyr hynny wedi ennill 'u bargeinion nid trwy ddangos 'u medr fel chwarelwyr.' Hoffai chwanegu 'trwy gynffonna', ond tawodd.

'Ym mha chwarel arall y mae ... y ... Pwyllgor felly? A phan ... y ... wnaethon ni i ffwrdd ag o ddeunaw mlynedd yn ôl, yr oedd y gwaith yn mynd yn well o lawer ac yn rhoi chwara' teg i'r rhai heb fod yn ... y ... perthyn i'r Undeb.'

Teimlai Edward Ifans yn rhy luddedig i ddadlau: yr

oedd yr olwg a welsai ar wyneb llwyd Martha yn ing yn ei feddwl.

'Gyda phob . . . y . . . dyledus barch i chi, Edward Ifans, ond wela' i ddim i'r . . . y . . . cyfarfodydd yma ar nos Sadwrn wneud dim ond . . . y . . . chwerwi teimlada. Faint gwell ydach chi wrth gael hwyl mewn terma ffôl fel "punt-y-gynffon" a phetha tebyg? Mi wyddoch yn iawn mai . . . y . . . ysbryd haelionus yr oruchwyliaeth oedd tu ôl i'r . . . y . . . anrheg. Roedd y gweithwyr, ar ôl misoedd hir o streic, yn edrych mor . . . y dena a newynog, a chalon dyner a roes . . . y . . . bunt i bob un ohonyn nhw, yn wir yn wir i chi. A phetai'r dynion yn dychwelyd i'r chwarel, yn lle segura'n ystyfnig fel hyn, fe wrandawem yn . . . y . . . ofalus ar y cwynion y mae . . . y . . . cymaint o sôn amdanyn' nhw.'

Tawodd, gan wylio wyneb ei gydymaith. Safent yn awr o flaen Gwynfa, ac edrychodd y chwarelwr tua'r tŷ. Mor dawel, mor wag ydoedd! Yr oedd mor ddi-sŵn â'r drws nesaf, lle'r oedd Idris a Kate a'u plant yn llawn chwerthin gynt! Heb Megan, heb Dan, heb Llew, heb Gwyn. Daeth tristwch a lludded mawr trosto.

'Ac yr oeddach chi, Edward Ifans, yn . . . y . . . ennill cyflog reit dda ym Mhonc Victoria, on'd oeddach? A'ch teulu bach yn un o'r rhai . . . y . . . hapusaf yn Llechfaen 'ma. Yr ydw i'n . . . y . . . falch fod eich brawd John wedi . . . y . . . gweld y goleuni o'r diwedd. Gresyn na fasa'r bachgen sy gynnoch chi ar y môr yn dŵad yn 'i ôl. Hogyn da, hogyn da iawn. Ond wrth gwrs, mi fydd hi'n anodd . . . y . . . bron yn amhosibl . . . inni 'i gymryd o'n ôl i'r chwarel os bydd o'n . . . y . . . oedi lawer yn hwy. Mi fydd 'i gyhyra fo wedi anystwytho gormod i . . . y . . . wneud chwarelwr medrus, on' fyddan?'

282

Ai bygythiad oedd y geiriau? A'r llais mor fwyn a charedig, dewin yn unig a wyddai. Syllodd llygaid Edward Ifans tua ffenestr y llofft lle cysgai Llew a Gwyn hanner blwyddyn ynghynt, a throes ei ludded a'i dristwch yn nerth sydyn.

'Oeddan, yr oeddan ni'n deulu hapus,' meddai. 'Ond wrth wraidd yr hapusrwydd yr oedd ofn, fel pryfyn yn cnoi yng nghanol ein meddwl ni. Ac mi frwydrwn i fyw ein bywyd yn rhydd o'r ofn hwnnw.'

'Ofn? Ofn . . . y . . . beth, Edward Ifans?'

'Ofn methu â gwneud cyflog, ofn syrthio dan wg rhyw swyddog, ofn pwl o afiechyd heb ond ychydig wrth gefn, ofn cael ein symud i graig sâl, ofn . . .'

'Gawsoch *chi* eich . . . y . . . symud i graig sâl?'

'Mi fûm i'n weddol ffodus—ond am yr amsar ges i o dan Huws Contractor. Ond nid trosta' i yr ydan ni'n ymladd.'

'O?'

'Tros y cannoedd na fuont mor lwcus â fi, y rhan fwya' ohonyn nhw'n ddynion cydwybodol, medrus—yn wir, y gwŷr mwya' deheuig yn ein plith ni efalla', er mai nhw oedd yn ennill y cyflog sala'.'

'Be' ydach chi'n feddwl wrth . . . y . . . osodiad fel yna, Edward Ifans?'

'Dim ond bod isio mwy o fedrusrwydd pan mae dyn ar graig sâl nag ar un rywiog, fel y gwyddoch chi. Mi fedar saer cyffredin lunio dodrefnyn allan o bren hawdd i'w weithio, ond mae isio crefftwr i lunio un allan o hen foncyff mawnog, on'd oes? Ond chlywis i erioed swyddog yn y chwaral yn defnyddio iaith fel hyn—"Mae yn y fan acw le i gael cerrig, ond maen nhw'n rhai anodd 'u gweithio, yn galad ne' yn siarp, â natur hollt gron ynddyn nhw. Mae'n rhaid bod yn chwarelwr medrus iawn i drin y graig, ond os triwch chi'r lle hwn-a-hwn, mi gewch bris da yno." Ond fel y mae petha, ansawdd y graig ac nid medrusrwydd sy'n penderfynu'r cyflog. Craig ddrwg—cyflog sâl. Craig dda—a dynion pur anfedrus weithia yn naddu cyflog da ohoni, yntê?'

Nid oedd wedi bwriadu siarad mor blaen ag y gwnaeth yn ei frawddeg olaf, ond âi Twm Parri heibio, gan wenu'n daeog a thynnu'i gap i'r stiward gosod. Ni chofiai Edward Ifans i'r sebonwr fod ar graig sâl erioed.

'Dydan ni ddim yn gofyn llawar, Mr Price-Humphreys —dim ond ychydig hapusrwydd syml. Edrychwch arna' i. Y cwbwl yr on i'n dyheu amdano oedd y tŷ bach 'ma yn Nhan-y-bryn, cysur fy ngwraig a'm plant, mynd i'r capal a medru talu'n anrhydeddus at 'i gynnal o, ceiniog yn sbâr i roi addysg i'r hogyn oedd wedi dangos y medra fo fanteisio arno, ychydig syllta ar gyfar y *Cymru* a'r *Geninen* a phapur wythnosol. Dydw i na neb arall yn ymladd am foetha.'

'Ond yr oedd y petha yna gynnoch chi, Edward Ifans. Fe gafodd eich bachgen chi fynd i'r . . . y . . . Coleg, on'd do? Ac oni bai am y streic, yn y Coleg y basa fo o hyd, yntê?'

'Mi ddaru Martha a finna . . . aberthu er 'i fwyn o.' Arhosodd ennyd o flaen y gair 'aberthu' i'w bwysleisio. 'O, yr ydach chi'n ôl yn fuan, Martha,' meddai wrth ei wraig, a âi heibio iddynt.

'Dim ond rhedag i'r Post hefo llythyr at Meri Ann . . . O, pnawn da, Mr Price-Humphreys.'

'Pnawn da, Mrs Ifans. Wel . . . y . . . meddyliwch am yr hyn rydw i wedi'i ddweud wrthach chi, Edward Ifans. Y . . . cyn y cyfarfod heno, yntê? Pnawn da i chi'ch dau rŵan . . . y . . . pnawn da.'

Yr oedd yn tynnu at amser y cyfarfod. Cododd Dan, a ddaethai adref tua phedwar.

'Mi a' i'n gynnar,' meddai. 'Mae arna' i isio gair hefo un ne' ddau o'r dynion ar gyfar nodiada i'r *Gwyliwr*.'

'O'r gora, 'machgan i,' meddai'i dad. 'Fydda' inna ddim yn hir.'

Gwenodd Martha Ifans ar ei gŵr wedi i'w mab frysio ymaith.

'Mae Dan yn fo'i hun unwaith eto, Edward. Ac mi wnaeth imi gymryd y pedwar swllt 'ma. Doedd dim iws dadla hefo fo . . . Be ydach chi yn 'i wneud?'

'Dim ond newid f'esgidia. Pam?'

'Dydach chi ddim yn mynd i wisgo'ch 'sgidia gora? Mi wyddoch yn iawn na ddalian nhw mo'r eira.'

'Ond dydw i ddim isio clampio i fyny i'r llwyfan yn fy rhai hoelion mawr, Martha.'

'Chewch chi ddim ista yn y cwarfod am dros awr a'ch traed chi'n wlyb, mi wn i hynny.' Daliai hi ei grafat o flaen y tân i'w gynhesu. 'Ac mi gewch lapio'r crafat 'ma'n dynn am eich gwddw.'

Tu allan, yr oedd y nos yn olau er bod ychydig eira'n blu ysgafn, gwasgarog ar flaen y gwynt. Wrth gerdded i lawr yr allt, gan ddechrau hefo tŷ Idris ac un Now'r Wern, cyfrifodd y tai gweigion ar bob llaw. Deuddeg un ochr, deg yr ochr arall. Os âi pethau ymlaen fel hyn, meddyliodd yn chwerw, byddai Tan-y-bryn yn stryd o dai gweigion cyn hir. A'r stryd fawr yn rhes o siopau gweigion, chwanegodd wrtho'i hun fel yr âi heibio i dair ohonynt wrth ymyl ei gilydd.

Oedodd yn nrws y neuadd i sgwrsio â rhai o'r dynion, pob un ohonynt yn ddwys eu cydymdeimlad ag ef yn ei brofedigaeth. Aethai amryw ohonynt, fe gofiai wrth siarad â hwy, drwy brofiadau tebyg yn ddiweddar, ond ni chiliodd y dewrder tawel o'u llygaid. Yr oedd yn werth ymladd ysgwydd wrth ysgwydd gyda gwŷr fel hyn, meddyliodd fel y cerddai drwy'r neuadd tua'r llwyfan.

Wedi iddo eistedd wrth y bwrdd ar y llwyfan, syllodd yn hir ar yr wynebau penderfynol o'i flaen. Mor welw a thenau oeddynt! Fel rheol yn y cyfarfodydd hyn, eisteddai ef yn un o'r seddau blaen a'i gefn at y gynulleidfa. Y tro diwethaf iddo fod ar y llwyfan oedd yn y cyfarfod mawr yn niwedd Awst, a thybiodd y pryd hwnnw fod gwrid iachus ar wynebau'r dynion er gwaethaf y newyn a'r caledi a'r pryder oll. Tipyn o liw haul ydoedd, meddai wrtho'i hun, gan gofio iddo sylwi droeon yn ddiweddar ar lwydni gwedd hwn ac arall ar y stryd.

Ond yn awr gwelai dorf o wynebau o'i flaen, ac ymddangosai pob un yn llym, esgyrniog a llinellog dan y golau a'r cysgodion a daflai'r lampau olew. Dychrynodd wrth eu gweld, a daeth tristwch a lludded enfawr trosto. Teimlai'i ysgwyddau'n crymu dan y baich a'i lygaid blin yn cau i chwilio am dynerwch gwyll. A oedd yr ymdrech yn werth y draul? Onid curo â dwylo noeth yn erbyn muriau o graig a dellt yr oeddynt? Muriau ogof droeog heb lygedyn o olau o un cyfeiriad i ddweud bod ffordd allan ohoni. Cofiodd am y tai gweigion yn Nhan-y-bryn ac am dlodi ofnadwy rhai o'r lleill, am siopau gweigion y stryd fawr, am lygaid gorchfygedig ei frawd John, ac am stori Martha am yr hen William Parri a'i fab dideimlad, Twm. Deuai'r Nadolig yn fuan, a mawr fyddai'r addurno a'r anrhegu a'r miri mewn ambell dŷ; yn y drws nesaf, efallai, bara sych ac esgus o dân . . .

'Mae'n well inni ddechra, Edward,' sibrydodd J.H.

Nodiodd yntau, gan agor ei lygaid a gwenu'n wan arno.

Gwasgodd J.H. ei fraich ag un llaw fel y gwthiai ato â'i law arall bapur ac arno enwau'r siaradwyr a nodiadau ar drefn y cyfarfod. Teimlai gryfder fel pe'n llifo i'w fraich a thrwy'i gorff i gyd, a chynyddodd y nerth fel y taflai olwg ar enwau Mr Edwards y gweinidog; J.H.; Robert Jones, un o arwyr y streic o'r blaen; Richard Owen, Fron; yr hen Ifan Pritchard. Ni ddywedai un ohonynt ddim byd newydd iawn, meddyliodd, ond yr oeddynt oll yn ddynion â gwaelod ynddynt, a sicrwydd a chadernid nid yn unig yn eu geiriau ond yn eu holl gymeriad. Yr oedd hi'n fraint cael brwydro wrth eu hochr hwy: lle safent hwy, anrhydedd oedd cael sefyll. A lle safai'r dynion wynepllym o'i flaen.

Nid oedd ond rhyw ddau gant yn y neuadd heno: âi'r gynulleidfa'n llai o Sadwrn i Sadwrn oni cheid rhyw siaradwr neu newydd arbennig yn y cyfarfod. Arhosai rhai ymaith mewn digalondid, rhai mewn ansicrwydd euog, ond y prif reswm oedd bod ugeiniau wedi gadael yr ardal mewn anobaith yn ystod Medi a Hydref, wedi'u siomi gan y cyfarfod di-ffrwyth a gynhaliwyd yn niwedd Awst. Golygfa a welid yn aml yn yr hydref a dechrau'r gaeaf oedd cert â llwyth o ddodrefn arni ar ei ffordd tua'r orsaf, y tad yn ceisio cerdded yn dalog wrth ei hochr, y plant yn gyffrous wrth gychwyn ar antur newydd, y fam yn gwneud ei gorau i gadw'r dagrau'n ôl wrth wenu'i ffarwél i hon ac arall ar y stryd. Ond nid edrychai na'r gŵr na'r wraig yn wyneb Jones, Liverpool Stores, neu Robert Roberts y Teiliwr neu Siôn Crydd, os digwyddai un ohonynt fod yn nrws ei siop—a gallent, pe mynnent, sefyllian yno drwy'r dydd bron.

Dim ond dau gant, meddai Edward Ifans wrtho'i hun fel y codai i agor y cyfarfod. Ond hwy oedd asgwrn cefn y fyddin, y dewraf a'r ffyddlonaf o'r gwŷr—a'r tawelaf, meddyliodd. Cofiai amser pan lenwid y neuadd â lleisiau herfeiddiol, croch, ond mewn tawelwch penderfynol y cyrchai'r dynion hyn drwy'r eira a'r oerwynt tua'r cyfarfod, amryw ohonynt o fythynnod diarffordd y llechweddau. Aethai'r rhai uchaf eu cloch yn ôl i'r chwarel. Anaml yn awr y clywid rhegfeydd nac y gwelid chwifio dyrnau chwyrn yn y neuadd. Dynion tawel, dwys —a'u balchder diymod yn peri iddynt wisgo'u dillad Sul bob nos Sadwrn—oedd y rhan fwyaf o'r gynulleidfa erbyn hyn; gwŷr mewn oed bron i gyd, gan i'r rhai ifainc anturio i'r Deau neu i Loegr, ac amryw i'r America, i chwilio am waith. Llanwyd Edward Ifans â pharch tuag atynt fel yr agorai'i enau i'w hannerch.

'Gyd-weithwyr,' meddai, a'i lais yn gryf ac eofn. 'Funud yn ôl pan eisteddwn i wrth y bwrdd 'ma, fe ddaeth y felan trosta' i. Meddyliais am y tai gweigion sy yn Nhan-y-bryn acw a chofiais fod rhyw bedwar cant ar ddeg o ddynion, cannoedd ohonyn nhw â'u teuluoedd hefo nhw, wedi gadael yr hen ardal 'ma. Faint ohonyn nhw ddaw yn ôl, ni wŷr neb. Cofiais hefyd fod y . . . y fynwant acw yn ehangach o dipyn nag oedd hi flwyddyn yn ôl. Yr oeddwn i'n barod i ofyn hefo'r hen batriarch Job: "Pa nerth sydd i mi i obeithio? Ai cryfder cerrig yw fy nghryfder? A ydyw fy nghnawd o bres?" Ond mi gofiais hefyd ein bod ni'n ymladd i fod yn rhydd—yn rhydd rhag angen, yn rhydd rhag ofn.

'A enillwn ni'r frwydr? Wn i ddim. Mae'r pedwar cant ohonon ni sy'n aros yn yr ardal yn byw ar chweugian yr wsnos o'r Undab ne' ar bres o'r Gronfa. Mae'n rhaid inni, pa mor chwerw bynnag ydi meddwl am y peth, mae'n rhaid inni yn hwyr neu'n hwyrach wynebu'r posibilrwydd o weld arian yr Undab yn lleihau. Mae Llechfaen a'r cylch wedi bod yn faich trwm ar yr Undab. Ga' i wneud apêl at y rhai hynny ohonoch chi sy'n teimlo'n ddigon ifanc ac iachus i fentro i'r Sowth, neu rhywla lle mae gwaith i'w gael, i ystyriad gwneud hynny? Mae'n rhaid inni ysgafnhau'r baich ar yr Undab ac ar Gynghrair Cyffredinol yr Undebau Llafur, sy wedi bod mor hynod garedig wrtha ni drwy'r ymdrech i gyd. Petai'r cymorth hwnnw'n lleihau neu yn methu, newyn a fydd yn ein hwynebu ni. Mae amryw'n dal i siarad am derfyn buan i'r anghydfod, ac mi wn i am lawer sy'n aros yn obeithiol yn 'u hen ardal gan ddisgwyl clywed newydd o ddydd i ddydd. Fel y dywedodd Robert Williams droeon o'r gadair yma yn ystod yr wythnosau a'r misoedd diwetha', y mae'n well inni fod yn onest â'n gilydd ac â ni'n hunain. Dydi Canaan ddim yn y golwg, chwedl ynta, ac er bod manna wedi disgyn fel pe o'r nefoedd droeon, efalla' mai'r anialwch sy o'n blaen ni fydd y rhan fwyaf anodd a blin o'r holl daith.

'Pam y mynnwn ni fynd ymlaen, ynta, a llwybyr arall hawdd a rhwydd yn agored inni? Am ein bod ni'n credu yng nghyfiawnder ein hachos, yn sicr fod ein traed ni ar y ffordd sy'n arwain i'r bywyd, i fywyd llawnach a helaethach chwarelwyr y dyfodol. "Na chais iawn ond o gymod," medd yr hen air, yntê? Prawf o'n ffydd ni yn ein hachos ydi ein bod ni wedi trio cymodi dro ar ôl tro, wedi cynnig am gyflafareddiad ar bob un o achosion yr helynt. Yr ydym yn barod i hynny o hyd, yr yfory nesaf, yn barod i osod ein cwynion o flaen unrhyw ganolwr diduedd. Cynrychiolwyr o'r Pwyllgor, neu o ddynion tu allan i'r Pwyllgor, neu ganolwyr o'r Cyngor Sir neu o'r Senedd neu o'r Bwrdd Masnach yn ôl Deddf Cymod 1896— byddem yn fodlon sefyll neu syrthio wrth yr hyn a benderfynid ganddyn nhw mewn ymgynghoriad â'r awdurdoda. Ond y mae'r drws wedi'i gau yn ein hwyneba ni bob tro, ac wedi hir ddiodda a'r aberthu fe ddisgwylir inni ddwyn yr helynt i'w derfyn drwy ildio'n ddiamodol. Mewn geiriau eraill—"Trechaf, treisied; gwannaf, gwaedded".'

Gwyrai'r siaradwr ymlaen, â'i ddwy law ar y bwrdd, a llefarai'r frawddeg olaf yn dawel â chwerwder mawr yn ei lais. Yna ymsythodd i'w lawn daldra wrth chwanegu:

'Y mae'n wir mai ni sy wannaf mewn adnodda materol. Ond y mae cryfder argyhoeddiad yn ein henaid ni, a'n traed ni'n gadarn ar graig egwyddor.'

Derbyniwyd y geiriau â chymeradwyaeth uchel, ac wedi iddo dawelu, daliai llawer hynafgwr i amenu'n ddwys yn ei wddf.

'Dywedir wrthym, ar lafar ac ar lawr, ar y stryd yn Llechfaen ac mewn ambell bapur newydd, a hyd yn oed mewn areithia yn y Senedd, fod y Bradwyr yn mynd o nerth i nerth, fod dros naw cant o'n hen gyd-weithwyr ni yn ôl yn hapus yn y chwaral erbyn hyn. Efalla' fod rhyw naw cant o ddynion yno, ond nid ein hen gyd-weithwyr ni ydi rhai cannoedd ohonyn nhw—y gweision ffermwyr o Fôn, y siopwyr wedi methu â chael dau ben llinyn ynghyd, y llafurwyr o bob math heb fod mewn chwaral erioed o'r blaen. Yr ydw i'n dallt mai gweiddi "Penwaig!" hyd y dre 'na roedd un ohonyn nhw cyn iddo benderfynu troi'n chwarelwr.'

'Maen nhw'n 'i iwsio fo i weiddi "Ffaiar!" amsar tanio,' llefodd rhywun o gefn y neuadd.

'Mae Ned Biwglar am gael y sac,' gwaeddodd llais arall.

'Barbwr, maen nhw'n deud i mi, oedd un arall,' aeth Edward Ifans ymlaen wedi i'r chwerthin dawelu.

'Ia, a barbwr sâl gynddeiriog!' rhuodd llais dwfn yr hen Ifan Tomos, taid Os.

'Y gwir ydi,' meddai'r Cadeirydd, 'fod rhif y Bradwyr heb gynyddu ond ychydig iawn yn ystod y misoedd diwetha' 'ma. Mae dwy fil ohonon ni yn dal i sefyll yn gadarn ac yn gwrthod bradychu'n cyd-weithwyr drwy sgrifennu'n ddirgel i swyddfa'r chwaral. A ydi'n bosibl fod dwy fil o ddynion, y mwyafrif mawr ohonyn nhw yn weithwyr cydwybodol ac yn gapelwyr selog, yn gwyro mewn barn ac egwyddor, a'r chwe chant—yn 'u plith nhw lawer oedd yn licio ymffrostio nad oeddan nhw na chydwybodol na chrefyddol—yn ddoeth a chyfiawn? Yr ydan ni'n gofyn i'r awdurdoda ystyriad y cwestiwn yna, 'i ystyriad o'n ddwys a difrifol, heb falais na dicter na dialedd. Ac wedyn gyfarfod ein cynrychiolwyr ni, y ddwy ochr mewn ysbryd cymodlawn, brawdgarol. Pe digwyddai hynny, fe ddôi terfyn buan ar yr helynt flin yma sy wedi dwyn cymaint o gyfyngder gyda hi. Yr ydym wedi gofyn am hyn droeon, ond fe drowyd clust fyddar i'n cais. Yn awr, yn wyneb dioddef y gwragedd a'r plant, yn wyneb y trueni sy'n nychu'r holl ardal, yr ydym yn *erfyn* yn hytrach na gofyn.'

Yr oedd y gynulleidfa o wŷr wynepllym yn dawel iawn, heb fod yn sicr a ddeallent berwyl y geiriau olaf, ac anesmwythai llawer un ar ei sedd. 'Erfyn?' Pwy? Gwthiodd yr hen ymladdwr Ifan Tomos ei ên allan.

'Peidiwch â'm camddeall i, gyfeillion. Nid erfyn am drugaredd na chardod ydw i'n feddwl: does neb ar y Pwyllgor na thu allan iddo a wnâi hynny. Ond erfyniwn am gyfarfod mewn ysbryd heddychlon, a llygaid y ddwy ochr fel 'i gilydd yn syllu'n ddwys ar gyni'r gwragedd a'r plant. Mae'r Nadolig yn agos, trydydd Nadolig y streic—

"ar y ddaear, tangnefedd; i ddynion, ewyllys da." Pe caem ni, yn was a meistr, yn llafurwr a swyddog, gyfarfod yn ysbryd yr Ŵyl, fe giliai "fel y niwl o afael nant" yr amheuon a'r anawsterau oll. Yr ydym yn barod, os bydd raid, i ymladd hyd newyn: yr ydym yn barod hefyd i geisio cymod—yn awr, yr yfory nesaf.'

Eisteddodd Edward Ifans i lawr am ennyd, gan wylio'n bryderus effaith ei eiriau ar y dynion. Gwyddai fod ambell un ystyfnig iawn yn eu plith, ac nad ymostyngent ddim hyd angau. Un felly oedd yr hen Ifan Tomos, a haerai yr âi ef i'r wyrcws cyn yr ildiai fodfedd. Ond tynasai yntau ei ên yn ôl yn awr, a chofiodd Edward Ifans fod ei ferch, mam Os, yn bur wael. Gwyliodd ef yn nodio'n ffwndrus ac anfoddog, heb ymuno yn y curo dwylo, a'i wefusau'n crynu. Mwy nag mewn hen dderwen, nid oedd plygu yn ei natur: ei lorio, nid ei ysigo, a fynnai ef.

Cafodd Mr Edwards, gweinidog Siloh, dderbyniad cynnes iawn. Yr oedd *Y Gwyliwr* wedi agor 'Cronfa Plant Llechfaen' a—diolch i ymdrechion folcanig yr Ap mewn ysgrif ac araith ac ymgom—llifodd rhai cannoedd o bunnau iddi. Mr Edwards oedd Ysgrifennydd y pwyllgor lleol a ddosbarthai'r arian, ac apeliai yn awr am iddynt gael gwybod am bob achos o wir angen ymhlith y plant. Estynnwyd cymorth yn barod i ugeiniau, meddai, ond gwyddai ef o'i brofiad personol fel gweinidog fod digon o achosion gwir deilwng na hysbysid y pwyllgor amdanynt. Yr oedd llawer teulu'n rhy annibynnol i fynd ar ofyn neb ac yn benderfynol o ymladd ymlaen yn ddigymorth, costied a gostio. Camgymeriad mawr oedd hynny, ac os gwyddai cymydog am blentyn neu blant yn ei stryd ef a oedd yn dioddef, yna ei ddyletswydd oedd hysbysu'r pwyllgor ar unwaith fel y byddai'r arian yn cyrraedd pob un yr oedd eu hangen arno. Areithiodd J.H. wedyn yn huawdl a miniog ar yr hyn a alwai'n 'betruster cysurus, saff' y Bwrdd Masnach, yna Robert Jones yn ddwys, Richard Owen yn danbaid, yr hen Ifan Pritchard yn ddigrif. Pasiwyd y cynnig o ddiolch i Bwyllgor Llundain, derbyniwyd y ddau lanc o Dregelli yn ôl yn wresog, canwyd emyn fel arfer, a throes pawb yn dawel o oerni'r neuadd i oerni mwy y nos. Ar ei ffordd allan yng nghwmni Mr Edwards a Dan, nodiodd Edward Ifans yn gyfeillgar ar yr hen Ifan Tomos, a sgwrsiai â rhywun yn ymyl y mur.

'Nos dawch, Edward,' gwaeddodd y cawr. 'A, rhag ofn na fydda' i ddim yma Sadwrn nesa', Nadolig Llawan!'

Nadolig llawen . . . Siaradai Dan a Mr Edwards am Gronfa'r Plant, ond prin y clywai Edward Ifans air . . . Nadolig llawen. Heb Gwyn? Fe dorrai Martha druan ei chalon yn lân. Ond efallai y byddai Llew gartref erbyn hynny. Gobeithio'n wir, gobeithio i'r nefoedd. Llew a Dan a Megan a'i phlentyn—pe caent hwy oll am y dydd . . . Rhaid iddo sôn wrth Megan am y peth . . . Ac ychydig ddyddiau cyn y 'Dolig yr oedd pen blwydd Gwyn, yntê? . . . Rhaid, rhaid iddo sôn wrth Megan yn ddiymdroi . . .

Bore drannoeth wedi iddo gyrraedd adref o'r capel, eisteddodd Edward Ifans wrth dân y gegin fach yn gwylio Martha'n paratoi tamaid o ginio.

'Oedd 'na dipyn yno bora 'ma, Edward?'

'Na, tena' iawn oedd hi. Wn i ddim oedd 'na ddwsin yno. A phobol mewn oed i gyd, pawb ond Dan.'

'Lle mae Dan?'

'Wedi aros ar ôl i gael gair hefo Mr Edwards. Roeddan

nhw'n arfar bod yn gryn ffrindia, ac rydw i'n falch 'u bod nhw'n tynnu at 'i gilydd eto.'

'A finna. Dyn da ydi Mr Edwards . . . O, Edward, mi wnes i rwbath ddoe heb ofyn eich barn chi. Mi sgwennis at Meri Ann. Ddaru chi ddim gofyn be' oedd yn y llythyr, a wnes i mo'ch poeni chi neithiwr a chitha'n meddwl am araith ar gyfar y cwarfod.'

'Diolch iddi hi am 'i holl garedigrwydd yr oeddach chi?'

'Ia. A gofyn cymwynas. Dros Megan.'

'Megan?'

'Mi alwodd yma pnawn ddoe i grefu arna' i i sgwennu trosti hi at Meri Ann. Mae hi wedi penderfynu gadael Llechfaen a mynd i weini i Lerpwl ne' rywla tebyg. Fedar hi ddim diodda Albert Terrace na Letitia Davies nac Ifor ddim chwanag, medda hi.'

'Nac Ifor? Ond roedd hi'n cymryd arni wrtha' i . . .'

'Cymryd arni yr oedd hi. 'Chydig iawn mae hi'n weld arno fo ers tro. Mae hi'n 'i godi fo at 'i waith yn y bora ac yn gwneud swpar chwaral da iddo fo bob gyda'r nos, ond 'dydi hi byth yn cael gair o ddiolch gynno fo—yn wir, prin y mae hi'n clywad dim ond rheg o'i ena' fo. I ffwrdd â fo i'r Snowdon Arms yn syth ar ôl bwyta, ac yno mae o'n treulio bron bob gyda'r nos. Ne' i lawr yn y dre. Mae o'n cyboli hefo rhyw hogan yno, medda hi. A honno sy'n cael 'i bres o, mae arna' i ofn. 'Chydig iawn mae Megan yn gael gynno fo, beth bynnag.'

'Hm. Ond beth am y plentyn?'

'Eiluned Letitia?' Llefarai Martha Ifans y geiriau â gwên fingam. 'Nid plentyn Megan ydi hi bellach. Hi sy'n cael y gwaith, wrth gwrs—newid 'i dillad hi, 'u golchi nhw, a chodi yn y nos pan fydd angan, ond Letitia Davies sy'n cymryd meddiant ohoni ar bob adag arall. *Hi* sy'n mynd â hi allan, yn rhodras a rhubana i gyd, a does dim rhaid i'r plentyn ond crio nad ydi Letitia'n rhuthro yno at y "licl enjal", chwedl hitha, ac yn tafodi Megan am fod yn greulon wrthi. Eiluned Letitia ydi popath iddi; mae hyd yn oed Ifor wedi mynd i'r cysgod yn llwyr erbyn hyn. A'r plentyn sy'n rheoli'r tŷ. Does wiw i Gruffydd Davies besychu ne' dishan pan fydd hi'n cysgu: mae'r dyn yn cerddad o gwmpas fel byrglar yn 'i dŷ 'i hun.'

'Ond pam na ddaw hi yma atom ni, hi a'r plentyn?'

'Y pedwar ohonon ni i fyw ar chweugian yr wsnos, Edward?'

'Mi fasa Ifor yn rhoi rhan o'i gyflog iddi yr un fath.'

'Fasa fo?'

'Wel, mi fydda'n *rhaid* iddo fo dalu at gadw'i wraig a'i blentyn.'

'Bydda, ar ôl i lys barn 'i orfodi o. Ond efalla' y byddai'n rhaid inni aros am rai misoedd cyn y digwyddai hynny. Fel hyn y mae Megan a finna wedi bod yn siarad . . .'

'Ia, Martha?'

'Efalla' mai'r peth doetha' ydi iddi hi fynd i ffwrdd i weini a chael cychwyn o'r newydd. Mi fasa'n gadael y babi yma hefo mi ac yn gyrru arian o'i chyflog ar 'i chyfar hi. Hynny ydi, os ydach chi'n barod i ddiodda sŵn plentyn yn y tŷ 'ma eto, Edward.'

'Wel, mae digon o le iddi hi, Martha bach, gwaetha'r modd, ac mi fasa hi'n llonni tipyn ar yr aelwyd, on' fasa?'

'Basa, wir, Edward—os bydd modd 'i chael hi o afael y Letitia Davies 'na.'

'Wel . . . efalla' fod Megan yn gwneud yn ddoeth i fynd i weini, Martha. Fe rydd hynny fywyd newydd ynddi hi. Mae hi wedi mynd i edrach yn flêr a thew a llipa'n ddiweddar, fel petai hi wedi colli pob balchder ynddi'i hun.'

'Mi fydd yn chwith i'r Letitia Davies 'na ar 'i hôl hi, mi wn i hynny. Mae hi wedi cael morwyn dda i slafio'n ddigon rhad iddi.'

'Pryd y daru Megan benderfynu ar hyn?'

'Mae'r peth wedi bod yn 'i meddwl hi ers tro, ond pnawn ddoe y torrodd y storm. Mi fytodd Ifor 'i ginio ar frys gwyllt, ac wedyn i'r llofft â fo i newid. Roedd o isio dal y trên hannar awr wedi un i fynd i'r dre, medda fo. Mi aeth Megan i fyny'r grisia ar 'i ôl o a deud y liciai hitha fynd i'r dre hefo fo. Mi wnaeth esgusion i ddechra ac wedyn, pan soniodd hi am y straeon oedd hi wedi glywad amdano fo yn y dre 'na, mi wylltiodd yn gacwn. Pan ddaeth y ddau i lawr i'r gegin, fe fu raid i Letitia Davies gael ymyrryd a dweud mai gartra hefo'r plentyn oedd 'i lle hi ac nid yn galifantio hyd y dre. Mi gollodd Megan 'i thempar wedyn. "Nid fy mhlentyn i ydi hi,'' meddai, ''dim ond pan fydd isio golchi'i napcyn hi ne' godi ati yn y nos. Wel, gwnewch yn fawr o'r cyfle i'w sbwylio hi cyn imi fynd â hi o 'ma. Yr ydw i'n mynd i weini i Lerpwl ne' rywla a gadael y plentyn yn Gwynfa. Piti na faswn i wedi gwneud hynny flwyddyn yn ôl.'' Mi ddaeth yn syth yma wedyn i ofyn imi sgwennu trosti hi at Meri Ann.

Daeth ateb buan oddi wrth Meri Ann. Gwnaethai nodyn, meddai, o amryw o hysbysebion yn y papurau newydd a galwai i weld rhai o'r lleoedd. Y drwg oedd mai enwau Saesneg a oedd wrthynt oll, a chredai y byddai Megan yn llawer hapusach hefo teulu Cymraeg. Siaradai â phobl yn y capel ddydd Sul; gwyddai am un teulu o gyffiniau'r Bala—'pobl od o neis'—a fu'n sôn yn ddiweddar iawn am gael morwyn o Gymru. Câi Martha air eto ddechrau'r wythnos.

Bore Iau, bore'r Nadolig, y daeth y llythyr: nid oedd y wraig o Feirion yn y capel ddydd Sul ac aethai Meri Ann i'w gweld nos Lun. Byddai, fe fyddai'n falch o gael Megan yn forwyn a gallai ddyfod yno pan fynnai. Pymtheg punt y flwyddyn oedd y cyflog, a châi fwyd da a chartref cysurus iawn.

'Mi fydd Megan wrth 'i bodd, Edward,' meddai Martha Ifans. 'Petai hi yn rhywla ond Albert Terrace mi redwn i i fyny i ddeud wrthi y munud yma. Dyma ryw gymaint o lawenydd inni ar fora Nadolig, beth bynnag. Ac erbyn y 'Dolig nesa' mi fydd Eiluned bach wedi ennill 'i lle yma.'

Ond pan gyrhaeddodd hi yn y prynhawn—heb Eiluned Letitia, a oedd yng ngofal rhubanog ei nain—nid oedd Megan wrth ei bodd. Cronnodd dagrau yn ei llygaid pan glywodd y newydd.

'Fedra' i ddim mynd,' meddai'n floesg, a syllodd ei thad a'i mam a Dan yn fud arni. 'Fedra' i ddim mynd.' Yna, eisteddodd wrth y tân a thorri i feichio wylo. 'Yr ydw i'n mynd . . . i gael . . . plentyn arall. A does ar neb . . . isio . . . morwyn felly.'

Yr oedd noson olaf y flwyddyn yn dawel iawn. Flwyddyn ynghynt, casglodd tyrfaoedd hyd y strydoedd i aros am sain clychau eglwysi'r cylch, a bu helynt fawr drwy'r ardal. Aeth yn orymdaith, yna'n floeddio gwyllt, a chyn hir yn dorri ffenestri. Cyn diwedd yr wythnos honno yr oedd cant a thrigain o blismyn a chant a deugain o filwyr—y deugain yn wŷr meirch—yn Llechfaen, ac ni wnaeth hynny ond cynhyrfu'r bobl yn fwy: aethai hyd yn oed y plant i dorri ffenestri yn nirgelwch y nos.

Ond heno, er bod llawer o ddynion o'r De a lleoedd eraill gartref o hyd, ufuddhâi pawb i apêl eu harweinwyr ac aros yn eu tai. Dim ond sŵn traed dau blisman a dorrai ar heddwch Tan-y-bryn.

Ni fedrai Edward Ifans gysgu. Gwrandawai ar ddistawrwydd y tŷ, distawrwydd a soniai am wacter mawr yr hen gartref, a gwelai, un ar ôl y llall, wynebau ei blant yng ngwyll yr ystafell. Idris—ni hoffai sŵn ei lythyrau pan soniai am y peswch a ddaliai i flino Kate. Megan—ai byw i ddwyn plant Ifor i'r byd fyddai'i thynged hi, rhyw fyw i rygnu bod? Llew—ym mhle yr oedd ef heno, tybed? Pa bryd, pa bryd y deuai adref i Martha gael ei weld? Gwyn—wel, fe fyddai wyneb Gwyn yn dragwyddol hoyw a'i wên bur, henffasiwn yn fythol ifanc. Dan—beth a ddôi ohono ef yn Llundain tybed? Câi gyflog da i ddechrau—deg swllt ar hugain yr wythnos—ac os gweithiai'n ddiwyd a manteisio ar gyfleusterau'r ddinas i'w ddiwyllio'i hun, datblygai'n ysgrifennwr y byddai sôn amdano. Gwnâi os . . . cadwai o gwmni drwg. Ond yr oedd Dan, chwarae teg i'r hogyn, wedi ymgryfhau'n ddiweddar, ac efallai i farw Gwyn ei ddychrynu a'i ddiwygio unwaith ac am byth. Gwyn . . .

Llefarodd tafod dwys cloch yr eglwys. Ceisiai pwy bynnag a dynnai wrth y rhaff groesawu'r flwyddyn newydd drwy blycio nodau llon a chyflym o'r tŵr. Godwrf diawen fu'r canlyniad a bu raid i'r plyciwr hyderus ymatal. A buddiol, efallai, meddyliodd Edward Ifans yn llwm, oedd rhoi i haearn lleddf yr hen gloch ei briod lais.

Wedi tair blynedd

Aethai gwanwyn a haf a hydref arall heibio. Gorweddai niwl oer Rhagfyr dros y mynyddoedd a'r bryniau, gan eu cuddio hwy a'u heira fel pe na byddent. Prin yr oedd deilen, hyd yn oed ddeilen grin, ar lwyn wedi hyrddwynt dechrau'r mis.

Ymsythodd y dyn a weithiai ar ochr y ffordd, ac yna pwysodd ar ei raw i edmygu'r ymyl dwt a dorasai i'r glaswellt mwsoglyd wrth fôn y clawdd. Go lew, wir, ac ystyried ei fod yn newydd i'r gwaith. Trawodd ei raw ar ei ferfa a gwthio honno a'i llwyth o fân frigau a chrinddail pydredig drwy adwy yn y clawdd. Hm, meddyliodd wrth dywallt y dail meirwon i gysgod y wal, on'd rhyw orchwyl diddiolch oedd hwn. Rŵan, y ffordd heb odid ddeilen arni: heno efallai, corwynt yn chwyrlïo holl grinddail y greadigaeth o'u cuddfannau iddi: yfory, rhyw deithiwr cecrus yn holi beth yn y byd a wnâi gweision y Cyngor Plwy' â'u dyddiau.

Canodd corn y chwarel, corn pedwar, a ryddhâi'r dynion o'u gwaith yr adeg hon o'r flwyddyn; a'i ryddhau yntau hefyd. Rhoes y dyn ei frwsh a'i gaib a'i raw yn y ferfa a chychwynnodd i lawr y cwm. Cyn hir daeth at ddyddyn bychan, gwyn ar ochr y ffordd, a gwthiodd ei ferfa i fyny'r llwybr wrth ei dalcen: yno, tu ôl i'r beudy, y cadwai ei arfau dros nos. Yna, a'i sach tros ei war, ymlaen ag ef yn araf tua'r pentref. Yn araf, er mwyn rhoi amser i'r fyddin o chwarelwyr fynd tuag adref o'i flaen.

Pan ddaeth ati, yr oedd y lôn a arweiniai i'r chwarel yn wag. Na, draw yn y pellter o dan y coed ymlusgai rhyw bererin llesg. Yr hen Ishmael Jones? Ia—yr olaf un, fel arfer. Chwifiodd y dyn ei law arno cyn cyflymu'i gamau. Pan gyrhaeddodd waelod Tan-y-bryn, gwelai Harri Rags yn gwthio'i goits fach i fyny'r allt, ac yn gollwng rhai o'i drysorau hyd y ffordd.

'Hei, Harri,' gwaeddodd, gan anghofio na chlywai'r mudan air, 'aros imi gael rhoi help llaw iti.'

Cynorthwyodd Harri i aildrefnu'r ysbail, ac yna gwthiodd ef y goits tra daliai'r perchennog afael yn y darnau o ffrâm gwely a goronai'r llwyth. Yr oedd llewyrch eto ar fusnes Harri Rags, a'r goits druan fel pe ar ei gliniau'n crefu am ysgafnhau'r baich a roed arni. Yn uwch i fyny, rhuthrodd Huw 'Deg Ugian' a oedd newydd orffen ei swper chwarel, i'r stryd.

'Mi wthia' i, Edward Ifans. Yr ydw i wedi cael bwyd.'

'O'r gora, 'machgan i.'

Troes y dyn i mewn i Gwynfa, ac wedi taflu'r sach oddi ar ei ysgwyddau a golchi'i ddwylo, eisteddodd wrth fwrdd y gegin fach i fwyta'i blatiad o lobscows.

'Wel, rhyw newydd hiddiw, Martha?'

'Llythyr oddi wrth Llew bora 'ma.'

'O? Ydi o ddim am ddŵad adra 'fory fel arfar?'

Gadawsai Llew y *Snowdon Eagle* ers tro a chael lle ar y stemar a gariai, dan ofal y Capten John Huws, lechi o Aberheli i Lerpwl bob wythnos.

'Na, mae'n rhaid iddo fo aros yn Lerpwl. Y stemar yn y *dry dock*, medda fo. Dyma fo'r llythyr.'

Trawodd y llythyr agored wrth ochr ei blât, a darllenodd yntau:

Annwyl Fam a Thad,—

Gair gan obeithio y bydd yn eich cael mewn iechyd fel ag y mae'n fy ngadael inna. Ni fydda' i ddim adra'r Sadwrn hwn gan fod y stemar yn gorfod bod yn y *dry dock* yma am wythnos. Yr ydym yn gobeithio cyrraedd Aberheli ddydd Iau nesaf ac mi ddof adra'n syth oddi yno. Wedi arfar bod adra bob diwedd wythnos ers misoedd, mi fydd yn rhyfedd bod yma yn Lerpwl dros y Sul, ond mae Capten Huws am fynd â fî i gapel Cymraeg yn y bora ac wedyn yr ydym ein dau a Gwen, 'i ferch o, yn mynd i ginio at Mrs Palmer (Meri Ann). Ond twt, be' ydi un diwedd wythnos o'i gymharu â misoedd ar y *Snowdon Eagle*, yntê?

Gyda llaw, clywsom ddoe fod yr hen *Snowdon Eagle* i gael 'i thorri i fyny yn Aberheli—wedi mynd yn rhy hen i'r môr a'r cwmni wedi prynu stemar yn 'i lle hi. Lwc imi adael yr hen long pan wnes i, yntê? Wn i ddim be ddaw o'r hen Seimon Roberts rŵan—os gwellith o o'i waeledd. Mynd at 'i frawd Dwalad i Sir Fôn mae'n debyg, gan obeithio y bydd 'i goesau fo yn byhafìo yno. Ond mae arna' i ofn fod yr hen Seimon yn go wael. Mi alwais i i'w weld o wythnos yn ôl yn i lodjing yn Aberheli ac yr oedd o'n edrach yn gwla iawn. "Yr ydw i'n wintro am dipyn cyn cychwyn ar y feiej ola' un, Llew, 'ngwas i," medda fo wrtha' i. Ac mi fydd clywed bod y *Snowdon Eagle* yn cael 'i thorri i fyny yn ergyd drom i'r hen frawd.

Mae Capten Huws yn deud fod 'i frawd o, Capten William Huws, am riteirio o'r môr—nad aiff o ddim ar stemar dros 'i grogi. 'Cwt sindars' mae o'n galw stemar. Llong hwyliau neu ddim iddo fo fel i'r hen Seimon.

Diolch am yrru'r llythyr oddi wrth Idris ymlaen imi. Dim newydd o bwys ynddo fo, dim ond diolch imi am yrru'r presant i Gruff ar 'i ben blwydd a thafod am ddewis llong, gan fod y cena bach yn mynd i lawr at yr afon fudur i'w nofio hi! Kate wedi cael yn agos i wythnos yn 'i gwely eto medda fo, ond wedi codi rŵan ac yn brysur yn hel pethau at 'i gilydd i wneud danteithion ar gyfer y 'Dolig. Diar, un dda am daffi oedd Kate, yntê? Un dda gynddeir, chwadal yr hen Seimon Roberts.

Yr ydw i'n dal i stydio'n galad ac y mae'r Capten yn fy helpu i bob cyfla gaiff o. Deudwch wrth Huw Deg Ugian, os gwelwch chi o, y bydda' i wedi pasio'n Gapten cyn iddo fo gael 'i wneud yn farciwr cerrig hyd yn oed.

Dim chwanag rŵan neu mi fyddwch yn meddwl fy mod i'n sgwennu o Rio a heb eich gweld chi ers cantoedd!

Cofion cynnes iawn,
Llew.

'Mae o'n swnio'n reit glonnog,' ebe Edward Ifans. 'A dydi o ddim yn sôn gair am y chwaral. Mae o wedi dŵad dros 'i siom, mae'n amlwg.'

'Ne' yn 'i guddio fo, Edward. Dyna pam y mae o'n stydio mor galad, efalla'. I guro Huw Deg Ugian, chwadal ynta. Pam yr oedd Huw'n cael mynd yn ôl i'r chwaral a Llew ddim?'

'Mae Llew yn fab i ddyn styfnig o'r enw Edward Ifans, Martha . . . Wir, mae'r lobscows yma'n dda.'

'Mae digon ohono fo,' meddai hithau, gan gymryd ei blât i'w ail-lenwi.

Yr oedd cnocio mawr i'w glywed yn y drws nesaf, yn

hen dŷ Idris, fel petai rhywun wrthi'n curo hoelion neu fachau i'r mur.

Nodiodd Edward Ifans tuag at y sŵn, gan wenu. 'Ia, cura di faint a fynni di, Wil,' meddai. 'Yr ydan ni'n falch o glywad sŵn yn y drws nesa'.' Yna troes i gyfarch mur y tŷ nesaf i lawr: 'A thitha, Huw, os lici di, cura ditha.'

Fel pe'n derbyn y gwahoddiad, dechreuodd rhywun guro ar fur y tŷ hwnnw hefyd, a chwarddodd Martha. Wil Sarah a oedd yn y tŷ nesaf i fyny a Huw 'Sgotwr yr un nesaf i lawr, y ddau wedi dychwelyd o Bentref Gwaith y diwrnod cynt.

'Pryd y cyrhaeddodd 'u dodrefn nhw, Martha?'

'Bora 'ma. Ned y Glo ddaeth â nhw i fyny o'r stesion, ac mae hi wedi bod fel ffair yma drwy'r dydd. Mi gafodd Ned help un neu ddau o ddynion sy heb ddechra gweithio eto i gario'r petha o'r drol i'r tŷ, ond rhywfodd neu'i gilydd fe gymysgwyd rhai o'r dodrefn. Mi ddaeth Wil Sarah i mewn yma amsar cinio i ofyn imi am fenthyg dropyn o lefrith i wneud panad, ac yr oedd o'n fawr 'i ofid. "Does gen i ddim bwrdd yn y tŷ, Martha Ifans," medda fo, "dim ond coes un yn y parlwr. Roedd 'na dop sy'n sgriwio i ffwrdd ar hwnnw, ond dyn a ŵyr lle mae o wedi mynd." Pwy ddaeth i mewn y munud hwnnw ond Huw 'Sgotwr—fynta isio dropyn o lefrith. "Diawch, mae'r lle acw yn fyrdda i gyd," medda fo. "Dau yn y gegin ac un a hannar yn y parlwr. Gobeithio i'r nefoedd nad rhywun o Bentre Gwaith pia nhw" ... Ond yr oedd y ddau yn weddol strêt pan es i yno pnawn 'ma. Wel, fel'na mae hi—rhai yn cyrraedd yn ôl a rhai yn gadal o'r newydd yn 'u lle nhw.'

'Pryd mae'r teuluoedd yn cyrraedd? 'Fory?'

'Ia . . . O, roedd Wil wedi galw i weld Idris echnos. Maen nhw'n o lew, wir, medda fo, ond bod Kate yn gorfod cadw i mewn ar y tywydd oer 'ma.'

'Oedd . . . oedd dim blys ar Idris i . . . i drio dŵad yn 'i ôl i'r chwaral?'

''Roedd o . . . braidd yn hiraethus, medda Wil, ac yn sôn llawar am 'i hen fargan ac am Lechfaen. Ond mae o'n cael arian reit dda lle mae o, a'r plant yn hapus iawn ym Mhentre Gwaith. Mae Dic Bugail wedi mynd yn Sowthman iawn medda Wil—yn ''rêl Shoni'', chwadal ynta.'

Cododd Edward Ifans oddi wrth y bwrdd. 'Mi a' i i'r llofft i newid,' meddai, 'ac wedyn i lawr i edrach am yr hen Robat Williams. Sut mae o heno, tybad?'

'Mi welis i Catrin yn y siop gynna'. Suddo mae o, Edward, mae arna' i ofn, ac roedd hi'n deud bod Doctor Roberts yn ysgwyd 'i ben yn o ddiobaith bora 'ma pan alwodd o i'w weld o. 'I galon o, medda fo. Mae o wedi gwaelu er pan ddaru chi alw nos Fawrth, medda Catrin.'

Ia, 'i galon o, meddyliodd Edward Ifans yn llwm a braidd yn chwerw. Wedi'i thorri gan y diwedd trist a fu i'r streic, gan daeogrwydd ei gyd-weithwyr. Ond ni ddywedodd ddim wrth Martha, dim ond gwenu wrth ei gweld hi'n brysio i olchi'r llestri.

'Am redag tros y ffordd yr ydach chi, yr ydw i'n gweld,' meddai.

'Rhyw wrthwynebiad?'

'Dim o gwbwl. Rhowch gusan i Eiluned a Gwyn bach trosta' i.'

Erbyn hyn, trigai Megan tros y ffordd, yn cadw tŷ i'w hewythr John. Claddwyd Ceridwen yng nghanol Mehefin a bu John Ifans fyw ar ei ben ei hun am dri mis. Pan anwyd baban Megan yng Ngorffennaf—bachgen, a alwodd hi yn

304

Gwyn—dywedai wyneb Letitia Davies fod un plentyn yn rhoi llawenydd dirfawr iddi, ond bod dau—ac ychwaneg, efallai, os âi pethau ymlaen fel hyn—yn fwrn ar fyd. Felly hefyd y teimlai Ifor, a anwybyddai'r mab bychan yn llwyr —ond pan regai ef weithiau ganol nos. O'r diwedd, er mwyn cael rhyddid i grwydro'n amlach i'r dref, cytunodd i roi chweugain yr wythnos i Megan a'i rhyddid i fynd ymaith lle y mynnai. Hi a wnaethai'r cais, ond y tu ôl iddo yr oedd yr awgrym a daflasai'i hewythr John ati droeon— 'Piti na fedret ti a'r plant ddŵad i fyw ata' i, a gadael yr hogyn yna, go daria'i ben o. Mi fasan ni mor hapus â'r gog, wsti, a'th fam yn medru rhedag draw pan fynnai hi yn lle bod fel pelican yn Gwynfa.'

A gwireddwyd y gair. Brysiai traed trymion John Ifans tuag adref bob nos er mwyn i'w berchennog gael siglo crud Gwyn a cheisio diddori Eiluned drwy ganu am ddau gi bach yn mynd i'r felin, neu am yr iâr yn dodwy wy bob dydd a'r ceiliog yn dodwy dau. Nid oedd yn ganwr a fu erioed ar lwyfan, ond credai'i gynulleidfa, a farchogai'n hapus ar ei droed, ei fod ymhlith goreuon y wlad.

Nid yn aml y mae gan blant dri o deidiau, ond mwynhâi Eiluned a Gwyn y rhagorfraint honno. Dyna 'Taid'—John Ifans oedd ef—'Taid Nain' tros y ffordd, a 'Taid Davies' i fyny yn Albert Terrace. Galwai'r olaf ambell fore ar ei daith gasglu—hel 'siwrin oedd ei waith yn awr—a dôi i lawr yn ddi-ffael bob nos Wener i ddwyn chweugain Ifor i Megan ac i oedi'n ddigrif o ddedwydd uwchben cwpanaid o de. Fel rheol, yr oedd gan Letitia Davies Bwyllgor—â llythyren fawr—ar nos Wener, a chyn gynted ag y caeai hi'r drws ffrynt o'i hôl, neidiai Gruffydd Davies i'w gôt fawr a'i het, pranciai drwy'r drws cefn a charlamai drwy lonydd culion, dirgel, tua Than-y-bryn. Trawai i mewn hefyd yn annisgwyl ambell gyda'r nos. 'Digwydd pasio' y byddai, ond gwyddai John Ifans a Megan mai 'digwydd bod allan' yr oedd ei wraig, a'r dyn bychan yn manteisio ar y cyfle i chwarae triwant o Albert Terrace.

Yr oedd Nain hefyd yn llawer hapusach. Câi hi a Megan 'de bach' am ddeg bron bob bore, a rhedai dros y ffordd yn aml yn ystod y dydd. Ac, a hunllef Albert Terrace drosodd am byth, collodd Megan yr olwg sorth, ddiysbryd, a fu arni. Beth a ddigwyddai petai ei Hewythr John yn mynd yn wael neu Ifor yn gwrthod talu'r chweugain, ni wyddai. Ond ni phoenai: digon i'r diwrnod ei ddaioni ei hun.

'Sut mae o heno, Catrin Williams?' gofynnodd Edward Ifans pan gyrhaeddodd dŷ Robert Williams.

'Mae o i'w weld dipyn yn well, wir—yn fwy siriol, beth bynnag. Dowch i mewn. Mi fydd o'n falch iawn o'ch gweld chi. Hen noson fudur, yntê? Dda gin i ddim niwl.'

Arweiniodd ef i fyny'r grisiau a'i roi i eistedd wrth y gwely. Yr oedd y lamp yn olau yno a thân yn y grât.

'Wel, Robat Williams?'

'Wel, Edward?' Tynnodd yr hen arweinydd ei sbectol haearn a tharo'r llyfr a ddarllenai ar y bwrdd wrth ochr y gwely.

'Yr hen ddarllan 'na eto,' ebe Catrin Williams. 'Swatio a gorffwys ddeudodd Doctor Robaits wrthach chi, yntê? Rhowch y dwylo a'r breichia 'na o dan ddillad y gwely, wir. Maen nhw fel clai gynnoch chi, yr ydw i'n siŵr. Ydyn, fel clai, Edward Ifans,' meddai wedi iddi deimlo llaw ei gŵr. 'Ond pa iws ydi prygethu wrtho fo? Waeth i chi siarad hefo'r gath 'na ddim.' Yr oedd y gath mewn myfyr swrth o flaen y tân.

306

Gwenodd Robert Williams wedi i'w wraig fynd ymaith. 'Mi fasa rhyw ddieithryn yn meddwl bod Catrin yn rêl blagard, Edward,' meddai. Yr oedd ei lais yn bur wan.

Cydiodd Edward Ifans yn y llyfr. *Hanes Ardal Llechfaen* gan Robert Roberts y teiliwr ydoedd.

'O, llyfr yr hen Robat Robaits?'

'Ia. Dipyn o hen bry' ydi Robat, fachgan, chwilotwr heb 'i ail. Ond mae'r llyfr yn gwneud imi deimlo'n hen iawn. Y bennod 'na ar gychwyn achos yr Annibynwyr on i'n ddarllan rŵan. Diar, yr ydw i'n cofio'r cymeriada y mae o'n sôn amdanyn nhw. 'I nain o yn cerddad bob cam o Gefn Brith a'i chlocsia am 'i thraed a'i 'sgidia gora dan 'i braich, ac yn newid y clocsia wrth ddrws y Tŷ Cwrdd. Ydw, yr ydw i'n 'i chofio hi—pwtan fach chwim fel wiwar, yn gwisgo bonat o sidan du bob amser. Yr hen Owen Jones, Tyddyn Celyn wedyn, fo a'i gi—yr ydw i'n 'i gofio ynta. Dyn mawr â locsyn coch, a'i wefusa fo'n symud bob tro yr oedd o'n meddwl. Mi fydda'r ci hefo fo yn y gwasanaeth bob amsar ac yn medru mesur deugain munud o bregath i'r eiliad. Os âi'r pregethwr dros y deugain munud, mi fydda'r hen gi yn agor 'i lygaid a'i geg ac yn rhoi ochenaid dros y lle. A'r hen Owen yn rhythu'n gas arno fo ac wedyn yn taflu winc slei ar un ne' ddau o'r bobol o gwmpas—pan oedd y pregethwr ddim yn edrach. Ia, un da oedd Owen Jones, Tyddyn Celyn. Wyt ti'n 'i gofio fo? Na, yr oedd o wedi marw cyn dy eni di, on'd oedd?'

'Oedd, yr ydw i'n meddwl . . . Ydach *chi* wedi sgwennu rhywfaint yn ddiweddar, Robat Williams?'

'Ddim gair ers mis. Er . . . y cwarfod dwytha' hwnnw.'

Bu tawelwch rhyngddynt. Yr oedd nos Sadwrn y cyfarfod olaf yn glir iawn ym meddwl y ddau, ac ni hoffai'r un ohonynt sôn am y peth. Am fisoedd lawer cyn hynny, llithrai dynion yn ôl i'r chwarel a chynyddai rhif y Bradwyr yn gyflym o wythnos i wythnos. Clywyd ym mis Mawrth na fyddai angen tua chwe chant o'r hen weithwyr pan ddeuai diwedd y streic, gan fod yn y chwarel ormod o ddynion cyn i'r helynt ddechrau ac y cadwai'r awdurdodau y rhan fwyaf o'r 'chwarelwyr' newydd ymlaen. 'A fydda' i ymhlith y rhai fydd wedi'u cau allan?' oedd y cwestiwn pryderus ym meddwl llawer un, ac ysgrifennodd amryw i'r chwarel—ond heb ddweud gair wrth ei gilydd—gan gredu mai'r cyntaf i'r felin a gâi falu. Daliai llawer o'r gwŷr hynny i fynychu'r cyfarfodydd ac i sôn am 'sefyll yn gadarn fel y graig,' ond gan ddyfalu'n slei pa bryd y clywent o swyddfa'r gwaith. Ym Mehefin, dywedodd un o brif swyddogion y chwarel nad oedd arnynt eisiau ond rhyw naw cant o weithwyr eto; yng Ngorffennaf, dychwelodd rhai o aelodau Pwyllgor y Gronfa'n ddirgel i'r gwaith; yn Awst, ymfudodd llawer eto i'r De ac amryw i America; ac yna ym Medi, hysbyswyd bod y tair mil o bunnau a dderbynnid yn flynyddol oddi wrth Gynghrair Cyffredinol yr Undebau Llafur i beidio. Beth . . . beth yn y byd a wnaent yn awr? Yr oedd newyn yn rhythu arnynt. O ble y dôi arian y rhent heb sôn am fwyd a glo a dillad? Medi oer, a'r gaeaf yn ei awel.

Yn nechrau Hydref, anfonwyd cylchlythyr i'r De i ofyn i'r dynion yno, fel y streicwyr gartref, bleidleisio dros ymladd ymlaen neu ildio. Pleidleisiwyd yng nghanol y mis a chael bod y mwyafrif mawr yn gryf dros barhau i frwydro. 'Parhau i frwydro', 'ymladd i'r pen', 'sefyll fel y graig', ond . . . ond sleifio'n ôl i'r chwarel yr oedd ugeiniau o bleidleiswyr Llechfaen a'r cylch. Ciledrychai dynion yn amheus ar ei gilydd yn y cyfarfodydd, sibrydent, ffraeent—a thu allan dywedai oerwynt Tachwedd fod eira ar y copaon. Yna, yn un o'r cyfarfodydd olaf, cododd yr hen Ifan Tomos yn herfeiddiol ar ei draed. 'Yr ydw i wedi dŵad yma i ddeud wrthach chi yn ych gwyneba fy mod i am yrru f'enw i'r chwaral,' meddai. 'Mae'n well gin i wneud hynny na chodi fy llaw dros ymladd ymlaen a mynd adra i sgwennu'n llechwraidd i'r offis. Galwch fi'n Fradwr os liciwch chi, ond yr ydw i'n onast ac agorad yn yr hyn yr ydw i'n wneud.' Y noson honno y pleidleisiwyd eilwaith yn Llechfaen ac yn y De ac y penderfynwyd rhoi terfyn ar y streic.

'Dydach chi . . . dydach chi ddim wedi . . . colli ffydd, Robat Williams?' gofynnodd Edward Ifans yn awr.

'Yr on i ryw fis yn ôl, mae arna' i ofn. Ond yr ydw i'n gweld petha dipyn yn gliriach erbyn hyn. Mi a' i ymlaen hefo fy sgwennu pan ga' i godi eto—neu os ca' i ddyliwn i ddeud efalla'.'

'Rhyw fis yn ôl . . . ' Noson y cyfarfod olaf un a oedd yn ei feddwl. Eisteddai Robert Williams wrth y bwrdd ar y llwyfan fel arfer yr hwyr hwnnw, ond yr oedd ei wyneb yn hagr a'i law, a ddaliai nodiadau ynglŷn â'r pleidleisio, yn crynu. Hon, meddai wrtho'i hun, oedd noson chwerwaf ei fywyd. Bychan oedd y gynulleidfa—yr oedd llawer iawn wedi brysio'n ôl i'r chwarel ac ugeiniau yn aros yn anniddig am lythyr o'r swyddfa. Cododd y cadeirydd o'r diwedd.

'Annwyl gyd-weithwyr—neu efalla' y dylwn i ddeud "Annwyl gyd-fradwyr",' meddai. 'Wnawn ni ddim aros yma'n hir heno. I beth, yntê? Yr ydan ni wedi sefyll ysgwydd wrth ysgwydd yn o hir, am dair blynadd, ac mor amal yr ydan ni wedi defnyddio'r frawddeg "sefyll ne' syrthio hefo'n gilydd"! Wel, yn wyneb cyni a newyn ac afiechyd, syrthio fu raid inni—ond nid hefo'n gilydd, gwaetha'r modd. Trist fu colli'r frwydyr. Tristach fu i gannoedd adael y rhengau yn llechwraidd cyn i bawb benderfynu rhoi'u harfa i lawr yn unfryd a chytûn. Ac yr ydw i'n dallt erbyn heno fod amryw ohonoch chi oedd fwya' styfnig dros ddal i ymladd, wedi gyrru i'r chwaral ers tipyn ond wedi cael eich gwrthod yno. Ai penderfynu brwydro ymlaen gan wybod nad oedd gynnoch chi ddim i'w golli yr oeddach *chi*, y rhai gwrthodedig? Does dim eglurhad arall yn dŵad i'm meddwl dryslyd i.

'Nos Sadwrn dwytha', fel y cofiwch chi, fe ddaru ni yn y cwarfod wythnosol 'ma bleidleisio eto, a phasiwyd ein bod ni'n torri'r streic i fyny. Fe gododd dros gant 'u dwylo o blaid parhau i frwydro, ond llawer o'r rheini oedd y rhai cyntaf i ruthro i swyddfa'r chwaral fora Llun i grefu am waith . . . Wel, yr ydw i am ddilyn cyngor Catrin 'cw a "brathu fy nhafod" heno.

'Yr un noson, yr oeddan nhw'n pleidleisio yn Rhaeadr, ym Maesteg, yn y Porth, ym Merthyr, ac yn New Tredegar. Ac yn wyneb yr amgylchiada, yn enwedig y sleifio'n ôl i'r gwaith, yr un fu'u dyfarniad nhwtha ym mhob un o'r lleoedd hynny.

'Felly, gyfeillion, fel eich cadeirydd chi drwy'r helynt i gyd, yr ydw i'n cyhoeddi'n ffurfiol heno fod y streic hir ar ben. Fe fydd J.H. yn hysbysu awdurdoda'r chwaral mewn llythyr dros y Pwyllgor ac yn gofyn iddyn nhw dderbyn cymaint ag sydd bosibl o'u hen weithwyr yn ôl. Ond fel y gwyddoch chi, mae'n rhaid i bawb wneud cais personol yn y swyddfa, a dywedwyd droeon ar goedd ac mewn papur newydd y cymerir rhan dyn yn y streic i ystyriaeth wrth benderfynu a roir ei waith yn ôl iddo ai peidio. Yr ydan ni'n gorfod ildio'n ddiamodol: felly pwy ydan *ni* i ofyn am delera a ffafra? Os metha rhai ohonoch chi â chael gwaith, y mae'r Pwyllgor mewn cyffyrddiad â gwŷr fel Mabon ac eraill yn y De, a threfnir i roi cymorth o weddill y Gronfa i'r ymfudwyr. Ond mae amryw sy'n rhy hen i adael 'u cartrefi bellach, neu efalla' fod amgylchiada personol, fel afiechyd yn y teulu, yn gwneud symud yn amhosibl. Pasiwyd gan y Pwyllgor fod yr arian sy mewn llaw o'r Gronfa i gael 'u defnyddio i gynorthwyo'r rhai hynny cyhyd ag y gellir.

'Does 'na ddim ond dau beth arall—diolch i'n cyd-weithwyr ni drwy'r Deyrnas, yn enwedig yr Undebau Llafur drwy'r holl wlad, am fod yn gefn inni, a diolch i bawb ddaru gyfrannu mor hael at y Gronfa ac a roes dderbyniad mor wresog i'r corau a'r casglwyr drwy'r helynt. Yr ydw i'n galw ar Edward Ifans i gynnig y diolch i'n cyd-weithwyr . . .'

Yr oedd hynny fis yn ôl. Fel rheol, er ei fod bellach yn ŵr deuddeg a thrigain, yr oedd Robert Williams yn sionc iawn ar ei droed, ond yn araf a llesg y cerddodd tuag adref y noson honno, fel un a aethai'n hen mewn hwyrnos fer. 'Diar, yr ydw i wedi blino, Catrin bach,' meddai pan gyrhaeddodd y tŷ. 'Fel 'tasa pob mymryn o nerth wedi mynd allan ohona' i. Yr ydw i'n meddwl yr a' i i 'ngwely ar unwaith.'

Yn ei wely y bu byth er hynny. Galwai Edward Ifans i'w weld unwaith neu ddwy bob wythnos, ond ychydig a siaradent am y streic. Clwyfwyd Robert Williams yn dost gan ei gyd-weithwyr, a cheisiai beidio â chyffwrdd â'r briw. Crwydrai ei feddwl a'i sgwrs yn ôl, yn hytrach, i'w fachgendod ac i'w flynyddoedd cyntaf yn y chwarel—at yr hen filwr ungoes meddw—'Spreg Leg'—a gadwai ysgol yng nghapel y Bedyddwyr ac a chwarddai yn ei ddyblau

311

ar ôl gwthio rhyw hogyn anwyliadwrus yn bendramwnwgl i'r seston; i Sosieti y Plant, rhagflaenydd y Band of Hope, lle y gwnaed cerddor o Robert Williams; i'r sgwario a'r ymsythu ar ddiwedd blwyddyn yn yr Ysgol Genedlaethol pan ddôi swyddog o'r chwarel heibio i ddewis y bechgyn mwyaf a chryfaf ar gyfer y gwaith; i'w ddyddiau cynnar yn y chwarel a'r gwaseidd-dra a'r llwgrwobrwyo a oedd yno. Ni soniai hyd yn oed am streiciau ac etholiadau'r gorffennol, eithr dewis byw ym mhymtheng mlynedd cyntaf ei fywyd.

Ond heno, nid ymhell yn ôl yr âi meddwl Robert Williams.

'Mi ddeudis i funud yn ôl fy mod i'n gweld petha'n gliriach erbyn hyn, Edward,' meddai. 'Mae fy meddwl i wedi bod yn chwerw iawn ers . . . er y noson ola' honno. A dim heb achos. Dyna ti William Williams y drws nesa' 'ma. "Mi frwydrwn i'r pen," medda fo'n ffyrnig yn y cwarfod dwytha' ond un, yntê? Ond yr oedd o'n mynd i swyddfa'r chwaral ben bora dydd Llun i drio cael y blaen ar bawb arall. Dyna ti Dafydd Lloyd tros y ffordd 'ma wedyn. "Mi lwgwn cyn yr ildiwn ni," oedd 'i eiria fo, os wyt ti'n cofio. Ond mi ollyngodd Elin Lloyd y gath allan o'r cwd y diwrnod wedyn wrth siarad hefo cnithar Catrin 'ma. "Wn i ddim be' sy o'n blaena ni," medda hi, "a Dafydd wedi'i wrthod yn fflat yn yr offis." Digwyddiada fel 'na ddaru fy suro i. Ac wrth imi wrando ar dramp y traed yn mynd i'r chwaral bob bora, ychydig iawn ohonyn nhw oedd yn swnio'n gadarn ac onast. Ychydig iawn, iawn, Edward.'

Tawodd, a'i lygaid hen yn cau gan flinder. Agorodd hwy eto ymhen ennyd, a disgleiriai hyder ynddynt yn awr.

'Ond yn ystod y dyddia dwytha' 'ma, fel yr on i'n deud neithiwr wrth Mr Edwards y gwnidog, mae'r chwerwder wedi mynd bron i gyd, fachgan. Yr hyn sy'n aros yn fy meddwl i ydi ein bod ni, chwarelwyr syml, cyffredin, wedi meiddio sefyll am dair blynadd dros ein hiawndera, wedi ymladd ac aberthu mor hir dros egwyddor. Fasa fy nhad ddim yn credu bod y peth yn bosib, a phrin y medrai'i dad o ddychmygu'r fath haerllugrwydd. Colli'r frwydyr ddaru ni, ac erbyn y diwadd yr oedd afiechyd ac anobaith ac ofn wedi dryllio'r rhenga a gwneud llawer ohonon ni'n llai na ni'n hunain. Dynion gwan a gwael yn gorfforol oeddan ni erbyn hynny, a Duw yn unig a ŵyr be' ydi dylanwad y corff ar y meddwl a'r ewyllys. Ond mi ddaru ni ymladd yn hir ac ymladd yn ddewr—hynny sy'n bwysig, Edward, hynny sy'n bwysig.'

Edrychodd Edward Ifans yn bryderus arno. Yr oedd ei lais yn wan iawn, heb fod fawr mwy na sibrwd bellach, a chaeasai'i lygaid eto. Cododd yr ymwelydd rhag i'r huodledd ymdrechus hwn drethu'r claf.

'Ia, yr ymdrech oedd yn bwysig, Robat Williams,' meddai'n ddwys, 'yr ymdrech, nid y wobr.'

'Ia, Edward. Mi ddaru ni golli'r frwydyr—ac ennill y dydd. Fydd dim rhaid i'r rhai daw ar ein hola' ni ymladd am dair blynadd a dwyn y fath chwalfa i'r hen ardal. Efalla' na fydd raid iddyn nhw ymladd o gwbwl.'

Ganol dydd, drannoeth—dydd Sadwrn ydoedd ac Edward Ifans gartref i'w ginio—arhosodd Martha i'w gŵr orffen bwyta cyn torri'r newydd iddo.

'Dowch â'ch panad i'r gadair freichia 'ma, Edward. A chymwch fygyn hefo hi.'

Ufuddhaodd yntau. Trawodd y cwpan ar y pentan a thaniodd ei bibell yn araf, gan wybod bod ganddi rywbeth anfelys i'w ddweud wrtho fo.

'Wel, Martha? Allan â fo.'

'Mae'r hen Robat Williams wedi'n gadael ni.'

Yfodd ef lymaid o'r te heb ddywedyd gair, ac yna syllodd i'r tân.

'Pryd . . . pryd yr aeth o?'

'Bora 'ma, pan oedd y wawr yn dechra torri. Dydd Merchar y byddan nhw'n claddu.'

Eisteddodd Edward Ifans yno'n hir heb yngan gair. Yna cododd a mynd i'r gegin ganol. Tynnodd y llyfr *Hanes Ardal Llechfaen* o'r cwpwrdd llyfrau yng nghongl yr ystafell a dychwelodd i'w gadair freichiau yn y gegin fach. Tu mewn i'r llyfr yr oedd ysgrifau wedi'u torri allan o bapurau newydd, a chymerodd un ohonynt a'i hagor allan yn ofalus. Darllenodd hi yn araf drosodd a throsodd, gan adael i'r te oeri ac i'r bibell ar y pentan wrth ochr y cwpan ddiffodd.

'Be' ydi hwn'na, Edward?'

'Yr ysgrif sgwennodd Dan yn *Y Gwyliwr* ar Robat Williams.'

Ochneidiodd hithau. 'Dan,' meddai. 'Roedd rhywbath yn deud wrtha' i y dôi llythyr oddi wrtho fo bora 'ma. Ond ddaeth 'na ddim gair.'

'O, mi gawn rywbath ddydd Llun, mae'n debyg, Martha . . . Dydd Llun oedd hi pan glywsom ni ddwytha', yntê?'

'Ia, pan yrrodd o ddwybunt inni. Mae mis er hynny. A'r tro cynt yr oedd pum wsnos rhwng 'i lythyra fo. Ddaw o adra dros y 'Dolig, tybad?'

Ni ddywedodd ei gŵr ddim. Ychydig a siaradent am Dan, gan na wyddent fawr ddim o'i hanes yn Llundain.

Gwyddent ei fod yn bur lwyddiannus yn Fleet Street, ond . . . ond llwch yn eu dwylo oedd y llwyddiant hwnnw pan gofient y stori a glywsent ar ddamwain amdano. Trawodd dau aelod o'r côr arno un noson wrth dafarn yn y Strand, a buont yn ddigon annoeth i'w wahodd gyda hwy i'r lletty lle'r arhosai tua dwsin ohonynt. Yr oedd yn feddw, yn dlawd yr olwg er ei lwyddiant—ac, yn ei ddiod, yn huawdl ac ymffrostgar. Hy, byddai'r nofel Saesneg yr oedd ef yn gweithio arni yn ei wneud yn fyd-enwog ac yn ŵr cyfoethog yn fuan iawn!

'Ddeudis i ddim wrthach chi ddoe, Edward,' chwanegodd Martha, 'ond yr oedd Wil Sarah yn dallt bod Dan wedi bod yn y Sowth—dros 'i bapur newydd—a heb fod ar gyfyl Idris a Kate.'

'Efalla' . . . efalla' na chafodd o ddim amsar i bicio yno.'

'Efalla', wir. Ond . . . ond mae'n haws gin i gredu . . .'

'Be'?'

'Mai ofn Kate yr oedd o. Wn i ddim pam, ond yr oedd gan Kate fwy o ddylanwad na neb ar Dan. O, piti na châi o gychwyn yn y Coleg eto, Edward.'

'Mi gynigis i hynny iddo fo yn fy llythyr dwytha'. Mae mis er hynny, mis heb atab.'

'Oes.' Ochneidiodd eto, ac yna cymerodd y cwpan oddi ar y pentan. 'Dydach chi ddim am yfad y te 'ma, yr ydw i'n gweld.'

'Dim diolch, Martha . . . Piti na chaem ni Dan yr ysgrif 'ma'n ôl, yntê? Gwrandwch ar y clo sydd iddi—"Ni wyddom pa bryd na beth fydd terfyn yr helynt hwn, ond gwyddom y saif yr hen arweinydd yn gadarn i'r diwedd un, a'i fwriad fel her rhyw lwybr nadd ar war gelltydd. Pwy bynnag arall a lithra neu a flina, ni chloffa efe. Hyd yn oed os pery'r streic am flwyddyn gron arall, gwyddom y gall Robert Williams ddywedyd hefo'r Apostol Paul: "Mi a ymdrechais ymdrech deg, mi a gedwais y ffydd".'

Ysgydwodd Martha Ifans ei phen yn ddwys. 'Mi fasa'r adnod yna yn un go dda ar fedd yr hen Robat Williams, on' fasa, Edward?'

Cododd yntau ei olwg yn gyflym o'r ysgrif. 'Basa, Martha, basa, cystal â dim. Basa, wir. A ni'r chwarelwyr ddylai roi'r garrag ar 'i fedd o. Carrag las o'r Twll Dwfn, lle buo fo'n gweithio am gymaint o flynyddoedd.'

Bychan oedd rhif y gweithwyr yn y chwarel y prynhawn Mercher dilynol: daethai hyd yn oed y Bradwyr, gannoedd ohonynt, adref yn gynnar i dalu'r deyrnged olaf i'r hen Robert Williams. Eisteddai Edward Ifans hefo'r perthnasau a'r gweinidog wrth y bwrdd yn y parlwr yn gwylio'r dynion, un ar ôl y llall yn rhes ddiderfyn bron, yn taro chwech neu swllt ar yr hances sidan wen a daenesid ar y bwrdd. Pan oedd yr offrwm a'r gwasanaeth byr yn y tŷ drosodd, aeth Edward Ifans allan gyda Mr Edwards y gweinidog, a safodd ychydig tu ôl iddo yn nrws y tŷ. Ni wyddai'n iawn paham y gwnâi hynny, oni ddyheai am weld â'i lygaid ei hun y dyrfa enfawr a lanwai'r stryd gan ymledu'n drwchus o un pen iddi i'r llall.

Agorodd Mr Edwards ei Feibl. 'Darllenwn y bymthegfed Salm,' meddai, a'i lais yn glir ac uchel.

' "Arglwydd, pwy a drig yn dy babell? Pwy a breswylia ym mynydd dy sancteiddrwydd?

"Yr hwn a rodia yn berffaith ac a wnêl gyfiawnder ac a ddywed wir yn ei galon.

"Heb absennu â'i dafod, heb wneuthur drwg i'w gymydog, ac heb dderbyn enllib yn erbyn ei gymydog.

316

"Yr hwn y mae y drygionus yn ddirmygus yn ei olwg; ond a anrhydedda y rhai a ofnant yr Arglwydd: yr hwn a dwng i'w niwed ei hun ac ni newidia.

"Yr hwn ni roddes ei arian ar usuriaeth ac ni chymer wobr yn erbyn y gwirion. A wnelo hyn, nid ysgogir yn dragywydd." '

Troes y gweinidog ddalennau'r Beibl yn gyflym.

'Ychwanegwn rai adnodau o'r Epistolau at y Corinthiaid a'r Hebreaid,' meddai.

' "Oherwydd paham nid ydym yn pallu . . .

"Canys ein byr ysgafn gystudd ni sydd yn odidog ragorol yn gweithredu tragwyddol bwys gogoniant i ni:

"Tra na byddom yn edrych ar y pethau a welir ond ar y pethau ni welir: canys y pethau a welir sydd dros amser, ond y pethau ni welir sydd dragwyddol . . .

"Canys efe a ymwrolodd fel un yn gweled yr anweledig." '

Caeodd y gweinidog y Beibl a phlethodd ei ddwylo o'i amgylch gan godi'i wyneb tua'r nef. Gwyrodd pawb yn y dorf fawr eu pennau mewn gweddi.

'Yr ydym wedi cyfarfod yma, ein Tad trugarog, i estyn ein diolch iti. Mae dagrau yn ein llygaid, ond dagrau ydynt wedi'u goleuo gan lawenydd dwys—llawenydd am inni gael y fraint a'r fendith ryfeddol o adnabod dy was y rhown yr hyn sy farwol ohono i'r pridd heddiw. Fel dyn uniawn a charedig a hoff yn ei gartref ac yn ei ardal, fel crefyddwr, fel crefftwr yn ei waith, fel arweinydd ymhlith dynion—mawrygwn Dy enw, O Dad, am roi inni'r anrhydedd o gwmni'r gŵr da a chyfiawn hwn.

'Clywsom ei gyffelybu i'th was Moses yn arwain ei bobl drwy'r anialwch tua Chanaan. A chlywsom rai yn ein plith yn murmur yn chwerw na chafodd ef ddringo o rosydd llwyd Moab i fynydd Nebo, i ben Pisgah, ac na pheraist Ti iddo weled â'i lygaid y tir y cyrchai tuag ato. Ti yn unig, O Dduw, a wêl y dyfodol a ffrwyth ei lafur ef. Ni chenfydd ein golygon ffaeledig ni tu draw i yfory a thrennydd, ond mil o flynyddoedd ydynt yn dy olwg Di fel doe wedi yr êl heibio ac fel gwyliadwriaeth nos. Ond gwyddom ni, a gwyddai yntau cyn ein gadael, Dad tosturiol, nad ofer ei ymdrechion dewr. "Efe a fydd fel pren wedi ei blannu ar lan afonydd dyfroedd, yr hwn a rydd ei ffrwyth yn ei bryd, a'i ddalen ni wywa" . . . "Ac efe a ddwg ffrwyth lawer" . . . "O lafur ei enaid y gwêl."

'Dy nawdd tyner a fo tros ei weddw annwyl yn ei hunigrwydd a'i hiraeth, O Dad, a throsom ninnau oll, y llafurwyr sydd eto'n aros ym maes yr ardal ddrylliedig hon. Rho ynom nerth i lunio, o dlodi a phryder a hagrwch y dyddiau blin, gyfoeth a hyder a phrydferthwch bywyd llawnach a helaethach nag a adnabu un ohonom erioed o'r blaen—o ymryson dangnefedd, o drallod lawenydd, o elyniaeth gariad. Hyn fyddo'n braint ni oll yn enw Crist ein Harglwydd, Amen.'

Cododd y bobl eu pennau, a chlywid llawer 'Amen' yn furmur dwfn drwy'r stryd. Yna, lediodd y gweinidog yr emyn. Yr oedd tros fil yn yr angladd, a dywedid wedyn fod y dôn i'w chlywed, ar flaen yr awel a chwythai tuag yno, ym mhob rhan o'r chwarel, ac i bawb a oedd yn y gwaith roi eu harfau i lawr a sefyll yn bennoeth i wrando'n ddwys.

> 'O fryniau Caersalem ceir gweled
>   Holl daith yr anialwch i gyd;
> Pryd hyn y daw troeon yr yrfa
>   Yn felys i lanw ein bryd . . .'

Gwyrodd Edward Ifans ymlaen yn y drws i syllu tua'r chwarel draw yn y pellter. Trawai llafn o heulwen oer Rhagfyr ar wyneb yr hen ŵr ar wyneb y graig.

Edrychodd Edward Ifans yn hir arno. Yr oedd ei wên mor anchwiliadwy ag erioed.